KB249634

# 4 월 혁 명 과
# 한 국 문 학

# 4월혁명과 한국문학

최원식 · 임규찬 엮음

창비

# 4월세대를 위한 문학적 변증(辨證)

이 책은 염무웅(廉武雄) 선생의 화갑을 기리고자 하는 순박한 마음에서 기원하였다. 4월혁명 41주년을 맞이한 작년에 갑년(甲年)을 맞은 문인들이 적지 않았다. 1941년 신사생(辛巳生) 뱀띠들이니, 대개 혁명 당시 대학 1학년생으로 혁명의 신선하고도 독한 공기를 직간접으로 쏘인 분들이다. 그리고 이후 그들은 속속 문단에 진출하였다. 아마도 한 띠에서 그처럼 뛰어난 문인들이 대거 배출된 예는 매우 드문 터인데, 그전에는 3·1운동세대, 그후에는 5월세대(광주항쟁세대)가 비견될 것이다. 전자는 우리 계몽주의의 총결편으로서 분출한 3·1운동(1919)이 식민통치의 스타일상의 약간의 변경만 초래한 채 좌절된 데 따른 환멸의 체험 속에서 우리 문학의 근대성을 새로운 수준으로 들어올린 신문학운동의 열정적 주역들이었고, 후자는 신군부 집권의 희생양으로 봉헌된 광주항쟁(1980)에 대한 원죄의식 또는 '살아남은 자의 슬픔' 속에 혁명문학의 급선봉으로 질주하였다. 이들과는 달리 역사가 운명을 바꾸는 거대한 승리의 체험을 공유한 4월세대(4·19세대)는 '대지에 발 딛지 않은 천국의 새'처럼 부유하던 1950년대 문학을 넘어 새 세상의 감각에 충실한 문학적 자유를 구가하였으니, 이는 4월혁명의 문학적 폭발이라고 불러도 좋다.

기릴 방법을 놓고 논의하다가 우리는 4월세대에 바치는, 언어의 합동 화갑상을 차리기로 의견을 모았다. 잔치의 흥겨움은 흥겨움대로 살리되 이왕이면 이를 계기로 4월혁명과 한국문학이 포용하고 길항하는 내적 관련을, 파흥(破興)하지 않는 범위 안에서 너무 무겁지 않게, 화갑을 맞는 문인들의 미시사(微視史)를 통해 접근해보는 작업도 의미있는 일이 되리라고 판단하였다.


책의 제목을 정하는 과정에서 우리는 이승만(李承晩) 독재정권을 붕괴시킨 1960년 봄의 이 대사건을 부를 이름에 대해서 토의하였다. 혁명 직후 그 이름은 '4월혁명'이었다. 그러다가 5·16쿠데타(1961)가 혁명을 배신하고 어린 공화국을 붕괴시키면서, 그 이름은 슬그머니 '4·19의거' 또는 '4·19학생의거'로 격하되었다. 쿠데타세력은 한술 더 떠서 '4월혁명'에서 '혁명'을 탈취하여 5·16을 '군사혁명'이라고 참칭하였다. 이후 한국사회는 4월혁명을 정치적 영감의 원천으로 삼아온 반독재민주세력과 개발독재로 질주한 5·16쿠데타세력 또는 그 아류적 후계자들 사이의 긴 투쟁으로 점철되었던바, 민주세력도 군사독재의 혹독한 검열 속에서 독재자들이 호명한 '의거'로 부르기를 거절하는 한편, 4월혁명을 '4·19'라는 중립적 이름으로 지칭하는 전술적 후퇴를 부득이 선택하였던 것이다. 우리는 이런 과정을 더듬으며 "4·19의 위대성과 빈곤"(白樂晴)을 그대로 포용하는 '4월혁명'이란 이름을 복권하기로 하였다.

4월혁명은 위대하다. 승리한 혁명의 경험을 가진 나라가 드물다는 점에서뿐만 아니라 6·25라는 그 혹독한 국제적 내전을 겪는 와중에 그야말로 민중의 원기(元氣)가 탈진한 곳에서 분노한 군중이 신화처럼 출현하였기 때문이다.

4월혁명은 빈곤하다. 신비로운 군중의 출현을 새로운 사회혁명 프로그

램으로 구현할 중심집단이 부재했기 때문이다. 자연발생적 봉기로 독재정권이 물러나자 군중은 썰물처럼 광장을 빠져나갔다. 이 빈 광장에 군부가 진출하였다. 이 점에서 4월혁명의 빈곤이 5·16쿠데타를 불러왔는지도 모른다.

우리는 여기서 4월혁명이 성공하게 된 국제적 요인에 대해 냉정해질 필요가 없지 않다. 관건은 미국에 있다. 당시 미국은 왜 이승만정권의 퇴진을 승인했는가? 한반도의 분단과 6·25를 통해 본격적으로 발진(發進)한 냉전체제는 1950년대 후반 새로운 단계를 맞이한다. 소련은 1956년 핵탄두를 발사할 수 있는 대륙간탄도탄(大陸間彈導彈, ICBM) 실험에 성공하는 한편, 이듬해에는 인공위성 스뿌뜨니끄 1호를 우주에 쏘아올림으로써, 핵병력 우위에 기초한 미국의 냉전정책이 파산하였다. 자신감에서 우러난 소련의 평화공존 공세에 맞서서 미국은 처처에 반공포위망을 강화하기에 이르니, 1958년 인도네시아·미얀마·태국·파키스탄에서 미국이 지원하는 반공쿠데타가 발생했다. 한편 미국은 미일안보조약 개정을 통해 일본 우익에 힘을 더한층 실어주었다. 신안보조약의 핵은 소련·중국·북한 등에 대한 미국의 동아시아 반공포위망을 새로이 짜는 데에 일본의 역할을 강화하는 방향에 있었다. 요컨대 일본을 동아시아 반공포위망 구축의 중요한 하위파트너로 삼으려는 신냉전정책의 구도 아래 미국은 한국과 일본을 각기 관리하는 쌍무동맹에서 일종의 삼각동맹으로 한걸음 나아가고자 하였던 것이다. 4월혁명의 승리에는 삼각동맹 형성에 걸림돌인 반일적 이승만정권의 교체를 고려하던 미국의 속셈도 한몫을 했음을 냉철히 접수해야 한다.

이 점에서 5·16쿠데타 또한 미국의 신냉전정책의 바깥에 있다고 보기 어렵다. 박정희(朴正熙)정권이 얼마나 한일협정체결(1965)에 조급했는지를 상기하라. 군정시기에 이미 한일회담 타결을 결정하고 소위 '김종필(金鍾泌) 오오히라(大平)메모'를 통해 청구권 문제에 합의를 본 박정

권은 한일회담을 조기에 타결하려 했으나, 굴욕외교에 대한 전국적 반대
시위에 부딪쳐 비상계엄령을 발동, 이를 탄압하고(1964년 6·3사태), 이
듬해 서울지구에 위수령(衛戍令)을 내려 한일협정비준안을 강압적으로
통과시킴으로써, 2차대전 이후 단절됐던 한국과 일본 사이의 국교를 정
상화(?)했으니, 미국이 기획한 신냉전정책에 자발적으로 투항하였던 것
이다.

또한 5·16쿠데타의 발생에는 미국의 신냉전정책을 파열할 중요한 고
리로 부상한 베트남사태도 중요한 변수의 하나로 작용하였다. 1960년 베
트남민족해방전선의 결성과 함께 남베트남이 붕괴의 위기에 몰리자 미
국은 1963년 반공쿠데타로 부패한 고딘디엠정권을 구축(驅逐)하고 베트
남사태에 개입하기 시작하였다. 베트남전쟁을 계기로 미소대결이 격화
되는 와중에 1963년 11월 케네디가 암살되고 1964년 10월에는 흐루시초
프가 실각했다는 사실은 상징적이다. 매파적 성격이 더욱 강한 존슨행정
부의 베트남 개입이 본격화하는 바로 1964년, 박정권은 미국의 요청 아
래 파병을 개시하였고, 베트남전쟁을 일본 자본주의 발전에 있어서 6·25
에 이은 절호의 기회로 파악한 일본정부는 미국의 베트남 개입을 전폭적
으로 지지하며 일본을 베트남전쟁의 최대 작전 보급기지로 제공하였으
니, 한국·일본·베트남이 미국의 구도 안에 어지러운 삼실처럼 얽혀들었
던 것이다.

4월혁명이 외로운 봉기가 아니었던 점에도 유의해야 한다. 1959년 1월
키시(岸信介)내각이 미일안보조약 개정 교섭에 박차를 가하자 그해 3월
부터 반대운동이 시작되어, 1960년 1월 신안보조약 조인과 함께 안보투
쟁이 불타올랐다. 이어 한국에서 4월혁명이 시작되었다. 1998년 가을 동
경에서 이루어진 대담자리에서, 당시 동경대 학생으로 안보투쟁에 참여
했던 카라따니(柄谷行人)가 확인했듯이, 4월혁명 승리의 소식이 안보투
쟁을 고무했다는 점도 기억할 일이다. 일본의 안보투쟁, 한국의 4월혁명,

그리고 독재정권을 붕괴시킨 터키의 4월 학생시위—1960년에 일어난 이 일련의 사건들을 하나의 연쇄 속에 파악할 필요가 절실하다, 마치 3·1운동(1919)이 일본의 쌀폭동(1918)과 중국의 5·4운동(1919)에 연결되듯이.

이처럼 촘촘한 국제적 그물망 안에서 4월혁명의 승리와 패배가 한편의 운명극으로 전개된 1960년대에 4월세대의 문학적 도전이 개시되었다. 그들은 1950년대 문학과 1960년대 문학 사이의 비연속성을 강하게 내세웠다. 그후 4월세대의 성장과 함께 4월혁명을 두 시대의 경계로 삼는 주장은 거의 통설로 굳어졌다. 이 통설에 대해 최근 하정일은 강한 의문을 표시하였다. 4월혁명의 문학적 계승은 민족문학운동이 본격적으로 개시되는 1970년대 문학에 와서야 이루어지기 때문에 1950년대 문학과 1960년대 문학은 근본적으로 연속이라는 주장이다.

4월세대의 인정투쟁 과정에서 1950년대가 과소평가된 점이 없지 않다. 6·25의 악령에서 살아남은 1950년대 문학은 표면적으로는 반공순수문학이라는 형용모순(oxymoron)에 긴박되어 있었다. 좌파는 총붕괴되고 어용문학이 문단을 지배했다. 그런데 시대의 저류에 사회파가 숨은 넋으로 맥맥했고 가짜 모더니즘의 횡행 속에 진짜가 보석처럼 박혀 있곤 했다. 이 흐름이 1950년대 후반 전후부흥기의 본격화 속에 이승만독재에 대한 저항이 한층 조직화되면서 지상으로 솟아올랐다. 1950년대 문학은 4월혁명을 준비하지는 못했지만 최량의 작품들 속에서는 적어도 1950년대의 붕괴적 징후들이 예시(豫示)되고 있었다.

여기에는 6·25의 복합성이 작용하고 있을 것이다. 이 국제적 내전은 민족적 대재앙이었지만 특히 1930년대 이후 몰락의 도정으로 접어든 지주계급을 대거 파괴함으로써 자본주의로 가는 활주로를 닦는 반어적 효과를 가져왔다. 바야흐로 쥘리앙 쏘렐의 시대가 내밀한 곳으로부터 움직이기 시작하였던 것이다. 이 점에서 4월혁명은 낡은 이승만체제로는 충족될 수 없는 더 성숙한 근대화 프로젝트의 발현인지도 모른다, 마치 갑오농민전쟁(1894)이 비록 죽창의 봉기였지만 아래로부터의 근대화 코스의 표출인 것처럼. 4월혁명의 자식으로 태어난 1960년대 문학을 실상에서 파고들면 1950년대와의 급격한 단절이 두드러지게 눈에 띄는 것은 아니다. 4월혁명에 놀란 반공순수문학은 5·16 이후 안도감 속에 여전히 문단의 지배자로 군림하였으니, 1년여도 안돼 꺾인 어린 공화국이 커다란 문학적 변모를 초래하기에는 너무나 시간이 익지 못했다.

4월세대의 문학을 대표했던 김승옥 선생은 이 책의 좌담에서 1960년대 문학의 중심주제도 1950년대처럼 6·25였다는 흥미로운 발언을 하였다. 1960년대 문학도 1950년대처럼 여전히 6·25의 악령에 지펴 있었다는 사실은 두 시대 문학의 연속성의 움직일 수 없는 증거일 터이다.

이어서 그는 혁명 직후 봇물로 번역돼 나온 일본문학에서 신선한 암시를 받았다고 고백하였다. 사실 나는 이전까지 일본문학 번역이 한일협정 이후 본격화한 것으로 막연히 생각했던 것이다. 친일파를 자기 정권의 기반으로 삼았음에도 외교적으로는 대일강경(對日強硬)을 견지한 이승만정권을 붕괴시킨 혁명으로 비로소 일본문학이 본격적으로 번역되었다는 사실은 참으로 흥미롭다. 4월혁명으로 일본문학은 '해금'되었어도, 정권적 차원에서는 한일유착(韓日癒着)이라는 지탄을 받을 만큼 친일적이었지만 이 문제에 관해서는 이승만의 유산을 계승한 박정희정권은 일본대중문화에 대해서는 여전히 전면적인 봉쇄정책을 취하였다. 이 봉쇄정책은 '검열을 부정하는 검열'이라는 점에서 국민적 반일감정을 빙자하여 문학예술에 대한 국가주의적 통제를 정당화하는 최초이자 최후의 금기, 또는 금기 그 자체인데, 한일공동선언(1998) 직후 한국정부가 일본대중문화의 부분적 허금조치를 단행한 것 역시 한국사회의 민주화의 진전 속에서 대중문화에 대한 국가주의적 통제가 이완되는 징표로서도 뜻깊다. 이승만독재의 붕괴가 일본문학의 해금을 불러왔듯이, 김대중정부의 출현

이후 일본대중문화의 해금이 시작되었다는 점은 일제의 유산인 검열이 한국에서 해체의 최후단계에 들어섰음을 드러내는 것은 아닐까?

하여튼 김승옥 선생의 경우를 일반화할 것은 아니지만 1960년대 문학이 금기에서 해방된 일본문학의 독서체험과 직간접적 연관을 짓고 있다는 점은 긍정/부정을 넘어서 주목되어야 한다. 물론 이 역시 과도히 강조될 일은 아니다. 사실 1950년대 작가들과 일본문학의 관계가 더 깊을 수 있기 때문이다. 그럼에도 일본어로 일본문학을 읽은 1950년대와 이른바 한글세대로서 번역으로 일본문학을 독서한 1960년대의 미묘한 차이가 두 시대 문학의 표정에 적지 않은 차이를 초래했을 가능성을 상정할 수 있다. 그러나 무엇보다 중요하게 참조돼야 할 것은 4월혁명과 5·16쿠데타를 거치면서 우리 사회가 격동의 와중으로 빠져들었다는 점이다. 이 역동적인 길항의 과정 속에서 1960년대 중반 순수참여논쟁이 촉발됨으로써 1960년대 문학은 1950년대와의 차별을 강화해나갔고, 마침내 4월혁명은 김지하와 황석영(黃晳暎)의 등장을 고비로 새롭게 출범한 1970년대 문학에서 분명한 표현을 획득하게 되었다. 그리하여 우리는 이 책의 제목으로 '4월혁명과 한국문학'을 선택했다.


몇차례의 회의를 거쳐 임규찬(林奎燦) 교수가 짜온 구성안을 다듬어 큰 꼭지와 작은 꼭지 들을 정했다. 이 책은 3부로 구성되었다.

제1부는 4월세대를 모셔서 자유로운 담화를 나누는 좌담이다. 신사생인 염무웅 임헌영(任軒永) 김승옥(金承鈺) 이성부(李盛夫) 선생 외에 염선생의 제안으로 4월세대로되 이분들보다 선배인 김병익(金炳翼) 선생을 초빙하였다. 더구나 김선생은 문지그룹의 좌장이기도 해서 4월혁명을 다층적으로 재구하는 데 맞춤이셨다. 일종의 진행사회로 내가 참여함으로써 이 좌담은 자연스럽게 선배들이 후배에게 기억을 전승하는 흥미진진한 자리로 되었다.

제2부는 4월세대 문인들에 대한 각론이다. 대상문인들을 고르는 데 있어, 우선 환갑잔치이기 때문에 신사생으로 제한하였다. 그리고 활동시대를 꼭 60년대에 한정하지 않았다. 김승옥 선생처럼 60년대 문학의 기수가 된 분도 있고 김지하(金芝河)시인처럼 70년대 민족문학의 혜성이 된 분도 있어, 스펙트럼을 넓혔다. 이런 기준으로 소설가에서는 김승옥 이문구(李文求) 현기영(玄基榮), 시인으로는 이성부 조태일(趙泰一) 김지하, 평론가로는 염무웅 고(故) 김현 선생들을 대상으로 확정하였다. 이 바람에 마땅히 들어가야 할 분들이 누락되는 실례를 무릅쓰지 않을 수 없게 된 것이 송구스럽다.

제3부에는 60년대 문학을 주제론적으로 접근하는 다소 논쟁적인 글들이 배치되었다. 이른바 '4·19세대론'의 문학적 기수역할을 맡아온 김현비평을 "한 숨은 구(舊) 김현파의 때늦은 감회" 속에 비판적으로 탐색한 윤지관이나, '암흑기 혹은 퇴행기'로 간과돼온 1960년대 여성문학의 실상을 작품에 입각, 분석한 이선옥의 평론들은 1960년대 문학을 바라보는 독특한 시각을 제공하였다.

필자들과 접촉하는 과정에서 그리고 짧지 않은 진행과정에서 필자가 바뀐 경우가 없지 않았으나, 대강(大綱)이 흐트러지지 않은 채 원고를 수합할 수 있게 된 것은 고마운 일이다. 다만 책의 출간이 늦어져 송구스럽다. 원래는 환갑에 맞춰 작년에 출간할 예정이었지만 필자들의 집필사정이 여의치 않아 그만 해를 넘기고 말았다. 올해는 4월세대가 진갑(進甲)을 맞는 해다. 진갑에 맞춰 그리고 4월혁명 42주년에 즈음하여 책의 출간을 마침내 보게 되니 천만다행이 아닐 수 없다.

이 자리를 빌려 이 책의 구성에 기쁘게 참여해주신 좌담 참석자와 필자 들께 깊이 감사한다. 아울러 실무를 마무리한 문학팀의 노고에 치하를 보내는 바이다.

모쪼록 우리 문학의 새길을 개척하고 이제는 문단의 중진으로 활동하는 4월세대의 진갑에 충심의 축하로 이 작은 책을 바친다. 그분들의 문운 (文運)이 우리 문학의 빛나는 미래 속에서 더욱 융융(隆隆)하시기를 기 원하면서 4월에 가신 님들을 위해 잠시 묵념한다.

4월혁명 42주년을 맞이하며

2002년 3월에

최원식 삼가 씀.

# 차 례

# 제 3 부

**좌 담**

4월혁명과 60년대를 다시 생각한다

**김병익**  문학평론가

**김승옥**  소설가

**염무웅**  문학평론가

**이성부**  시인

**임헌영**  문학평론가

**최원식**  문학평론가 · 사회

---

때: 2001년 9월 22일
곳: 창작과비평사

좌담 4월혁명과 60년대를 다시 생각한다

**최원식** 이렇게 건강한 모습을 뵙게 되니 반갑습니다. 학창시절에 글을 통해서 익숙했던 우리 문단의 대선배님들을 한꺼번에 모시는 자리에 제가 참여하게 돼서 대단히 영광스럽게 생각합니다. 제가 명목은 사회자이지만 이 좌담의 진행을 돕는 도우미라고 생각하시는 것이 좋을 것 같습니다. 올해(2001)는 4월혁명 세대 문인들께서 환갑을 맞이하십니다. 이미 넘기신 김병익 선생님은 특별히 4월세대의 선배님으로서 초청을 받으셨습니다. 오늘 좌담의 취지는 환갑을 맞이하신 4월혁명 세대 문인 여러분들을 모셔서 일종의 조그만 말잔치 같은 것을 해보자 하는 것입니다. 이 기회에 망각되고 있는 4월혁명과 그 이후, 60년대 사회와 60년대 문학을 오늘의 관점에서, 이 자리에 한번 호명해서 그 기억을 공유하고 기억의 제고를 통해서 전승해보는 그런 좌담이 되기를 희망합니다. 방담이니까 자유롭고 즐겁게 담화를 나눠주시면 되겠습니다. 그럼 먼저 4월세대로서 '내가 겪은 4월혁명' 혹은 '내가 본 4월혁명', 거기에서부터 말씀들을 풀어내시는 것이 좋을 것 같습니다.

## 4·19 당시의 생생한 기억들

**김병익** 문학 데뷔로 보자면 여기에서 제일 후배가 아닐까 싶은데요. 올해 환갑을 맞는 4·19세대를 위한 모임인데, 여러가지로 쑥스럽군요. 우선 그렇게 생각하는 것은 1960년 4월 19일 바로 그날 저는 참여를 안했거든요. 4월 18일 고려대생 데모가 있었고 습격을 당했다는 것을 아침 신문에서 보고 돈암동 집에서 학교로 가는데, 버스가 혜화동에 이르니까 동성고등학교 아이들의 시위가 해산당하면서 저희들끼리 웃고 떠들고 하는 모습이 보이더군요. 그런데 독재권력에 저항하고 부정선거에 항의하는 이런 시위의 진지성이랄까 엄중성 같은 것이 당시 고등학생 시위에서는 전혀 보이지 않았어요. 그래서 이런 식으로 시위를 하는 것이 마땅

**김병익** 金炳翼 문학평론가. 인하대 국문과 초빙교수. 저서로 『전망을 위한 성찰』 『새로운 글쓰기와 문학의 진정성』 『21세기를 받아들이기 위하여』 등이 있음.

한가 하는 생각을 하면서 학교로 천천히 걸어갔는데 대학 동료들이 캠퍼스에서 지나가고, 조금 있더니……

**최원식** 그 당시 4학년이셨습니까?

**김병익** 네, 4학년이었습니다. 그런데 나중에 학생회장이 된 친구가 우리 학우들이 당했다, 함께 항의하자며 몰고 나가는데 저는 벤치에 앉아서 가만히 바라보고 있었어요. 이런 식으로 웃고 장난치면서 시위하는 것이 과연 정당한가 하는 생각이 들어서 행동에 나서야 한다는 것이 자꾸 저어됩디다. 그래서 멍하니 바라보고만 있다가 돈암동 집까지 걸어왔는데, 심경은 상당히 착잡했던 것 같고요. 그래서 피로에 젖어서 낮잠에 빠져들었다가 깨어서 라디오를 들어보니까 중고등학교 동기동창인 친구가 청와대 앞에서(당시는 경무대죠) 총에 맞아 죽었다고…… 첫 희생자였죠. 손중근이라고 재주 좋은 친구였습니다. 그렇게 저는 4월 19일에는 참여하지 않고 방관했다고 할까요? 그후 두고두고 그 일이 많이 생각났습니다. 그래서 나중에 저 자신을 자위한다고 할까요? 어떤 혁명적인 사태라는 것이 진지한 얼굴로 오는 것이 아니라 사실은 우스꽝스러운 얼굴로 오는 것이 아닌가. 그러니까 우연을 가장한 필연으로 우습고 가볍고 장난스럽게 오는 것이 아닌가. 그 당시 내가 동성고등학교 학생들의 시위를 곡해했던 것이 아닌가. 이렇게 필연은 우연이라는 모습으로 오는데, 내가 겉모습만 보고서 사태의 변화, 변혁이라는 것을 잘못 생각했던 것이 아닌가 하는 생각이 많이 들더군요.

**김승옥** 그때는 데모란 것이 지금처럼 익숙하지 않은 시대였죠.

**염무웅** 저도 김병익 형하고 어떤 점은 비슷한데요. 그때 1학년으로 막

입학해서 서울생활을 시작한 지 얼마 안 됐습니다. 지금에 비하면 당시의 서울은 그렇게 복잡한 편도 아니고 인구도 250만 정도였는데, 그런데도 저는 서울 거리가 늘 겁이 났어요. 길을 잃으면 어쩌나, 깡패한테 걸리면 어쩌나 하고 말이죠. 그리고 그때는 4월에 입학식을 했어요. 4월 6일에 입학식을 했지요, 아마. 그래서 4·19까지 아직 교수 얼굴을 못 본 경우도 꽤 있었어요. 마침 화요일인데

**염무웅** 廉武雄 문학평론가. 영남대 독문과 교수. 저서로 『민중시대의 문학』『혼돈의 시대에 구상하는 문학의 논리』『모래 위의 시간』 등이 있음.

수업이 오후에 있었어요. 길음동에 잠시 있을 때인데 11시 남짓해서 학교에 나왔더니 텅 비고 이상해요. 그래서 천천히 연남동 길을 걸어서 안국동 언저리까지 왔더니 사람들이 굉장히 많고, 피를 흘렸다고 하면서 가운을 입은 의대생들이 트럭 뒤에 타고서 인도에 선 사람들을 향해 팔을 막 흔들어요. 옆에 꽉 들어차서 도열한 사람들이 박수치고 하는 걸 봤죠. 그렇지만 내가 주체적으로 참여한 데모도 아니었고, 그런 점에서는 김병익 형과 마찬가지로 일종의 방관자였죠. 그런데 다음날 제가 있던 하숙집에 저와 같이 충청도에서 온 시골 친구가 있었는데, 친구의 아버지가 자기 아들을 데리고 시골로 내려간다고 서울역으로 나섰어요. 그래서 나도 부모님께 소식도 전할 겸 겁도 나고 해서 그들을 따라나섰는데 서울역에서 순경한테 불심검문을 당했어요. 그런데 아버지와 같이 온 친구는 그냥 놓아 보내고 나는 잡아서 서울역 옆에 있는 파출소로 데리고 갔죠.(웃음) 데모하다가 잡힌 것이 아니라 친구 따라서 피난가다가 잡힌 거예요. 파출소 지하실에서 한바탕 두들겨맞고는 대여섯 명이 묶여서 건너쪽에 있는 남대문경찰서로 갔어요. 거기에서 또 얻어맞으면서 조사를 받았는데 나더러 방화범이라는 거예요. 그래서 조서까지 쓰고 그랬는데

**이성부** 李盛夫 시인. 1962년 『현대문학』, 1966년 동아일보 신춘문예로 등단. 시집 『우리들의 양식』 『백제행』 『전야』 『지리산』 등이 있음.

통금이 7시인가 8시로 당겨지면서 갑자기 석방을 시키더군요. 무슨 지시가 내려왔던 모양이에요.

**김승옥** 4·19날 동숭동에 있던 서울대 문리대에서는 1학년들도 데모에 많이 참가했어요. 수업이 없어도 말쑥한 감색 교복 입고 학교에 열심히 일찍 나오는 것이 1학년들인데 그날은 선배들이 가자고 앞장서서 몰고 나가니까 멋모르고 따라나갔죠. 나는 법과대학 1학년 학생들과 어울려 종로로 나가서 광화문 쪽으로 가고 있는데 총소리가 들려오기 시작하며 웅성웅성 데모대가 흩어지기 시작하더라고요. 학생들이 도망치기 시작해서 법대 다니는 고교동창이랑 같이 성균관대 뒷산을 넘어 성북동 골짜기에 있는 내 자취방으로 돌아왔어요. 그때는 다른 방송은 음악만 나오고 기독교방송만 사태 보도를 하고 있어서 기독교방송을 듣고 있었는데, 근처에 살고 있던 대학생들이 광화문까지 나갔다가 데모대가 총맞는 걸 봤다는 거예요. 그 친구들은 광화문 앞에서 뛰어서 삼청동 뒷산을 넘어 도망쳐왔다고 그래요.

**염무웅** 이승만(李承晚)의 하야성명은 26일 났는데, 그 전날 대학교수들의 데모가 있었어요. 외관상 잠잠해질 듯하던 혁명열기가 그래서 다시 폭발했지요. 25일 저녁 무렵 나는 종로2가쯤에 있었는데, 거리에 엄청나게 많은 사람들이 나와서 구호를 외치고 그랬어요. 역사의 현장에 있다는 걸 실감할 수 있었지요. 그러나 나는 한편 두렵기도 했어요.

**김승옥** 교수데모가 있던 날 학생들을 따라서 동대문경찰서까지 갔는데 경찰서 쪽에서 위협사격을 하더라고요. 총탄이 앞건물 벽돌에 맞고 그랬어요. 거기에서 데모대는 다 흩어졌죠. 다음날 대통령의 하야성명이 있었고, 나는 외삼촌이 휴교니까 고향에 가 있으라, 사태가 심상치 않다고 해서 고향 순천에 가서 얼마간 있었죠.

**염무웅** 강의는 안됐죠.

**김승옥** 강의는 없었어요.

**임헌영** 저는 기록으로 봤습니다만, 휴강이었고 25일이니까 그날이 서울대 교수들 봉급날이어서 교수회의가 있었답니다.

**이성부** 저도 그날 김형 애기처럼 동대문경찰서까지 나갔는데, 이문동에서

**김승옥** 金承鈺 소설가. 세종대 국문과 교수. 소설집 『서울 1964년 겨울』 『60년대식』 등과 『김승옥 소설전집』 (전5권)이 있음.

친구와 자취를 하고 있었어요. 마침 그날 강의가 없어서 교복 찾으려고 무교동에 가야 하는데 이문동까지 시내버스가 들어오지 않는 거예요. 그래서 이상하다 하면서 이문동에서 청량리까지 걸어나오니까 거기에서부터 인도, 차도 할 것 없이 사람들 행렬이 시내 쪽으로 가는 거예요. 그래서 무조건 따라갔죠. 그러니까 우리는 어떤 조직적인 데모가 아니라 그냥 시내에 나왔다가 휩쓸려버린 거예요. 그래서 용두동쯤 가니까 용두동 파출소에 불이 붙어서 대낮인데도 막 타고 있더라고요. 거기에서 군중심리로 흥분되고 그런 것을 체험한 것이 기억납니다. 그렇게 해서 종로4가까지 휩쓸려서 갔는데 동대문경찰서 옥상에서 총소리가 들려요. 그러니까 그때는 학생들뿐만 아니라 시민들도 전부 합세한 것으로 기억나는데 전부 이리 뛰고 저리 뛰고……

**김승옥** 그때 데모는 구두닦이들이 제일 열심히 했다고……(웃음)

**이성부** 그래서 걸어서 다시 이문동까지 오니까 깜깜한 밤이 됐어요. 그런 기억이 아직도 선명하게 남아 있습니다.

**김승옥** 나중에 하야성명 직후에 보니까 주로 구두닦이 애들이 탱크에

**임헌영** 任軒永 문학평론가. 중앙대 국문과 겸임교수. 저서로 『창조와 변혁』 『문학과 이데올로기』 『변혁운동과 문학』 등이 있음.

올라타고 자동차에 올라타고 버스에 올라타고 자기들이 쟁취한 것처럼 시내를 휩쓸고 다녔어요.

**염무웅** 그땐 구두닦이들이 참 많았어요. 광주항쟁이나 기타 혁명적 상황은 학생이라든가 지식인계층에 의해 촉발되기는 하지만 싸움의 선봉에 서는 것은 그런 사람들인 것 같아요. 지식계층은 아무래도 조심스러울 수밖에 없잖아요.

**임헌영** 당시 시위를 적극 주도했던 분들이 들으면 서운한 대목입니다만, 연구에 의하면 2월 28일부터 4월 26일까지 운동을 주도한 것은 대학 3년생이고, 이 기간에 시위에 적극 참여한 건 도시빈민이었던 것 같습니다. 제 경우는 특이한 경험인데 저는 61학번이에요. 제가 사범학교를 나와서 경북 의성에 있는 초등학교 교사로 2년 있다가 1961년에 서울로 왔는데, 4·19는 그때 시골에서 맞이한 거죠. 그런데 1959년 선생으로 부임했을 당시 전 교사가 서울신문을 의무적으로 보고 봉급에서 신문값을 떼어버린 일이 있어요. 동아일보를 보는데 얼마 후에 파출소에서 왔어요. 그때 우리 집안이 연좌제 때문에 주목받는 상황이었는데 동아일보를 본다고 시비를 걸었어요. 그때 탄압의 심도가 얼마나 예민한가 하면 파출소 순경이 가끔 와서 뭐 했나 묻곤 하는데, 하루는 내가 동아일보를 보니까 시비를 거는 거예요. 그래서 한국일보로 바꿨어요. 그럴 정도로 탄압이 피부에 와닿았어요.


## 자유당정권 때의 언론은 어떠했나

**김승옥** 내가 고등학교 3학년 때 4·19가 나기 전해부터 그 일이 시작

됐어요. 동아일보를 보려면 서울신문도 강제로 구독해야만 했어요. 그 사건 하나 때문에 자유당정권이 독재정권이라는 인식을 한순간에 국민에게 주고만 셈이 되었지요. 사실은 나중의 박정희 시대와 비교하면 자유당정권 시절엔 상당한 언론자유가 있었어요. 『사상계』 같은 잡지도 자유롭게 나오고 했었는데……

**최원식** 崔元植 문학평론가. 인하대 국문과 교수. 계간 『창작과비평』 주간. 저서로 『민족문학의 논리』 『생산적 대화를 위하여』 『문학의 귀환』 등이 있음.

**임헌영** 그때 서울신문 판매고가 제일 높았을 거예요.

**김승옥** 고등학교에서도 한 반에 한 부씩 구독하라고 강매를 했어요. 그 사건 때문에 고등학생들이 크게 반발할 만큼 청소년들의 민주의식이 아주 높아져 있었죠.

**임헌영** 1959년 연말부터 60년 2월까지 겨울방학에 교사들에게 뭘 시켰냐면, 학생들을 동원해서 마을마다 다니면서 학예회를 여는 거예요. 노래도 하고 연극도 하는데 내용이 뭐냐면 기권하지 말고 전부 투표하라는 거죠. 그때 교사들 일반적인 성향이 굉장히 비판적이었습니다. 지금 교사들도 마찬가지겠지만 거기에 선뜻 응하는 교사는 전교에서 한둘이고 교장, 교감까지도 교무회의를 하면 겉으로 욕하면서 시키니까 할 수 없다, 시키는 대로 하자 하는 식이었죠. 겨울방학이 끝나자 교사 한명마다 마을 하나씩 분담을 했어요. 그래서 두 시간 수업이 끝나면 그 마을에 나가서 선거운동을 합니다. 그리고 교장집에 가서 라디오를 듣는데, 기독교방송만 듣는 거예요. 그것도 아침 6시 30분에 말이죠. 미국의 소리, 워싱턴에서 방송하면 오끼나와의 중계탑을 거쳐 우리나라에서는 아주 희미하게 들리는데 그게 데모 소식을 제일 정확하게 보도해요. 당시에 라디오가 교장집밖에 없었으니까 선생들이 그걸 듣기 위해서 일부러 새벽에 가요. 그래서 4·19 무렵에는 우리가 거의 매일 교장집에서 밤을 새웠습니다. 그러다가 60년 12월에 제가 사표를 내고 서울로 올라왔는데, 4·19는 완전히 시골에서 보낸 거죠.

**김병익**　참 생각할수록 신기한 것은, 이른바 민주주의 헌정을 취한 것이 1948년 아닙니까? 그러면 10년 남짓인데, 그나마 6·25라든가 빈곤이라든가 정치적이고 사회적인 문제, 이승만 대통령의 카리스마적인 권위, 그런 속에서 그것을 비판한 민주주의에 대한 공감대가 굉장히 넓고 깊었다는 것이 생각할수록 신기해요. 민주주의 경험이 있었던 것도 아니고……

**김승옥**　그것이 바로 이승만 박사의 공로예요.(웃음)

**김병익**　그런데도 소수의 통치자나 관리자 외에는 다 반정부적이고 반이승만적이고 반자유당적이었던 것은 참 신기한 일인 것 같아요. 지금은 여러가지 이해관계라든가 지역성이라든가 계층, 계급성 때문에 같은 사안을 놓고서 의견이 분분하지만 그때는 민주주의에 대한 신념에는 다 공감하고 있었거든요.

**김승옥**　실제로 전두환정권이나 박정희정권 때보다도 훨씬 언론자유가 있었죠.

**임헌영**　언론의 힘이 참 강했던 것 같아요. 동아일보, 경향신문…… 신문의 힘이 대단했어요.

**김승옥**　나는 『사상계』라는 잡지가 준 영향이 매우 컸다고 봐요. 민주주의 사상을 보급하는 데 크게 기여했고 국론을 결정할 수 있는 청소년을 민주적 지식인으로 교육하는 데도 크게 기여했다고 생각합니다.

**김병익**　『사상계』와 동아일보 두 개가 압도적인 영향력을 갖고 있었죠. 군중을 선도하고 힘을 실어주는 데에는 두 개가 아주 압도적이었죠.

**임헌영**　그런데 자유당 때 언론은 정부를 정면으로 비판했는데도 박정희 때처럼 무슨 조치가 있거나 언론탄압은 드물었어요. 그때는 언론들이 정간된 이유가 대개 활자기술의 문제, 괴뢰 자를 잘못 넣었다든가 그런 코믹한 것이지 정부비판은 마음대로 했던 것 같아요. 오히려 신문사에서 기자들이 잘 안 써서 그랬던 것이지, 지금처럼 체제화된 언론기구는 아니었기 때문에……

**김병익** 신문이나 정부나 순수했던 시절인 것 같아요.

**김승옥** 당시 야당 인사들의 국민들에 대한 권위랄까 하는 것이 상당히 높았던 것 같아요. 조병옥 라인 쪽에 참신한 인물들이 많았어요. 오히려 이박사 쪽에 인물이 없어서 비서실이나 내각 쪽에 깡패들까지 들어가서 엉망진창으로 만든 거죠.

**임헌영** 그런데 당시 국제정세와 관련하여 사회학자나 정치학자들은 미국의 영향력을 자꾸 배제하는 쪽으로 나아가는 것 같습디다. 1957,58년쯤 되면 미국 경제가 적자로 돌아섰다고 합니다. 그리고 소련이 대륙간탄도미사일 개발에 성공하여 군사 밸런스가 맞춰져서 미국이 세계전략을 수정해야 하는 단계였다고 해요. 59년에 흐루시초프가 미국을 방문하게 되고, 미국의 대아시아 전략도 바뀌게 되죠. 그동안은 중공이나 이런 곳에 사태가 나면 일본이나 한국을 기지화해서 자기들이 직접 중공과 전쟁을 하는 전략이었다면 그때부터는 오히려 일본을 키워서 대공전선에서 현지의 저항력을 키우는 전략으로 바뀌기 때문에 한국과도 가깝게 만들어야 하고, 경제적으로도 자기네들이 적자니까 원조도 할 수 없고 말이죠. 국내적으로는, 그때만 해도 서울은 모르겠지만 경상도 같은 시골에서는 반공의식이 그렇게 철저하지 않았어요. 저는 여기 와서 서울 사람들은 다르다는 걸 느꼈어요. 우리 마을은 오히려 좌익으로 인해 희생됐던 사람들을 외경스럽게 봐주는, 경찰은 와서 조사하지만 마을 사람들은 오히려 똑똑한 사람은 다 없어졌다는 식의 분위기였죠. 그리고 5·16 이후부터 경상도가 돌아서는데 자유당 때는 야세가 강하지 않았습니까? 경상도에 야세가 강했던 것은 저는 대구 10월항쟁이나 이런 영향이 그때까지도 남아 있었기 때문이지 않나 싶어요.

**김병익** 실제로 지방은 토지개혁의 실패라든가 자유당 실정의 직접적인 영향을 피부로 느낄 수 있는 지역이어서 정부비판 의식이 서울보다 강했을지 모른다는 생각이 드네요.

**최원식** 지금 선생님들 얘기를 들으니까 정사(正史)에서 볼 수 없었던 4월혁명의 생생한 여러 모퉁이들을 제대로 잘 볼 수 있었습니다. 아까 김병익 선생님도 갈씀하셨지만 거대한 역사적 사건이라는 것이 대체로 우스꽝스러운 계기를 통해서 터지는 것 같아요. 러시아혁명도 사실은 황제에게 청원하러 가는 이상한 땡중에 의해서 폭발되었듯이 그런 우연이 사실은 필연의 소산입니다. 지금 그 시대를 들여다보면, 우리 사회 내부에 민주주의에 대한 열망이랄까 하는 것이 쫙 깔려 있었기 때문에 거대한 역사적 동력화가 가능했다는 것을 분명히 알 수 있게 됩니다.

## 미국식 교육을 받고 자란 4·19세대

**김승옥** 개인적인 얘기를 하자면, 사람들이 제 또래 즉 4·19세대를 흔히 한글세대라고 얘기하잖아요. 제 경우에는 해방 후 48년에 초등학교에 들어갔죠. 거기에서 한글로 공부하기 시작하고 그리고 아까 농담처럼 얘기했지만, 개인적으로 실제 마음속에서는 4·19가 일어난 것은 이승만 박사의 공로라고 생각해요.(웃음) 그 양반이 건국 초기에 미국 유학생 출신들, 백낙준 박사라든가 오천석 박사라든가 이런 그룹을 문교부장관도 시키고 했는데, 이분들은 미국식 민주주의를 공부하고 그 사고방식을 학교교육에 도입한 사람들이에요. 6·25 직후에 제가 초등학교 4학년쯤 됐을 때, 뭔가 상당히 달라져가고 있구나 하고 실감한 경험이 있는데, 이게 미국식 교육이 아닌가 그런 생각을 하게 만드는 여러 일들이 생겼어요. 가령 6·25 전, 초등학교 1,2학년 때는 학급의 책상 배열이라든가 운동장에서 조회할 때 자세나 동작들이 일본식이었는데 6·25 후부터는 반(班)이라고 부르던 학급을 반이라고 하지 않고 영어식으로 바꿨는데…… 뭐라고 했죠?

**염무웅** 1조, 2조 하는 용어가 있었던 것 같은데요.

**김승옥** 아, 홈룸(homeroom)이라고 불렀습니다. 책상 배열도 과거엔 한줄씩 길게 쭉쭉 배치했습니다만 그때는 다섯명씩 그룹을 지어 서로 책상을 마주보게 배치하고, 팀장을 번갈아 해보게 하고, 일주일에 한번씩 홈룸시간을 갖고 학교생활을 개선할 수 있는 자유로운 회의도 하게 했어요. 반장도 과거엔 선생님이 공부 잘하는 학생을 지명해서 시켰는데 그때부터는 선거해서 뽑게 했습니다. 또 그때 민주주의란 무엇인가 하는 교육용 책자들을 많이 읽게 했는데, 아마 유엔군사령부나 미국공보원에서 보낸 책들 같았어요. 저는 그 책들에 삽화를 그린 코주부 김용환씨나 김의환씨 그림을 좋아해서 열심히 봤습니다만, 어쨌든 반공교육 겸 미국식 민주화교육을 시킨 거죠. 상당히 새롭게 느껴졌어요. 민주화교육의 핵심이 바로 우리 대표를 자유롭게 우리 손으로 뽑는다는 것이죠. 그런 교육을 받고 자란 세대였기 때문에 자유당정권의 부정선거를 보고 참을 수 없어서 4·19를 일으켰고, 그 세대들이 박정희 시대의 일본 군국주의적 독재를 참을 수 없어서 민주화투쟁을 해왔다고 생각합니다.


## 4·19 이후 일본소설이 준 충격


**최원식** 그러면 문학 얘기로 들어가겠습니다. 4월혁명 세대의 문학적 분출은 매우 인상적입니다. 우리 문단에 뱀들이 우글거린다고 하는데 뱀띠 문인들이 무지하게 많거든요. 이것은 3·1운동과도 비교됩니다. 20년대 문학은 3·1운동 세대의 전면적 진출이거든요. 3·1운동이라는 거대한 역사적 체험을 겪은 젊은 세대들의 문학적 울분과 들끓는 열정들이 터져

나오면서 20년대 신문학운동이 전개되었듯이, 4월혁명은 3·1운동 못지 않은 문학적 분출을 가져왔습니다. 선생님들의 문학적 경력을 염두에 두시면서 4월혁명이라는 거대한 역사적 체험이 각자의 문학에 어떠한 영향을 미쳤는지 말씀해주시기 바랍니다.

**김승옥** 4·19 이후에 생긴 변화 중에 일본문학이 번역 출판되기 시작한 것이 저로서는 자극적이었어요. 일본어를 모르는 우리 세대가 일본문학을 읽을 수 있게 된 것이죠. 4·19 전에는 일본문학이 거의 번역되지 않았어요. 아마도 우리보다 나이가 좀더 든 세대들은 일본어를 읽을 줄 아니까 그 사람들은 번역할 필요 없이 직접 읽으면 되니까요. 우리는 일본문학을 전혀 모르고 자랐어요. 그러다가 4·19 이후에 아꾸따가와(芥川龍之介) 문학상 수상작품집 같은 것이 본격적으로 번역되고, 신구문화사(新丘文化社)에서 일본전후문제작품집이 나오고……

**최원식** 그게 다 4월혁명 이후군요.

**김승옥** 저는 서울대 문리대 불문과에 들어갔지만, 불문과에 들어가면서도 문학하겠다는 생각은 없었어요. 독일어와 영어는 고등학교 때 했으니까 불어를 배워서 외무고시 봐서 외교관 되겠다는 생각이었죠. 외교관이 되어서 세계를 마음대로 돌아다녀야겠다……(웃음) 그때는 한국에서 산다는 것이 지옥에서 사는 것 같으니까 어떻게 하면 외국에 돌아다닐까 하는 게 제 꿈이었어요. 그 꿈을 가지고 불문과에 들어간 것이죠. 그런데 같은 1학년이던 영문과 박태순(朴泰洵), 독문과 김광규(金光圭), 불문과 김현이라든가 김치수(金治洙), 이 친구들이 하도 문학하는 분위기로 끌고 가는 바람에 할 수 없이 그렇게 된 것인데(웃음) 사실은 대학생 때부터 소설을 쓰게 된 가장 큰 동기는 그때 번역되기 시작하는 일본소설을 읽고 받은 충격이랄까 자극 때문이었어요. 일본의 원로작가들보다도 이삼십대의 신인들 작품에 큰 자극을 받았어요. 일본사람들이 2차대전에서 패한 직후의 상황들, 말하자면 전쟁에 참여했다가 고통받고 전후에 경제적으로 몰락하고 정신적으로 황폐해져버린 상황을 아주 절실하게 썼단 말이죠. 나와 나이 차가 많지 않은 그런 일본의 젊은 작가들 작품을 보는 순간, 내가 과거에 막연하게 헤르만 헤세 읽고 앙드레 지드 읽고 하면서 서양문학에서 받았던 느낌과는 다르게 훨씬 실감나고 피부로 느껴지더라고요. 아, 소설이란 것이 이런 것이구나, 자기가 살고 있는 시대를 이렇게 아프고 절실하게 쓸 수 있는 것이로구나 하는 느낌을 충격적으로 받았죠. 그러고서 우리나라에서 발표되는 소설들을 살펴보니까, 그때는 『현대문학』『자유문학』『사상계』『새벽』 정도의 몇몇 잡지에 발표되는 소설이 전부였는데, 일본작가들 같은 그런 절절함이 부족한 것 같았어요. 저로서는 오상원(吳尙源), 서기원(徐基源) 소설 정도가 우리 시대의 아픔을 다루고 있다고 봤어요. 어쨌든 자기 시대 얘기를 아프고 절실하게 쓴 일본작가들의 소설에 감동과 충격을 받아서……

**최원식**　예컨대 어떤 작가와 작품들이 있죠?

**김병익**　다자이 오사무(太宰治)라든가……

**김승옥**　다자이 오사무는 개인 성향이 나와 흡사해서 좋아했지만 엔도오 슈우사꾸(遠藤周作)라든가 오오에 켄자부로오(大江健三郞), 『영원한 서장』을 쓴 시이나 린조오(椎名麟三) 그런 작가들이었어요. 그리고 많았어요. 특히 엔도오 슈우사꾸의 작품은 일본인들의 죄의식에 대한 문제, 말하자면 우리 일본인들이 이렇게 죄의식이 없는 것은 문제지 않냐 하는 거죠. 모든 펑계를 국가로 전가시켜버리고 개인적으로는 다 무죄한 사람들처럼 살고 있는 일본인 자신들에 대한 고발이 놀랍게 느껴졌어요. 전쟁중에 중국 등에서 사람을 그렇게 죽여놓고, 귀를 몇개씩 잘라놓고 그것을 서로 자랑스럽게 얘기하고 앉아 있는 일본인들, 이렇게 죄의식이 없어도 인간이라 할 수 있겠느냐 하는 작가의 시각이 나로서는 상당히 충격적이었죠. 아, 일본작가에게 이런 지성이 있었구나 하는…… 그런 소설들을 보고 나니까 소설이란 쓸 만한 것이구나, 쓸 필요가 있는 것이구나, 그럼 우리 얘기를 나도 한번 써보자……(웃음) 그래서 첫 데뷔작품이 내가 겪은 6·25가 어떤 의미를 갖고 있는가, 나에게 6·25란 어떤 의미인가 하는 주제르 대학교 2학년 때 쓴「생명연습」이었어요. 말이 나왔으니까 좀 얘기하자면 우리 세대의 문학은 어떤 의미에서는 6·25문학이라고 봐야 해요. 4·19세대의 문학이라고들 하지만 사실은 우리 세대가 어린시절에 겪은 6·25 이후의 체험담들이 결국은 우리 60년대 문학의 기본적인 배경이 된다고 봐야 하지 않을까. 적어도 나의 경우에는 6·25를 어떻게 봐야 할 것인가 하는 주제를 가지고 6·25 이후 한국인은 아버지를 상실한 세대, 민족대혼란의 전쟁과 이데올로기 때문에 성리학적 전통문화가 깨져버리고 아직은 새로운 것이 붙잡히지 않은 세대, 이렇게 압축시켜보자 해서 그렇게 썼던 거죠. 데뷔작 이후에 쓴 소설들도 거의 모두 그런 주제들이었죠.

**최원식**　재미있는 말씀이신데요. 60년대 문학이 오히려 6·25의 해석과정이었다는 얘기…… 그러면 50년대 문학과 무엇이 다릅니까?

**김승옥**　50년대 작가들은 6·25를 체험했고 그래서 보고서를 쓰듯이 사실 나열로 그쳤지만, 우리가 6·25의 의미를 나름대로 해석했다고 봐야겠죠.

## 4·19세대의 문학수업

**이성부**　저는 고등학교 다닐 때 문학공부를 시작했는데요. 그동안은 물론 김형 말씀대로 6·25를 겪었고, 그 전에는 교육이라는 것이 반공교육 일변도였어요. 그러니까 공산주의가 무엇인지도 전혀 모르는 상태에서 반공만 외치는 교육, 그리고 고등학교 다니면서 문학을 하다보니까 주로 교과서에 실린 시나 소설 같은 것들을 봤어요. 그러다가 우연한 기회에 선배들을 통해서 소위 월북작가, 납북작가들의 글을 접하게 됐죠.

그런데 교과서에 실린 시들보다 더 좋은 것들이 있다고 생각됐어요. 이를테면 정지용(鄭芝溶)이나 이용악(李庸岳) 같은 시들, 그리고 소설로는 이태준(李泰俊)이나 홍명희(洪命憙) 같은 그런 소설들을 고등학교 시절에 읽었는데 여기에서 회의라고 할까요? 반공 일변도 교육을 받은 세대로서의 회의, 갈등 같은 것이 느껴지는 거죠. 그러니까 그 사람들의 작품이 전혀 그런 것이 아니거든요. 시나 소설 내용이 공산주의에 가 있는 것도 아니고…… 그런 점에서 대학에 다닐 때까지 그런 것에 대한 목마름이라고 할까 하는 것들이 상당히 축적되어 있었고, 4·19를 계기로 해서 지금까지의 반공 일변도 교육을 다시 생각해보는 분화구나 분출구가 되지 않았는가 하는 생각을 합니다.

**최원식**  광주에서는 월북작가 작품들을 어떻게 구하셨어요?

**이성부**  선배들을 통해서 구할 수도 있고 헌책방을 다니면서……

**김승옥**  그 당시는 헌책방에 많았지요.

**이성부**  당시 광주에는 헌책방이 광주천변에 몰려 있었지요. 저와 같은 생각으로 헌책방을 뒤지는 고교생, 대학생이 꽤 있었는데, 월북작가의 책들이 쉽게 눈에 띄지는 않았어요. 그런 책을 우리는 골동품이라고 했는데, 어쩌다가 한권씩 보물찾기라도 한 것처럼 구해서 읽어보면 대단히 신선한 감동으로 왔어요.

**최원식**  특히 좋아했던 시인은 있어요?

**이성부**  『정지용 시집』, 이용악의 『오랑캐꽃』 등을 좋아했죠. 이런 책들을 대학노트에다 깨알같이 베껴서 친구들에게도 베끼도록 했어요.

**임헌영**  우리 집에는 월북한 형이 보던 책들이 그대로 다 있었어요. 일본책이라든가 8·15 이후에 나온 좌경관련 책들을 고등학교 때 우연찮게 보게 되면서 눈이 뜨이니까 고서점에도 가게 되고…… 특히 소련 작품들이 어설프게 번역되어 8·15 이후에 많이 나왔잖습니까? 그런데 국어교사들이 당시에는 매우 관대했습니다. 물어보면 다 얘기해주고, 자기가 읽던 책도 빌려주고 했어요. 심지어 중학교 때 시험에 정지용의 「향수」가 제목도 없고 작가 이름도 없이 나왔어요. 아이들이 보고 모두 이 시가 교과서에 있는 시보다 좋다는 거죠. 제가 찾아서 누구 시라고 하면서 제도권 문학의 장벽을 허물어갔습니다.

**김승옥** 그때는 박목월(朴木月)씨가 쓴 『문장강화』라는 책에도 정지용 시가 인용되고 그랬어요.

## 『사상계』의 영향력과 한계

**임헌영** 그런데 저는 4·19를 겪고 1961년에 대학에 들어가보니까 너무 배울 것이 없는 거예요. 제 은사가 백철(白鐵) 선생인데 그분은 다 아시면서도 전혀 얘기하지 않았죠. 제가 3·4학년 때부터 사사(師事)를 하면서 개인적으로 집에 가서 책도 보고 그랬지 1·2학년 때는 강의실에서는 완전히 다른 백철인 거예요. 뉴크리티시즘 이런 것만 얘기하는 그런 백철을 만나게 된 거죠. 그리고 『사상계』를 많이 봤어요. 제가 시골에서 교직에 있을 때 저하고 몇사람이 정기적으로 『타임』지라든가 『사상계』 같은 것을 정기구독하면 선생들이 돌아가면서 봤어요. 그런데 『사상계』의 영향력은 아주 막강합니다. 대신에 폐해도 있었다고 보는데요. 당시 『사상계』에서 단행본을 내면 제 봉급으로 그걸 다 샀어요. 현대사상총서인가 하는 것이 10권 나왔는데 1권이 니체일 거예요. 그밖에 거의 허무주의자 내지 야스퍼스, 키에르케고르 등을 보면서 집에서 보던 책과 너무나 다른 데 놀랐습니다.

**김승옥** 그런 책을 보면 한심스러웠겠죠.(웃음)

**임헌영** 한심스러운 게 아니라 어떻게 보면 훨씬 깊이있는 고민을 하는 것 같은 거죠. 그때 대학생이 되어서 한국문학을 공부했죠. 그때는 잡지도 『문학예술』 하고 몇개 정도였는데, 우리는 고등학교 문예반에서부터 다 봤으니까요. 그런데 대학에 와서 보니까 배울 게 별로 없다고 할까요? 그래서 이런저런 것을 다 보게 되었죠. 전후세대들의 문학에 대해서는, 자기들이 직접 체험한 것이기 때문에 오히려 거기에 빠져버렸다는 느낌이 들어요. 이호철(李浩哲), 서기원, 오상원 선생이 대표적인 분들인데, 나중에 이호철 선생을 만나보고는 생각이 달라졌지만 당시로서는 완전히 함몰되어서 자기의 인생을 살기 바쁜, 그리고 김승옥 선생은 먼저 이름을 날려서 오히려 우리는 대학원 다니면서 김승옥을 굉장한 문인으로, 연구대상으로 보지 않았습니까. 이성부 선생도 굉장히 빨랐죠.

**염무웅**　조숙한 천재들이지.

**임헌영**　그런데 뭘 느끼냐면, 그 전 세대들이 본 6·25보다는 우리가 느꼈던 6·25, 우리가 봤던 6·25가 그대로 살아 있고, 그 속에서 뭔가 더 본질적인 것을 보는 거죠. 오상원 소설은 어떻게 보면 전투현장 얘기인데 이 세대들이 쓰는 것은 전투 후방 얘기란 말입니다. 그래서 오히려 역사에 객관적으로 다가갈 수 있는 그런 것을 느꼈어요.

**염무웅**　그런데 두 분 얘기가 어느 부분은 일치하기도 하고 어느 부분은 갈라지는 대목도 있는데요. 아까 김승옥씨가 우리나라 민주주의에 이승만 공로가 크다고 한 것은 역설적인 얘기라고 생각합니다. 그런데 50년대의 이승만체제에 비판적이었던 야당이라든가 『사상계』를 포함한 야당적인 언론들이 가지는 한계도 생각할 필요가 있다고 봐요. 50년대 후반이지만 대표적인 야당이란 것이 55년에 결성된 민주당인데, 구파의 조병옥과 신파의 장면 같은 사람들이 모두 보수기득권 세력을 기반으로 하고 있어요. 구파는 친일지주세력이 중심이고 신파는 기독교 계통의 친미파가 많았잖아요. 조병옥 장택상 같은 사람들이 해방 직후 일제잔재를 청산하고 민족독립국가를 건설하는 과정에서 어떤 역할을 했는지 면밀하게 검토해보아야 할 겁니다. 그리고 『사상계』나 동아일보를 얘기하지만 동아일보도 이승만정권에 대해서는 비판적이지만 철저히 보수적이

고…… 말하자면 자유당 체제에 대한 진정한 대안을 가지고 있었던 것
이 아니라 한민당의 법통을 잇는 입장에서 이승만의 권력 독점을 반대했
던 것이죠. 그리고 『사상계』도 지금 돌이켜보면 50년대에는 좋게 말해서
자유민주주의랄까 그 테두리 안에 있었어요. 지금 임헌영 선생이 얘기했
듯이 『사상계』 내용 자체가 미국식 민주주의 체제를 벗어나는 어떤 것에
대해서는 아주 배타적이고 거기까지 시각이 안 가 있었던 것 같아요. 장
준하(張俊河) 선생 자신이 60년대와 70년대에, 말하자면 박정희정권과
의 싸움 속에서 민족이라든가 민주주의를 새로 발견하고 정치적으로 발
전을 했어요. 50년대의 『사상계』는 처음에는 미국의 원조를 받아서 출발
한 것이고, 그래서 일제시대나 해방공간에서 이룩된 사회주의 계통의 문
학이나 이론에 대해 주목하지 못했지요. 50년대의 공식적인 체제하에서
는 야당이든 여당이든 냉전적 금지구역을 벗어나지 못했던 것 같아요.
다행히도 임헌영 선생 같은 경우에는 옛날 책을 많이 접할 수 있었던 반
면에 저 같은 경우에는 책도 없었고 선배도 없었기 때문에 못 봤고요. 대
학에 들어와서 뒤늦게서야 해방 직후에 나온 마분지 책들을 조금 볼 수
있었고, 그보다는 영어라든가 독일어 같은 외국어를 통해서 남한체제가
허용하는 범위를 넘어서는 다른 시각이나 사고를 접할 수 있었던 것이
죠. 이것이 4·19의 덕인지 대학의 덕인지…… 하여간 대학사회라는 것
은 아무래도 체제의 한계를 벗어나는 자유를 누리는 법이니까요. 그래서
대학에 와서, 많은 색다른 것을 접하게 되었죠. 꼭 4·19가 아니더라도 사
람을 자유롭게 하고 새로운, 낯선, 억압되고 금지된 사상을 볼 수 있는 기
회가 역시 대학에 있는 것이 아닌가 싶고요. 그래서 저 같은 경우는 대학
에 와서야 겨우 50년대에 억압됐던 그 이전의 책들을 접하고, 이것이 50
년대까지의 반공 일변도, 또는 관제 일변도의 문화와 다른 눈을 뜨게 하
는 계기가 됐던 것이 아닌가. 그건 대개 우리 세대들이 공유하는 것이 아
닌가 싶어요.

**김승옥**  얘기하다 보니까 끝에서 할 얘기를 다 털어놔버린 것 같은데
요. 여당, 야당 문제는 지금 진보냐 보수냐 하는 차원에서 하는 것이 아니
죠. 정치적으로 실제 야가 보수주의자들이죠. 그러니까 그 사람들이 지금
까지 버티고 있는 거예요. 북한에서 내려온 사람들도 결국은 반공주의로
내려온 사람들이고, 그 사람들이 야당으로 집결됐던 것이죠. 대표적인 사
람들 이름을 들면 알 수 있잖아요? 그러니까 여당과 야당이 공존하는 정
치체제라는 뜻에서 민주주의라는 것이고 어떤 면에서는 야가 더 보수적
인 측면도 있죠. 더 친미적이고……

## 4·19세대의 문화사적 의미 ─ 한글과 민주주의의 세대

**김병익**  이념적인 대결구도로서의 여야가 아니라 같은 우파 체제에서
의 민주주의의 실질화냐 허울이냐, 그런 점에서 여야가 맞섰던 것이 아
닌가 싶고요. 이런 점에서는 염형과 비슷한 입장이었던 것 같은데, 어려
서는 물론 형님도 계시고 했으니까 월북작가들 작품을 유심히 보기도 했
겠지만 제 자신이 문학을 하겠다는 생각은 전혀 하지 않았고요. 다른 데
서 그런 고백을 한 적도 있지만 제가 고등학교 때 교회를 참 열심히 다녔
어요. 그리고 기독교의 연장선상에서 실존주의를 익혀가기 시작했고, 그
쪽으론 『사상계』가 새로운 사조의 글을 많이 소개했고 『사상계』는 기본
적으로는 인문주의적이고 교양주의적이었죠, 그러니까 정치적인 이데올
로기로 보자면 보수 우파적인 성격이죠. 그렇다 하더라도 서구 민주주의
를 토대로 한 인문학이었고, 『사상계』『현대문학』 같은 것을 보면서 저는
오상원보다는 오히려 손창섭(孫昌涉)이나 장용학(張龍鶴) 쪽에 더 많이
빠져들었죠. 그래서 대학에 들어와서도 잡지나 단행본을 보면서도 주로
관심을 둔 것은 그런 쪽이었던 것 같아요. 그리고 거의 모든 작품들을 그
런 눈으로 바라보게 되니까 선우휘(鮮于煇)씨의 「불꽃」이라든가 황순원

(黃順元)씨의 작품까지도 그런 시각으로 보게 되고…… 저는 해방되던 해에 초등학교에 들어가서 일어교육을 한 학기 받았고, 대학교 4학년 때 4·19를 맞이했지만, 제 생각에 4·19세대가 갖는 문화사적인 의미, 그건 김승옥씨가 얘기한 것처럼 한글세대였다는 것과 민주주의를 어려서부터 교육받은 세대라는 것, 한글과 민주주의, 두 개가 묘하게 서로 결합된 세대라는 점이거든요. 한글, 그러니까 기표와 기의를 일치시킨 언어로 교육받았다는 것, 그리고 문화적인 민족적 정체성을 한글을 통해서 더하게 되고 근대성이라는 교육을 민주주의를 통해서 배우게 되고, 그것은 4·19세대에 의해서 우리 역사의 근대화, 근대사의 실질적인 기점이 이어지는 것이 아닐까 하는 생각이 드는데요. 그 4·19세대가 소년시절에 6·25를 겪었다는 것, 김승옥씨가 얘기한 것처럼 전쟁을 직접적으로 체험한 선배세대와 달리 전쟁을 관찰하고 전쟁의 후유를 겪어야 했고, 피난이나 가난을 몸으로 받아들여야 했기 때문에 이 세대가 6·25를 통해서 세계를 바라보고 인식하고 이해하고 해석하는 빌미가 되지 않았던가. 그래서 김승옥씨가 한글세대의 문학은 다 6·25문학이라고 한 것을 당연하게 받아들인 것이지요. 60년대 작가들이 거의 전쟁 얘기를 작품화했고, 그 전쟁의 화자는 소년이었거든요. 그러니까 그것을 통해서 자기가 이 세계를 어떻게 바라보게 되었는가를 얘기하는데, 그런 점에서 보자면 6·25라는 것, 그리고 4·19라는 것이 전근대적인 혹은 전후적인 체제를 극복하는 것이라고 할까요? 그렇게 되어서 거기에서부터 근대화가 이루어지면서 문화적인 민족적 정체성, 인식의 민주화, 그리고 이성이라든가 자유에 대한 의식이 개화된 것이 아닐까 싶어요. 그래서 4·19가 혁명이나 의거냐 하는 얘기가 나옵니다만, 4·19에 대한 평가가 의거에서 기념으로 점점 추락되어가다가 90년대에 들어와서 다시 혁명이라는 얘기가 나왔죠? 혁명의 성격을 어떻게 규정하느냐 하는 것이 매우 복잡하긴 하겠지만 우리에게도 혁명이 있었다고 한다면 그 시점을 4·19로 잡는 것이 어떨까. 그

것은 전 시대의 식민지체제라든가 6·25체제를 극복하는 단계였고, 근대성이 시작되는 때였고, 그래서 이건 혁명으로 봐야 하지 않을까 하는 생각을 많이 합니다.

**김승옥**　저도 동감입니다. 4·19는 과거의 모든 시대가 청산되고 민주주의 이름으로 전혀 새롭게 시대가 출발하는 시작점이었지요. 다음해에 발생한 5·16과 비교하면 4·19의 의미는 더욱더 중요해집니다. 4·19적 방향이냐, 5·16 방향이냐 하는 두 가지 갈림길에서 결국 5·16 방향으로 나아가버렸지만 4·19는 어쨌든 새로운 시작이었고 5·16적 방향 속에서도 실낱처럼이나마 명맥을 유지하며 시간이 지날수록 동아줄처럼 굵어져왔죠.

## 정신적 근대화와 경제적 근대화

**김병익**　그런데 저는 4·19와 5·16은 이인삼각(二人三角)이 아닌가 생각했거든요. 자유민주주의라는 4·19의 정신과 달리 5·16쿠데타는 정치사적으로나 정신사적으로 여러가지 부정적인 요소가 압도하고 있지만 근대적인 경제체제를 개발하려고 했다는 점에 주목할 수 있을 것 같아요. 민주주의라든가 자유라는 것의 물적 토대는 역시 어떤 경제적인 기반 위에서 가능한 것이지 그것 없이 실재하기 어려우니까요. 그래서 경제적인 근대화와 정신적인 근대화, 이것이 60년대를 이인삼각 형태로 끌고 간 것이 아닌가. 그리고 둘 사이가 제휴하거나 협력한 것이 아니라 오히려 견제하고 길항한 것이었지만 거기에서 우리 현대사가 시작된 것이 아닌가 하는 생각이 듭니다.

**김승옥**　저는 4·19는 독자적인 세력을 만들면서 90년대가 될 때까지 고독하게 제 길을 걸어온 걸로 봅니다.

**임헌영**　제가 보기에 50년대를 생각 안하고 4·19라는 것이 있을 수 없는데, 한민당도 사실은 다 이승만정권을 지지하던 사람들이었는데 1954

년의 삼선개헌을 계기로 양극화되죠. 이승만이 종신집권하겠다는 그 무렵을 전후해서 소위 호남 쪽 한민당 계열이 떨어져나오고, 그 다음에는 흥사단 계열의 지지세력들이 떨어져나오고, 그래서 결국은 동아일보도 그때부터 강경한 논조가 되고, 『사상계』도 반이승만 논조로 바뀝니다.

**염무웅** 민주당 신구파가 그거죠. 민주당 신파가 경향신문이고 민주당 구파가 동아일보조.

**임헌영** 그래서 흥사단과 가톨릭이 합쳐서 경향신문이 되고, 『사상계』도 초기에는 온건한 교양주의, 아까 김병익 선생의 말씀대로 인문주의적인 것이었다가 1955년을 전후해서 장준하 선생으로 바뀌면서 일종의 준흥사단 내지……

**염무웅** 처음에는 『사상』이라는 이름으로 나오다가 55년부터 『사상계』로 되죠.

**임헌영** 그리고 함석헌(咸錫憲) 선생이 바뀐 것도 그때예요. 그 세력이 4·19의 역동적인 힘이 되었고요. 다음에 문단도 마찬가지고 지성계나 국민 전체가 6·25를 겪으면서 그 당시 웬만한 청년들은 희생되거나 납북 혹은 월북했지만, 그래도 일부 잔존세력들이 상당수 있었죠. 나중에 보니까 그 뒤에 선이 다 닿아 있지 않았습니까? 4·19 뒤에는 그걸 혁신세력이라고 불렀습니다. 그런 큰 흐름이 하나 작동한 것 같고, 그 다음에는 아까 말씀하신 대로 사회 현상 전체에서 일어나는 역사적인 우연과, 그 우연이 필연이면서 그것이 4·19라는 역사의 한 흐름에 많은 군중들을 동원할 수 있는 힘이 되지 않았나 싶어요. 그런데 문단은 다 아시다시피 한국문학가협회가 1949년에 형성되어서 계속 조연현(趙演鉉), 김동리(金東里) 일변도로 내려왔지 않습니까? 염선생도 전후 문협에 대해서 조사했다고 하셨는데, 사실 전후 문협이라는 것이 실체는 없고 영향력이 있는……

**염무웅** 네. 같이 모임을 몇번 가지고 덕수궁에서 찍은 사진도 있어요.

구자운(具滋雲), 신동문(辛東門), 서기원, 오상원, 이호철…… 그래서 1
대 간사가 있고 2대 간사가 있는데 기록은 하나도 남아 있는 것이 없죠.

**임헌영**　그게 상징적으로 한국문학가협회라는 찬밥신세들의 결집체로
나왔는데, 그러나 그 세대들이 문단 형성은 못한 거예요. 4·19세대들이
나와서 오히려 문단세대를 형성하고 '창비'와 '문지'가 되었는데, 그러니
까 전후 문협세대들은 어떻게 보면 후배들에게 얹히게 된 거죠. 그런데
4·19라는 것이 김선생이 말한 대로 문화적인 교체기가 되면서 통일운동
이나 민중운동, 민족운동까지도 함께 담아내는 계기가 되지 않았나 싶습
니다.

## 좌익 가족사가 문학에 준 영향

**김승옥**　그런데 저는 이런 얘기하면 건방진 소리 같아서 좀 뭣합니다
만, 어쩌다 보니까 독서를 일찍 시작해서 초등학교 때 한설야(韓雪野)니
이기영(李箕永)이니 다 읽어치웠단 말이죠. 그러고나서 대학교에 들어
가니까 월북작가들 작품 갖고 쉬쉬하면서 보고 난리예요. 저는 문리대
학생회에서 발행하는 『새세대』라는 격주간신문 기자로 일했는데 함께
일하던 친구를 통해서 루카치 책을 빌려 본 경험이 있습니다. 루카치 정
도가 저에게는 새로운 존재였고, 월북작가들 소설은 대부분 다 읽었던
책들이어서 흥미가 없었어요. 그리고 여순반란사건이 일어난 순천지방
에서 성장해서 그런지, 아까 임형도 집안에 좌익이 있었다고 하는데, 나
도 집안에 그런 분들이 계셔서 피해다니고 도망다닌 기억 때문에 저는
개인적으로 좌익적 분위기란 게 싫은 느낌이었어요.

**김병익**　여수순천사건 때문에 많은 영향이 있었죠?

**김승옥**　집안에 외삼촌이 한분 계시는데 여수순천 반란사건 당시에 순
천중학교 학생동맹 위원장이었어요. 1948년이니까 해방되고 3년밖에 안

되었을 때지요. 학생동맹이니까 좌익이고 14연대 좌익군인들과 함께 학
생시위를 주도하기도 하고 그러다가 진압군에게 쫓기게 되니까 지리산
에 빨치산으로 들어갔어요. 진압당하는 과정에 도망쳐서 서울로 갔지요.
6·25가 터지자 영어를 잘하니까 미군부대에 통역관으로 들어갔다가 기
독교를 처음 알게 되었어요. 휴전 후에 사회에 나와서 신학공부를 하여
목사님이 되었어요. 제 아버지도 그 무렵에 세상을 떠나셨지만, 제 나이
여덟살 때지요, 아버지도 일제시대 때부터 남로당 당원이었던 모양입니
다. 일본에서 대학 다니다가 방학 때면 고향에 돌아와서 세포를 조직하
고 교육시키고 그랬던 모양인데 어쨌든 아버지의 그런 전력 때문에 여순
사건 이후 집안에 대한 감시가 심해지니까 그런 시선을 피해서 저는 초
등학교를 세 군데나 전학다녔죠. 자라면서 어린시절부터 그런 갈등을 느
꼈지요, 아버지가 옳으냐 내가 받은 교육이 옳으냐. 그래서 독서를 일찍
시작했던 것이 아닌가, 그렇게 생각해보곤 합니다. 아마 아버지는 일제에
서 해방되기 위하여, 독립운동을 하기 위하여 남로당에 들어갔던 것이
아닐까, 아버지 세대에서는 제국주의가 아닌 국가, 피압박민족의 해방을
지원해주는 국가가 소련밖에 없었기 때문에 아버지도 맑시스트가 됐던
게 아닐까, 아버지에 대해 저는 그렇게 이해해보고 있습니다.

**염무웅**　이문열(李文烈)하고 이문구(李文求)하고 다 그렇게……

**김승옥**　다 김삿갓들이지. 반체제분자의 자식들이란 점에서……

**염무웅**　우리집은 아주 평범한 집이어서 아무런 그런 것이 없는데.

**임헌영**　그러니까 더 위대하죠. 그러면서 깨달았으니까……(웃음)

**김병익**　김형 얘기를 듣다 보니까 지금 기억나는 것은 1961년에 신춘
문예에 데뷔했던가요?

**김승옥**　62년이죠.

**김병익**　그때 제가 그 작품을 보고 난 다음에 군에 입대했던 것 같아요.
그러고는 군대시절 몇년 동안 완전히 공백상태로 있다가 제대해서 동아

일보 기자로 65년에 입사했는데 66년『서울 1964년 겨울』이 창우사(創又社)에서 단행본으로 나왔지요. 그것을 보면서 그날 밤을 상당히 고통스럽게 보낸 기억이 있거든요. 이렇게 아픈 문학이 있구나, 충격적으로 아프게 하는 문학이 있구나 해서 60년대 세대가 손창섭과는 다른 또하나의 세계를 만들어가겠구나 하는 생각을 했거든요. 그러고 나자 얼마 안돼서 이어령(李御寧)씨의 제3세대론이 나오고, 그리고 유종호(柳宗鎬)씨의 감수성의 혁명이란 말이 나왔지요. 그렇게 해서 60년대가 문학적인 공인을 받게 되고요. 그러니까 김현은 65년 세대라는 말을 쓰기도 했지만 그 즈음이 4·19세대가 문단으로 대거 진출한 시절이 아닌가 싶은데요.

## 한국문학의 흐름을 바꿔놓은 '4·19문단'

**김승옥**　4·19문단이란 얘기가 나왔습니다만 지나고 보니 한국문학사에서 중요한 역할을 한 게 4·19문단이 아닐까 생각합니다. 4·19 이후에 대학생 신분으로서 문학동인지를 펴낸 사람들이 그후 한국문단을 주도하는 세력으로 성장했죠. 여기 있는 염무웅과 저 그리고 작고한 김현 김치수 최하림 등등이 모여『산문시대』라는 동인지를 펴냈고, 한편으로 여기 계시는 임헌영씨, 지금 경향신문에 계시는 이광훈(李光勳), 매일신문 주필이신 주섭일, 평론가 임중빈(任重彬)씨 등등『비평작업』이라는 동인지를 펴냈죠. 그 대학생들이 사회에 나와서『창작과비평』을 주도하고『문학과지성』을 펴내며 김동리 조연현 선생들이 주도하던 한국문단을 바꿔놓았습니다.

**김병익**　3·1운동이나 4·19가 직접적으로 문학에 투영된 것은 별로 없는데 동학이라든가 6·25는 상당히 중요한 주제로 표현되고 있어요. 같은 민족사적이고 정치사적인 사건인데 왜 그런가 하는 생각을 가끔 해본 적이 있어요. 그것을 사후적으로 설명할 수 있는 것은 3·1운동이나 4·19는 어떻게 보면 지식인운동 상류층운동이고, 적어도 이념이나 정치사적인 운동이지만 동학이나 6·25는 민중사적인 체험이거든요. 그러니까 문학적 형상을 얻기에는 더욱 적극적이지 않았던가. 지금 4·19를 소재로 한 작품은 의외로 적습니다. 3·1운동 자체도 그렇습니다. 그런데 3·1운동이나 4·19 같은 사건의 영향은 문학적인 소재보다는 그 문학세대를 길러냈다는 것, 그러니까 아까 말한 1919년부터 20년대 초에 이르는 동인활동이라든가 4·19 이후 4·19세대의 등장이라든가 80년 광주항쟁 이후에 운동권 세대가…… 그러니까 정치적인 사건은 문학적인 소재보다는 새로운 세대의 출현을 기약해주는 것이 아닌가 하는 생각이 들데요.

**최원식** 그 말씀에 기본적으로 동의를 하면서도 3·1운동세대가 3·1운동을 주제로 한 위대한 작품을 못 썼다는 것, 혹은 4월세대가 4월혁명을 주제로 뛰어난 작품을 못 썼다는 것이 혹시 3·1운동과 3·1운동세대 또는 4월혁명과 4월세대의 문학적 한계와도 연결되는 것은 아닌지요? 4월세대는 매우 행복한 세대라고 얘기하잖아요. 끊임없이 회귀해서 참조할 중요한 영감의 원천을 세대 전체가 공유하고 있다는 점에서 행복하기는 한데, 세대의식이 매우 강해서 50년대를 격하했다는 느낌도 듭니다. 아까 임헌영 선생이 아주 정리를 잘해주셨는데 1955년부터 확실히 달라지거든요. 사회도 그런 것 같아요. 55년부터는 전후 부흥이 본격적으로 되면서, 물론 가난했지만 그 앞시기와는 달리 뭔가 발흥하는 분위기가 있었어요. 마띠에의 『프랑스혁명사』를 보면 그런 얘기가 나오거든요. 혁명은 가난하고 지친 민중이 있는 나라에서 터지는 것이 아니라 전반적으로는 상승하는 나라에서, 뭔가 국민의 기운이 상승하는 나라에서 터진다고 했는데, 그런 점에서 보면 50년대 후반에 사회적으로도 그렇고 문학도 그렇습니다. 50년대 후반 문학의 분위기를 보면 뭔가 사회성이랄까요, 그런 것이 강하게 등장합니다. 염선생님이 자주 말씀하시지만 『새벽』이라는 잡지, 그 잡지를 보면 확실히 달라지고 있어요. 그래서 50년대 후반 문학, 50년대 후반 사회와 60년대 4월혁명과의 연관점을 다시 조명할 필요가 있는 것 같고요.

그 다음에는 아까 김병익 선생님이 이인삼각이라고 말씀하셨는데, 5·16쿠데타를 단순히 부정만 할 수는 없죠. 여러가지 복잡한 얘기들이 있어서요. 우선 박정희 자신이 좌익의 후예이기도 하잖아요. 전해들은 얘기입니다만, 대통령선거에서 윤보선이 오히려 사상논쟁을 함으로써 떨어졌다는 얘기도 있듯이 박정희정권의 성격이 매우 복잡하기는 합니다. 그래도 기본적으로는 개발독재죠. 4월혁명에 대한 좌절이고 4월혁명에 대한 배신입니다. 5·16쿠데타가 났을 때, 그리고 그후 전개된 사회 속에서 4월혁명 세대의 문학적 응전, 이런 점들에 대해서 말씀해주시죠.

## 60년대의 역사는 4·19와 5·16의 투쟁사

**김병익**　4·19 때는 전날 밤 친구집에서 자고 종로를 거쳐서 돈암동 집까지 간 적이 있거든요. 그때 아까 말한 대로 시위에 참가한 구두닦이라든가 학생들, 청소년들에게서 환희, 기대, 희망, 그런 것을 느꼈거든요. 그리고 나서 1년 후에 5·16이 났는데, 제가 대학원에 들어가서 공부 좀 할까 하던 참이었죠.

**최원식**　대학원도 정치과로 들어가셨습니까?

**김병익**　대학원에 들어간 지 얼마 안됐을 때죠. 그때 미도파 앞에서 버스에서 내려 조선호텔로 해서 광화문 중앙청까지 걸어갔는데, 그때 탱크가 시내에 있고 토치카인가요? 그런 것이 있었던 것으로 기억되는데, 분위기가 아주 살벌했어요. 우리는 민주주의 세대인데 이렇게 무너지는구나 하는 절망감, 희망없음, 이런 데에 빠지더군요. 그래서 공부는 때려치우고 시골로 내려갔어요.

**최원식**　선생님이 문학평론가가 된 것이 다 5·16 때문이네.(웃음)

**김승옥** 5·16 소식을 저는 아침에 학교 가는 도중에 들었어요. 군대가 들어와서 서울을 점령하고 있다고 하는데, 나는 당시 착각하고 있었던 거죠. 우리나라는 남미라든가 동남아 같은 데와는 달리 좀 고급스런 나라인 줄 알았는데, 대한민국이라는 것이 이런 후진국이었던가 하고 부글부글 화가 나더란 말예요. 유치하게 쿠데타가 일어나다니 추락도 이런 추락이 없단 말이죠. 대한민국이 이렇게 못난 나라였던가 하고, 그러니까 당시에는 대한민국에 대해서 환상을 갖고 있었던 거지.(웃음)

**김병익** 군대만 하더라도 송요찬처럼 사격을 거부한 군대가 있었고, 군에 대해서 좋은 인상을 갖고 있었던 거지.

**김승옥** 4·19 때도 군에 대해서 좋은 인상을 가지고 있었지요. 그때는 군인이 학생들의 데모를 보완해주는 세력이었으니까. 그런데 치사스럽게 쿠데타가 나다니 대한민국이 이렇게 한심한 나라였던가 하는 낙심천만이 말도 못할 정도였죠. 그런데 이 자리에서 고백할 게 하나 있는데, 나중에 박정희 대통령이 민정이양 형식으로 대통령선거에 나왔을 때 나는 박정희에게 투표했어요. 학교 친구들은 다 아니라고 하는데, 아까 염형도 야당이 보수적이었다고 얘기했지만, 그 무렵 내 눈에는 4·19 이후 집권한 민주적 세력들이 어쩐지 미국 원조물자 가지고 나눠먹고 사는 똘마니구나 싶은 느낌밖에 안 들었단 말예요. 별로 기대할 것이 없었어요. 그 사람들보다는 차라리 촌티나는 박정희의 민족주의가 낫겠다, 그래서 나는 정말 박정희한테 표를 찍었어요.(웃음)

**염무웅** 그런데 5·16 당일 큰 실망을 느낀 것은 마찬가지지만 우리가 대학교 2학년 때였는데 대학의 분위기는 5·16에도 불구하고 그렇게 달라진 것은 없었어요. 그러니까 대학생이 정치화되기 전, 정치데모의 주역으로 되기까지는 학원에 대한 사찰이나 억압이 심하지 않았어요. 나는 60년대 이후 줄곧 대학 근처에서 살아온 셈인데, 적어도 90년대까지 우리 학년만큼 대학 4년간 중단 없이 공부한 경우가 별로 없을 겁니다.

**최원식**  그거 재미난 말씀이네요.

**염무웅**  그 뒤에는 끊임없이 데모가 이어져서 한 학기를 못하기도 하고, 또 문은 열어놨지만 사실상 휴업상태인 적도 많았지만 우리 학년은 대학 4년간 한번도 빠짐없이 수업을 했어요. 그래서 대학 4년간 책도 많이 읽었고 수업도 많이 듣고 아주 많이 배웠어요. 그러니까 5·16 초기 몇 년 동안은 대학사회에 대해서 건드리지 않았어요. 대학이 현실정치의 중심으로 진입한 것은 한일협정 반대데모가 고조된 64년인데 나는 이미 졸업한 뒤였고……(웃음) 그때는 계엄령까지 나왔죠. 그리고 아까 최원식 선생이 5·16 주체세력들이 단순한 사람들은 아니라고 했는데 인정이 돼요. 박정희씨 자신이 사석에서는 놈자를 안 붙이고 미국사람을 얘기한 적이 없다고 해요. 꼭 미국놈들이라고 했다는 겁니다. 그러나 박정희씨의 개인적 성향과 관계없이 5·16은 4·19의 민주주의와 민족적 지향에 대한 부정임에 틀림없다고 봐야 할 겁니다. 그리고 거기에는 어떤 루트를 통해서든 미국의 입김이 작용했었다고 봐야겠지요. 역사의 발전이랄까 민주주의를 추구하는 민중의 움직임과 그것에 거역하는 반동세력이나 외세의 억압이 끊임없이 밀고 당기고 하는 흐름이 지금까지도 지속되고 있고요. 그러니까 60년대의 역사는 말하자면 4·19와 5·16 간의 투쟁이었고, 그것이 지금까지 저변에서 지속되어왔다고 봐요.

**김병익**  상보관계로 유지되어왔다면 7,80년대의 경제적인 모순이라든가 정치적인 민주화가 훨씬 순조롭게 잘 진행됐을 텐데 갈등관계로 부딪쳐왔기 때문에 뭔가 하나가 유보되어야 했으니까요.


## 4·19와 5·16은 이인삼각


**김병익**  4·19와 5·16이 이인삼각이라는 얘기를 했지만, 60년대 중반에 한국학과 근대화론, 이것이 학계와 통치자의 화두였거든요. 그러니까 우리나라를 근대화시켜야 한다는 것이 쿠데타 세력의 명분이었고, 학계에서 보자면 어차피 우리 사회는 근대화시켜야 한다는 거였죠. 그래서 근대화에 대한 씸포지엄·저서·논문들이 숱하게 쏟아져나왔고, 다른 한편으로는 식민지체제라든가 6·25체제가 청산되는 계기를 맞으면서 우리 스스로 우리 운명을 개척할 수 있다는 자신감을 4·19의 체험을 통해 얻게 되면서 민족사관을 새로이 정립해야 한다며 식민사관이라든가 정체사관을 극복하는 민족사의 주체적인 움직임으로써 한국학 붐이 일어났죠. 이렇게 두 개가 이인삼각처럼 진행되어왔는데, 근대화나 한국학이 학계나 지식인들의 화두이면서 5·16세력으로 보자면 집권과 개발독재의 명분이 되고 그래서 두 개가 어떤 부분에서는 합치된다고요. 그래서 70년대에 '한국적 민족주의'라는 기이한 용어가 나온 것이 한국학과 근대화가 섞여서 유신의 명분으로 발전된 거죠. 그래서 4·19와 5·16의 전통이 60년대 중반으로 가서는 한국학과 근대화의 논의로 존속된 것이 아닌가 싶어요.

**임헌영** 저는 61학번인데 학교에 들어와서 불과 한두 달 만에 5·16이 나더라고요. 학교에 가는 길에 보니까 군인들이 있고 라디오에 나오고 하더라고요. 그래서 바로 학교로 가서…… 중앙대에도 우리 선배들 중에 중도좌파들이 있었어요. 그래서 그냥 있을 수 없다고 해서 군인들이 삼엄한데도 시청 앞까지 일부러 왔어요.

**최원식** 데모대로 간 거예요?

**임헌영** 아니죠. 그때는 데모도 못하고, 계엄상태에서 군인들이 완전히 전투무장을 해서 곳곳에 있고 교통정리까지도 군인들이 하고 경찰들은 다 사라진 상태였는데 일부러 시청 앞까지 와서 샅샅이 다 돌아봤어요. 참 한심했는데, JP가 만든 휘황찬란한 단어 '민족적 민주주의' 때문에 아주 황홀해서…… 김형도 박정희를 찍었다고 하는데 저도 그랬어요. 박정희를 찍으라고 저는 운동할 정도였어요. 왜냐하면 윤보선이 부산에서 선거전을 시작했는데, 뉴욕타임즈를 비롯한 외신들에 기사가 나서 그걸 들고 박정희가 좌파라고……

**최원식**  아, 그때 뉴욕타임즈에 났어요?

**임헌영**  기사가 났어요. 여순사건 관련자로 공격받아 5·16으로 투옥중이던 혁신세력들도 면회온 가족에게 박정희 찍으라고 했답니다. 그걸 보니까 이럴 것이 아니라 바로 '민족적 민주주의' 세력을 키워야 한다 하면서 마을사람들 촌사람들 할 것 없이 우리 친구들이나 학생들에게도 박정희를 찍어야 한다고 했죠. 그걸 지금 생각하면 너무 어리석어서 당시의 진보세력들의 한계를 느끼게 해줍니다. 윤보선의 매카시즘이 오히려 자신을 낙선시킨 거죠.(웃음)

**김병익**  그 당시 한민당이라든가 집권세력에 대한 불만, 환멸이 박정희를……

**김승옥**  당시에는 진보적으로 보였다고요.

**김병익**  민족정체성에 대한 추구, 이런 것들을 박정희가 민족적 민주주의라는 이름으로 얽어맬 수 있었죠.

**김승옥**  박정희씨의 과거가 그것을 더욱 돋보이게 했고……

**임헌영**  저는 그때 민주당 집권세력이 참 국민들의 마음을 못 읽는구나 생각했어요. 나중에 커서 들은 얘기인데 박정희는 회의하면서 간부들이 '큰일났다. 우리 떨어지게 생겼다'라고 하니까 '걱정없다, 내가 된다'고 했다는 거예요. 그만큼 박정희는 민심을 읽고 있었죠. 6·25의 갈등 속에서 영호남 지역의 좌파 희생가족들 중에 연좌제에 묶인 사람들이 많다는 것을 알고 있었고, 민주당은 그걸 몰랐던 거죠. 친일집권세력이었으니까. 『김형욱 회고록』은 분명히 윤보선의 사상비판 덕에 오히려 박정희가 당선되었다고 쓰고 있습니다. 이 사건이 시사하는 것은 60년대까지도 레드콤플렉스가 강하지 않았다는 사실입니다.

**김병익**  4·19 직후의 혼란이 기성세대들에게는 상당한 불안감을 주었던 것이 사실일 테고, 당시 리더십을 갖춘 정치지도자들이 거의 없었어요. 조병옥이 작고하고 나서는 그 영향권에서 주도권을 발휘할 사람이 거의 없었죠.

**임헌영** 김병익 선생님이 아까 국학이라고 말씀하셨는데, 5·16 이후 우리나라 정치학계에서는 민족주의 연구가 본격적인 궤도에 진입했던 것 같아요.

**최원식** 억압됐던 민족담론이 떠올랐죠.

**이성부** 그렇죠. 4·19를 계기로 해서 지금까지 억압된 자유라든가 민족, 이런 것들이 1년 동안 아주 활발하게 얘기된 것 같아요. 김병익 선배 말씀처럼 정치적으로 혼란기라고 할 수도 있겠는데……

**김병익** 학생들에게는 새로운 기회의 태동이지만 기성세대로 보면 학생들이 데모하러 국회의사당으로 쳐들어가고 했으니까 불안했던 것은 사실이죠.

**이성부** 저는 자유로운 시기라고 생각하고, 또 4·19를 계기로 지금까지 들을 수 없었던 여러 문화적 사상적 담론들이 활발해졌다고 기억됩니다. 아까 동학이 문학의 주제가 되고, 또 문학에서 6·25가 정면에서 다루어지는 그런 것이 5·16을 거치면서 계속 더 다양해지고 심화되지 않았는가 하는 생각을 합니다. 가령 김수영(金洙暎)이 모더니즘의 영향을 벗어난 것이 4·19 이후의 일이고, 이후 타계할 때까지 현실과 정치상황에 대한 비판 풍자의 작품들을 적극적으로 내놓은 것도 이 무렵부터이지요. 신동엽(申東曄)의 「껍데기는 가라」도 5·16 이후에 씌어졌고 서사시 「금강」도 같은 경우입니다. 이 두 사람의 문학은 다음세대인 우리들에게도 크게 영향을 미쳤지요.

**김승옥** 그렇기 때문에 그 세대가 형성됐고, 그 사람들이 있으니까 민주주의 세력이 형성됐고, 따라서 4·19적 세력은 군사정권하에서도 패배하지 않고 유지돼온 거죠. 김수영씨 같은 분은 인간적으로도 참으로 순수한 분이었죠.

**김병익**　어떻게 보면 4·19와 5·16이 하나는 적극적인 긍정이고 한쪽은 적극적인 부정이기는 하지만 둘이 함께 있었기 때문에 60년대라는 시대사가 가능했던 것 같고 7,80년대의 경제성장이든 민주화를 위한 저항이든 가능했던 것이 아닐까 합니다.

**김승옥**　제 개인적인 교우관계에서 경험해본 것인데, 5·16 이후 대학을 우수하게 졸업하고 ROTC 장교였던 젊은이들이 정보부나 정부기관으로 많이 들어갔지요. 바로 민주적인 4·19세대가 독재적 군사정권의 실무자로 들어갔단 말이죠. 정치권력의 상층부 즉 군장성들 쪽에서만 극단적으로 나왔을 뿐이고 젊은 실무자들 대부분의 의식 속에는 4·19정신이 들어 있었기 때문에 이 세대들이 성장하여 정부의 중견이 되었을 때 군사정권이 더이상 악화되지 못하고 속절없이 무너질 수밖에 없었다고 생각됩니다.

**염무웅**　얼마 전에 「이제는 말할 수 있다」는 MBC 다큐멘터리를 보니까 5·16부터 며칠 동안의 긴박한 상황 속에서 당시의 정부수반 장면(張勉)씨가 무엇을 했는지 여러 사람의 증언이 나오더군요. 당시 주한 미국대사나 8군사령관은 합법정부를 지지하는 듯한 발언을 했지만 그러나 구원을 요청하는 장면 총리의 호소를 냉정하게 거절해요. 그런데 미국의 입장은 "우리는 국내에서 당신 내각을 지지하는 세력의 태도에 달려 있지 우리가 어떻게 거기에 개입하느냐?" 하는 태도예요. 그러니까 미국은 여러 가능성을 다 보는 거죠. 바로 1년 남짓 전에 4·19라는 반독재에 성공한 국민들이 5·16 같은 쿠데타에 대해서 좌시하고 방관할 리 없지 않느냐 하는 시각도 있는 것 같고, 반면에 민족주의 운동을 제압하지 못하는 장면정권을 불신하는 시각도 있는 것 같아요. 장면정부가 진정한 민주정부라면 그 정부를 위해서 목숨이라도 희생할 만한 사람들이 있어야 잖아요? 가령 73년 칠레 아옌데정권이 무너지는 것과는 너무나 달라요.

아옌데는 기관총을 무릎에 끼고 쿠데타군과 싸우다가 전사했어요. 반면에 장면은 국민에 대한 신뢰를 갖지 못한 상태에서 미국 눈치만 보다가 자수했어요. 한다디로 민주당정부에 대한 국민적 지지기반이 취약했는데, 그것은 동시에 4·19의 취약성이기도 하지요. 그러니까 4·19라는 것 자체의 한계도 5·16을 통해서 보이는 거죠.

**최원식** 장면 문제는 요새 밝혀진 것으로는 미국에 의해서 연금을 당한 거예요. 수녀원에서 나갈 수가 없었어요. 상황을 수습하려고 했는데 완전히 봉쇄됐다는 거예요. 그래서 5·16과 미국의 관계가 간단하지 않습니다.

**임헌영** 최근 어떤 정치학자 논문을 보니까 사십몇 일 전인가에 5·16에 대한 정확한 계획이 미국에 보고됐다고 해요.

**김승옥** 이것은 소설가적 추리지만 미국의 허락 없이 될 수 없는 일 아니에요?(웃음)

## 전후세대 작가와 4·19세대 작가

**임헌영** 아까 김선생도 얘기했지만 사실은 50년대 후반부터 장용학, 손창섭 등 전후문학 세대들이 상당히 부상했고, 베스트쎌러 품목에서 원로들이 사라졌습니다. 어떻게 보면 전후문학 세대들이 가장 불행했다는 생각이 들어요. 베스트쎌러가 가장 단명했던 세대죠. 김승옥 선생이 나오고부터는 바로 전후문학 세대들의 작품은 거의 장사가 안됐을 거예요. 장사될 만한 사람은 몇 사람이죠. 최인훈(崔仁勳), 이호철 선생이나 몇몇 분들이지 그 외에는 50년대 후반기에서 60년대 초반기까지 하다가 말죠. 4·19세대라는 한글세대가 등장하면서 독자들의 감각이 달라져버리거든요. 그러다가 순수참여 논쟁의 바탕 위에서 민족문학·농민문학이 나오고 그렇게 되니까 점점 분화되는, 말하자면 4·19 이전까지 한국문단이 하나였다가 어떻게 보면 이념이라고까지는 할 수 없지만 문단 자체의 분위기나 교유관계가 분화되는 것이 60년대가 아닌가 하는 생각이 들어요.

**김병익** 50년대의 전후작가들을 보면, 마땅히 평가받고 주목되어야 할 하근찬(河瑾燦)씨는 지금 봐도 아주 뛰어난 작가였다는 생각이 들고요. 그후에 가령 이문구는 참여문학의 선배로 평가받아야 하는데 그 사람은 베스트셀러 작가에서 탈락되었고 당시에도 크게 주목을 받지 못했던 것 같은데 참 아까운 작가예요.

**김승옥** 제일 큰 문제는 가난입니다. 소설가가 소설을 못 쓰니까 좋은 소설이 없다고들 소설가를 나무라지만 사실은 우수한 작가들이 가난 때문에 소설을 못 쓰는 거예요. 방영웅(方榮雄) 같은 작가도 결국 글을 못 쓰는 이유가 가난 때문일 거고……

**염무웅** 가난해도 못 쓰지만 또 약간 가난해야 글을 쓰는데……(일동 웃음) 배가 좀 고파야 머리가 맑아지잖아요? 물질적 여유는 정신을 타락시킨다고 생각합니다. 물론 절대적 빈곤은 지적 활동의 기반 자체를 앗아가는 거지만요.

**김승옥** 약간 가난이 아니라 최저 가난이니까……

**김병익** 새 시대에 대한 의식이랄까 그런 것이 표면화된 세대, 물론 그 이전 30년대에도 세대논쟁이 있기는 하였지만 전후세대만 해도 떠밀려서 전후시대를 살았지만 자기 세대에 대한 부정적인, 자기들은 희생당했다는 그런 것이 지배적이었는데, 4·19세대야말로 당당하죠. 정치적인 혁명도 이루었고 한글세대이고 또 그 전 세대를 청산하는 싱싱한 분위기가 있었고, 또 실제로 일본의 중역(重譯)시대를 지나서 우리말로 우리 글을 쓸 수 있다는 자산을 가지고 출발한 세대고, 그러니까 그 전과 문학적인 감각도 다르고 세대적인 기질도 다르고. 그래서 그후로도 보면 유신세대, 운동권세대 할 때는 부정적인 함의가 있는데 4·19세대만은 상당히 자부하는 것 같아요.

## '창비'의 창간이 던져준 충격

**최원식**　60년대의 순수참여 논쟁이라는 것이 굉장히 복잡하기는 하지만 이 논쟁의 제일 중요한 점은 그동안 남한 문단을 통괄해왔던 순수문학이라는, 문협으로 대표되는 순수문학론이 처음으로 비판의 대상이 됐던 것이라고 생각하고요. 그와 함께 분기가 시작됐다는 겁니다. '문지'와 '창비'의 분기와 함께 임헌영 선생님의 '상황' 동인 얘기 좀 해주시면 좋겠어요. 60년대 문학이 50년대 후반과 연결되는 면이 있는가 하면 한편으로 60년대 4·19세대의 문학적 표현이 본격적으로 나타난 것은 70년대가 아닌가 하는 파악도 있거든요. 그런 것과 연관해서 달씀해주시면 좋겠어요.

**김병익**　50년대에서 60년대로, 4·19세대로 넘어오는 과정에 주목할 몇 사람이 있는 것 같아요. 소설의 최인훈, 시의 고은(高銀), 비평의 김윤식(金允植) 같은 중간세대는 일본말을 잘 모르면서 일본책으로 계몽이 된 세대거든요. 그리고 거기에서 얻은 것을 4·19세대에게 넘겨준 세대고요. 그 세 사람이 지금까지도 활동하고 있는데, 60년대의 4·19세대가 그 영향 속에서 많이 성장하지 않았는가 하는 생각이 들고요. 그리고 4·19가 함유하고 있는 것은 자유라든가 민주주의라는 근대적인 가치 한 줄기가 있고, 또 한 줄기가 프랑스혁명에서 본 것처럼 공동체라든가 박애라는 이데올로기가 있는데 그것이 처음에는 개인적인 내면의식으로 60년대 전반에서 중반까지 주도해왔지만 차츰 경제개발이 이루어지면서 사회구조의 변화가 일어나고, 그러면서 공동체의식이라든가 박애가 새로운 주제로 떠오른 것이 아닌가, 그것이 순수참여 논쟁의 두 분기로 이루어진 것이 아닌가 싶고요.

그리고 얘기가 조금 다르기는 하겠지만 아까 『사상계』가 인문주의적이고 교양적이라고 했지만 60년대 중반에 『신동아』가 창간되거든요. 그 두 잡지의 성격이 근본적으로 다릅니다. 같은 종합지 형태이지만 『사상계』의 필자들은 대부분 대학교수나 문필가들,『신동아』는 기자나 전문직종 사람들이었거든요. 그러니까 잡지 편집방향이 하나는 교양적이고,『신동아』에 와서는 기능주의적이죠. 하나는 정신적이고 하나는 현실적, 그러니까 르뽀적인 것인데, 그 격차가 60년대 중반부터 후반에 벌어집니다.『사상계』가 정치적인 이유로 폐간되기는 하지만 당시『사상계』가 위축되지 않을 수 없는 지식사회의 분위기가 있지 않았었나. 그 사이에 4·19적인 분위기를 가장 잘 표현해낸 것이 창비거든요. 창비는 처음으로 가로 조판을 했고, 그리고 되도록이면 한자를 줄여서 썼고, 그리고 편집위원 체제로 운영함으로써 자기 세대의 지적인 표현기관으로, 시대적인 지적 표현기관으로 생각했거든요. 그러니까『사상계』나『신동아』가 종합지였던 데 비해서 창비의 경우에는 자기 시대의 표현기관으로 생각했던 것이고, 자기 세대가 4·19의식의 표현으로 해석되지 않을까 싶은 거죠.

**최원식**　4·19세대는 아니죠.

**김병익**　4·19세대가 중심이죠. 백낙청(白樂晴) 선생은 그때 우리나라에 없었겠지만 세대로 보자면 4·19세대와 연령층이 같고, 여기 계신 염선생도 그렇고……

**최원식**　염선생님만 그렇지 다른 분들은 다 선배들 아니에요?

**김병익**　어쨌든간에 60년대 중반에 나왔기 때문에 4·19의식의 표현으로 봐야죠.

**최원식**　물론 4·19혁명과 관계되지만 세대적 표현만은 아니었던 것 같은데요.

**김승옥**　제 생각으로는 창비의 출발은 4·19정신이랄까 그런 것과 연관되기보다 백낙청씨 개인의 사상이나 예술관과 밀접하여 출발했던 것이라고 봅니다. 창비 창간 무렵에 저도 자주 만났고 백선생께 도움이 되려고 애썼습니다만, 그때 자주 모이던 분들이 작고하신 소설가 한남철(韓南哲)씨 그리고 김상기(金相基) 임재경(任在慶)씨 등이었죠. 백선생 경우는 연세는 4·19세대라고 해도 좋지만 4·19 때 한국에 있지 않았고 철저히 민주화된 미국에서 아주 자유롭게 지식인으로 성장하신 분이기 때문에 어쩌면 4·19 같은 건 너무나 당연하기 짝이 없는 일이 아닌가 그렇게 생각하시는 것 같았어요. 그러니까 유신시대에 민주화운동을 너무 당연하게 주도했겠지만. 창비와 4·19정신의 연관은 이렇게 보는데요, 창비 발행 얼마 후에 염무웅씨한테 편집을 맡기고 백선생이 박사학위 때문에 미국에 다시 가서 몇년 후에 돌아왔죠. 그때 제가 좀 부정적인 뜻에서 창비가 많이 달라지지 않았느냐고 말했더니 백선생 대답이 내가 만드는 것보다 훨씬 좋아졌다고 하더군요. 결국 4·19세대인 염무웅씨의 편집으로 창비가 4·19와 연관되었다고나 할까……

**임헌영** 제가 문학수업을 할 때 애기를 하는 것이 좋을 것 같은데요. 1965년에 대학을 졸업하고 바로 대학원에 들어갔는데 그 이듬해가 창비가 창간된 해 아닙니까? 그런데 사실 그때 전후파 문인들이 불행했던 것은 자기가 아무리 소설을 잘 써도 결국은 매체에서 선배에게 묻혀야 하는 거예요. 아무리 싫어도 문협에 나가야 하고, 아무리 싫어도 선배나 스승으로 모셔야 하는 그런 세대였거든요. 4·19세대는 굉장히 다행스럽게도 그렇지 않았죠. 김승옥 선생은 지금까지 『현대문학』에 소설을 몇편 발표했어요?

**김승옥** 한번도 안했어요.

**임헌영** 그것 봐요. 참 재미있지 않아요?

**염무웅** 나도 『현대문학』에 한번도 쓴 적이 없어요. 조연현씨가 물러난 뒤에는 청탁을 받기도 했는데, 그땐 다른 이유로 못 썼구요. 그 잡지엔 안 쓴다는 약간의 오기도 있었지요. 지금 생각하면 그게 뭐 잘한 일 같지는 않아요.

**임헌영** 『현대문학』에 발표하지 않고도 유명해질 수 있다는 아주 단적인 예에요. 저는 『현대문학』, 정통 문협 출신으로 거기에 반역을 하면서도 여전히 양쪽 관계를 가지고 있는데…… 창비 창간이 주는 위력이라고 할까요? 그건 우리 세대에게는 엄청난 충격입니다. 그래서 창비 초창기에는 신구문화사 시절 신동문 선생이 계실 때 저도 자주 갔었습니다. 염선생이나 이미 이 세대들은 기반을 가지고 있었는데, 그 동네에서는 『현대문학』 출신이라면 일단 한단계 낮은 걸로 보는 거예요. 신동문 선생은 전부 서울대 출신 후배들을 데리고 있었는데, 저도 수송동 시절에는 자주 드나들었거든요. 그러면 김현을 중심으로 여럿이 앉아 있어요. 거기서 문단이 김동리, 황순원부터 막 뒤집어지는 거예요. 김현 선생의 한마디가 그냥 최종판결이 되는 거죠. 그때 얘기한 것이 뭔가로 나오겠구나 하는 것을 느낄 정도로…… 바로 문지파의 잉태기였죠. 그런데 창비가 나옴으로써 매체에 변혁이 일어나고 신문기사에도 변혁이 일어났어요. 이미 기성세대들의 신문기사 등장도 차츰 줄어드는 거예요. 4·19세대라는 각광이 폭발적으로 상승하여 독자들을 사로잡아나가는 거죠. 그런데 창비와 문지가 이렇게 갈라지기 전에는 창비가 처음에 생겼을 때는 필진들에서 아무런 차이가 없었습니다. 소설에서는 김승옥, 이청준(李淸俊), 박태순, 평론에서는 염선생하고 김현, 김주연(金柱演), 조동일(趙東一)도 가끔 썼고…… 이것은 너무 신선하고, 그 당시 같이 나왔던 『청맥』과 창비를 우리는 똑같이 봤어요. 『현대문학』 출신인 제가 볼 때는 너무 충격적인 거예요. 그러나 기성세대들은 그걸 받아들일 생각이 전혀 없었어요. 잡지를 바꿀 생각도 없었고, 『현대문학』도 그 스타일 그대로 갔어요. 이념적으로 창비가 내세웠던 것은 싸르트르의 『현대』지 창간사와 백선생의 시민문학론이었습니다. 기존의 우리나라 평론가로서는 도저히 접근할 수 없는 발상인 거죠. 저는 백선생의 초기가 뉴레프트보다는 루카치 쪽이었다고 보는데, 지금도 마찬가지겠지만 그것이 충격적인 거죠. 그래서 세대가 저절로 바뀌지 않았는가 하는 생각이 듭니다.

## 순수참여 논쟁의 성격

**김승옥** 순수참여 논쟁 얘기가 나왔으니까 하는 얘기지만, 나는 간단히 이렇게 생각할 수 있지 않을까 싶은데요. 남북분단 이후에 좌파와 우파의 투쟁을 겪으면서 순수참여 논쟁이 나왔던 거고, 남쪽에 남았던 김동리, 조연현 중심인 우파 문학인들의 알레르기 때문에 고발문학적인 요소를 자꾸 좌파적으로 해석하려는 악습 같은 것이 생겨 있었단 말이죠. 사실 문학의 본질 자체가 인간과 사회의 모순을 드러내는 것인데도 그것을 못하게 만드는 분위기가 조성되어 있었죠. 그 영향 속에서 우리가 살았던 건데, 사실 장편소설에서는 모순이 드러나지 않을 수 없는 것인데요. 그런 점에서 과거에는 그런 식의 장편소설이 나올 수 없었던 분위기였다는 거죠. 창비가 사실주의 문학론이라는 기치를 가지고 그러한 문학본질을 회복시키는 데 큰 공로를 했죠. 과거의 순수참여의 터부를 가지고 보면 창비가 좌파적 참여가 된다는 얘기인데 무의미한 단정이라고 안 할 수 없죠.

**김병익** 하여튼 현실이나 사회나 문학에 대한 관점이 크게 두 축으로 나뉘지 않겠어요? 자유와 평등이든 진보와 보수든. 그런데 1967년 순수참여 논쟁의 발단이 된 건 김붕구(金鵬九) 선생 논문 때문이었는데, 저는 우리나라 지식세대 중에 제일 불행한 세대가 김붕구 선생 세대가 아닌가 싶거든요. 그 세대들은 일제 말기에 학병을 가느냐 안 가느냐 고민해야 했고, 해방 이후에는 좌우익 싸움에 휘말려야 했고, 사회에 들어설 때는 전쟁이 일어났거든요. 그래서 그 세대의 의식에는 근원적으로 반공주의가 아주 깊이 뿌리박혀 있어요. 김붕구, 선우휘 세대들이 참여든 고발이든 비판이든 그런 문학에 대해서 부정적으로 바라보고 있고, 그리고 백선생 쪽과 김현이나 우리 문지 쪽으로 보자면 그런 상처나 콤플렉스가 없이 성장한 세대인데도 4·19세대라는 측면에서 보자면 두 이념의 상보적이든 경쟁적이든 그 대결이 그렇게 나타난 것이 아닌가 싶어요.

**임헌영** 그런데 순수참여 논쟁은 크게 보면 기존의 문협에 대한 비판이라고 보는 것이 좋을 것 같습니다. 그리고 4·19세대라든가 전후문학까지도 포용하면서 기존 문단을 꺾는 데 상당히 기여를 했다고 봐요.

**김병익** 기존문단만이 아니라 권력의 독재에 대해서도 저항한다든가 하는 공동노선이 많았죠.

**김승옥** 그런 면에서 4·19문학 세대라고 봐야죠.

**임헌영** 이렇게 나눠지기 이전의 초기 단계에서 공통분모를 가지고 기성에 대한 비판을 했다는 것이죠.

**김승옥** 역사적으로 70년대, 80년대를 겪으면서 창비의 편집진이 두드러지게 군사독재에 대해서 민주화투쟁을 하는 문학인 단체를 만들고 사회적으로도 중요한 선봉장 역할을 했기 때문에 그런 점에서 문학 자체와 관계없이 문학인의 사회적 평가를 아주 높여주었다는 그런 평가를 받고 있는 것이죠.

## 4·19정신의 다양한 분화: 창비, 문지, 상황, 청맥……

**최원식** 김병익 선생님이 창비에 대해서 말씀하셨으니까 염무웅 선생님이 그 다음에 문지에 대해서 말씀하시죠.

**염무웅** 글쎄요. 그런데 꼭 여기에서 할 얘기인지 아닌지는 잘 모르겠는데, 저도 학생시절에 김승옥과 마찬가지로 제일 친하게 지낸 이가 김현인데 그러다가 조금씩 체질적인 차이도 있고 관여하는 잡지도 달라지고 해서 좀 달라진 셈인데, 그 김현이 쓴 글을 보니까 4·19에 대한 일종의 신앙고백을 하고 있어요. 그것을 후배 평론가들이 자주 인용합디다. "내 글은 4·19에 뿌리가 있고, 거기에서 한걸음도 나아간 바가 없다." 이런 요지인데, 처음에 김현 글을 읽었을 때는 나는 약간 의아스러웠어요.

김현이 평론가로서 뛰어나지만 4·19를 자기 사유의 뿌리라고 주장하는 데에는 동감하기 어려웠거든요. 왜냐하면 아무래도 김현의 일종의 예술주의와 4·19의 비판정신은 상반된 것이라고 느꼈거든요. 그러다가 한참 지나고 나서 생각하니까, 사실은 4·19에는 4·19를 정신의 고향으로 생각하는 여러 종류가 있을 수 있겠구나 하는 생각이 듭디다. 아까 김병익 형이 50년대 말경이 되면 이미 50년대적 분위기와는 달라지는 문인들, 최인훈씨라든가 고은씨 이런 분들이 있다고 했는데 사실은 그 외에도 김수영, 신동엽, 하근찬, 이런 분들이 50년대 말경에 작품활동을 했는데 마치 그들이 4·19를 준비하고 예감한 듯한 느낌이 사실 들거든요. 문학적으로도 그래요. 작품이 마치 4·19가 일어날 것처럼 예감하고 준비한 것 같은 느낌이 있는데…… 말하자면 그중의 한분이 김수영이라면, 김수영 문학도 사람마다 자기 식으로 해석을 하잖아요. 김수영에게 있는 자유로운 측면을 강조하기도 하고, 김수영에게 있는 훨씬 더 현실비판적이고 참여적인 것을 김수영 문학의 핵심으로 보기도 하듯이, 4·19도 단순한 성격이 아니라 여러 측면으로 분기될 수 있는 것이 그 자체에 이미 있는 것이 아닐까. 그래서 4·19를 자기화하려고 하는 노력이 다양한 형태로 나타날 수 있겠다, 그러니까 4·19의 지향이 현실화되는 것이 60년대 중반, 후반, 70년대라고 한다면 창비나 문지 또는 그밖에 임헌영 선생이 했던 『상황』이라든가 다른 쪽에서 했던 『청맥』이라든가 이런 다양한 형태의 노력들이 다 그 나름대로는 4·19정신을 계승한다는 자의식 속에서 이루어진 것일 수 있겠다 하는 거죠. 그것이 단순히 둘로 갈라지는 것이 아니라 여러 갈래로 갈라질 수 있고, 그 여러 갈래들 속에서 자기 나름대로 역사의 주인이 되기 위한 갈등과 협조, 이런 것들이 다양하게 이루어졌는데 결과적으로 보면 70년대 이후에는 창비와 문지가 대표적으로 남았고, 『청맥』이나 『상황』은 경쟁 속에서 다른 곳에 흡수된 거죠. 사실 『청맥』 같은 경우는 어디에 흡수됐다기보다는 강권에 의해서 박살난 경우죠. 『다리』도 그렇고요. 그런 점에서 4·19가 50년대와는 다른 새로운 차원의 출발이지만 그 자체가 단일한 성격이 아니라 다양한 분화의 가능성이 그 안에 이미 내장되어 있었고, 4·19를 여러가지로 해석하고자 하는 노력들이 때로는 그 노선들간 공존 협력하기도 하고 때로는 길항하기도 하면서 이후 역사를 지금까지 만들어오지 않았는가 합니다.

**김승옥**  4·19가 우리한테 중요한 이유는 자유의 확보라는 점이라고 생각합니다. 자유 즉 선택할 수 있는 권리를 우리가 가진다는, 내가 주체적으로 선택할 수 있는 권리를 가지는 체제를 만든다는 것이 4·19정신의 핵심이라고 생각하죠. 과거엔 금기시됐던 것이 선택의 대상으로 진열대 위에 전시될 수 있는 거죠. 4·19 이후 민족일보 같은 신문의 등장도 그런 것 중의 하나였는데, 이런 터부를 차단한 것이 5·16인 것이죠. 자유의 확보, 복수(複數)에서 선택할 수 있는 권리를 보장해야 한다는 것이 4·19정신이라고 보고 오늘날까지의 과정이 그 4·19의 회복과정이라고 보고 있습니다.

**김병익**  역사적인 사건으로서도 그렇지만 4·19가 준 심리적인 측면이 참 중요하다는 생각이 드는데요. 다 하는 얘기이지만 4·19가 우리 민족사에서 처음으로 밑으로부터의 혁명이었고, 처음으로 우리 자신의 선택에 의해서 이루어진 사건이었거든요. 그러니까 이제까지 패배적이고 수동적이고 의타적이었던 우리의 심리상태를 4·19를 통해서 비로소 극복한 것이 아닌가. 그래서 자유든 박애든 진보적인 이데올로기든 선택을, 그리고 경제개발이나 과학기술 개발의 자신감, 그러니까 우리가 비로소 무엇인가 할 수 있다는, 하면 된다는 자신감을 심어준 것이 그 이후의 세대에게 끼친 가장 큰 영향이 아닐까. 70년대든, 80년대든, 90년대든 정권에 저항해서 싸운다든가 미국과 경쟁한다든가 하는 자신감을 넣어준 것이 그후에 일궈준 가장 큰 성과가 아닐까 싶네요.

## 4·19를 '혁명'으로 복권하자

**최원식** 1960년 봄에 일어난, 학생과 시민의 봉기에 의해 이승만정권이 붕괴된 사건에 대해서 명칭이 아주 복잡합니다. 오늘 말씀하시는 중에도 여러가지 명칭들이 나왔는데, 이제는 토의를 해서 뭔가 제대로 된 이름을 붙여주는 것이 좋을 것 같아요. 제가 검토해본 바에 의하면, 이승만정권이 붕괴된 직후에 나온 명칭은 다 아시겠지만 4월혁명이었죠. 그러다가 5·16쿠데타가 일어나고 나서 겉으로는 계승한다고 했지만 4월혁명에 대한 격하가 시작되죠. 4·19의거 혹은 4·19학생의거라고도 하면서 4월혁명을 격하했습니다. 그런 속에서 5·16은 오히려 5·16 군사혁명이 됐죠. 혁명을 그들이 탈취하고 혁명을 의거로 격하했는데, 그런 속에서 저항세력들도 당시의 엄한 검열체제 아래 4월혁명이라 부르지 못하고 그냥 4·19로 굳어지게 된 것 같아요. 그러니까 특별히 친정부적인 사람들은 4·19의거라고 굳이 박아서 얘기했지만 대체로 4월혁명을 자신의 사유의 뿌리로 삼고 이걸 새로운 사회와 문학을 만들어나가는 운동에서 중요한 추동력으로 삼으려고 했던 사람들은 4·19라고 불렀는데, 이제는 4월혁명으로 다시 돌렸으면 좋겠고요.

**김병익** 80년대만 하더라도 혁명이라고 이름붙이기에는 저항감을 갖지 않았나 싶은데요.

**최원식** 거기에다 4·19혁명에 대한 논의가 진전되면서 4월혁명이 위대했지만 한계랄까, 이런 것도 짚어지면서 4·19라고 됐는데 저는 그런 한계를 보지 말자는 것이 아니라 그 한계까지도 다 포함해서⋯⋯ 사실 어떤 혁명도 다 한계를 가지고 있는 것이고, 이렇게 아래로부터의 혁명을 통해서 정권이 붕괴되고 정권이 교체된 경험을 가진 나라가 그렇게 많은 것이 아니라고 하지 않아요? 일본도 없지 않습니까? 독일도 없고. 그런 점에서 한계를 냉철하게 보면서도 이제는 4월혁명이라는 이름을 돌려주는 것이 좋겠다는 생각이 드는데요.

**김병익** 프랑스도 68혁명이라고 하지요? 68혁명보다 훨씬 크고 정치사적으로도 민족사적으로나 문화사적으로도…… 그렇다면 당연히 혁명이라는 이름을 붙여야죠.

**염무웅** 68혁명도 혁명이라고 하지만 서양에서는 1848년 2월혁명, 독일에서의 3월혁명이라고 하거든요. 그것들이 단기적 목표의 달성에는 실패하지만, 그럼에도 불구하고 사회의 바탕을 뒤흔들어 결국 역사의 물줄기를 바꾸는 데 성공하고, 그래서 혁명으로 불립니다. 그런 점에서 우리의 경우 4·19부터 87년 6월항쟁까지는 하나의 연속된 흐름을 형성한다고 보입니다. 사실 항쟁이라는 것은 굉장히 비극적인 뉘앙스가 있는데요. 가령 제주항쟁이라든가 대구 10월항쟁, 이런 것은 비극적인 좌절로 끝난데 비해서, 87년은 혁명이고 4·19도 혁명이라고 하는 것이 옳다고 생각됩니다. 그렇지만 여러가지 단서라든가 유보가 있어야겠죠.

**김승옥** 헌법 자체가 바뀐 것이 아니라는 뜻에서 학술적으로는 혁명이 아니라고 할 수 있겠죠. 체제 자체가 바뀐 것이 아니기 때문에. 그러나 제한돼 있던 금기사항들을 풀어버리고 제대로 된 민주주의를 하자고 나선 4·19와 4·19 이후의 사태는 혁명적인 것이었죠.

**최원식** 그러면 한마디씩 마무리 말씀을 하시죠. 4월혁명과 같은 거대한 역사적 체험을 하시고, 그뿐만 아니라 우리 문학의 새로운 기운을 개척하신 세대로서 최근 문학에 대해서 한 말씀 하실 수 있으면 하시고, 그렇지 않으면 앞으로의 계획에 대해서 자유롭게 발언하셔도 좋습니다.

**김병익** 개인사적으로 이야기되는 사건이 이제 역사적인 사건으로 객관화된다는 데 감회 같은 것이 느껴지네요. 불과 40여년 전이기는 하지만 우리 세대 자체가 역사적인 존재로 들어가 있구나 하는 감회를 느끼기도 하고요. 그리고 결국 혁명이든 사건이든 항쟁이든 뭐든간에 거기에서 어떤 의미를 추출해서 그것이 어떻게 현재적인 실천으로 나아가느냐

하는 것이 중요하지요. 지금 그것을 우리가 혁명으로 판단하고 거기에서 어떤 현재적인 의미를 끌어내서 실현하느냐 하는 것이 중요한 의미를 갖는 것 같고요. 그렇다면 4·19 당시에 대한 분석과 평가라는 것도 중요하지만 거기에서 제시된 이념이나 의미를 어떻게 실현해갈 것인가, 그것에 따라서 4·19 자체의 성격이 규정될 것이 아닌가 하는 생각을 하게 됩니다.

**임헌영** 저도 비슷한 생각인데, 우선 명칭이 혁명이라는 것은 이의가 없는 것 같습니다. 왜냐하면 프랑스가 1789년은 대혁명이라고 '대'자를 붙였거든요. 그래서 사실 욕심 같아서는 4·19를 대혁명이라고 해야 하는데(웃음) 지금 '대'자까지 붙이려니까 힘들 것 같고 그냥 4월혁명이라고 해야 할 것 같은데요. 왜냐하면 프랑스에서 대혁명 이후 왕제가 무너진 것이 1870년대거든요. 거의 80년 가까이 투쟁을 해서 왕제에서 공화국으로 됐지 않습니까? 마찬가지로 4·19도 그런 뜻에서는 지금도 진행형이라고 봐요.

**김승옥** 나는 그런 뜻에서 대혁명이라고 붙이고 싶은데……(웃음)

**염무웅** 제일 혁명적인 발언을 하는데……

**김승옥** 40년 동안 계속해온 혁명이라구요.

## 4월혁명의 정신은 우리 사회를 어떻게 변화시켰는가

**임헌영** 문학사적으로 볼 때 4월혁명이 문단 풍토나 문단 구조만 바꾼 것이 아니라 문학의 질도 바꿨는데, 말하자면 시가 난해의 모더니즘에서 읽히는 모더니즘으로 바뀐 것도 60년대이고, 소설도 우리와는 먼 현실에서 우리와 가까운 현실로 바뀐 것도 역시…… 어쨌든 읽히는 문학으로 바뀌는 것이 바로 4월혁명 이후 60년대가 계기가 되지 않았나 싶고요. 저는 우리 세대 글이 나오면 어느 잡지든 꼭 읽어봐요. 왜? 아주 반가워서.

그리고 요즘 문학에 대해서 일정한 비판적인 생각을 가지고 있어요. 그렇다고 꼭 우리처럼 해야 한다는 건 아닙니다. 다양성이라는 것을 인정은 하지만 문학이 가지고 있는 가장 기본적인 것이 있죠. 최소한 창비와 문지가 가지고 있는 문학관, 그 원리라도 지키는 것이 4월혁명이 이룩했던 우리 문학이지, 거기에서 이탈해버리면 역사의 원리에서, 문학의 기본에서 어긋나지 않나 하는 생각에서 아쉬움이 있죠.

**김승옥**　나는 대혁명이라고 붙이고 싶을 만큼 4·19에 대해서 개인적으로 특별히 남다른 느낌을 가지고 있어요. 개인적으로 김지하 구명운동이라든가 광주항쟁 때문에 받은 충격이라든가, 성인이 되어 살아온 과정 자체가, 4·19적 정신에 젖어서 4·19에 대적하는 세력의 마찰을 느껴야 하는 그런 스트레스를 늘 받는 과정이었단 말이죠. 우리 세대 대부분이 그런 고통 속에서 살아왔을 거예요. 한번도 편해본 적이 없었고, 경제적으로도 도움을 받아본 적이 없었단 말이죠. 늘 가난했고 실현되지 못한 가치를 껴안고 군사적 체제를 견디고 교도소에 간 친구들 걱정을 해야 하고 말이죠. 그러면서 몇십년이 지났거든요. 그래서 아까도 얘기했지만 진심으로 4·19는 몇십년 동안에 걸쳐 전개되어왔다고 보고 싶은 것이죠. 김대중씨가 대통령이 됐다 하는 사실 같은 것이 겨우 4·19가 이제야 조금 성공했구나 하는 느낌을 줄 정도죠. 선거에서 야당이 집권했다는 현실이 4·19의 실현이라고 보고 싶어요. 김영삼정권까지도 순수하게 민주주의적 선거로 탄생한 정권일 수 없다고 보이니까 김대중정권의 탄생으로 이제야 4·19적 질서가 회복되었다고 본다는 얘기죠. 그리고 문학 쪽으로 보자면 창비라든가 문지가 여러가지로 핍박받으면서도 꾸준히 사회 민주화운동에 앞장서줬고, 문학작품과는 별개의 문제지만 그래도 문학인들의 사회적 지위가 그나마 올라갔어요. 과거에는 문학이란 것이 유한계층들의 음풍농월처럼 생각되었는데, 문학하는 사람들이 사회를 만들어가는 주도적인 세력이구나 하는 것을 느끼게 됐죠. 지난 군사정권하에서 문학인들, 특히 잡지라든가 일부 언론인들 이런 것을 통해서 야당 정치인들까지도 따라올 정도로 됐죠. 말하자면 오늘날 새로운 정치세력을 만들어내고 또 기성 정치인들을 유도해가면서 4·19정신을 가지고 민주화운동을 했던 세대가 바로 우리 세대라는 얘기죠. 문단 안에 있으면 잘 모르겠지만 밖에서 보면 선명하게 나타나죠. 그래서 문인들의 사회적 지위를 향상시키고, 국가의 운명을 결정하는 데 중요한 역할을 하고 있다는 사실을 대중들에게 널리 인식시키는 과정이었고, 이것은 다시 말하자면 4·19정신의 계승이었다고 보는 것이죠.

**염무웅**  저는 김대중씨가 대통령이 된 것이 물론 하나의 단계이기는 하지만 그렇게 엄청난 의미를 주고 싶지는 않고요. 하여간 4·19의 정신이 현실적으로 여러 단계를 거쳐 나타나는데, 가령 문학사적으로 중시해야 할 한가지는 88년의 해금 같은 것이죠. 그래서 우리가 거의 어떤 종류의 금기도 없이 무슨 책이든 읽게 된 것이 우리 의식에 준 효과라는 것은 매우 크다고 봅니다. 개인적인 얘기이기는 하지단 요즘은 그렇지 않은데 3,40대까지만 하더라도 제일 자주 꾸는 꿈 중의 하나가 뭐냐면 내가 북한에 와 있는 거예요. 아주 큰일났어요. 그런 금기의 철조망을 넘어간 꿈을 꿔요. 88년 이후에 학생이 되어서 아무 책이나 읽을 수 있는 사람들이라면 그런 꿈을 꿀 이유가 없을 것 같은데요. 그러니까 말하자면 반4·19 세력이랄까 군사정권과의 싸움에서 4·19적인 것이 승리한 걸음으로 노태우정권도 있고, 그 다음에 또 한걸음으로 김영삼, 또 한걸음이 김대중, 이런 식으로 가는 동안 우선 우리가 책부터 열었고, 요즘 실질적으로 남북의 대화가 되었잖아요, 김대중씨가 온갖 실수를 많이 하지만 그래도 남북관계가 진전되고 평화의 정착 가능성을 열어놓은 것은 큰 공덕이라고 말하지 않을 수 없을 텐데요. 이렇게 긍정적인 발전이 있는가 하면 다른 한편으로 생각하면 미국이라든가 자본주의의 전일적인 세계지배가 우리에게 훨씬 압박을 가해오고 있고, 그래서 오늘날 우리 문단에 대해서 한마디 하라면 그런 것이 우리 문학에까지도 직접적으로 지배력을 발휘해서 4·19의 민족주체성이라든가 우리 현실을 제대로 보자는 그런 흐름과는 상충하고 있는 것이 아닌가 하는 우려가 들어요. 그러니까 4·19와 반4·19 간의 투쟁은 양상을 달리 해서 지금도 여전히 첨예하게 싸우고 있는데, 지금 주로 화제에 오르는 작가나 베스트쎌러들 다수는 4·19적인 것에서 너무 멀어져 있는 것이 아닌가 하는 것이 요새 제 막연한 느낌입니다. 결론은 결국 임헌영 선생과 같은데 그런 식으로 저 나름으로는 풀이해봤습니다.

**김승옥** 저는 거기에 대해서 조금 달리 생각하는데, 4·19에서 가장 중요한 것은 자율성의 확보, 이를테면 선택할 수 있는 권리의 확보, 그 속에서 다양성 문제도 나온다고 봐요. 미국이 가지고 있는 장점이 있다면 자율성의 확보라는 점이고 이는 우리가 배워야 한다고 생각해요. 국가의 문제는 별개의 문제라고 봐요. 분단의 문제라든가 사회주의 국가와의 관계 문제라든가 하는 데서 선택적이다 하면 다른 문제가 되니까 그런 차원에서는 얘기하고 싶지 않지만, 우리 체제 내부에서 자율성을 확대해나가는 역사적인 경험으로서의 4·19가 중요하고, 그런 과정 속에서 다양한 주도세력이 나올 수 있겠죠. 그런 점에서 나는 오히려 최근에 와서 걱정스러울 정도로 우리 지식인들이 좌파적이지 않은가 싶어요. 좌파는 선택의 폭을 좁히니까요.(웃음)

**이성부** 4·19가 우리나라 역사에서 학생혁명으로서는 전무한 일이고 앞으로도 그런 식의 아래로부터의 정권 전복 같은 것은 없으리라는 생각이 드네요. 그것 자체를 우리가 체험했다는 것이 우리 문학을 위해서도 그렇고 사회를 위해서도 대단히 좋은 동력이 되지 않았나 하는 생각입니다.

**최원식** 장시간 즐거웠습니다. 감사합니다. □

金承鈺

김 승 옥

# 김 승 옥

1941년 일본 오오사까(大阪)에서 태어나

전남 순천에서 성장하였다.

서울대 불문과를 졸업하고 1962년

「생명연습」이 한국일보 신춘문예에 당선되어

작품활동을 시작하였다.

『산문시대』 동인으로 활동했으며,

「환상수첩」(1962) 「건」(1962)

「누이를 이해하기 위하여」(1963) 등의

작품을 동인지에 발표했다.

소설집 『서울 1964년 겨울』(1966)

『60년대식』(1976) 등이 있고,

『김승옥 소설전집』(1995)이 전5권으로 간행되었다.

1965년 「서울 1964년 겨울」로 동인문학상,

1977년 「서울의 달빛 0章」으로

이상문학상을 수상하였다.

---

서울 1964년 겨울, 창우사 1966
내가 훔친 여름, 국민문고사 1969
60년대식, 서음출판사 1976
김승옥 소설전집, 문학동네 1995

# 도시의 거울에 갇힌 나르키쏘스

김승옥론

백지연

> "우리가 꾸며놓은 왕국에는 항상 끈끈한 소금기가 있고
> 사그락대는 나뭇잎이 있고 머리칼을 나부끼는 바람이
> 있고 때때로 따가운 빛을 쏟는 태양이 떴다."
>
> (「생명연습」)

## 1. 새로운 자의식의 출현

김승옥(金承鈺)[1]의 소설인물들은 우리 문학사에서 보기 드문 독특하고 매혹적인 지식인의 자의식을 보여준다. 그의 소설에서 젊은이들은 고향의 아름다운 황혼과 서늘한 해풍을 가슴에 품고 도시의 뒷골목을 배회한다. 번잡한 도시의 어느 골방에 갇힌 청춘이 감당해야 했던 자의식의 번민과정을 김승옥만큼 섬세하고 예리하게 통찰한 작가도 없다. 이들은 자신을 덮쳐오는 거대한 문명과 도시의 폭력에 저항하기 위해 낭만과 치기가 섞인 '자기 세계'의 표지를 내민다. 그 누구도 쉽게 함락시킬 수 없는 성곽처럼 단단하게 자리잡은 자의식이야말로 김승옥 소설의 주인공들이 평생 가지고자 몸부림쳤던 방패다.

개인을 억누르는 모든 집단적 실체로부터 떨어져 나와 홀로 선 단독자이기를 기도했던 김승옥 소설의 주인공들은 그들이 태어난 시대적 배경

---

1) 본문에서 인용하는 작품들은 『김승옥 소설전집 1~5』(문학동네 1995)을 참조하였다. 이후 작품 인용은 작품제목과 전집 권수, 면수로 표시한다.

을 전달한다. 4·19혁명과 5·16군사쿠데타로 시작된 1960년대는 전후 사회의 허무주의적 분위기를 쇄신하고 구체적인 일상과 역사를 개인의 체험으로 끌어들일 수 있는 문학적 공간을 작가들에게 제공하였다. 김승옥과 동세대적인 감성을 공유한 일군의 비평가들은 김승옥 소설의 '자기 세계적' 의미를 높게 평가했지만[2] 그러한 세대적 체험이 아니더라도 그의 소설이 지닌 현대적인 의미는 퇴색되지 않는다.

도시적 삶에 침윤된 일상인의 자의식을 포착했다는 점에서 김승옥의 소설은 산업화 시대의 소설적 주제를 날카롭게 꿰뚫고 있다. 서울을 주무대로 지식인적 캐릭터를 내세우는 김승옥의 소설이야말로 본격적인 도시탐구형 소설이라 지칭할 수 있다. 급속한 산업화가 진행되는 1960년대의 서울이라는 시공간 속에서 작동하기 시작한 작가의 의식세계는 개인적 체험으로 구성된 영역을 크게 벗어나지 않는다. 개인의 자의식을 고백적으로 투영하는 내면적 글쓰기의 형식은 김승옥의 소설이 바탕으로 하는 고립된 개인의 자의식을 섬세하게 투영하는 틀거리가 되어준다. 따라서 김승옥 소설에서 자주 소재화되는 도시입성의 모티프는 빈곤한 계층의 사회체험을 비롯한 각종 모순의 현실을 총체적으로 투영하는 밑그림으로 보기에는 무리가 있다. 그것은 대학생이라는 지식인의 프리즘에 포착된 경험과 현실을 즐겨 형상화한다는 점에서 특정한 도시 체험의 영역을 전제한다.[3]

---

2) 김승옥 소설에서 김현이 평가했던 '자기 세계'와 김주연이 옹호했던 '자기 의식'은 1960년대 문학에 대한 세대적인 옹호를 반영한다는 점에서 문학사적인 비판을 불러일으키기도 하였다. 권성우는 김현 등 4·19세대의 문학적 의식이 전후세대와의 차별화를 꾀하는 비평적 인정투쟁의 욕망에 근거한다고 비판한 바 있다(권성우 「60년대 비평문학의 세대론적 전략과 새로운 목소리」, 『1960년대 문학연구』, 예하 19면). 또한 정희모는 김승옥 소설이 구성한 자기 세계의 새로운 모습과 내면적 주체의 탐색을 높이 평가하면서도, 서사성의 확보나 진보에서는 전후의 소설들과 김승옥 소설이 별다른 차이를 보이지 않는다고 비판한다. 그 역시 김승옥의 소설이 1960년대 소설을 여는 중요한 작품으로 평가된 데는 1960년대 소설에 대한 김현과 김병익, 김주연의 평가가 주된 역할을 했다고 본다(정희모 「1960년대 소설의 서사적 새로움과 두 경향」, 『1960년대 문학연구』, 깊은샘 1998, 63면).

　김승옥의 소설에서 1960년대 사회현실의 직접적인 형상화를 추출하는 것은 논의의 본질이 되지 못하지만 지식인의 자의식이 작동되는 근대적 도시의 소외된 풍경을 읽어내는 것은 충분히 의미있는 작업이다. 김승옥의 소설은 우리 소설사가 만나보지 못했던 위악적이고 나르씨시즘적인 자아를 탄생시켰다. 동세대적 감수성으로 그를 마주보았던 김현의 설명을 인용하자면 "의식 내부에서 조작된 세계를 산다는 일"을 통해 "무의식적으로 세계를 살아나가거나, 아니면 가상의 관념 세계 속에서 허우적대는 재래의 인간형에 대한 날카로운 도전"[4]이 김승옥의 소설에서 벌어졌던 것이다.

　전쟁 체험을 담은 1950년대 소설들의 무기력하고도 혼란스러운 내면 고백에서 벗어나 외부의 현실세계를 바라보는 새로운 인식적 주체[5]가 김승옥 소설에 등장했다는 것은 주목할 만한 일이다. 그의 소설이 지식인의 자의식을 투영한 매력적인 예술가형 주인공들을 전면적으로 부각시키고 있다는 점도 주의를 기울일 필요가 있다. 관념적이고 탐미적이라고까지 할 수 있을 김승옥 소설의 낭만적인 캐릭터는 번뇌하는 지식인의 초상을 그린 최인훈(崔仁勳) 소설이나 병리적인 의식의 해부를 보여주는 이청준(李淸俊) 소설과도 구별된다. 도시가 탄생시킨 문화적인 기호와 이미지들의 영향을 입은 나르씨시즘적인 인물의 출현이라는 점에서 김승옥의 소설은 특별한 의미를 차지한다.

---

3) 염무웅은 김승옥의 소설적 체험의 핵심이 "시골을 떠나서 대학생 신분으로 서울에 온 것"에 있다고 지적하며 본격적인 산업화, 도시화의 총체적인 체험을 그의 소설에서 곧바로 읽어내기가 어렵다고 지적한 바 있다(염무웅 김윤태 대담 「1960년대와 한국문학」, 『작가연구』 제3호, 새미출판사 1997, 238～39면).

4) 김현 「구원의 문학과 개인주의」, 『김현 문학전집』 2권, 문학과지성사 1992, 385～86면.

5) 하정일은 1960년대 문학의 새로움을 삶에 대한 합리적 인식의 가능성이 확장되면서 현실과 주체의 상호작용을 보여주는 성찰적 서사에서 찾고 있다. 그는 손창섭, 장용학, 김성한 등의 전후작가들이 삶의 비극을 인간의 존재론적 운명으로 환원시켰다면 김승옥, 최인훈, 하근찬 등의 작가들은 삶을 규정하는 구체적인 조건들을 찾으려 노력하는 주체의 인식적 노력을 보여준다고 설명한다(하정일 「주체성의 복원과 성찰의 서사」, 『1960년대 문학연구』, 깊은샘 1998, 19～20면).

더불어 김승옥의 소설이 자주 변주하는 도시체험이 황폐한 가족서사와 여성의 육체에 대한 물신화된 이미지들로 드러난다는 점은 세밀히 분석해볼 만하다. 전후 소설의 한 계보가 되는 '부계(父系) 부재의 서사'는 김승옥 소설에도 공통적으로 발견된다. 특히 아버지가 부재한 가족현실에서 '어머니'와 '누이'가 부여하는 성적인 강박관념은 집요할 정도로 반복되어 표현된다. 그것은 소설에 포착된 도시체험과 성, 가족이 맺는 상징적 관계가 남다르다는 점을 암시한다. 가족들은 도시로 이주하면서 해체, 혹은 분열되었고 어머니와 누이는 도시가 흩뿌리는 물신적 이미지의 세계에 휘감겨버렸다. 어머니와 누이를 향한 주인공의 애증과 안타까움, 두려움과 좌절은 자아를 둘러싼 도시 현실에 대한 상징적 반응이기도 하다. 김승옥 소설의 인물들은 홀로 새로운 정체성을 획득해야 하는 통과의례의 공간 앞에서 전율한다. 어머니와 누이가 사라진 그 진공의 공간은 어른이 되기 위해 익혀야 할 위악과 권태와 기만의 속임수가 시작됨을 알리는 표지판이었던 것이다.


## 2. 도시의 거울에 비친 여성


잿빛 거리의 소음과 우울한 낯빛의 군중들, 곳곳에 넘쳐나는 쓰레기들, 술과 담배연기로 꽉찬 홍등가 골목, 권태로운 대학강의실 없이는 김승옥 소설 역시 씌어지지 않았을 것이다. 대도시의 공간에서 개인의 존재가 짓눌리고 때로는 소리없이 사라지는 광경에 대한 공포와 두려움은 그의 소설에서 반복적으로 표현된다. 대학생의 부푼 꿈을 안고 서울로 진입한 청년들의 눈에 비친 1960년대의 도시풍경은 어떤 모습인가. 1960년대는 군사정권의 본격적인 경제개발계획이 추진되면서 사회의 전부문에 산업자본주의화가 급속하게 진전되는 시점이다. 수출지향적인 산업화 정책이 적극적으로 추진되고 농촌의 노동인구는 도시로 편입되면서 본격적인 계층이동이 시작되었다. 특히 서울은 일제강점기부터 파행적인 식민자본주의화의 모습으로 출발하여 서구적인 유행과 전통문화가 빠르게 뒤섞이면서 불균형한 문화를 창출해낸 모든 도시문화의 근거지로 기능했다.[6] 정치적 혼란과 부의 편중 현상이 심화되면서 한국사회의 구조적 모순이 서서히 구체화되어 드러나기 시작하던 상황을 그 어떤 공간보다도 예민하게 담아낸 곳이 서울이다.

"빈민가에 저녁이 오면 공기는 더욱 탁해진다. 멀리 도시 중심부에 우뚝우뚝 솟은 빌딩들이 몸뚱이의 한편으로는 저녁 햇빛을 받고 다른 한편으로는 짙은 푸른색의 그림자를 길게 길게 눕힌다. 빈민가는 그 어두운 빌딩 그림자 속에서 숨쉬고 있었다"(『전집 1』 79면)에서도 감지되듯이 빈민층과 부유층이 골목 하나를 사이에 두고 존재하는 서울의 기괴한 풍경은 관찰자에게 놀라움을 안겨준다. 지방에서 서울로 편입된 대학생이 느끼는 것은 정체성의 혼돈이다. 자신이 화려한 빌딩과 깨끗한 양옥집의 세계에 속해 있는 것인지 아니면 빈민가의 비참한 현실에 속해 있는 것인지 그는 혼란스러울 뿐이다.

소설 속의 대학생 지식인이 감각하는 신세계의 물질과 쾌락은 감탄하고 동경할 만한 것이다. 그러나 실제적으로 개인의 궁핍한 현실은 화려한 물질세계로부터 철저하게 소외되어 있다. 더욱이 청년에게는 거대한 도시에 맞서 개인을 위무할 고향과 가족이 존재하지 않는다. 김승옥 소설에서 건강한 생명으로서의 성이나 남성가부장의 전통적 가족관계가 부재한다는 것은 이미 많은 평자들이 지적한 바 있다. 실제로 김승옥의 소설에서 부모의 존재는 가족서사의 위계적인 존재가 아니라 연민의 대상, 관찰의 대상으로 형상화되곤 한다. "비단을 싼 큰 보퉁이를 이고 시골

---

6) 김진송 『현대성의 형성—서울에 딴스홀을 許하라』, 현실문화연구 1999, 269~70면.

의 장날을 찾아 돌아다니는 어머니"와 "허구한 날 집안에 틀어박혀 화초나 가꾸고 사군자(四君子)나 끄적거리고 있는 아버지"(『전집 2』 25면)는 김승옥 소설에서 종종 그려지는 나약하고 무기력한 부모의 모습이다. 청년들에게는 권위와 존경을 가진 강력한 존재로서의 부모나 가문이 존재하지 않는다. 부모라는 보호기제를 일찌감치 벗어난 김승옥 소설의 주인공들은 자신이 주인이 될 왕국을 건설할 수밖에 없다.

대도시 서울은 젊은이들이 자기만의 왕국을 건설하게 될 첫무대다. 순식간에 부와 물질을 거머쥘 수 있을 듯한 환상이 가득하고 안락한 환경에 금세라도 편입될 수 있을 듯한 환경 속에서 젊은이는 참을 수 없는 유혹을 느낀다. 도시에는 늘 변화의 가능성이 잠복해 있다. 익명의 군중 속에서는 관습과 도덕을 비켜서는 은밀한 일탈과 음모가 도사리고 있으며 그 누구도 타인의 삶에 함부로 끼여들지 않는다. 자고 일어나면 늘 새로운 공간이 솟아오르고 또 금세 사라진다. 여기서 일탈의 삶은 아주 자연스러운 생존방식으로 놓이게 된다. 소설인물들은 재빠르게 도시의 일탈을 온몸으로 체화한다. 거대한 괴물 같은 도시에 잡아먹히기 전에 스스로가 위악과 일탈로 이에 맞서는 것이다.

김승옥 소설에서 근대적 도시가 상징하는 새로움과 낡음/부와 빈곤/해방과 족쇄/타락과 구원의 양가적 가치는 여성인물의 형상화에서 적나라하게 투영된다. 흔히 고향―누이―순결한 이상향/서울―창녀―타락한 일상으로 쉽게 도식화될 수 있는 김승옥 소설의 구도[7]는 여성인물이 도시의 기표와 밀접하게 연관되어 있음을 암시한다. 때로 이 도식은 그

---

7) 김승옥 소설의 남성인물들과 성의 양상에 대한 황도경의 흥미로운 분석을 참조하면 김승옥의 소설에서 생명을 낳는 원천으로서의 아버지/남성은 부재하며 그것은 폭력과 정복의 이름으로만 존재하는 사악한 가짜 아버지의 세계로서만 존재한다. 그에 비해 소설인물들이 어머니/여성의 세계로 다가갈 때 성은 부활하며 생명도 회복된다. 이 논의에 따르면 김승옥 인물들이 맞이하는 비극은 자신의 육체와 욕망과 여성을 버리고 투쟁과 정복의 원리로 움직여지는 근대세계에 편입하는 과정에서 발생한다(황도경 「김승옥 소설에 나타난 남(男)―성(性)의 부재」, 이화어문학회 엮음 『우리문학의 여성성·남성성』, 월인 2001).

경계를 넘어 서로의 대상에 침투되며 뒤섞이기도 한다. 예컨대 소설 속에서 여성은 창녀이기도 하지만 동시에 성스러운 누이기도 하다. 이들은 도시에 의해 상처받고[8] 타락한 성으로 변모하기도 하고 반대로 관습과 편견을 해방시키는 유혹적이며 해방적인 기호로 다가오기도 한다.

고향과 서울, 누이와 어머니, 유토피아와 일상이라는 대립항은 그 경계 사이로 끊임없이 넘나드는 욕망들을 보여준다. 어머니와 누이의 상징은 육체적 성의 부활과 생명의 회복을 암시하지만 반대로 근대도시의 부패하고 도구화된 성욕망의 왜곡된 양상을 보여주기도 한다. 도시의 역동적인 현실이 뿜어내는 온갖 빛을 담아낸다는 점에서 여성인물들은 도시에 대한 주인공의 매혹과 두려움을 동시에 투사한다.

한 예로 「무진기행」에서 여교사 하인숙은 '서울의 타락한 일상'에 대한 주인공의 심리적 갈등을 상징적으로 표현하는 인물이다. 그녀는 시골 구석에서 자기를 끄집어내어 화려하게 변신시켜줄 꿈 같은 기회를 갈망한다. 주인공이 그녀에게 점점 빨려드는 이유는 서울을 사랑한다는 그녀의 솔직한 고백 때문이다. 하인숙은 그에게 '서울 냄새'가 난다는 단 하나의 사실에 끌렸다고 말한다. "미칠 것 같아요. 금방 미칠 것 같아요. 서울엔 제 대학 동창들도 많고…… 아이, 서울로 가고 싶어 죽겠어요."(『전집 1』 41면) 주인공에게 서울의 일상은 쾌락과 모멸감이 동시에 존재하는 공간이다. 그는 무진에서 '고향'을 발견하는 것이 아니라 '서울'을 자신처럼 동경하고 동시에 미워하는 공통적인 감수성을 지닌 여인의 존재를 발견한다. 그녀는 또다른 '나'이거나 나의 '누이'다. 동시에 그녀는 하룻밤의 정

---

8) 서울은 누이를 상처받고 귀향하게 만든 매정한 공간이며(「누이를 이해하기 위하여」) 형을 죽음으로 몰아넣은 사실을 망각하고 어머니의 부도덕을 어쩔 수 없이 일상으로 받아들이게 만든 공간이다(「생명연습」). 뿐만 아니라 서울은 누이를 육체적으로 훼손시키고 심지어 부도덕한 일상에 적응하게 만든 무시무시하고 폭력적인 곳이기도 하며(「염소는 힘이 세다」) 돈과 권위로 치장된 허위적인 일상공간 그 자체다(「무진기행」). 젊음의 치기와 자기모멸을 발산하게 만든 서울의 대학생활(「환상수첩」)은 김승옥 소설에서 도시가 형상화되는 방식을 고스란히 드러낸다.

욕을 아무렇지 않게 해소할 수 있는 창녀 같은 존재기도 하다. 하인숙에 대한 감정은 주인공 자신에 대한 연민과 분노다. 그러나 호기심과 연민의 감정은 오래가지 않는다. 그는 자신의 위악적인 일상으로 다시 회귀해야 하는 것이다. 소설에서 여성 하인숙을 버려두고 황급히 서울로 돌아오면서 주인공이 느끼는 부끄러움은 자기모멸감의 또다른 표현이다. 그는 자신의 욕망을 버리는 심정으로 무진을 떠난다.

「무진기행」의 하인숙이 '누이'와 '창녀' 사이에서 오가는 도시의 상반된 이미지를 형상화한다면 「생명연습」은 '어머니'와 '창녀' 사이에서 오가는 도시의 이미지를 포착한다. 소설에서 어머니는 아버지를 대리보상하는 존재가 아니다. 어머니의 남자편력은 아버지를 찾아 헤매는 보상적인 심리로 설명되지만 실상 그녀가 분출하는 성적 에너지는 관습과 규범을 깨뜨리는 악마적이고도 유혹적인 힘으로 자식들에게 다가온다. 어머니의 남자관계를 참을 수 없어하는 형의 모습은 오이디푸스적 콤플렉스를 반영하고 있지만 그것을 두려운 마음으로 지켜보는 동생의 입장은 다르다. 동생에게 아버지는 결핍을 불러일으킬 그 어떤 존재감조차도 갖지 않는다. 오히려 형이야말로 아버지의 존재를 투영하고 있는 아버지의 화신이다. 형은 "어머니를 죽이자고 *끈끈한* 음성으로 나와 누나를 꾀고 있었"(『전집 1』 30면)으며 어머니의 남자관계를 참지 못하여 어머니를 구타하기도 한다. 어머니의 금기위반을 위태로운 마음으로 지켜보고 있는 나와 누이는 결국 형을 절벽에서 밀어버리는 모의를 하게 된다. 이들은 아버지를 대리한 규범과 관습의 상징적 인물인 형을 배반함으로써 어머니의 손을 들어주고 만 것이다. 도덕과 규범을 넘나드는 대담한 어머니는 유혹과 타락의 상징이기도 하면서 매혹과 공포, 거부와 동경을 동시에 불러일으키는 다면적인 존재다.

어머니와 누이, 성녀와 창녀 사이에서 위태롭게 오가는 여성인물들은 도시가 상징하는 냉혹함과 폭력성, 유혹과 쾌락을 고스란히 투영한다.

「환상수첩」은 대학생의 자기방황이라는 스토리 속에 스며든 여성인물의 양면적 이미지를 선명하게 보여준다. 여대생 선애는 정우의 난잡하고 위악적인 서울 대학생활을 증거하는 인물이다. 정우는 그녀의 순수한 사랑을 정욕이라 일갈하며 친구의 성욕상대인 창녀 향자와 선애를 맞바꾼다. 정우의 잔인한 행동은 결국 선애의 자살을 부르고 충격을 받은 정우는 귀향한다. 그러나 위악적이고 일탈적인 성적 유희는 고향에서 춘화를 그리는 수영의 행동을 통해 더욱 심화된다. 자기를 극도로 모멸하고 짓밟으며 자학적인 쾌감을 느끼는 수영을 바라보며 정우와 윤수는 여행길을 떠난다. 윤수는 정우와의 여행길에서 곡예단 아가씨 미아와의 순정한 사랑을 약속하지만 여행 후 돌아와 진영이 윤간당한 충격을 이기지 못하고 깡패들과 싸우다가 숨을 거둔다. 수기를 쓴 정우 역시 자살한다. 결국 살아남는 자는 영빈과 수영이다. 이 소설 속에서 누이와 창녀, 연인의 이미지는 계속 섞여들고 겹친다. 이들은 남성인물의 유희와 위악, 허위적인 위무의 대상으로 철저하게 타자화되어 나타난다.

여성의 육체를 정복하고 모욕하는 것에 대한 쾌감과 부끄러움은 김승옥 소설의 일탈성을 드러내는 주된 정서다. 주인공들은 "천사인지 돼지발톱인지, 어느 풀밭으로나 끌고 가서 내 가슴 밑에 그 여자를 깔아뭉개버리고 싶"(『전집 2』 96면)다는 욕망에 시달리곤 한다. 「환상수첩」의 예처럼 누이와 연인은 순정한 사랑/천사의 미소로 표상되고 창녀는 이에 맞서는 물화된 성의 양상으로 드러나지만 이 경계는 늘 섞이고 지워진다. 「건」에서 순진한 윤희누나를 윤간의 음모에 밀어넣는 어린이의 잔인한 눈빛은 순결한 여성을 순식간에 나락으로 떨어뜨린다. 성녀와 창녀는 이 순간 한 여성의 육체로 겹쳐지는 것이다. 「다산성」에서 '나'가 "숙이의 이마 위에 있는 보일 듯 말 듯한 까만 점 한 개를 창녀의 이마 위에 옮겨놓기 위하여 이를 악"(『전집 2』 113면)무는 장면은 그야말로 상징적이다. '나'는 숙이의 음전하고 차분한 '천사'의 이미지에 창녀의 '돼지발톱' 같은 난

폭한 욕망을 덧칠하고 싶은 초조감에 몸부림친다.

여성의 존재에 대한 남성인물들의 모순적인 시선은 여성의 육체와 욕망을 지극히 권위적인 시선에 의해 도구화하고 대상화하는 지점에 도달한다. 김승옥 소설에서 종종 작동되는 육체의 순결에 대한 강박감도 여성의 육체를 대상화하는 시각에서 비롯된다. 소설 속에서 여성 인물은 동등한 가능성을 지닌 존재로서 주인공과 교류하는 것이 아니라 그의 욕망을 자극하는 타자의 위치로서 자리할 따름이다. 환멸적인 세계 속에서 여성인물은 결핍을 자극하고 욕망의 계기를 이루는 대상화된 존재로서만 놓여 있는 것이다.[9]

결국 김승옥 소설의 인물들에게 여성은 도시의 모습을 비춰주는 절망적인 거울이며 이미지로 기능한다. 청년 나르키쏘스는 악마의 미소가 넘실거리고 천사의 합창소리가 들리는 도시의 달콤한 지옥에서 빠져나오려 몸부림치지만 그가 깊숙이 빠져드는 것은 타자의 시선 속에서 처참한 모습으로 뭉개지는 자기 자신의 모습이다. 김승옥이 바라보는 여성과 육체의 모습은 다름아닌 자신을 둘러싼 도시적 일상성의 모습인 것이다. 완벽한 자기세계를 확립하기 위해서는 도시적 일상의 벽을 넘어야 하지

---

9) 리타 펠스키는 근대 모더니즘의 텍스트가 보여주는 탐미적이며 전위적인 것에 대한 탐닉이 암암리에 여성 육체에 대한 거부와 경멸을 드러내고 있음을 주목한 바 있다. 펠스키가 인용한 찰스 번하이머의 '성별과 초기모더니즘의 관계'는 특히 의미심장하다. "19세기 중반부터 20세기 초엽까지, 모더니즘은 남성의 환상 속에서 창녀로 집약되는 여성의 성적 육체를 파편화시키고 훼손시키는 것으로 자신의 혁신의 욕망을 강박적이고 열렬하게 드러내고 있다"(리타 펠스키 『근대성과 페미니즘』, 김영찬·심진경 옮김, 거름 1998, 180면)라는 번하이머의 지적을 염두에 둔다면 김승옥 소설의 남성 주인공들이 집착하는 자기세계의 문제와 여성적 육체에 대한 왜곡된 시선은 긴밀한 연관관계 속에서 해석될 수 있다. 김승옥 소설의 인물들 상당수는 관념적이고 미학화된 취미를 가진 '댄디보이'들로서 이들이 매달리는 '순결 콤플렉스'는 오히려 여성의 육체를 정복하는 모순적 행위로 표출된다. 남성은 여성의 '처녀성'을 깨뜨림으로써 폭압적인 세계에 대응할 힘을 얻는다. 이때 여성은 한결같이 어리석고 가엾고 무지한 존재로 타자화되어 남성의 시선에 포착된다. 「무진기행」에서 순진할 정도로 주인공에게 매달리는 하인숙이나 「환상수첩」에서 육체를 내주고 자살하는 선애, 「생명연습」에서 한교수가 육체적으로 정복한 정순은 모두 남성의 일방적 욕망 속에서 감각적 쾌락을 안겨주는 동시에 유희의 대상이 되는 여성인물을 보여준다.

만 그것은 요원한 일이다.


## 3. 나르키쏘스의 위악적인 전투

　여성의 육체를 시선과 쾌락의 대상으로 삼는 가학적이고도 모욕적인 일탈방식은 속악한 도시일상에 소설인물들이 유일하게 되돌려줄 수 있는 반발의 방식이다. 도시에 떠도는 가짜 이미지와 맞서 인물들은 자기파멸의 길을 걸어간다. 타인을 학대함으로써 자기의 인격마저도 바닥에 떨어뜨리는 모멸의 방법은 비루한 일상의 욕망을 견뎌내는 출구라고 할 수 있다. 그러나 이 출구는 욕망을 정화하는 하수구 역할을 하기보다는 심한 수치심과 자괴감, 존재를 상실할 정도의 위협과 공포를 자아에게 안겨준다. 김승옥 소설에서 종종 나타나는 '귀향'의 모티프는 이러한 자기의식의 고통을 드러내는 장치다.[10]

　"창밖은 벌써 캄캄한 밤이었다. 나의 헝클어진 머리카락과 움푹 그늘이 진 볼이 그 창에 비치고 있었다. 바깥의 풍경을 보여주지 못하는 것이 미안하다는 듯이 야행열차만이 주는 선물이었다. 나는 오랫동안 나의 표정없는 얼굴을 들여다보았다. 거기에는 하향한다는 기쁨도 그렇다고 불안도 없었다. 늙어버린 원숭이 한 마리가 어둠속을 지켜보고 있는 모습일 뿐이었다. 새벽이 오면 습관에 따라 열매를 따러 나가겠다는 듯이 지극히 무관심한 표정. 그러자, 괴롭구나, 하는 생각이 들었다."(『전집

---

10) 소외된 자아를 위로하는 유일한 방식은 자신을 소외시킨 세계에 대한 철저한 경멸과 냉소를 보내는 것이다. 소설인물들이 이따금씩 서울을 떠나 고향으로 떠나는 장면은 순결한 회귀로 해석되기보다는 서울에 대한 애증과 집착의 또다른 표현이기도 하다. 「생명연습」의 주인공이 방학만 되면 여수에 내려와 바닷가를 헤매는 것이나 「누이를 이해하기 위하여」에서 도시에서 상처입은 누이가 돌아와 고향집에 몸을 의탁하는 것이나 「무진기행」의 짧은 방랑과 편력은 고향으로의 완전회귀가 아니라 도시에 대응하는 자기의식을 마련하기 위한 단기적인 휴식 같은 것이다.

「환상수첩」에서 정우는 기찻간 유리창에 비친 자신의 모습을 바라보며 자조적인 탄식을 내뱉는다. 숨막히는 서울 생활에 대한 권태와 분노를 여자친구 선애에 대한 유린으로 폭발시키고 정작 선애가 자살하자 그는 스스로 절망과 비애에 빠져 귀향하는 대학생의 포즈를 취한다. 처참한 심정으로 귀향하는 것이야말로 그가 자신에게 부여하는 모멸의 방법이다. 그러나 냉정히 들여다보면 그의 내면에는 아무런 흥분도 고통도 없다. 단지 '늙어버린 원숭이 한 마리'에 대한 씁쓸한 자조와 냉소가 '괴롭구나'라는 가벼운 탄식으로 흘러나올 따름이다. 평범하고 권태로운 도시 생활로부터 자기를 빼내어 독창적인 일상을 만들고자 했지만 그 위악과 학대의 방식은 실패로 돌아갔다. 일상의 삶을 연극적인 행위로서 즐기던 자아는 어느새 자신의 거울에 갇히고 말았다. 서울 대학생활의 온갖 위선적이고 기만적인 자기방황에 스스로 염증을 내며 귀향을 선언하지만 그가 귀향하는 장면이야말로 또다른 파멸의 덫으로 걸어들어가는 모습이다.

위악의 방식을 통한 견디기의 방식은 「확인해본 열다섯 개의 고정관념」에서도 드러난다. 화자는 "헤밍웨이와 말르로 소재에다가 황순원의 문체가 뒤범벅이 된 말하자면 길가에서 파는 만병통치약"(『전집 1』119~20면) 같은 표절소설을 신춘문예에 투고해두고 당선소감까지 써둔다. 표절소설을 응모한 그는 가짜임이 폭로되면 돈이 필요해서 투고했다는 진실을 말하려고 마음먹는다. 그러나 기만적인 세상은 그에게 진실할 기회를 주지 않는다. 일상을 지배하는 하찮은 기만과 위선의 생활방식은 「싸게 사들이기」에도 등장한다. 헌책방 주인을 속여 책을 싸게 사들이려는 주인공, 그리고 R, 약은 척하는 '곰보딱지' 주인영감이 서로를 기만하는 행위는 씁쓸한 미소를 짓게 한다. 가짜가 횡행하는 세상에서 살아가는 방법은 똑같이 가짜로 살아가는 것이다.

　　타인의 시선에 의해 창조된 허구적 이미지를 사랑하는 신화 속의 나르키쏘스와 달리 음울하고 황막한 도시일상의 현대적 나르키쏘스는 스스로 이미지를 창조하고 스스로 그 이미지에 의해 포박된다. 그는 자신을 감염시킨 가짜 욕망을 향해 한없이 씨니컬한 미소를 날리지만, 그 가짜 욕망은 어느새 그를 단단히 포박하고 있다. 가짜 세계를 향한 위악적인 몸짓은 「무진기행」에서 절정에 달한다. "한 번만, 마지막으로 한 번만 이 무진을, 안개를, 외롭게 미쳐가는 것을, 유행가를, 술집 여자의 자살을, 배반을, 무책임을 긍정하기로 하자. 마지막으로 한 번만이다. 꼭 한 번만. 그리고 나는 내게 주어진 한정된 책임 속에서만 살기로 약속한다"(『전집 1』 152면)라는 주인공의 다짐은 허위적인 연애편지를 쓰고 곧 그것을 찢어버리는 연극적인 행위로 이어지면서 유희의 절정을 만든다. 진정한 사랑을 향한 제스처 역시 위악의 행위임을 인지한 주인공이 서울로 귀환하기로 결정하는 그 장면이야말로 나르키쏘스의 절망을 암시하는 핵심적 장면이다. 그는 무진이 안개로 상징되는 모호한 가짜 욕망들로 둘러싸여 있음을 암암리에 체감하고 있는 것이다. 무진에 머무른다고 해서 그를 휩싼 허구적 욕망이 사라지지는 않을 것이다. 그럴 바에야 다시 돌아가서 지금까지 그랬던 것처럼 위선적으로 살아갈 수밖에 없다.

　　일상이라는 이름으로 포장된 가짜 욕망을 향한 연극적인 도발행위가 패배로 돌아가는 결말은 「역사」에서도 잘 드러난다. 하숙생 주인공은 깨끗한 양옥집과 지저분한 창신동 빈민가의 뒷골목이 근접해 있는 서울의 모순된 모습을 견디지 못한다. 그는 "버스 하나를 타면 곧장 갈 수 있다는 평범한 가능성마저를 송두리째 말살시켜버리는 간격의 저쪽에 있"(『전집 1』 78면)는 지옥 같은 곳이 바로 서울이라는 사실에 치를 떤다. 그가 가장 참을 수 없는 것은 깨끗한 양옥집에 살고 있는 가족들의 정돈된 풍경이다. 전형적인 중산층 부르주아 가정에 대한 참을 수 없는 역겨움은 그로 하여금 반란을 도모하게 한다. "이 가족의 계획성 있는 움직임,

약간의 균열쯤은 금방 땜질해버릴 수 있도록 훈련되어 있는 전진적 태도, 무엇인가 창조해내고 있다는 듯한 자부심이 만들어준 그늘 없는 표정"(『전집 1』 86면)을 뒤흔들기 위해 음료수에 흥분제를 타는 하숙생의 모습은 애처롭기까지 하다. 양옥집 식구 중 그 누구라도 소리를 지르며 한밤중에 뛰쳐나오길 갈망했던 그는 결국 실패한다. 그는 자신보다도 더 강한 철로 무장된 '양옥집 식구들' 앞에서 타인의 장벽을 실감하며 무너져내린다.

생활의 규율이 잘 정비되어 있고 빈틈없는 일상이 평화롭게 유지되는 곳에서 사람들은 고독한 유희에 몰두한다. 각자의 밀실에 틀어박혀 외로운 자기와의 대화에 몰두하는 고독한 인간군상이야말로 김승옥이 파악한 1960년대의 서울의 한 풍경이다. 「서울 1964년 겨울」에서 25세의 부유한 대학원생 안, 그와 동갑내기인 구청 병사계 공무원은 추운 밤 거리의 선술집에서 우연히 만나 유희적인 대화를 나눈다. "서울은 모든 욕망의 집결지입니다. 아시겠습니까?"(『전집 1』 206면)라고 대학원생 안이 중얼거리고 이들은 화신백화점 육층의 창들에서 몇개의 불빛이 뿜어져 나오는지 서대문 버스정류장에 여자가 몇명 서 있는지에 관한 시시껄렁하고 무료한 말놀이를 시작한다. 타인과의 관계가 철저하게 절연된 내폐성의 공간, 독백의 말놀이야말로 도시적 공간에 대한 유희적 탐닉과 동시에 절망적 패배의식을 보여주는 이중적인 행위다. 함께 어울렸지만 잠잘 때는 각자의 방으로 떨어져나오고 결국 누군가의 죽음을 못 본 척 돌아서는 차가운 단절의 공간은 도시체험이 탄생시킨 비극적 나르키쏘스들의 실체를 만나게 한다.

타인들의 형식적인 사교술, 그리고 일상적 관습에 대한 유혹과 공포는 「차나 한잔」에도 나타난다. 해고의 결정을 내리면서도 "차나 한잔 하러 가실까요?"라고 관습적으로 상냥하게 권유하는 신문사 문화부장을 만나고 오면서 만화작가가 겪는 자괴감은 다른 게 아니었다. 내일을 유지시킬 수 없다는 것, 자신을 얽매고 가동시켜줄 외압적인 힘이 이제는 부재하다는 것에 만화가는 두려움을 느끼는 것이다. "이렇게 계단 위에서 서서 사람과 자동차들이 밀려가고 밀려오는 거리를 내려다보고 있으려니 그는 겁이 나기 시작했다. 어서 또 무엇을 붙들어야 한다. 오늘 중으로 무언가 확실한 걸 붙들어둬야 한다. 어제와 오늘과 그리고 내일을 순조롭게 연속시켜주는 것을 붙잡아둬야 한다"(『전집 1』 185면)는 솔직한 독백은 "차나 한잔. 그것은 이 회색빛 도시의 따뜻한 비극이다. 아시겠습니까? 김선생님, 해고시키면서 차라도 한잔 나누는 이 인정. 동양적인 특히 한국적인 미담…… 말입니다"(『전집 1』 199면)는 자조적 탄식으로 이어진다.

결국 김승옥의 소설인물들이 도시적 일상에서 느끼는 강박감은 밀실 속에 강제된 건조하고 황막한 인간관계에 대한 절망감이라고도 할 수 있다. 그의 소설이 가장 절실한 감각을 확보하는 순간은 두려움과 유혹, 공포와 좌절의 순간을 들여다보는 명료한 자기 인식을 가지는 순간이다. 위선과 기만의 껍질을 뒤집어쓸 수밖에 없는 초라하고 비참한 일상인으로서의 자아를 모멸적 시선으로 들여다볼 때 그의 소설적인 위악의 방식은 의미를 갖는다. 생계를 근근히 이어가는 소시민의 자의식을 섬세하게 들여다보는 「차나 한잔」과 차갑고 고독한 도시인의 일상이 밑그림으로 그려지는 「서울 1964년 겨울」, 낭만과 위악이 팽팽하게 맞서는 「무진기행」을 수작으로 꼽을 수 있는 것도 이 때문이다.

그러나 자기연기술의 어느 지점을 지나치면 공포와 두려움이 어느새 습관적인 감정으로 변모하고 형식적인 일탈만이 작품의 전면에 나서게 된다. 그러한 맥락에서 「야행」의 현주가 "자기 몸에 늘어붙고 있는 사내의 시선"(『전집 1』 261면)을 통해 감지했던 일탈의 절실함이 "공포와 혼란"이 없는 관습적 의식으로 바뀌는 순간을 두려워하는 장면은 의미심장하다. 그녀는 이전에 타자의 욕망이 전이되어 자극받았던 자신의 욕망이 어느 순간부터 자극 없이도 습관적으로 행해짐을 직감하고 전율한다.

　일상의 욕망이 가짜인 줄 알면서도 어느새 그 가짜욕망이 만들어놓은 이미지의 덫에 걸린 자들은 스스로의 파멸을 자초하는 길로 걸어갈 수밖에 없다. 이들은 이미지가 불어넣은 욕망에 의해 자기파멸의 길로 움직여지며 그것은 만족을 모르는 끊임없는 결핍의 체험을 낳는다. 자기의식의 긴장된 모순이 사라지는 그 순간 주인공들은 절망하고 만다. “그 여자가 바라는 것은, 그렇다, 파멸이 아니라 구원이었다. 속임수로부터의 해방이었다”(『전집 1』 279면)라는 간절한 진술에도 불구하고 의식적인 일탈은 달콤한 자학으로 자아를 이끌어간다. 이제 자아는 습관적으로 구토를 하고 몸서리친다. 「서울의 달빛 0장」에서 “썩은 냄새, 썩은 음부(陰部)”로 상징되는 도시세태의 속물성에 대한 구토는 정확한 의미에서 “가슴복판에서 시작하여 독사처럼 외줄기로 목구멍까지 치달려오는 통증마저도 상투적”(『전집 1』 299면)으로 여겨지는 삶에 대한 구역질인 것이다.

　한때 서울은 진보와 문명, 그리고 동경과 유혹이 숨쉬던 공간이었지만 이제는 끔찍한 타락과 퇴폐의 공간일 따름이다. 주인공들은 쾌락과 풍요가 넘치는 번화한 거리로 끌리지만 내적인 자의식은 빈곤과 소외를 향하고 있는 의식의 모순을 겪는다. 그는 도시를 그 누구보다도 동경하고 사랑하지만 역설적으로 그렇기 때문에 더할 나위없이 도시를 경멸하고 미워한다. 김승옥에게 서울은 현대문명의 쾌락과 유혹을 표상하는 지상낙원인 동시에 안락과 유혹을 숨긴 마땅히 경멸해야 할 속물과 타락 그 자체다. 서울은 “사람들이 결국 바라는 건 필요 이상의 음식, 필요 이상의 교미(交尾). 섹스의 가수요(假需要). 부잣집 며느리 여름철에 연탄 사모으듯, 남의 아내건 남의 아내가 될 여자건 닥치는 대로 붙는”(「서울의 달빛 0장」 『전집 1』 299면) 구역질나는 풍경으로 요약된다. 도시가 선사하는 물질의 쾌감은 어느새 사악하고 퇴폐적인 것으로 바뀌었고 도덕과 윤리가 교묘하게 포장된 위선의 일탈은 도처에 널려 있는 것이 된다.

　이후 김승옥이 점차 단편소설을 중단하고 장편소설의 세계로 빠져드는 계기는 이처럼 도시적 일상성에 대해 더이상 새로운 긴장감과 의식적 탐구를 갖지 못한 데서 기인한다. 『내가 훔친 여름』(1967)과 『60년대식』 『보통여자』(1969) 『강변부인』(1973)은 자아의 허위적 인식의 모순을 들여다보는 작업이 아니라 위악적 일탈 자체의 모험으로 빠져드는, 혹은 그것을 관조적 시선으로 들여다보는 데서 멈추고 있다. 「서울 달빛 0장」에서 성과 욕망을 철저하게 상품화하는 비극을 결혼이라는 과정 속에서 지극히 속물스럽게 들여다보는 과정이라든지 「야행」에서 권태롭고 평범한 일상을 급습하는 일탈적 성의 모습에 대한 자괴감 어린 인식은 초기 단편소설들의 주제적 반복에서 벗어나지 못한다. 그것은 어쩌면 타자를 대상화된 시선으로 남겨두고 자폐의 미학으로 빠져든 나르키쏘스의 운명인지도 모른다. 지식인의 자기 허위의식이 치달은 위악적 종점이 여기서 확인되는 것이다.


## 4. 순수의 공간을 향한 동경과 좌절


도덕과 윤리, 관습과 편견으로부터 자유로운 유토피아적인 자기세계에 대한 갈망은 김승옥의 소설인물들이 일상을 견디게 하는 힘이었다. "한 오라기의 죄도 거기에는 섞여 있지 않는"(「생명연습」 『전집 1』 40면) 순수한 우리들의 왕국, "피하려고 애쓸 패륜도 아예 없고 그것의 온상을 만들어주는 고독도 없는 것이며 전쟁은 더구나 있을 필요도 없"(「생명연습」 『전집 1』 40면)는 그곳, 고향 작은 강둑에서 걷던 그 장면 "해풍이 퍽 세게 불어와서 내 곁에 말없이 앉아 있는 누이의 머리칼을 흩날리고 있"(「누이를 이해하기 위하여」 『전집 1』 101면)던 그곳이야말로 김승옥이 열망했던 순수의 유토피아인지도 모른다. 그러나 그 순수의 공간은 곧 "차표 없어 불안한 기차여행, 신분을 속여 맡은 일거리, 땀내음에 찌든 아가씨, 겁탈 같은 유혹, 비린내 나는 여인숙에서의 정사, 그러고 나면 기다리고 있는 괴로운 휴식"(「내가 훔친 여름」『전집 3』191면)처럼 습하고 끈적거리는 우울한 일상으로 둔갑한다. "어느 영화장면 흉내를 내"는 것처럼 이름을 가르쳐주기를 거부하는 주인공들은 스스로 그 냄새나고 구역질나는 도시 속으로 천천히 가라앉는다.

김승옥이 문학적으로 형상화한 1960년대의 서울은 온갖 문화기호가 풍요롭게 넘쳐흐르는 신천지인 동시에 소외와 결핍을 부추기는 이중적인 공간이다. 서울은 김승옥에게 매혹과 좌절을 동시에 안겨주었다. 도시의 거울은 조로를 예감하는 자아의 절망적인 내면 풍경에 여성의 육체와 황폐한 성을 반사해 보인다. 순정하고 여린 고향의 누이로 때로는 비천하고 퇴폐적인 창녀로 인물들 앞에 현현하는 여성들은 김승옥 소설인물의 자의식이 가진 한계를 뚜렷이 보여준다. 정서와 감정을 교류하는 인간적 존재로 출현하는 것이 아니라 도시의 특징을 구현하는 타자적인 대상으로 출현하는 여성의 모습은 그 안에 현실인식의 모순을 내장하고 있었다. 자살과 수음, 흥분제와 사창가가 함께하는 지옥 같은 청춘을 보내면서 소설인물들은 생존의 방법으로 무료하고 권태로운 유희를 선택한다. 거대하고 화려한 도시의 야경 속에 음침한 변두리 골목과 부랑자들, 술주정뱅이 행인들, 쓰러져가는 판잣집이 공존해 있는 지독한 모순 속에서 주인공들은 자기 세계를 건립하려 발버둥친다.

근대 도시의 문물에 대한 동경과 좌절, 유혹과 패배가 공존하는 혼란스러운 일상에 대한 인식은 김승옥 소설이 정직하게 보여준 현실비판이면서 동시에 자아비판이기도 했다. 타자의 욕망에 사로잡히지 않기 위해 자아의 위악적인 유희를 극대화하는 지점이야말로 김승옥 소설의 매력이 들끓는 곳이다. 도시적 감수성과 지식인의 자의식을 핵심적인 주제로 놓고 볼 때 김승옥의 소설은 거슬러올라가 1930년대의 모더니즘 소설들과 만난다. 일본 파시즘의 제도 안에서 마주친 근대적인 도시체험은 당대 지식인들에게 갈등과 혼란을 안겨주었다. 그들은 도시에 대한 놀라움과 동경, 그리고 좌절과 패배의식을 작품으로 분출하였다. 이상(李箱)의 「날개」와 박태원(朴泰遠)의 「소설가 구보씨의 일일」이 일찍이 보여준 바 있던 도시체험은 전후 소설의 환멸적이고 비관적인 내면 풍경을 거쳐 김승옥의 나르씨시즘적 자의식과 연결된다. 손창섭(孫昌涉)과 장용학(蔣龍鶴)의 소설에서 실루엣으로 표현되었던 자폐와 내면의 독백은 김승옥의 소설을 통해 비로소 화려한 육체를 얻었다.

김승옥이 소설화한 근대적 도시와 일상의 모습은 그 자신의 개인적 체험의 음영이 드리워진, 지식인 특유의 위악적인 제스처가 담긴 독특한 문법을 창조했다. 그가 들여다본 도시의 세계는 이호철(李浩哲), 박태순(朴泰洵), 김정한(金廷漢), 이문구(李文求)가 보여준 소외된 현실의 사실적 보고와는 구별되는 자폐적 공간을 노출하였다. 도시 사회의 물화된 허위의식과 그것을 견제하려는 지식인의 자의식을 드러내는데 그의 소설이 보여준 예민함은 때로는 감수성 그 자체만을 노래하는 허약함에 갇혔던 것이 사실이다. 그럼에도 불구하고 본격적인 산업화 현실이 소설 속으로 스며들기 시작하면서 형성된 문학의 새로운 흐름 속에서 김승옥이 단연 돋보이는 개성적 자리를 마련했음은 부인할 수 없는 사실이다.

그 누구보다도 새롭고 완벽한 자기만의 세계를 건설하기를 추구했던 젊은 영혼은 세속도시의 네온싸인 속에서 고독하게 시들어갔다. 그의 소설이 보여준 도시의 초상은 어느 순간부터 내면의 거울에만 비치는 자폐적인 것으로 고착화되는 비극에 처한다. 도시적 일상을 파악하는 작가적 태도가 관습적이고 일면적인 것으로 향하면서 그의 소설적 호흡은 가빠지기 시작했던 것이다. 그럼에도 불구하고 김승옥 소설이 보여주는 도시인의 방황과 일탈은 여전히 매혹과 연민을 갖게 한다. 한국소설사에서 유례없이 섬세하고 예민하며 때로는 강박증적이기까지 한 이

인물들의 내성적인 목소리야말로 도시적 지식인의 현재적인 자화상으로 여전히 살아숨쉬고 있는 것이다. □

白智延 문학평론가, 경향신문 신춘문예 평론부문에 「아담의 글쓰기, 환유적 욕망의 변주」로 등단. 저서로 『미로 속을 질주하는 문학』이 있음.

李
文
求



ⓒ 김일주

# 이  문  구

1941년 충남 보령에서 태어나

서라벌예대 문예창작과를 졸업하였다.

1966년 『현대문학』에 추천 완료되어 문단에 등단했다.

소설집 『이 풍진 세상을』(1972) 『해벽』(1974)

『관촌수필』(1977) 『우리 동네』(1981)

『유자소전』(1993) 『내 몸은 너무 오래 서 있거나

걸어왔다』(2000), 장편소설 『장한몽』(1987)

『산너머 남촌』(1990) 『매월당 김시습』(1992) 등을

간행하였다.

민족문학작가회의 이사장을 역임했다.

한국창작문학상(1972), 한국문학작가상(1978),

신동엽창작기금(1982), 요산문학상(1990),

만해문학상(1993), 동인문학상(2000) 등을

수상하였다.

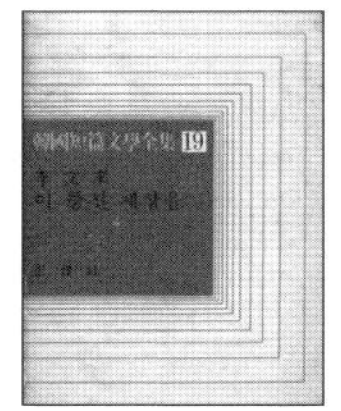

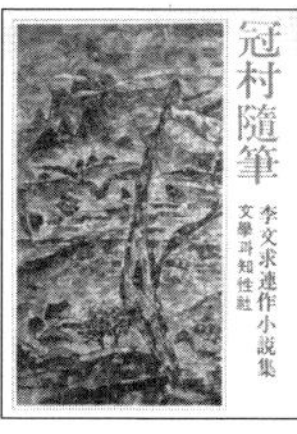

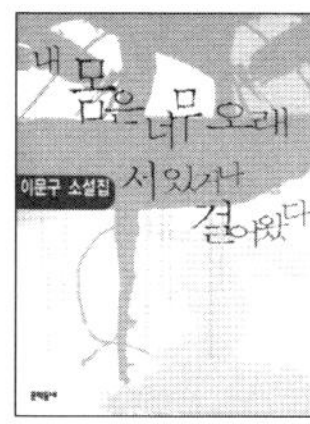

이 풍진 세상을, 정음사 1972
해벽, 창작과비평사 1974
관촌수필, 문학과지성사 1977
내 몸은 너무 오래 서 있거나 걸어왔다, 문학동네 2000

# 일상언어에서 언어예술로

이문구론

황광수

작가론은 평전과 작품론의 어간에 자신만의 둥지를 틀려 하지만, 대개는 그 둘의 몸에서 필요한 부분만 조금씩 떼어와 자기 몸을 빚어낸다. 그러나 그 둘 사이에는 그것들과는 질적으로 다른 차원이 존재한다 — 표현을 열망하는 욕구들이 들끓었던, 그러나 지금은 표현되고 남은 부분들만 무겁게 침전되어 있는 영역. 그러기에 이 공간은 밖에서 가져온 것들로 메워져야 할 공동(空洞)은 아니다. 그러니까, 작가론이 자기만의 터를 닦으려 한다면 바로 여기에서 첫삽을 떠야 할 것이다. 하지만 이 영역도 질적으로 동일한 요소들만으로 이루어져 있는 것은 아니다. 기억할 수 있는 것과 없는 것, 다시 말해 작가가 자신의 의식에 떠올릴 수 있는 것과 없는 것들이 서로 다른 층위에 자리잡고 있는 것이다. 그런데 의식에 떠올릴 수 없는 층위는 비평(작가론)보다는 정신분석의 대상으로 더 적절할 것이다. 그러므로 비평적 관심은 기억할 수 있는 삶의 내용들 가운데 작가가 그의 글이나 말로 이미 표출한 것들과 그의 작품세계 사이에서 어떠한 삶의 요소들이 탈락하거나 소거되었는지를 살펴보는 쪽으로 기울 수밖에 없다. 이러한 과정에서 손에 잡힐 만한 것이 발견된다면, 그것에 근거하여 작가의 의식과 작품세계의 이면을 탐색해보는 새로운 비평적 차원이 열릴 수도 있을 것이다. 이와 함께 창작의 용광로를 통과하지 못한 경험적 요소들을 살펴보고, 작가의 내면에 잠들어 있을지도 모르는 새로운 가능성을 생각해볼 수 있을 것이다.

실패한 작품은 예술작품이 아니라고 한 아도르노의 주장을 따른다면, 문학작품으로 부를 수 있는 것은 모두가 성공한 작품이다. 그러나 창작과정에서 이루어지는 탈락현상을 체험의 소거라는 의미에서 표현 또는 삶의 실패라고 말할 수 있다면, 모든 작품은 모종의 실패를 품고 있는 성공이다. 그런데도 작품들은 세상에 나오자마자 문학 또는 예술의 차원에서 성공과 실패로 자리매김된다. 그러나 미학적 판단은 사람마다 다를 수밖에 없으므로 비평의 차원에서 판가름나는 성공과 실패가 보편적 기준에 따른 것이라고는 말할 수 없다. 아도르노의 관점에서 보면, 루카치에 의해 '규범적인 예술작품'의 개념으로 옹호된 작품들은 이미 예술작품이 아니다. 그가 생각하는 예술 개념에는 다른 목적성이 개입할 여지가 없기 때문이다. 이러한 예술 개념이나 이른바 '예술의 자율성'이 선험적인 것이라면, 아도르노의 주장은 정당한 것일 수 있다. 그러나 그런 생각들이 근대적 분화과정에서 삶에서 분리된 편협한 관행에 지나지 않는 것이라면 그러한 관념들을 충족시키기 위해 희생될 수밖에 없는 삶의 가치들을 다른 영역들에 떠넘기는 것은 예술 개념을 지나치게 특화한 나머지 '살림살이'에 대한 책임을 회피하는 것이다. 인간의 삶을 소재로 삼고 그 이행을 구성원리에 반영하는 소설에서는 더욱더 그렇다. '예술적 승화'를 위해서건 작가 자신의 개인적 사정 때문이건 창작과정에서 탈락한 삶의 요소들은, 유전학자들이 잘못 알아온 쓰레기(junk) 유전자들처럼, 그냥 내버려도 좋을 잡동사니가 아닌 것이다.

'개인적 사정'은 주로 작가로서의 보편성을 획득하기 이전의 어떤 개인에게 주어진 특수한 삶의 조건이다. 훗날 그의 작품세계의 성격을 결정지을 작가적 개성은 여기에서 싹이 트고 자란다. 이러한 전제를 받아들인다면, 개인적 체험이라는 특수성은 작품에 특별한 성격 즉 개성을 부여함으로써 작가라는 보편적 개념을 획득하게 하는 요소이다. 이런 점에서 작가의 개성은 특수성과 보편성의 통일, 또는 보편적 가치가 투영된 특수성이다. 말하자면 어떤 개인의 특수한 경험은 예술작품에 요구되는 보편적 가치(미학)를 흡수하여 새로운 차원으로 넘어감으로써 작품이라고 불릴 수 있는 어떤 것이 된다. 이렇게 텍스트의 영역으로 들어선 작품은 이미 개인적인 것이 아니다. 이러한 과정에 대한 사유를 생략한 채 작품이라는 결과만을 놓고 보면, 개인적 체험과 작품의 거리가 멀어 보일수록 예술적 성취가 큰 것으로 오해되기도 한다. 이러한 경향이 많은 작가들에게 개인적 체험을 소설화하지 않는다는 원칙을 세우게 하지만, 그것은 작가의 상상력에 근원적 힘을 제공하는 경험 요소의 결핍을 초래하기도 한다. 그러므로 이러한 원칙은 작가의 경험 영역을 넓히는 데에는 효과가 있지만, 엄밀하게 지켜지기는 어려운 것이다. 모든 작품은 결국 작가 자신의 개인적 체험과 사유—이것도 한 개인의 문화적 또는 지적 체험의 반영이다 —의 결실이다. 이러한 현상은 이문구(李文求)가 생각하는 작가의 개성과 그 자신의 작품세계 사이에서도 뚜렷이 확인된다. 먼저, 그의 에쎄이「작가와 개성」의 한 대목을 살펴보자.

　　나는 거의 결벽증에 가까울 정도로 개성을 중시하는 편에 속한다. 이를테면 소설의 경우 작가의 이름을 가리고 읽어서 누구의 것인지 모를 지경이라면 그 작가의 장래는 크게 기대할 것이 없다고 보는 것이다. 또 다른 예로 문단의 일원이 되기를 원하는 투고작품을 심사할 경우, 초장부터 가령 "세 살 버릇 여든까지 간다더니"나 "가는 날이 장날이라더니" 따위 누구나 다 쓰는 속담을 무심히 섞은 문장은 개성의 허약성으로 여기고 감점을 주는 것이다. 개성을 지닌 사람이 누구나 다 쓰는 속담을 무심히 섞을 리는 없다고 믿는 까닭이다.

나는 내 집안 이야기의 소설화에 의무감까지 느끼고 있지만 진작에 스스로 포기한 지가 오래다. 자칫하면 본의 아니게 이른바 분단문학이니 통일문학이니 민족문학이니 하는 투의 유행상표가 붙을 우려뿐 아니라, 남의 아류로 보이기가 십상이기 때문이다. 나는 또 5~6년간 막노동판에서의 인생 경력이 있지만 이를 소설화할 계획도 일찌감치 걷어치웠다. 역시 노등문학이니 현장문학이니 하는 상표와 아류 취급에 대한 우려 탓이었다. 다시 말하여 남이 이미 손을 댄 것은, 아무리 익숙한 체험과 넉넉한 자료와 치밀한 구상이 있더라도 미련없이 버린다는 것이다. (『소리 나는 쪽으로 돌아보다』, 열린세상 1993, 139~40면. 이하『소리 나는 쪽』)

이문구는 문체와 소재 두 가지 측면에서 작가의 개성을 말하고 있다. 그런데 누구나 쓰는 속담이 아닌 것을 쓰기 위해서는 일상언어에 대한 통달이 전제되어야 한다. 자신만의 문장을 빚어내는 일은 이미 존재하는 언어체계의 활용과 관련되기 때문이다. 이런 수준의 자질을 갖추었다면 문체에 관한 한 이미 일가를 이룬 작가라고 말할 수 있을 것이다. 이문구의 서술에는 그러한 작가로서의 자부심까지 스며 있는 듯하다. 개인적 체험의 배제에 관해서는 상당한 정도의 유보조건을 달고 있지만, "남이 이미 손을 댄 것"을 쓰지 않는다는 것도 엄밀하게 보면 지키기가 거의 불가능한 조건이다. 남이 손을 대지 않은 것을 가려내려는 일은 앞에 나온 작품들을 모두 읽어야 가능하기 때문이다. 그러니, 다른 작가가 이미 손을 댄 소재를 가지고도 해석의 깊이와 문체적 특성을 통해 얼마든지 개성 있는 작품을 만들어낼 수 있다는 정도로 조건을 완화해야만 소설쓰기가 가능해지는 게 아닐까. 하긴, "남이 이미 손을 댄" 것을 구태여 소재에만 국한할 까닭은 없을 터이고, 이문구 자신도 모르는 동네보다는 아는 동네를 다룰 때 "하기도 낫고 듣기에도 나으리라"는 생각을 다른 글(「아는 동네 모르는 동네」)에서 피력하고 있는 것을 보면, 앞의 인용문이 창작과정에서 체험적 요소의 절대배제를 주장하는 것은 아니다. 그것은 오히려 동일한 소재일지라도 깊이 들여다볼 때 열리게 되는 새로운 차원의 중요성을 말하고 있는 것이다. 이런 뜻은 그의 다른 글(「우리 동네 시대」)에 분명히 나타나 있다 ─"건성으로 보면 그날이 그날 같고, 그 일이 그 일 같고, 그 말이 그 말 같을 터이나 가만히 여겨보고 있으면 그게 아니었다."(같은 책 117면) 어쨌든 소설 창작에 요구되는 "상상도 터무니없이 생으로 하는 상상보다 얼마간의 터거리(근거의 방언)를 깔고 하는 쪽이 하기가 더"(같은 책 38면) 나은 것이다. 그럼에도 불구하고 그가 자기 집안의 이야기나 자신의 체험을 철저히 배제하려 했다면, 거기에는 힘겨운 자기억제와 상실감이 따를 수밖에 없었을 것이다.

　이문구의 작품세계를 일별해보면, 그의 몸과 마음에 충분히 녹아든 대상을 다룬 것일수록 그만의 문체적 특성이 빛을 발하고 있다. 그러니, 그가 배제한 것은, 아류로 떨어질 위험성 때문이라는 그 자신의 말을 존중하더라도, 자기 가족 이야기나 인생 경력 전체가 아니라 본능적으로 거부감을 느낄 수밖에 없었던 특별한 경험적 요소들일 것이다 ─예컨대, 근대적 혁명사상과 연관될 수밖에 없는 어떤 부분(특히 아버지와 관련된), 노동 또는 계급문제와 연관될 수밖에 없는 자신의 경험과 같은 것. 그러나 이러한 요소들은 아류로 떨어질 위험성만 내포하고 있는 게 아니라 다른 작가라면 대작에 대한 유혹을 떨치버리기 어려운 소재일 수도 있다. 그가 자기 "집안 이야기의 소설화에 의무감까지 느끼고" 있었다면, 거기에는 그의 가족에 대한 의무뿐만이 아니라 작가로서의 사회적 의무도 포함되어 있었을 터이다. 자세히 보면, 그의 아버지도 인간적인 면모와 관련된 부분은 소설 속에 꽤 소상히 드러나 있고, 그 자신의 막노동판의 이력 역시 장편소설 『장한몽』(1970~71년 연재)이나 「지혈」(1967) 「몽금포타령」(1969)과 같은 초기 단편들에 상당히 구체적으로 반영되어 있는 것으로 보인다. 그러니, 그의 작품세계에서 배제된 것은 경험적 요소 자체가 아니라 경향성으로 떨어질 가능성이 농후한 이념성이었을 것이다. 그리고 이러한 작가의식은 그의 유소년기의 특별한 경험과도 무관하지 않을 것이다.

1941년 이문구에게는 '李'씨 성과 사대부 가문, 그리고 '文求'라는 이름이 주어졌다. 이 이름은 그의 작가로서의 운명을 점지하고 있는 듯 보이지만, 그것은 결코 순탄하게 이루어질 것은 아니었다. 글쓰기로 통하는 길은 깊은 곳에 잠복해 있었고, 정상적인 성장 조건이 깨어지면서 제 모습을 드러내기 시작했다. 어린 시절의 특수한 경험은 주로 그의 아버지를 통해 우리 현대사의 파괴적인 힘이 그의 집안에까지 침투한 데에서 비롯되었다. 「일락서산」을 보면, 그의 아버지는 "이재(理財)에 어둡지 않았던 사람"이었으나 그가 태어난 해부터 "회고조의 가풍이나 실속 없는 사상을 스스로" 버린 후 "무산계급"의 해방을 위해 헌신하였으며, "세 고을〔保寧·舒川·靑陽郡〕의 지하당을 창설하고 이끌었던 책임자로서 하루도 편할 날이 없었"다. 그런 까닭에, 6·25가 터지면서 그의 집안은 극심한 변화의 소용돌이에 휘말릴 수밖에 없었을 것이다. "전쟁의 참화를 우리처럼 혹독하게 입은 집도 드물리라 싶은 쑥밭이었다." '상것들'과 놀지 못하게 한 할아버지로 인해 외로운 유년기를 보낸 터에 '빨갱이의 자식'이라는 굴레까지 뒤집어쓰게 되어, 서울로 이사하기까지(1959년) 그에게는 친구가 "단 한 사람"도 없었다. 그러나 바로 이러한 조건이 그가 작가의 길로 들어설 수밖에 없는 계기가 되었다. 소설 읽기에 탐닉하면서 작가에 대한 꿈이 움트게 되었고, 『관촌수필』에 생생히 드러나 있듯이 가족이 아닌 비근한 이웃들과 정을 나누면서 민중의 생활정서와 언어에 친숙하게 되어 그의 작가적 개성을 위한 밑거름이 마련된 것이다.

그는 세상에 태어나서 겨우 10년을 넘긴 나이에 헤어나기 어려운 소외감에 빠졌다.

세상에서 가장 무서운 것이 사람이다, 사람을 피하자, 이것이 열한살인가 열두살 나던 해에 내가 했던 다짐이었다.

나는 될 수 있는 데까지 사람을 피했다. 낯선 사람을 피하는 것은 사나운 개를 피하는 것보다 더 미리 서둘렀다. 교실에서 담임 선생님과 눈이 마주치는 것조차 꺼릴 지경으로 어른이라면 덮어놓고 비켜 다녔다. 어른뿐 아니라 아이들도 피했다. 자연히 친구가 드물었다. 친구가 드무니 주야로 쓸쓸했다. 그래서 소설책만 붙들면 밥보다도 좋고, 잠보다도 좋고, 공부보다도 좋았다. 중학교에 들어가서 새 친구 하나를 사귀었다. 이제는 고인이 된 작가 최진우(崔鎭宇) 선생의 아우, 지금은 대전에서 교편을 잡고 있는 최진모(崔鎭謨)가 바로 그 친구였다. 진모는 자기 형이 주요섭(朱耀燮) 선생에게서 소설을 배우고 있는데 머지않아 『자유문학』지의 추천제를 통해서 작가가 되리라는 것, 하숙방이 좁아서 다 본 책은 집에 올 때마다 한짐씩 지고 내려오는 까닭에, 골방에 쌓여 있는 책만 해도 얼마인지 모른다는 것이 자랑이었다. 나는 날마다 밤인지 낮인지도 모른 채 진모네 골방에 쟁여 있는 책을 닥치는 대로 읽었다. 오늘은 체호프를 읽고, 내일은 방인근(方仁根)을 읽고, 글피는 스땅달을 읽고, 그글피는 김내성(金來成)을 읽는 난독을, 입학해서 졸업에 이르기까지 쉬어본 일이 없었다.

내가 최초로 작가가 되었으면 했던 것은, 춘원(春園)의 『흙』을 두 번인가 세 번을 되읽었던 중학교 3학년 때의 여름방학 어간이었다. 나는 『흙』을 다 읽고 덮으면서 "나도 춘원이 이 소설을 쓴 나이쯤 되면 이 정도는 쓸 수 있겠다"고 군소리를 달은 거였고, 나중에 그 군소리를 겁없이 언질로 잡은 것이, 내쳐 그 길로 빠져버리는 빌미가 된 것이었다. (『소리 나는 쪽』 90~91면)


그러나 작가가 되기로 결심하기 전부터 그에게는 '문학가'에 대한 막연한 꿈이 있었다. 그리고 거기에는 그만의 남모르는 사연이 있었다. 그는 중학교 2학년 여름에 수필 한 편을 읽었는데, 경북지방의 한 시인이 전쟁중의 부역으로 인해 검거되었으나 문인들이 대통령에게 탄원하여 죽을 수밖에 없는 목숨을 살려냈다는 내용이었다. 전쟁을 겪으면서 집안의 남자 어른들(할아버지, 아버지, 형)을 모두 잃어버린 그에게 이 글은 희망과 용기를 주었다. "문학가가 되면 죽은 목숨이 산 목숨으로 돌아서는 수도 있겠구나. 난리통에도 최소한 명색 없는 개죽음만은 면할 수가 있겠구나. 나도 앞으로 문학가만 되면 적어도 함부로 잡아다가 맘대로 죽이지는 않겠구나."(같은 책 93면) 난독의 시대가 끝나갈 무렵 그는 김동리의 「역마」를 읽고 감동한 나머지 "며칠이 지나도록 가슴속의 아픔이 좀처럼 가시지" 않는 경험을 하였고, 다른 작가의 소설은 "싱거워서 읽을 수가 없"을 정도가 되었다. 그런데 이 '싱겁다'는 말은 그가 이때에 벌써 소설을 줄거리나 극적인 사건에 이끌려 읽는 수준을 넘어 문체의 맛까지 알게 되었음을 암시하고 있다. 그런데 그가 "우러르고 좋아하"게 된 김동리는 "몸소 청년문학가협회를 조직하여 좌익 문인들과의 논쟁에 앞장을 섰고, 그리하여 이제는 자타가 공인하는 타, 우익 인사로서의 거목"이기도 했기에, 그는 자연스럽게 "김동리의 제자가 되"면 사상적 혐의를 벗어나는 데 "유리하겠다는 생각"을 지니게 되었다. 1961년 이문구는 마침내 김동리의 문하에 들어갔고, 1965년 그의 추천을 통해 문단의 일원이 되었다.

그러나 보신책으로 작가의 길에 들어섰다는 그의 고백이나 그의 작품세계를 통틀어 보아도 풀리지 않는 의문이 있다. 그의 아버지의 정치적 행위에 대한 이문구 자신의 생각이나 감정에 관한 서술이 전혀 보이지 않는 것이다. '빨갱이의 자식'이라는 낙인이 얼마나 뼈아픈 것이었는지는 실제로 경험해보지 않은 사람은 짐작조차 하기 어려운 일이지만, 그의 아버지와 사상적으로 정반대 쪽에서 활동한 문단의 거목 아래서 "뙤약볕도 피하고 소나기도 피하"기로 작정한 데에는 한 가닥의 심리적 갈등조차 없지는 않았을 터이기에 우리의 궁금증은 더욱 커질 수밖에 없다. 그가 문단에 나온 지 꼭 10년이 되는 1974년에 자유실천문인협의회를 발족하고 실무간사를 맡은 것을 보면, 그는 결코 그의 아버지가 걸었던 길과 반대쪽으로 달려간 것은 아니다. "돈을 보면 까먹을 궁리가 앞질러 마땅한 나이 때부터, 내가 나중에 어떻게 될는지 몰라 매사에 뒷전으로만 배돌며 뒷걸음질치기에나 부지런했던 겁쟁이가, 그 징그러운 박씨 유신시대에 감히 문인들끼리 꾸민 투쟁단체에 끼여서 별스럽잖은 일거리나마 맡아 할 수 있었던 것은, 생각컨대 생애에 두 번 다시 있기 어려운 영광인지도 몰랐다."(같은 책 95면) 작가로서의 현실참여가 그에게 영광이었다면, 전통사회의 불평등구조를 혁파하고 무산대중의 인간적 삶을 보장하려 했던 그의 아버지의 행위 역시 영광스러운 것이 아닐 수 없다. 그런데도 그는 이 부분에 대해서는 소설이나 산문 그 어디에서도 직접적인 서술은 자제해왔다.

이러한 태도는 물론 정치적 관심의 포기나 이념적 중립성을 뜻하는 것은 아니다. 이문구 자신의 말에 따르면, 그의 정치적 관심은 '생리'와 다른 것이 아니다. 이문구는 자신이 진보적 문인들의 투쟁단체에 가담한 데에는 정의감이 투철한 선배들의 덕이 컸다고 회고하면서도 거기에 또 다른 이유를 덧붙이고 있다. "그러나 그것만이 전부라고 하기에는 미흡한 구석도 있다. 생리적인 이유도 없지 않았기 때문이다. 매우 심한 청각장애자가 아니라면 누구라도 먼저 소리가 나는 쪽으로 돌아다보기 마련이 아니던가. 하물며 들리는 소리의 태반이 비명소리, 신음소리, 한숨소리였던 어둠의 시대였음에랴."(같은 책 95면)

분단문제를 정면으로 다룬 대다수의 작가들이 크건작건 경향성의 함정에 빠질 수밖에 없었던 것을 돌이켜보면, 생리로서의 정치의식은 그의 작품세계가 정치적 차원으로 굴절되지 않게 하는 데 일정한 기여를 했음이 분명하다. 그러고 보면, 부친의 정치적 역정에 대한 침묵도 생리로서의 그의 정치의식과 무관해 보이지 않는다. 그것은 자신의 힘만으로써는 극복할 수 없었던 유소년 시절의 고통이 빚어낸 생리적 반응 같은 것일 수도 있는 것이다. 그리고 그것은, 전쟁중에 만세 한번 잘못 부른 아버지로 인해 형까지 잃어버린 김상배(『장한몽』의 주인공)가 이후 10여년간 생선을 입에 대지 못한 생리적 반응과도 유사하다. "누가 홍어를 사다 다루노라니 홍어 내장 속에 사람 불알이 들어 있더라느니, 국을 끓인 민어 가운데 도막에서 사람 발가락이 튀어나왔다느니 하고 그 무렵만 해도 그런 소릴 흔히 들은 터였고, 상부의 뼈와 살도 모두 고깃밥이 됐으리란 생각에 차마 입에 댈 수가 없던 것이다."(『장한몽』, 책세상 1987, 478면) 아버지의 실수를 해명하고 무고한 생명을 함부로 살육한 경찰관의 책임을 추궁하려다가 오히려 모진 고문을 당하고 찢긴 육신이 바다에 내던져진 상부(김상배의 형)에 관한 이야기는 어쩌면 이문구의 가슴속 응어리를 편린이나마 드러낸 것일지도 모른다. 이 대목은 주인공의 회상을 통해 당시의 야만적 상황을 매우 섬뜩하고 공포스러운 모습으로 우리 눈앞에 당겨 놓고 있다. 이 소설이 연재된 1970년을 전후로 하여, 6·25 때 경찰이 저지른 야만적 행위를 이만큼 치열하게 고발한 소설도 없을 것이다. 이처럼 그의 가족사는 직접 서술되지 않았을 뿐 그의 소설의 내용과 성격에 은밀하지만 집요하게 작용하고 있다.

이문구에게 아버지는 끌어당기면서도 밀어내는 강력한 자장(磁場)으로 존재했던 것 같다. 그런데 밀어냄 쪽이 그의 작품에서 더 많은 표현을 얻고 있는 것은 아버지에 대한 두려움이 컸던 탓이다. 반대로, 표현되지 못한 그의 정서는 아버지에 대한 은밀한 자랑스러움이었다. 작가는 자신의 아버지에 대한 자랑스러움을 꼭 한 번 살짝 엿보이고 있다, 그것도 예비검속된 아버지에게 사식(私食)을 차입하러 간 경찰서에서. "착검한 무장경관 입회하에 도시락을 비워낼 때까지 기다렸다가 귀가하면 하루해가 언제 졌는지도 모르게 저물기 일쑤였었다. 그런데 언제나 두렵게 느꺼졌던 것은 그런 무장경관이 아니었다. 오히려 잡범이나 파렴치범의 자식이 아니란 데에서 엉뚱한 자부심과 떳떳함을 느껴 주눅든 적이 없을 지경이었다.”(『관촌수필』 56면) 이 유일한 예를 제외하면, 아버지에 대한 자부심은 주로 다른 사람들이 보인 지극한 존경심에 대한 서술에서 은연중 드러나고 있다. 어쨌든 그는 아버지가 무장경관보다 두려웠다. “나는 굵은 철창 안에 태연하게 앉아서 담소하던 아버지가 두렵기만 했던 것이다. 툭하면 불려가고 연행돼가던 신분이었음에도 언제나 의기왕성하며 투지만만하던 그 얼굴이 두려운 것이었다.” 평상시에도 그의 아버지는 그를 “방구석의 재떨이마냥 움츠러들”게 할 만큼 두려웠고, 붓글씨를 가르치던 아버지의 입김에서 그는 “박제한 호랑이의 콧수염이 볼에 스칠 때 섬뜩했던 것과 똑같은 충격”을 받았다. 과묵·침착·냉정한 성품을 지닌 아버지가 예비검속에서 풀려나던 날 그동안 사식을 차입하는 심부름을 했던 그에게 애썼다는 말 대신 “그새 할아버지 말씀 잘 들었니?”(같은 책 57면) 하고 묻기만 했을 때에는 거리감을 느낄 수밖에 없었다.

이문구는 할아버지와 어머니, 식모 옹점이, 이웃에 사는 대복이와 함께 지내는 시간이 많았다. 그가 태어났을 때 이미 팔순의 고령이었던 할아버지는 “왕조의 유민으로 은둔 자적한” 노인이었지만, 그에게는 어린 시절뿐만 아니라 그 이후로도 “심신(心身)의 통치자”였다. 할아버지는 그에게 천자문과 『동몽선습』을 가르쳤고, 일과를 짜놓고 일년을 하루같이 살게 했다. ‘언행일체’를 절대적 교육 방침으로 삼았던 할아버지는 그에게 전통적 가치관과 한문적 소양을 심어주었다. 이렇게 형성된 인격의 연장선상에서 이문구는 지성을 갖춘 자유인 또는 예술가의 표상으로 김시습을 새롭게 발견했고(장편소설 『매월당 김시습』과 에쎄이 「영원한 자유인의 초상」), 그러한 소양을 지닌 인물의 눈으로 하루가 다르게 부박해져가는 농촌사회를 그려낸 장편소설 『산너머 남촌』(창작과비평사 1990)을 쓸 수 있었다. 이문구가 『매월당 김시습』(문이당 1992)에서 보여주고자 한 것은 시류에 굽히지 않는 지식인 예술가의 표상이었으며, 그것은 예술과 삶의 일치로서의 시 쓰는 일로써 구현되는 것이었다. "시를 짓는 일은 살림을 하는 일이었다. 시업(詩業)이야말로 가장 구체적으로 숨이 통하고 피가 통하고 얼이 통하는 생활이었던 것이다."(『매월당 김시습』 148면)

이 두 장편소설은 시대를 호흡하는 작가 이문구의 자기확인이기도 했다. 특히 『산너머 남촌』에서 그는 도시적 생활풍조에 침윤되어가는 농촌을 배경으로 우리의 삶과 정신을 올바르게 가꾸어갈 수 있는 힘으로서의 '체통'이 무엇인지를 명징하게 설파하고 있다. 이 소설의 주인공 이문정 노인은 "아저씨는 돈이 양반이란 말도 못 들으셨나 봐" 하는 다방 아가씨에게 "양반 소리가 나왔으니 말이지만 예전에도 일품 벼슬을 많이 했다고 해서 더 쳐주고, 미관말직을 지냈다고 해서 덜 쳐주고 한 줄 알아?" 하면서 옛사람들의 가치관을 이렇게 정리한다.

문정은 대대로 고관대작을 해먹은 집안일수록 거지반이 왕가(王家)와 사돈을 맺어서 줄을 잡은 추물이거나, 생사를 가튼하는 당쟁(黨爭)에 이겨서 정적(政敵)의 피로 살찐 흉물이거나, 윗사람의 부스럼을 핥고 고름을 빤 음특한 간물(奸物)이 많았으며, 그토록 일신의 영달과 일족의 벌열을 위해서 방법을 목적으로 삼으매 그로 말미암아 민생(民生)의 애달픔이 하늘에 사무쳤은즉, 지금도 그 정신만큼은 기리고 본받음이 마땅한 옛선비들은 그러한 무리들을 더할 수 없이 더럽고 천하게 여겨서 서슴없이 침을 뱉어 마지않았으니, 일취월장의 품계(品階)와 세습적인 권문(權門)이 오히려 크게 욕이 되었던 사실을 한참 동안이나 쓸데없이 늘어놓았다. (같은 책 184면)

이문구 특유의 만연체로 구성된 이 문장은 열 줄이나 될 만큼 길지만, 정연한 짜임새와 명징한 논리로써 옛 선비들의 가치관을 간경하게 보여준다. 그리고 추물·흉물·간물 같은 옛스러운 낱말들에는 옳지 않은 방법으로 입신양명한 자들을 인간으로 치지 않는 경멸이 짙게 배어 있다. 이 문구의 삶과 문학의 한 흐름을 이루고 있는 ‘변하지 않는 것’에 대한 존중은 이러한 전통적 가치관에 맥이 닿아 있다. 그는 「관산추정」(1976)에서 이미 “무엇이 얼마만큼 변했는가는 크게 여기지 않는다. 무엇이 왜 안 변했는가를 알아내는 것이 더 중요하기 때문”(『관촌수필』 295면)이라고 분명히 밝혀놓았다. 이러한 가치관은 『산너머 남촌』에서는 “아무리 하면 된다 하면 된다 해싸도 해서는 안될 것이 있듯이, 세상이 변하네 변하네 해도 안 변하는 게 따로 있으니까 그게 뭔가만 알면 되는 거야”(187면)하는 말로 변주되고 있다. 그게 뭐냐고 묻는 아가씨에게 이문정 노인은 한마디로 ‘체통’이라고 말한다. 그리고 체통이 서기 위한 조건을 줄줄이 늘어놓는다.

　이문구가 이러한 가치를 그토록 소중하게 여기게 된 까닭은 6·25를 겪으면서 그와 같은 엄청난 재난 속에서도 삶을 유지시켜주는 변하지 않는 것이 있다는 깨달음을 얻었기 때문인 듯하다. “인간의 영고성쇠란 그처럼 무상한 일이란 걸 알게 된 동기도 그것이었고, 곁들여 집안에 어른이 없는데도 동네 아이들이 나와 접촉하길 꺼리던 사실에서, 인생의 생사를 한갓 티끌에 견주던 전쟁이라는 막중한 참극을 겪고도 습관만은 허술하게 허물어지지 않는다는 것을 아울러 깨우치게 되었다.”(『관촌수필』 31면) ‘습관’에 대해서는 별다른 설명이 없지만, 이문구는 그것에서 타파되어야 할 구시대의 유습보다는 불변의 가치를 발견하고 일말의 위안을 얻었던 것으로 보인다. 이러한 발견은 구조사와 일상사를 결합하여 장기적이면서 안정적인 사회적 구조를 서술하려 한 부르디외(Bourdieu)의 사회이론을 연상시키기도 하는데, 이 이론의 요점은 역사적인 현실을 결정짓는 데에는 객관적이고 물질적인 구조뿐만 아니라 정신적이고 문화적인 구조도 포함된다는 것이다. 정신적이고 문화적인 구조는 ‘심성’(心性)이라는 개념에 포괄되는데, 그것은 ‘행위습관’과 비슷한 개념적 위상을 갖는다. 근대적 역사이론들이 대체로 혁명적 변화에 의미를 부여하는 쪽으로 기운 것을 감안하면, 이문구의 변하지 않는 것의 발견과 그에 대한 의미 부여는 매우 희귀한 통찰이 아닐 수 없다. 그가 13년 만에 찾아온 고향에서 할아버지와의 추억이 깃든 왕소나무가 베어져 없어져버린 것을 보고, "오장에서 부레가 끓어오"(『관촌수필』 11면)르는 느낌을 받은 것도 변치 않아야 할 삶의 가치가 흔적 없이 사라져버린 데 대한 분노였을 것이다.

이문구에게 '변화'는 근대화를 몰고오는 힘 즉 반전통적인 에너지가 전통적인 가치를 삼켜버리는 소용돌이로 이해된다. 그의 고향에서 변화의 물결은 미군들이 들어오면서 본격화된다. 관촌 읍내에 하루에도 2,3백명의 미군들이 들이닥쳐 버글거리면서 그들을 상대로 하는 신종 상업이 생겨나고, 이러한 분위기에서 주민들은 전통적인 윤리를 지키려고 하는 의식과 실리주의적 계산 사이에서 심한 갈등을 느끼게 된다. 그러나 이러한 심리적 현상은 서구의 현대소설에서 흔히 볼 수 있는 착란으로는 치닫지는 않는다. 이문구는 어떠한 비극적 상황이나 고통도 지속되는, 그리고 지속되어야 하는 일상적 삶 속에 용해시키면서 넘어서는 것이다. 그는 문단에 나온 지 7년 만에 내놓은 중편소설 「해벽」(1972)에서 조용했던 어항을 휩쓸고 지나간 변화의 물결을 미군주둔과 근대화에 대한 근원적 비판으로까지 확대한다. 사포곶이 겪게 되는 1960년대 초반의 상황을 조등만이라는 인물의 시선으로 펼쳐가고 있는 이 소설은 미군부대가 주둔하면서 몰아닥친 변화의 물결을 중층적으로 다루고 있다. 경치가 좋은 산마루를 깎아내고 부대를 건설한 후 그 기슭에 양공주촌이 들어서고, 미군의 심한 수색으로 승객과 화물은 줄어드는 대신 미장원·양화점·술집·다방·위스키 시음장 등이 생겨난다. 조등만은 이러한 변화에서 나라 전체의 피폐를 가늠한다. 전통적인 생활환경의 파괴와 함께 인간의 몸과 마음의 파탄이 동시에 진행된다. 미군에게 강간당한 새댁이 자살하자 남편과 시아버지가 따라서 자살하고, 경비견과 위안부를 교미시키면서 영화를 촬영하는 사건이 벌건 대낮에 일어나 마을의 풍속과 생활이 참혹하게 짓밟힌다. 이처럼 자연과 인간과 풍속을 함께 파괴해가는 것과 함께 진행되는 또다른 변화는 돈과 권력의 비호를 받는 자가 폐항을 단행하고 간척공사를 벌임으로써 바다에 생계를 걸어온 사람들이 삶의 터전을 잃게 되는 것이다. 이 소설을 다시 읽으며 놀라게 되는 것은, 우리나라의 지도를 바꾼 치적으로 찬양되었던 간척사업이 이미 30년 전에 그 본질적 실상에서 비판되었다는 점이다. 작가는 조등만을 통해 그것이 궁극적으로 바다의 죽음과 어민경제의 파탄으로 이어질 수밖에 없다는 사실을 뚜렷이 보여주었다. 이문구는 그때에 벌써 오늘날에야 가능해진 생태환경의 경제적 가치에 대한 관점을 선취하고 있었던 것이다.

할아버지로부터 이어져내린 수직적 전승이 그에게 변해서는 안될 삶의 가치를 심어주었다면, 가까운 이웃들—식모 옹점이, 옛 행랑채에 살았던 대복이, 모범적인 일꾼이었던 이웃집의 석공—과의 수평적 교류는 이문구의 문학세계의 원형질이 된 민중정서를 심어주었다. 수직적 전승이 그의 삶과 문학의 형식적 뼈대로 자리잡았다면, 수평적 교류는 그러한 형식에 내용이 흘러들어갈 수 있는 물꼬를 터준 셈이었다. 영리하고, 손이 크고, 당차고 거침없는 말솜씨에 유행가도 잘 불렀던 옹점이는 그보다 열살이나 많으면서도 동갑내기처럼 놀아주었고, 새든 게든 무엇을 잡는 데에 도가 튼 대복이는 그보다 여남은 살이나 더 많았지만 그를 데리고 다니며 보통아이들이 겪을 수 있는 작은 모험과 재미들을 풍요롭게 제공했다. "시가 노래라면 소설은 말"이라는 생각을 지니고 있는 이문구에게 이들과 놀면서 터득한 민중적 언어감각과 생활정서는 무엇보다 소중할 수밖에 없다. 1973년에 발표된 「행운유수」「녹수청산」「공산토월」, 이 세 편은 이 세 사람에게 바쳐진 것이다. 이문구가 『우리 동네』 연작에서 구사하고 있는 풍요로운 민중언어는 어린 시절에 터득한 언어감각을 바탕으로 삶의 현장에서 스스로 확인하고, 채집하고, 가공하면서 더욱 발

전시킨 것이다. 이러한 말공부의 진면목은 작가 자신의 증언에 생생히
드러나 있다.

작가의 말공부는 결국 사람이 살림하는 데서 우러나는 말들을 챙겨보는
일. 이리저리 휘둘려 사는 동안에 저도 모르게 잃거나 잊거나, 흘리고 놓쳐
버린 말들을 되찾는 일. 그렇게 되찾은 말을 자기의 글에 자주 써서 읽는 이
들로 하여금 낯익게 하며, 그리하여 차츰 널리 쓰이게끔 터를 넓히어 나날
이 늘어가는 신조어·외래어·외국어에 밀려서 시나브로 은퇴하거나 실종하
는 것을 혹은 막고, 혹은 늦추고, 혹은 그전보다 더 많이 쓰이도록 이바지하
는 일이 아닌가 싶은 것이다. (『소리 나는 쪽』19면)

말은 그것이 잉태된 삶과 분리될 수 없는 것이다. 그러니 이문구가 "소
설은 말"이라고 단순명료하게 표현했을 때에도 말에는 그것을 사용하는
사람들의 삶과 정서와 생각이 깃들여 있다는 사실이 이미 전제되어 있
다. 그래서 농민들에게 씌워진 멍에가 무겁고 견고할수록, 그리고 삶이
각박하고 풀기 어려운 난제들에 결박되어 있을수록 그들의 말은 심한 어
깃장과 비꼼으로 부풀어오른다. 그의 소설이 복고지향적이라고 비판한
사람도 있었지만, 토지를 떠메고 달아날 수 없는 그들에게 혁명적인 행
위를 요구하는 것은 성급한 근본주의자들의 관념 속에서나 가능한 것이
다. 그러기에 농민들은 밤봇짐을 쌀지언정 극단적인 투쟁에 나서기가 어
렵다. 농민적 삶의 보수적 지속성을 누구보다 잘 알고 있는 이문구로서
는 그들의 비유적 언어 또는 침묵 속에 내장된 분노를 통해 그들 삶의 질
곡과 그에 대한 심리적 반응을 있는 그대로 보여줄 수밖에 없는 것이다.
이러한 특징을 가장 전형적으로 보여주는 것은 '으악새 우는 사연'이라는
부제를 달고 있는 「우리 동네 黃氏」(1977)일 것이다.

읍내에서 '형제상회'를 경영하는 황선주는 매점매석을 일삼는 모리배

에다 수재민 구호물자 모집에 입던 빤쓰를 내놓을 만큼 노랭이인데, 고리대금업까지 겸하고 있어 '우리 동네' 농민들 중 그의 돈을 안 쓴 사람이 별로 없다. 그는 독점한 물건들을 조합을 통해 강매하거나 시세보다 비싸게 팔아왔기에 현재의 조합임원들을 연임시키기 위해 군청의 계장에게 뇌물을 먹이려 한다. 그러나 이제는 농민들도 그의 계략을 속속들이 꿰뚫어보고 있다. 이 소설의 진행에 중요한 서술적 시각을 제공하고 있는 김봉모는 황선주에게 이렇게 오금을 박는다. "앞으루는 단위 조합 끼구 우리네헌티 장사헐 생각일랑 아예 마슈. 우리가 한두 늠 배지 불리자구 출자헌 게 아녀. 앞으루는 단위 조합것들버덤 더 높은 웃대가리가 와서 벨소리루 저기해두 속지 않겠다, 이게여." 그런가 하면, 김씨보다 성미가 급한 홍사철은 황선주를 둠벙에 던져버릴 듯한 기세를 보이기까지 한다. 이 작품을 마무리하는 대목의 자연묘사에도 농민들의 예사롭지 않은 결기가 서려 있다. "둠벙은 무시로 자고 이는 마파람 결에도 물너울을 번쩍거리고, 그때마다 갈대와 함께 둠벙을 에워싸고 있던 으악새 숲은, 칼을 뽑아 별빛에 휘두르며 서로 뒤엉켜 울었다."(『우리 동네』, 솔출판사 1996, 85면) 대대로 억눌려온 농민들의 분노가 서릿발같이 일어서는 느낌이 절로 지펴온다. 자연현상에 혁명적 숨결을 이만큼 처연하게 불어넣은 예는 우리 소설사에서 쉽게 찾아보기 어려울 것이다.

주인공이 마을사람들의 경멸을 한몸에 받아내는 상대역(antagonist)으로 등장하고 있는 점도 이 소설의 특징이다. 그런 만큼 서술적 시각이 다양하게 분화되어 있다. 하나의 소설작품을 구성하는 언어체계를 '문체'로 정의한 바흐찐의 견해를 따른다면, 이 작품은 중편소설이면서도 장편소설 못지않은 문체의 효과를 거두고 있다. 그런가 하면, 이 소설의 대화들은 빗댐·어깃장·속담과 같은 비유적 표현이 거의 마술적인 수준에서 구사되고 있으며, 이러한 대화들을 이어가는 지문 역시 토속적인 삶의 냄새가 짙게 배어 있는 언어들로 이루어져 있다. 대화는 거의 모두가 빼

어난 비유들로 구성되어 있으니, 여기서는 지문들의 예만 몇가지 추려보
자―"말끝을 반미주룩하게 꼬부렸다"(직접 맞서지 않고 슬며시 숙어들었다),
"한다리 걸고 들어왔다"(다른 사람들의 시비에 끼어들었다), "슬며시 밑밥을
던져보았다"(상대방이 시비를 걸어오도록 슬쩍 자극했다), "뽀루지마냥 불거져
나왔다"(거두절미하고 불쑥 공격하고 나섰다), "틈서리를 막았다"(시비가 확대되
는 것을 방지하려고 화제를 마무리했다) 등등.

이문구의 소설이 늘 그렇듯이, 「우리 동네 황씨」 역시 근대화 바람을
신랄하게 꼬집는다. 그러나 정색을 하고 비판하기보다는 질펀한 육담이
나 우스갯소리에 날카로운 비판의식을 버무려넣는다. 텔레비전의 병폐
를 말할 때도 그렇다.

　"(…) 내 말이 저기헌 것이, 요새 텔레비전 한 가지만 여겨보라구. 활동사
진이구 굿이구 간에 여편네들이 저기헐 게 있다? 자식들이 한 가지나 배울
게 있다? 공해가 벨 것 아닌 겨. 사람 사는 디 이롭잖은 건 죄 공해거든. 일
년 열두달 테리비 모셔봤자 눈깔에 생혈이나 오르지 소용 있담? 여편네 밤
마다 마실 댕기메 넘으 텔레비전 앞에 턱살 쳐들구 사는 꼴 안 보자구, 숭년
곡석 돈 사가며 들여놓구 인저는 후회가 막급일세. 신문을 보자면 열통이
터지구, 무슨 들어볼 만한 소식이나 읐으까 허구 워쩌다가 틀어보면 네미―
사람이 얼마가 죽구 얼마를 도적질했다는 얘기뿐이지, 연속극인지 급살인
지는 늙은이구 밤쇵이구 몽땅 한자리에 넜놓구 앉은 디서 허구헌 날 놉 아
니면 품앗이구, 홀앗이 아니면 생멕이 천지니, 경향간에 공해버텀 평준화돼
가지구설랑……"

　"생멕이라니?" 계장이 물었다.

　"놉은 서방질…… 품앗이는 지집질, 홀앗이는 오입질, 강간은 생멕
이…… 그런디 그런 것두 모르구 산업계장으루 기시니 어지간허슈." (같은
책 76~77면)

위의 예문에도 흔적이 보이듯이, 이문구의 문장은 흔히 만연체의 대표적인 사례로 지적되어왔다. 그러나 개작을 통해 그러한 특성들이 많이 완화되기도 해서 지금의 시점에서 만연체를 그의 문장적 특성으로는 규정하기 어려워진 면이 있다. 어쨌든 그의 소설문장에 만연체적 요소가 존재하는 것은, 서구 현대소설들의 분석적인 문체들과는 달리, 농촌사람들이 이웃 사람들과 나누는 대화 습관 속에 자연스럽게 이어져내려오는 이야기투와 무관하지 않을 터이다. 말하자면 그의 소설 문장에는 분석되기 어려운 복합적인 삶의 정서가 서려 있는 것이다. 이러한 특성을 가장 빼어나게 묘사한 것은 『산너머 남촌』의 발문으로 씌어진 글(송기숙 「시골 밭둑의 싱싱한 수풀」)의 한 대목이다.

나는 … 소설론을 강의할 때 문장론 부분에 이르면 으레 이문구 씨 문장을 많은 예로 든다.

"(…)『장한몽』의 첫 문장은 전형적인 만연체인데 그걸 읽으면 5월의 싱싱한 수풀을 보는 것 같습니다. 때죽나무와 찔레나무가 얽힌 위에 칡덩굴이 뒤덮어 이루고 있는 한 무더기의 수풀은 얼마나 싱싱하고 생명감이 넘칩니까? 이문구 씨의 문장은 그런 무더기 무더기의 싱싱한 수풀입니다. 이런 문장을 놓고 주어가 어떻고 술어가 어떻고 하는 소리는 수풀을 들여다보며 나무줄기가 어떻고 가지가 어떻고 하는 소리처럼 부질없는 일입니다. (…) 그럼, 그 대표적인 예로 이문구 씨의 『장한몽』 첫 문장을 한번 읽어보겠습니다."

나는 책을 펴들었다. 『장한몽』 초간본이 어디 가고 없어 급한 대로 그때 마침 새로 나왔던 도서출판 책세상의 단행본을 가지고 갔었다. 나는 글을 읽다가 당황하지 않을 수 없었다. 문장이 옛날 문장이 아니었다. 그 긴 문장이 몇개로 끊겨 있는 게 아닌가? (『산너머 남촌』 302~03면)

『창작과비평』1970년 겨울호에 실린 『장한몽』의 첫 문장은 "흙의 아량임이 새삼스러워졌다면 더 뭣하긴 하나 요즘 들며 일기 시작한 잡념이 이젠 부적 잡념으로서의 울을 넘어 버려선 안될, 어떤 집념에 응분한 소중함까지 덩달아 느껴짐을 김상배(金相培) 스스로도 자신이 무척 대견스레 여겨지는 거였다"이고, 책세상 판은 이 문장을 "그것을 그는 흙의 너그러움이라고 매듭지었다./그리고 그 결론은 자기도 보통사람의 무리에서 예외가 아니라는 증거라고 믿었다./흙의 어질고 너그러움을 터득한 것은 흙의 생명을 깨달은 것이기도 했다"로 분해해놓았다. 그러니 소설 읽는 맛이 달라질 수밖에 없다. 송기숙이 이문구의 문장에서 수풀을 연상했듯이, 사실 그의 문장은 우리의 얼크러진 삶의 모습을 닮았다.

그러나 이문구 문체의 가장 두드러진 특징을 보여주는 것은 입담 좋은 대화들로 구성된 연작소설들이며, 그중 『우리 동네』 연작들이 독자들에게 가장 깊은 인상을 남겼을 것이다. 그리고 이러한 문체적 특성은 2001년 제1회 동인문학상을 수상한 『내 몸은 너무 오래 서 있거나 걸어왔다』(문학동네 2000)로 이어지고 있다. 거침없이 흘러가는 것이 자연스러움이라면, 이 소설집의 문체는 자연스러움의 극치를 보여준다. 그러나 그의 문장들은 가열한 정련 과정을 거친, 인공적인 것이다. 흔히들 이문구를 토속어를 능숙하게 구사하는 작가로 알고 있지만, 그의 대화적 문체의 특성으로 자리잡은 비유나 속담들도 대부분이 그 자신이 만들어낸 것이다. 이런 점에서 그는 '토속어'로 불리는 민중언어를 예술적인 경지로 끌어올려 그 자신만의 문체를 완성했다고 말할 수 있다.

그는 단일한 현상에 대해서도 다채로운 소리의 변주를 보여준다. 예컨대, 자신의 잇속만 챙기면서도 우리가 남은 아니지 않느냐고 말하는 시동생을 아니꼽게 여기는 형수의 무언의 독백 한 자락을 보자 ─"냄이사 아니지, 냄은 아녀. 그럼 넴인감, 넴이는 네미니께 넴두 아녀. 그러믄 뭐여. 냄만두 못헌 늠이지. 냄두 아니메 냄만두 못헌 늠이 뭐간. 뭐는 뭐여, 웬수지, 그게 바루 웬순겨.”(같은 책 14면. 강조는 인용자) ‘냄’에서 ‘웬수’에 이르는 이 놀라운 소리의 변주—이런 것이 그의 소설문체의 풍요로움에 가세하고 있다. 그런가 하면 화자의 말뽄새에 대한 듣는 이의 감정이 엉클어져 빚어낸 지문들도 다양한 변주를 보여준다—“웬 개 풀 뜯어먹는 소리랴” “소남풍에 개밥그릇 굴러다니는 소리를 하며” “입비뚤이 혓바늘 돋은 소리로 무슨 말인지 모르게.”(같은 책) 다양한 울림으로 변주되는 이러한 말잔치들도 각박한 현실을 배경으로 극적인 사건도 없이 전개되는 그의 소설들에 읽는 재미를 부여하는 중요한 요소이다. 이런 점에서 소설가 이문구는 이미 존재하는 말들을 가지고 놀이만 하는 게 아니라 그 마당까지 만들어가며 노는 놀이인간(homo ludens)이기도 하다.

독자들은 말의 놀이마당이 (작가의 의도나 자신의 경험과는 무관하게) 객관적으로 존재하는 것처럼 느낀다. 그러나 그 놀이마당은 작가가 사람들의 살림살이에 대한 관심과 자신의 표현욕구를 결합하여 빚어낸 작품 속의 공간이다. 이 가상적 공간은 현실의 언어공동체를 반영하면서도 그것과는 다른 층위로서 존재한다. 작품 속에서 말하는 이의 생각과 감정이 담긴 말들은 일차적으로 그 자신의 의도를 드러내지만, 작가의 의도와 감정이 은밀하게 개입하여 듣는 이의 심리적 변화와 반응에 일정한 방향성을 지니게 하면서 동시에 그것을 읽는 이에게도 일정한 효과를 유발한다. 예컨대, “이런 좆뜨물루 뒷물헐 년 봐. 싹바가지 없이 누구 앞이서 따수작 허러 들어. 주둥패기를 으스려놔야 불 텨?”(같은 책 38면)라는 말은 말하는 이의 신분·성격·상황 등을 암시하면서도 작가가 그에게 부여하고 있는 야비한 폭력성을 통해 그에 대한 독자들의 반감까지 유발하고 있다. 독자들은 거의 선험적으로 규정되어 있는 듯한 작품 속의 양자관계를 경험하지만, 사실은 내포된 작가까지 포함한 3자관계를 경험하고 있으며, 그들 자신의 독서에 대한 기대가 선험적으로 투영된 것까지 포함하면 4자관계에 끌려들어가 있는 것이다. 이문구는 이러한 대화관계와 그 효과를 뚜렷이 의식하면서 작품을 만들어간다. 말하자면, (언어를 객관적 현실을 묘사하는 수단으로만 사용하지 않고) 대화적 관계와 성격을 작품 속에 옹글게 반영함으로써 일상언어를 예술언어의 경지로 끌어올리고 있는 것이다.

언어를 마술적으로 부리는 그의 능력에서 우리는 먼저 그의 '남독시대'와 일상에서의 말공부를 떠올리게 된다. 그는 말공부를 위해 일상을 벗어난 적이 없다. 장터에서건 시골버스 안에서건 그는 다른 사람들의 말에 귀를 기울이고, 세상살이의 애환이 깃들여 있는 말과 그들 특유의 표현들을 마음속에 담아둔다. 농기구나 제기(祭器) 또는 막노동자나 목수들이 쓰는 연모들을 시시콜콜 기억하거나 뱃사람들만이 아는 언어를 능숙하게 구사하는 것을 보면, 말에 대한 그의 애착이 어느 정도인지 짐작이 가고도 남는다. 그러나 그의 관심은 궁극적으로 사람들의 '살림살이'에 있다. 한 가지 예를 들어보자. 시골버스 안에서 종합병원을 본 사람이 "여긴 그래두 살만 허겠구나야" 하자 그 옆에 있던 노인이 "흥, 살만허다마다. 사람을 잡어두 종합적으루다가 잡으닝께……" 하고 대꾸한다. 이 소리를 들은 작가는 웃으면서 좌우를 둘러보지만 웃는 사람이 없다. 그 까닭을 한동안 생각하던 그는 이렇게 결론을 내린다. "짐작하건대 아무도 웃지 않은 이유는 아마 이런 것이었을 터였다. 첫째는 농담이 아닐 뿐 아니라, 그 늙은이의 오랜 사회적 경험 및 살림살이의 앙금에서 우러나온 뼈저린 체념의 소리였다는 것. 다음은 농담이었건 진담이었건 사람의 살림살이에서 저절로 우러나온 말이기에 그동안 어디서나 늘 들어왔던 살림사는 말의 하나에 불과한 말이었다는 것."(『소리 나는 쪽』 18~19면)

이문구는 말공부뿐만 아니라 농삿일과 생활경제도 공부했다. 그는 1977년에 가족과 함께 발안 쇠면마을로 이사해서 3년 반 동안 그곳에서 살았다. 쇠면마을 사람들은 그의 고향 사람들에 비해 진취적이고 활동적이었으며, 낯설면서도 믿음직한 느낌을 주었다. 발안은 그에게 "놀던 물과 낯선 물이 만나는 추억과 현실의 두물머리였다."(같은 책 115면) 건성으로 보면 그날이 그날 같은 농촌생활에서 그는 아무도 손대지 않은 '자재'를 찾아냈다. 이문구에게 그곳은 창작공부를 하는 학교였던 셈이다. 그는 개근상을 탈 만큼 민방위교육장에 착실히 출석했다. 일 속에 파묻혀 사는 남정네들에게 명절과도 같았던 민방위 날이 그에게는 숙제를 하는 날이었다. "그네들과 어울리면서 말 속에 숨은 침묵을 엿보거나 침묵 속에 숨긴 말을 엿듣는 것이, 나에게는 숙제를 하면서 슬그머니 참고서를 베끼는 것과 하나도 다를 것이 없었던 것이다." 그는 농사를 짓지 않으면서도 영농교육에도 빠지지 않았다. 그것은 그에게 일종의 과외공부였다. "영농회원도 아니면서 그러고 다녔으니 도강에다 불법 과외를 겸한 셈이었다. 처음에는 이장을 돕는 뜻에서 나가기 시작한 거였으나, 나중에는 새로운 농법과 새로운 품종과 새로운 문제들을 알기 위해서도 아니 가볼 수가 없었던 것이다."(같은 책 114~15면) 그는 공부한 것에 근거하여 그 지역의 보편적인 문제들을 추출한 다음 "주인공을 여럿 만들어서 한 인물마다 한 문제씩 맡기고 제 깜냥껏 대처하도록 하였다."(같은 책 118면) 이렇게 하여 얻어진 결실이 『우리 동네』이다.

　이문구는 발안으로 이사했던 해로부터 12년이 지난 1989년에는 "요양을 목적으로" 가족을 서울에 남겨둔 채 홀로 보령군 청라면 장산리로 내려가 자취생활을 시작했다. 그리고 이번에는 찔레나무, 화살나무, 소태나무, 개암나무, 싸리나무, 으름나무, 고욤나무 등, 아무도 눈여겨보지 않는 관목들에 따뜻한 눈길을 주면서 그것들과 유사한 느낌을 주는 장삼이사들을 내세워 10년 남짓한 세월 속에서 달라진 농촌의 살림살이를 그려냈다. 앞에서 살핀 『내 몸』은 그렇게 이루어진 것이다. 그러나 이 작품집에서 도달한 지극한 언어예술의 경지가 그의 작품세계의 마무리를 의미하는 것은 아닐 것이다.

이 글을 마무리하면서 나는 소설 속의 한 인물이 남긴 말 한마디를 음미해보고 싶다. 『장한몽』에는 시작부터 끝까지 공동묘지 이장공사와는 무관한 인물 한 사람이 등장한다. 스물아홉살 처녀 최미실(崔美實). 그녀는 공사가 시작된 날부터 줄곧 유골 파내는 작업을 지켜본다. 그녀에 대한 의문은 공사가 끝나는 날에야 풀린다. 미실은 손이 귀한 집에서 첫딸로 태어났다. 연이어 태어난 남동생 네 명이 하나같이 세이레를 못 넘기고 죽어버리자, 이런 액운을 미실의 탓으로 여긴 부모들은 그녀의 사망신고를 하고 장례식까지 치렀다. 그리고 밤나무로 미실의 제웅을 만들어 그녀의 옷을 입히고 공동묘지 한구석에 거꾸로 묻어버렸다. 부모들은 넷째 아들 대신 재희(再喜)라는 이름으로 미실의 출생신고를 했다. 아홉살 소녀가 사내아이로 다시 태어난 것이다. 이 소설의 끝 장면에서 미실이 그토록 서럽게 우는 것은 스무살 먹은 청년으로 군대에 가야 하기 때문이 아니라 스무해 전에 죽은 자신의 귀신으로 사는 듯한 느낌 때문이다. 이런 사연을 들은 김상배는 위로의 말조차 제대로 하지 못한다. 그러나 어렵사리 끄집어낸 그의 말은 뜻깊은 울림을 준다 ─ "문제는 역시 잃어버린 자기를 찾는 것, 그건데, 그렇다면 자기가 자기를 만들어보는 것도 그 한 방법이 아니겠느냐 이겁니다." 나는 이 말에 공감하면서도 거기에 토를 달고 싶은 충동을 느낀다, '자기를 잃어버린 과정을 냉정하게 되짚어보는 것도 한 가지 방법이 아닐까'라고. 이문구는 부모들의 미신 때문에 자기를 잃어버린 여성에게 전쟁 때문에 자기 몫의 삶을 잃어버린 자신의 어린 시절을 투사했을지 모른다.

이문구는 지금 그간의 창작활동과 2000년대가 시작되면서 떠맡은 민족문학작가회의 이사장직에 1년 남짓 헌신해오는 사이에 자신도 모르게 똬리를 튼 병마의 한 고비를 넘기고, 마음속에 또다시 새로운 작품들을 키우고 있을 터이다. 그가 어떠한 소설을 가지고 우리 앞에 다시 나타나든 그것은 우리의 기대를 훌쩍 뛰어넘을 것이다, 지난날에 늘 그랬듯이.
다만, 그가 어린 시절의 아픈 기억들과의 화해를 통해 자신의 작품세계
를 더욱 폭넓게 펼쳐가게 되기를 바랄 뿐이다. □

黃光穗  문학평론가, 계간 『실천문학』 주간. 1982년 『한국문학의 현단계』에 『장길산』론을 발표
하면서 평론활동 시작. 저서로 『삶과 역사적 진실』 『소설과 진실』 등이 있음.

玄

基

현 기 영

榮

## 현 기 영

1941년 제주에서 태어나

서울대 영어교육과를 졸업했다.

1975년 동아일보 신춘문예에

단편 「아버지」가 당선되어 문단에 나왔고,

소설집 『순이삼촌』(1979) 『아스팔트』(1986)

『마지막 테우리』(1994),

장편소설 『변방에 우짖는 새』(1983)

『바람 타는 섬』(1989)

『지상에 숟가락 하나』(1999) 등이 있다.

신동엽창작기금(1986), 만해문학상(1990)

오영수문학상(1994) 등을 받았다.

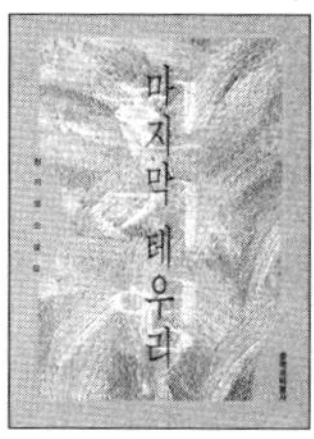

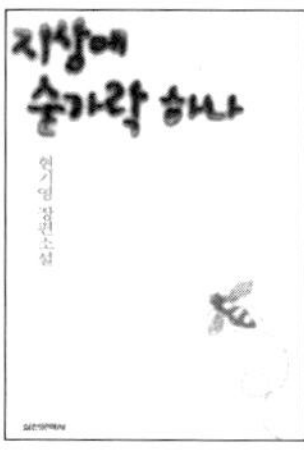

순이삼촌, 창작과비평사 1979
바람 타는 섬, 창작과비평사 1989
마지막 테우리, 창작과비평사 1994
지상에 숟가락 하나, 실천문학사 1999

# 변경과 중심의 변증법

현기영론[*]

성민엽

## 1. 형태와 리얼리즘

현기영(玄基榮)의 소설을 1970년대 이후 우리 리얼리즘 문학의 대표적 성과 중의 하나로 평가하는 데에 이의를 제기할 사람은 별로 없을 것이다. 하지만 그렇게 평가할 때 그 평가에 실제로 어떤 관찰과 판단들이 함축되고 있는지에 대해 우리는 차분히 되돌아볼 필요가 있다.

1975년에 단편 「아버지」가 동아일보 신춘문예에 당선되어 등단한 현기영은 1978년에 「순이삼촌」을 발표하고 이듬해 그 작품 명으로 표제를 삼은 첫번째 창작집을 펴내면서 우리 리얼리즘 소설에 새로운 지평을 연 작가로 크게 주목받기 시작했다. 그 지평이란 다름 아닌 '4·3사태'의 역사적 진실의 형상화였는데, 그 리얼리즘적 성과는 역설적으로 작가에게 창작집의 판매금지와 정보기관에 의한 연행·조사라는 고초를 가져다주기도 했다(「위기의 사내」에 그 일단이 그려지고 있다). 그러나 현기영은 그뒤로 '4·3'의 역사적 진실에 대한 성찰을 더욱더 치열하게 밀고 나갔다. 현기영

---

* 본고는 같은 제목으로 『작가』 2000년 봄호에 발표했던 글을 수정, 보완한 것임.

의 소설을 리얼리즘 문학이라고 할 때 그것은 일차적으로 '4·3'이라는 소재 측면을 지칭한다고 할 수 있고, 다음으로는 역사적 진실의 형상화라는 그 주제의식 내지 작가적 태도를 지칭한다고 할 수 있다. 가령, 염무웅(「역사의 진실과 소설가의 운명」, 『마지막 테우리』 해설, 1994)이 "현기영의 제주도는 작가가 어린 시절을 보낸 고향의 구체적 지명인 동시에 분단과 동족상잔, 지배권력의 야만적 폭압과 외세의 무자비한 냉전논리, 요컨대 민족모순이 최고도의 파괴적 광기 속에 관철된 민족사의 핵심적 현장이다"라고 말했을 때 그가 염두에 둔 것은 위의 두 가지 측면인 것이다.

그런데 흔히 리얼리즘이라고 하면 이러한 소재 및 주제의식의 측면 이외에도 형태의 측면에 대한 일정한 판단도 함축된다. 염무웅이 현기영의 단편소설 중 「마지막 테우리」와 「쇠와 살」을 예로 들어 앞의 것이 "전통적 사실주의 기법에 입각한 빈틈없이 완결된 단편소설"이고 뒤의 것이 "다큐멘터리의 몽따주 기법을 연상시키는 매우 파격적이고 실험적인 형식의 소설"이라고 했을 때, 거기에는 형태상 앞의 것은 리얼리즘이고 뒤의 것은 모더니즘이라는 판단이 전제되어 있는 것이다. 염무웅이 이 두 작품이 "동일한 정신의 산물, 똑같이 치열하고 엄정한 투쟁의 소산임을 이의없이 인정"하며, 그리하여 "아마 우리는 이 두 작품의 비교를 통해서 문학작품에 있어 형식문제의 본질은 무엇인가, 그리고 소설기법으로서의 실험적·전위적 요소와 리얼리즘은 어디에서 만나고 어디에서 배치되는가에 관한 심오한 성찰을 할 수 있을 것"이라고 언명하면서도 종국에는 "「쇠와 살」은 다시는 되풀이되지 않을 현기영 예술의 마지막 모더니즘의 꽃일 것"이라고 선언하게 되는 것은 그러한 판단의 전제 때문이다.

그러나 선입견 없이 현기영의 작품들을 찬찬히 들여다보면 우리는 거기에서 전통적 사실주의 기법에의 충실성보다도 오히려 다양한 형태적 탐색이 부단히 수행되고 있는 모습을 발견하게 된다. 특히 문체와 구성에 대한 현기영의 천착은 소위 모더니즘 작가들보다 더욱 치열하면 치열하지 결코 덜하지 않다. 현기영의 절제되고 압축된 문장, 정련된 문체, 치밀한 구성은 보기 드문 것이라고 하지 않을 수 없고, 가령 「마지막 테우리」의 경우만 해도 '의식의 흐름' 기법이 대단히 풍요로운 문학적 효과를 빚어내며 세련되게 사용되고 있다. 이 점에서 황광수의 다음과 같은 지적은 경청할 만하다.

> 현기영에게 제주도의 민중사, 그 가운데서도 특히 4·3에 대한 조명은 그의 글쓰기의 중심 과제이다. 그러나 이 사건에 대해 그가 쓴 글들은 모두가 중·단편들이다. 그러므로 그는 동일한 주제의 다양한 측면들과 그것들에 깃들인 의미들을 새로운 시각과 형식으로 드러내는 데 남다른 주의를 기울이는 것으로 보이며, 「마지막 테우리」는 그러한 예의 대표적인 경우로 생각된다. (「진실 드러내기와 숨기기」, 『창작과비평』 1994년 가을호)

위 인용은 현기영의 다양한 형태적 탐색에 대한 아주 적절한 이해의 예가 될 것이다. 현기영의 형태적 탐색은 그 자체로 주제의식의 최적의 형태화를 의도한 것이라 할 수 있고 많은 경우 성공적이라고 할 수 있다. 당겨 말하면 현기영은 사실주의적 기법과 비사실주의적 기법을 두루 포용하며 자신의 주제의식을 관철시키기 위한 최량의 형태를 중단 없이, 특정 형태에의 안주 없이 계속적으로 추구해온 것이다. 매우 파격적이고 실험적인 형식의 「쇠와 살」도 예외가 아니다. 4·3에 대한 각기 다른 26개의 장면과 8개의 주석으로 이루어져 있는 이 작품의 형태적 탐색은 최근작인 장편소설 『지상에 숟가락 하나』(1999)의 개성적 형태로 계승 발전되었다. 이 장면에서 우리는 다시금 원론적인 문제를 상기하게 된다. 아마도 리얼리즘은 기법이 아니라 정신이 아니겠는가. 현대의 삶은 사실주의적 기법만으로 그 진상을 드러낼 수 있을 만큼 단순하지도 원만하지도 않다. 그것은 복잡하고 분열적이며 숨어 있는 것이어서 비사실주의적 기법의 개척과 활용이 필수적으로 요구된다. 염무웅의 표현대로, "역사적 현실의 핵심적 진실을 드러내고자 하"는 정신이 그 개척과 활용의 적절 성을 통해 관철되고 실현될 때 오늘날의 리얼리즘이 구현되는 것일 터이 고, 그렇다면 현기영을 말의 참뜻에서의 리얼리스트로 평가하는 데 우리 는 기꺼이 동의할 수 있다.


## 2. 역사적 진실과 현재적 삶


먼저 현기영 소설의 핵심이라 할 '4·3사태'에 대해 살펴볼 필요가 있겠 다. 「쇠와 살」의 도입부에서 현기영은 다음과 같이 간략하게 4·3의 발발 을 설명하고 있다. 4·3 이전에 3·1이 있었다: 1947년 3월 1일, 3만 군중 이 모여 외세 없는 진정한 독립을 고창했고 이에 대해 경찰이 발포하여 6 명이 죽었다: 이 사건 이후로 육지부에서 들어온 서북청년단(서청)과 경 찰응원대가 거의 일년 동안 도처에서 살인·고문·약탈·겁간을 자행했고, 쫓기는 젊은이들이 더이상 숨을 데가 없는 절박한 상황에서 부득이하게 무장투쟁의 길로 들어섰으니 그것이 바로 4·3의 봉기였다. 이 설명에는 4·3과 좌익 및 남로당의 관계에 대한 언급이 없다. 같은 제주 출신의 작 가 현길언은 그 관계를 다음과 같이 설명한 바 있다.


해방이 되어 외지에서 귀향한 젊은이들은 섬의 새로운 변모를 시도하기 위해 민중운동을 계획하고 있었다. 항상 외세 속에 수탈만 당해오던 섬사람 들은 이제 스스로 생존을 위한 방법을 모색해야 할 때라고 생각하였다. 당 에서는 이 기회를 사상적으로 유효적절하게 이용하도록 지시를 내렸다. 민 중의 의식 속에 잠재해 있는 생존에의 열망과 그것을 쟁취하려는 본능적 욕 구를 의식화시켜서 혁명의 도화선으로 만들 전략을 세우도록 하였다. 그래

서 다소 민족의 생존적 본능이 짙게 깔려 있는 개혁에의 의지를 사상적으로
재개편하는 데는 무엇보다도 학습의 필요성을 인식하고 지혁을 보내었다.
(「미명」)


이 설명은 얼핏 보면 4·3의 비극의 책임을 좌익에게 지우는 것처럼 읽
힐 수 있다. 물론 현길언의 의도는 그렇게 단순한 것은 아니다. 현길언에
게 본질적인 것은 "민중의 의식 속에 잠재해 있는 생존에의 열망과 그것
을 쟁취하려는 본능적 욕구"이고, 그 열망과 욕구를 억압하거나 왜곡한
다는 점에서 좌익 이념과 우익 이념은 다를 바가 없다. 현길언이 보기에
4·3사태는 제주도 밖으로부터 강요된 이념적 양자택일(그것은 제주 내
적 삶과 무관한 것에 의한 제주의 삶의 왜곡이며 거기에 가해진 폭력일
뿐이다)의 결과이다. 현길언의 이러한 설명이 얼마나 타당한가는 별도의
논구가 필요하겠지만, 여기서 확인하고 싶은 것은 이러한 설명이 일종의
거대담론에 해당한다는 점이다. 현기영은 그러한 거대담론 쪽으로는 나
아가지 않는다. 현기영의 시각은 완강하게 미시적이다. 중앙의 군 수뇌부
가 미군정에 의해 철퇴를 맞아 몰락하고 이제까지 중립적 입장을 취했던
경비대 제주 연대의 연대장이 갈리면서 군의 토벌작전이 시작되는 데서
부터 현기영의 미시적 시각은 예민하게 작동한다.


　게릴라는 이삼백 명에 불과했다. 백살일비, 양민 백을 죽이면 그중에 게
릴라 한 명이 끼여 있을 것이고 양민 이삼만을 죽이면 이삼백의 게릴라는
완전히 소탕될 것이다. 그리하여 수만의 양민이 희생된 것이다. (「쇠와 살」)


위 인용은 '백살일비(百殺一匪)'라는 소제목이 붙여진 단락의 전문인
바, 현기영은 바로 그 수만 양민의 희생의 구체적 양상들에 대해 말하는
데 주력해온 것이다. 그 구체적 양상들을 종합했을 때 다음과 같은 서술

이 나온다.

그리하여 한라산과 해변 사이 중산간 지대의 백30여 개의 마을들이 불에
타 사라졌다. 불바다와 함께 대살육극이 시작되었으니, 주민들 절반은 산으
로 달아나 폭도라는 누명 아래 사살의 대상이 되고 절반은 명령에 따라 해
변으로 소개했으나, 그 중에 많은 부로(父老), 아녀자들이 폭도 가족으로 처
형당했다. 사람들뿐만 아니라 마소도 닥치는 대로 학살되었다. (『지상에 숟가
락 하나』)

죽은 자는 물론이고 살아남은 자도 폭도라는 억울한 낙인이 찍힌 채
평생을 그늘에서 살아야 했으며, 진실은 오늘날까지도 밝혀지지 않은 채
은폐·억압되어 있다. 현기영은 오로지 그 미시적 진실을 밝히는 데 전력
해온 것이다. 4·3에 관한 거대담론이 이념적이거나 지식인적인 데에 비
해 현기영의 미시적 시각은 철저히 민중적이라 할 수 있는 바, 여기에 현
기영 리얼리즘의 큰 특징이 있다.

현기영이 미시적 진실에 접근하는 방식은 앞에서도 말했듯이 다양하
다. 최초의 작품 「순이삼촌」에서는 학살 당시의 후유증으로 30년 동안을
피해망상에 시달리다 마침내 자살로 마감되는 한 여인의 비극적 생애를
관찰자에 의한 회상의 방식으로 폭로했고, 「도령마루의 까마귀」(1979)에
서는 4·3 당시를 서술의 현재로 하여 소개(疏開) 지역 피난민 여자의 의
식세계를 묘사했으며, 「해룡 이야기」(1979)에서는 어머니의 상경 소식을
계기로 4·3 당시의 기억을 자기 은폐로부터 되살리는 한 남자의 의식세
계를 묘사했다. 한편 1980년대의 작품인 「길」(1981)과 「아스팔트」(1984)는
역시 사태 당시의 회상이 몸통이 되고 있으나 여기서 문제가 되는 것은
오히려 현재이고 현재의 화해이며, 두 작품 모두 가해자의 뉘우침이라는
모티프가 나타난다는 점이 주목된다. 「길」의 일인칭 화자는 박춘보 노인

을 만나러 가는데 이미 노인은 임종을 맞이한 뒤이다. 사태 당시 일인칭 화자의 아버지를 죽게 만든 장본인이 바로 박춘보 노인인 바, 노인에게 직접 진실을 듣는다는 것은 여기서 그 자체로 화해의 등가물이 된다. 「아스팔트」의 경우, 경찰의 정보원 노릇을 함으로써 자기 목숨을 부지했던 강씨가 이제 임종을 맞아 사과하기 위해 창주를 부르고 창주는 그 유언을 들으러 밤길을 간다. 여기서도 유언의 자리에서의 만남은 화해의 실현을 의미한다. 그런데 그 밤길은 아스팔트로 덮인 길이다. 이 아스팔트는 진실을 은폐하는 아스팔트이고 강인한 불모성으로 특징지워지는 아스팔트이다. 그것이 창주에게 세월의 풍화작용을 받지 않은 채 견고하기만 한 집단적 편견을 상기시킨다. 「길」에서의 길은 아직 아스팔트 길이 아니고 포장되지 않은 옛모습 그대로이지만 그러나 화해의 전망은 「길」이 「아스팔트」보다 더 어둡다. 박춘보 노인의 빠른 죽음으로 인해 화해가 실현되지 못하는 것이다. 「길」에서는 진실과 화해의 내용에 대해 당사자들말고는 아는 사람이 없지만 「아스팔트」에서는 주위 사람들이 그 내용을 미리 알고 있다. 아스팔트의 상징이 창주가 강씨의 유언을 듣지 못하게 될지도 모른다는 암시를 주지만 그 암시에도 불구하고 결말부의 묘사가 화해의 분위기로 충만하게 되는 것은 그 때문이다.

세번째 창작집인 『마지막 테우리』(1994)에 이르러서 현기영의 탐색 방식은 훨씬 더 다양해진다. 「거룩한 생애」(1991) 「목마른 신들」(1992) 「쇠와 살」(1992) 「마지막 테우리」(1994)의 순으로 살펴보자. 「거룩한 생애」는 잠녀 출신으로 강인하고 당당한 민중적 생명력을 발휘하며 온갖 역경을 거슬러 살아온 한 여인이 폭도로 몰려 허망하게 처형당하기까지의 일생을 시간 순서대로 서술하고 있다. 「목마른 신들」은 열일곱에서 스무살에 이르는 사년 세월, 싱싱한 생명력으로 충만해 있어야 할 나이에 너무도 많은 죽음을 보아버렸고 그리하여 심방의 길로 들어선 한 늙은 심방을 일인칭 화자로 하여 "반성할 줄 모르는 무도한 가해자가 40여년 만에 피해자 앞에 무릎을 꿇”은 신명나는 원혼굿을 소개하고 있다. 「쇠와 살」은 앞에서도 말했듯이 26개의 각기 다른 장면들과 8개의 주석들의 몽따주로 구성되어 있는데, 각 부분들의 서술 방식과 서술 내용이 아주 다양함에도 그 다양함 위에 전체적으로 통일적인 4·3상(像)이 강력히 떠오르고 있다. 「마지막 테우리」는 4·3 당시 제가 죽인 소가죽을 뒤집어쓰고 수없이 많은 소들을 찾아다니며 죽인 도살자였고 결과적으로 일가족을 죽음으로 몰아넣은 밀고자였으며 사태 이후 한라산의 테우리로 남아 평생을 홀로 산 한 노인의 의식의 흐름을 추적하여 사태 당시에 대한 회상과 현재의 제주도의 변화에 대한 관찰을 차분히 묘사하고 있다. 이 정도의 간략한 요약만으로도 탐색 방식의 다양화가 뚜렷이 드러난다. 네 편이 각각 다 다른 모습을 하고 있는 것이다. 특히 주목되는 것은 「길」과 「아스팔트」의 주인공들이 현재 교직자이며 4·3 때 유소년이었고 가족이 피해를 입었으며 그 가해자들과의 현재적 관계가 문제가 되고 있는데 이러한 틀이 『마지막 테우리』의 네 작품에서는 나타나지 않는다는 점이다. 「길」과 「아스팔트」의 주인공들에게서 우리는 은연중 작가 자신의 모습을 발견하는 것이지만, 『마지막 테우리』의 네 작품에서는 「쇠와 살」의 일부를 제외하면 그러한 자전적 모습이 자취를 감춘다. 이것은 현기영 리얼리즘의 성숙의 징표일까. 특히 놀라운 것은 「마지막 테우리」와 「목마른 신들」에서 테우리와 심방이라는 두 작중인물의 내면이 참으로 실감나게 싱싱하게 살아 움직이고 있다는 점이다. 그런 점에서 이 인물 설정의 문제를 놓고 단순히 객관화 경향이라고 할 수는 없을 것이다.

최근작인 장편소설 『지상에 숟가락 하나』는 두번째 작품집 『아스팔트』에 실렸던 단편 「잃어버린 시절」(1983)의 자전적 성격과 「쇠와 살」의 몽따주 형식이 종합되고 확대되어 낳아진 작품이다. 그러나 이 작품은 성장소설이라는, 현기영으로서는 새로운 형태를 빚어내고 있다는 점에서 여타의 작품들과 구별된다. 이 작품에 대해서는 다음 절에서 다시 살펴보기로 한다.

현기영에게는 4·3이 전면에 나타나지 않고 주로 현재의 삶을 소재로 하고 있는 작품들도 적지 않다. 하나도 빠뜨리지 않고 그물질을 하기는 어렵지만, 대체로 말하자면, 이 작품들은 불의한 권력 앞에서의 양심의 문제를 천착하고 있다는 점에서 공통되며 여기서 양심과 소시민적 순응 사이의 고뇌와 갈등이 묘사되고 중산층 허위의식이 고발되고 풍자된다.[1] 지금 우리의 문맥에서 주목할 것은 이 작품들 중 다수에서 다루어지는 현재적 삶이 4·3 체험이라는 거울에 비추어짐으로써 일정한 의미가 부여되고 일정한 방식으로 해석된다는 점이다. 가령, 「겨우살이」(1985)의 일인칭 화자가 유신시대에 교사로서 살아가는 모습의 배후에는 4·3 체험의 그림자가 짙게 드리워져 있다. 「위기의 사내」(1988/1990)의 한기웅은 경찰서에 연행되어와 수배자 명단에 후배 네 명이 끼여 있는 걸 듣고서 이렇게 생각한다. "30년 전 고향의 비극은 아직도 끝나지 않았던 것이다. 그것은 때때로 망령처럼 무고한 사람들을 덮쳐 부당한 혐의로 심신을 피폐시키는 현재적 사건이었다." 그에게는 1980년 5월의 광주사태도 4·3의 되풀이로 먼저 인식된다. 그러나 이를 두고 현기영이 너무 과거에만 얽매여 있다고 말한다면 그것은 정당한 판결이라고 말하기 어렵다. 누구에게나 원초적 체험이라는 것이 있는 법이어서 그것을 통해 보고 느끼고 사유하는 것 자체는 조금도 퇴영적인 것이 아니다. 문제는 그것을 통해 어떻게 보고 어떻게 느끼고 어떻게 사유하며 그 봄·느낌·사유를 가지고

---

1) 우리의 문맥과는 다소 거리가 있지만 「나까무라씨의 영어」(미발표작으로서 1986년에 간행된 창작집 『아스팔트』에 직접 수록됨)는 근자의 미국 중심의 세계화와 관련하여 정곡을 찌르는 진술이 나오는데 지나는 김에 지적해두고 싶다. 옛날에는 일본어를 숭상했고 지금은 영어를 숭상하는 교장 선생이 학생들의 명찰을 영어로 바꾸라고 지시하자 젊은 영어 선생이 다음과 같이 항변한다. "언어가 인간을 지배한다는 것은 아무도 부인할 수 없는 진리예요. 영어에 의한 오염은 자라는 이 세를 정신적 무국적자로 만들어버릴 공산이 커요. 후진국에서 영어가 필요하다면 그것은 말영어가 아니라 글영어예요. 글을 통해서는 바람직한 선진문물이 들어올 수 있지만 말을 통해서는 민족혼을 좀먹는 저들의 저급 문화, 저질의 풍속이 들어와요." 민족주의의 문제만이 아니라 여기에는 이미 탈식민주의적 통찰이 들어 있고 또 말과 글에 대한 첨예한 문제제기가 들어 있다.

어떻게 현재에 작용하느냐에 있는 것일 따름이다. 가령 중국의 루쉰(魯迅)은 신해혁명을 원초적 체험으로 가지고 있었고 그리하여 5·4운동에서부터 1930년대 사회주의운동에 이르기까지의 곡절 많은 역사 현실에 대한 대응을 그 신해혁명 체험을 통해 수행했지만 그의 대응이야말로 그 시대에 가장 의미 있는 것이 될 수 있었고 오늘날까지도 생명력을 갖는 것이 될 수 있다. 현기영 역시 마찬가지이다. 「겨우살이」의 일인칭 화자가 "먼저, 내가 젖줄 대고 자란 척박한 섬땅, 침탈과 대학살과 가난으로 찌든 고향의 모태로 정신적 귀향을 감행해야 하리라"라는 깨달음에 도달하는 모습이나 「위기의 사내」의 한기웅(이 이름은 작가 자신의 이름의 변형이다)이 시민항쟁의 격전장을 향해 달려가는 모습에서 우리는 그 가능성을 엿본다.

「겨우살이」에서 제시된 '정신적 귀향'의 당위성에 대한 깨달음과 관련하여 보면 기실 그 깨달음의 문학적 실천이 바로 현기영의 소설쓰기인 것으로 보인다. 「겨우살이」의 일인칭 화자는 작가 자신의 모습이 짙게 투영되어 있는데, 그는 한편으로는 "구미의 부조리문학이나 내면소설 따위에 지독히 중독되어 그런 유의 소설이나 희곡을 창작하고 싶"었고, 다른 한편으로는 "내 체험, 내 얘기를 하기가 싫"었다. 개헌투표 때문에 생긴 고뇌와 청계천 둑방 판자촌과의 만남이 그러던 그를 변화시키고 그에게 '정신적 귀향'의 깨달음을 가져다준다. 이 깨달음이 현기영의 데뷔작 「아버지」를 낳은 것이다. 「아버지」가 그리고 있는 고향에서의 어린 시절의 한 장면에 대한 회상은 그 자체로 "내가 젖줄 대고 자란 척박한 섬땅, 침탈과 대학살과 가난으로 찌든 고향의 모태"로의 귀향이라고 할 수 있다. 이 귀향은 「초혼굿」(1975)에서는 '못 닿는 고향'으로 그려졌고, 「해룡 이야기」(1979)에서는 섬사람으로서의 정체성을 회복하고자 하는 열망으로 표명되었으며, 「귀환선」(1984)에서는 일가족의 귀향으로 나타났다. 그 귀향 추구는 마침내 『지상에 숟가락 하나』에서 완성된다.

이 자리에서 데뷔작 「아버지」에 대해 좀더 살펴볼 필요가 있겠다. 처음에 심미주의적 및 심리주의적 성향이 짙다는 이유로 평가절하된 뒤 이 작품은 재조명의 기회를 얻지 못했던 것 같다. 그러나 우리가 보기에는 이 작품이야말로 현기영 문학의 여러 면모가 포괄적으로 잠재해 있는 작품이다. 이 작품은 처음과 끝에 일인칭 화자의 현재의 독백을 배치하고 그 사이에 어린 시절의 한 장면에 대한 회상을 현재적으로(시제는 과거이지만) 서술하고 있다. 이 회상 장면에 대한 서술이 심미주의적이고 심리주의적이라는 것인데, 적어도 그 심리 묘사와 의식의 흐름에 대한 예민한 포착은 현기영에게 리얼리즘 작가로서의 평가를 가져다준 「도령마루의 까마귀」나 「해룡 이야기」를 비롯하여 이후의 많은 작품들에서도 널리 발견되는 것이다. 「아버지」의 경우, 다소 작위적이고 생경하며 과잉된 점이 없는 것은 아니다. 비밀로 지켜야 하는 연못의 존재와 아버지의 행방이 상응하며 이 두 가지 비밀에 대한 강박 관념이 어린아이의 의식을 억압하고, 가뭄, 더위, 질식할 것 같은 폐쇄적 분위기 등이 그 억압된 의식을 한층 강렬하게 만드는데, 그 억압된 의식은 확실히 과장되어 있다고 할 수 있다. 그러나 이런 점을 "구미의 부조리문학이나 내면소설"에의 중독을 완전히 벗어나지 못했기 때문이라고만 말해버릴 수는 없다. 이는 1970년대 중반 당시에 '말할 수 없는 것'(즉 금지된 것)을 말하기 위한 문학적 전략과 관계되는 것이며, 무엇보다도 "내 체험, 내 얘기"를 쓰고 있는 것이기 때문이다. 이는 오히려 현기영의 형태적 탐색이라는 맥락에서, 그 적절성의 정도를 두고 비판할 수는 있겠지만, 적극적으로 이해되어야 할 것이다.


## 3. 변경과 중심의 변증법

『지상에 숟가락 하나』는 전체적으로 보아 기억의 시초에서부터 중학교 3학년의 사춘기 때까지의 성장 과정을 서술한 성장소설이라고 할 수 있다. 그런데 이 성장소설은 여러가지 점에서 특이한 성장소설이다.

우선 여기서 성장이란 것이 부정적 의미를 띠고 있다는 점이 지적되어야 한다. 여기서 성장은 곧 자연 상실이다. 한 인간 개체가 자연의 한 분자로 태어나서 자연아로서의 본능과 순진성을 지니고 있는 시절로부터 자연을 상실하고 부정한 세속적 삶으로 이행해가는 것이 성장이라고 화자는 말하고 있는 것이다. 그래서 다음과 같은 진술이 나온다.

지금의 나에게 과거란 오직 고향땅에서 보낸 유년·소년 시절만이 광휘를 발할 뿐, 나머지 세월은 무의미한 일상의 연속처럼 여겨진다.

다음으로 지적되어야 할 것은 그 빛나는 유소년 시절이 그러나 동시에 폐허의 그것이기도 하다는 점이다. 그렇게 된 현실적인 이유는 4·3 체험에 있다.

나는 아직도 그 무서운 1948년의 초토의 불길과 함께 내 존재의 일부도 불타버린 듯한 상실감을 어쩌지 못한다. 막막한 어둠뿐인 장소, 거기에서 보낸 내 생애의 최초 6년도 먹칠로 지워져버린 듯한 느낌인 것이다.

그러니까 '나'의 유소년 시절은 행복의 그것인 동시에 상처의 그것이기도 한 것이다. 대체로 4·3 체험 이전의 유년은 행복의 그것으로 포착되는데 반해 4·3 이후의 유소년은 행복과 상처의 모순이라고는 하지만 실제로는 거의 전적이라 할 정도로 상처의 그것으로 회상되고 있다. 그 유소년이 다시 광휘를 되찾기 시작하는 것은 대체로 4·3으로부터 4,5년이 지난 뒤 육지에서 건너온 피난민 아이들과 어울리면서부터이다.

또 ‘나’의 유소년기가 아버지의 부재로 특징지어진다는 점도 주목되어야 한다. 아버지가 돌아오는 시점은 ‘나’의 자연아 시절이 마감되어갈 무렵과 일치한다. 그리고 이 점은 이 성장소설이 이제 오십대 후반의 나이가 된 ‘나’가 아버지의 죽음을 계기로 유소년기에 대한 회상으로 나아간다는 전체적인 구조와 맞물린다. 이 구조에 대해서는 좀더 자세한 고찰이 필요할 것이다. 이 소설의 첫번째 절은 ‘아버지’라는 소제목이 붙어 있고 아버지의 죽음을 서술하고 있다. 두번째 절부터 회상이 전개되고 다시 마지막 절에 가서 현재로 돌아온다. ‘귀향 연습’이라는 소제목이 붙은 마지막 절에서 ‘나’는 고향에 돌아와서 다시 발견하는 자연에 대해 이야기하고, 아버지와의 관계의 변화에 대해 이야기한다. 한때 ‘나’에게 야만·무지·변경과 같은 말이었고 극복해야 할 장애물일 뿐이었던 자연이 이제는 “변수의 변화에도 불구하고 결코 변하지 않는 항수가 내부에 있”는 것으로 인식된다. 그것은 “생성 최초의 것, 그 섬고장의 풍토가 만들어놓은 깊은 속의 단단한 씨, 그 무엇으로도 변화시킬 수 없는 본질적인 것”이다. 한편 아버지는 이제 ‘나’와 동일시된다. 아버지의 죽음 이후, ‘나’의 얼굴은 점점 아버지의 영정 모습을 닮아간다. 아버지의 죽음이 “나를 바로 아버지의 그 자리에 옮아가게 만”든 것이다. 그렇다는 것은 “다음의 죽음은 내 차례라는 뜻”이다. 그리고 ‘나’는 “죽음은 궁극적으로 나를 자연으로 데려다줄 것”이라고 생각한다. 여기서 아버지=죽음=자연=제주라는 상식적으로는 납득이 잘 안되는 등식이 성립된다. 이 등식의 성립은 합리적으로는 잘 설명되지 않지만, 혼란스러워 보이는 이 등식이 그 바로 뒤에 이어지는 다음과 같은 진술에 단호한 설득력을 부여해준다.

내가 떠난 곳이 변경이 아니라 세계의 중심이라고 저 바다는 일깨워준다.

‘내가 떠난 곳’은 지리적으로는 제주이고 의미 내용으로는 자연이다. ‘나’의 유소년기는 제주를 중심으로 하고 자연과 화해롭게 일체화되었던 시절이다. 그때 아버지는 없거나 없는 것이나 마찬가지였다. 불행하게도 이 시절에 4·3 체험이 주어짐으로써 행복의 유소년은 동시에 상처의 유소년이 되기도 했지만 말이다. 아버지가 다시 있게 되고 자연을 상실하게 되면서 이제 제주는 변경이 되어버리고 그리하여 ‘나’는 변경을 떠나 중심인 육지로, 서울로 갔다. 그러나 ‘나’ 자신이 늙은이가 되어버린 현재, 아버지는 다시 없게 되었고 ‘나’는 제주–자연이 변경이 아니라 중심이라는 것을 재발견하게 되었다. 이렇게 보면 이 변경과 중심의 변증법에는 다음과 같은 세 가지 의미의 차원이 겹쳐져 있다고 하겠다. (1) 오이디푸스 콤플렉스의 차원, (2) 자연과 인공의 대립이라는 차원, (3) 섬과 육지의 대립이라는 차원. 이 세 가지 차원은 사실상 서로 다른 차원이어서 동일 평면에 완벽히 겹쳐질 수 있는 것들이 아닌데, 현기영은 그것들을 한 평면에 겹쳐놓음으로써 이 작품에 독특한 의미망을 형성시킨다.

(2)와 (3)은 비교적 쉽게 이해된다. 자연과 섬은 모두 유소년의 행복과 순수, 유의미에 상응하고, 인공과 육지는 성년의 불행과 타락, 무의미에 상응한다. ‘귀향’은 인공–육지로부터 자연–섬으로의 귀환, 즉 불행–타락–무의미로부터 행복–순수–유의미로의 귀환을 뜻한다. 그런데 문제는 유소년의 자연–섬이 온전히 행복–순수–유의미만으로 이루어진 것이 아니라는 데 있다. 그것은 동시에 고통스러운 상처와 함께 하는 것이고, 그 상처는 4·3과 불가분의 관계에 있다. ‘나’의 현재의 귀향은 그 상처의 치유 내지 극복, 혹은 그것과의 화해 위에 비로소 가능해진다. 그러니 떠나온 곳과 돌아가는 곳은 사실은 꼭 같은 것이 아니다. 돌아가는 곳은 새로운 형성인 것인지 상실된 것을 회복하는 것이 아니다. 한편 (1)의 경우는 좀더 복잡하고, 상대적으로 4·3과 분리가 가능하다(이 점을 강조하면

이 작품은 4·3 이야기와 아버지 이야기의 결합이라고 할 수도 있을 것이다). 『지상에 숟가락 하나』 이전의 현기영에게서는 아버지가 부재의 상태로 존재한다. 「순이삼촌」에서 아버지는 4·3 당시 이미 일본으로 건너가서 지금까지 그곳에서 살고 있고, 「해룡 이야기」에서 아버지는 산에 들어가서 다시 돌아오지 않는다(아마 죽었을 것이다). 데뷔작인 「아버지」에서는 두어 달에 한번쯤 몰래 찾아오다가 결국 행방불명된다(죽었으리라 추측된다). 「잃어버린 시절」의 아버지 역시 종내 돌아오지 않는다. 「아스팔트」의 아버지는 징용에 끌려간 뒤 다시 돌아오지 않고, 「길」의 아버지는 4·3 때 살해당한다. 아버지가 온전히 등장하는 것은 아마도 『지상에 숟가락 하나』에서가 처음인 것 같다. 앞에서 살펴보았듯이, 아버지의 부재시에 행복의 유년이 있었고 아버지의 존재와 함께 그 행복의 유년은 끝난다. 현기영에게 아버지는 극단적 억압인 모양이다. 전작들에서의 아버지의 부재가 그 억압에 대한 회피로 읽힐 수 있다면, 『지상에 숟가락 하나』에서의 아버지의 등장은 그 억압에 대한 성찰로 읽힐 수 있을 것이다. 냉정하게 말하면 그 성찰을 가능하게 해준 것은 아버지의 죽음이다. 행복의 유년에서와 마찬가지로 이제 아버지가 부재의 상태로 되었는데, 그러나 유년시절의 아버지의 부재와 지금의 그것 사이에는 커다란 차이가 있다. 유년시절의 그것이 억압 이전을 의미 내용으로 한다면 지금의 그것은 억압으로서의 아버지와의 화해를 의미 내용으로 하기 때문이다. 그 화해 위에 아버지와 '나'의 동일시가 이루어진다(혹은 그 역이다). 이 대목에서 우리는 현기영의 중심이 적어도 비(非)근대적인 것이 아닐까 하는 생각을 해볼 수 있다. 억압 이전이든 화해 이후이든 억압 없음을 특징으로 하는 그것에서, 우리는 근대에 대한 비판적 태도와 중심으로서의 섬 공동체에 대한 무비판적 태도라는 양가성을 발견하는 것이다.

그러나 그 양가성에도 불구하고 변경과 중심의 변증법의 세 차원 중 지금 필자에게 각별히 울림을 일으키는 것은 섬과 육지의 대립이라는 차

원이다. 이 대립은 흔히 이야기되는 주변과 중심의 대립과는 다소 성격
이 다르다. 보통 말하는 주변과 중심의 대립은 지방과 중앙의 대립이다.
하지만 여기서는 섬과 육지 전체가 대립쌍을 이룬다. 여기서 섬의 정체
성은 무엇인가. 혹시 섬과 육지를 포괄하여 상정한 정체성이란 것이 허
구가 아닐까, 하는 의심이 드는 것이다. 제주의 역사는 육지에 의한 수탈
의 역사였고 지금도 그렇지 않다고 말하기 어렵다. 4·3의 경우는 수탈 정
도가 아니라 육지에 의한 제주의 학살이었다고도 할 수 있다. 가령, 현기
영이 자주 언급하는 제주의 장두 이야기를 보게 되면, 왕조시대의 장두
들은 오히려 자신이 희생이 되어 민생을 구했는데 비해 현대의 장두는
자신이 희생이 될 뿐만 아니라 민생을 구하는 데도 실패했다. 「변방에 우
짖는 새」가 그리고 있는 이재수의 난과 4·3을 비교해보면 그 점 너무도
분명하다. 4·3과 비슷한 학살이 있었고 제주와 비슷한 역사적 경험을 가
진 대만에서 주장되는 대만 독립론에 일정한 정당성이 있다는 점을 생각
하면 우리는 4·3은 물론이요 제주 수탈의 역사에 대해 맹성(猛省)을 해
야 한다. 가령 현기영 소설 중의 다음과 같은 대목들을 보자.

(1) 그리하여 그날의 십자가와 함께 순교의 마지막 잔영만을 남긴 채 신
화는 끝이 났다. 민중 속에서 장두가 태어나고 장두를 앞세워 관권의 불의
에 저항하던 섬 공동체의 오랜 전통, 그 신화의 세계는 그날로 영영 막을 내
리고 말았다. (『지상에 숟가락 하나』)

(2) 사실이 그러했다. 한 마을의 모든 주민은 한통속이었고, 섬땅의 모든
마을 또한 한통속이었다. 그 땅은 각성받이 핏줄이 가로세로 촘촘히 그물처
럼 얽힌 혈연공동체였다. 그런데 그 질긴 혈연의 그물을 섬 밖에서 들어온
침략자들이 갈가리 찢어놓았다. 그 무서운 학살극이 그렇게 만들었다. 상부
상조로 똘똘 뭉쳐왔던 천년 공동체에 기상천외의 분열현상이 일어났으니…

（「쇠와 살」）

(3) 단지 젊다는 이유 하나만으로 경찰에 쫓기다가 겨우 경비대 내에 피난처를 구했건만, 그것이 도리어 총부리를 동족을 향해 겨눠야 하는 처지로 뒤바뀌고 만 것이다. 그 기막힌 운명에 그들은 분노했고 그렇게 해서 조성된 반란의 기운은 일부 대원의 집단 탈영·입산 사태를 낳고 급기야는 연대장 암살로 이어졌다. 그 후 섬 출신 대원들을 한통속으로 싸잡아 의심하여, 한때 무기를 빼앗고 격리 수용하기까지 했다. (『지상에 숟가락 하나』)

(4) 저 들판의 억새 무리와 닮은 토착의 인간들, 온 잎새가 칼날되어 휘몰아쳐오는 하늬북풍을 갈가리 베어내던(이 얼마나 빼어난 이미지인가! 풀의 비유에 새로운 경지를 열었다 — 인용자) 그 검질긴 생명력은 관광개발의 포크레인의 삽날에 찍혀 뿌리뽑혀 나가고 섬땅은 야금야금 먹성 좋은 육지 부자들의 입으로 들어간다. (「목마른 신들」)

위 인용들의 문맥 속에는 섬 공동체의 정체성에 대한 확신이 얼마나 절절히 배어 있는 것인지! 그 확신 뒤에는 또한 얼마나 고통스러운 수난의 누적이 있는 것인지! 사정이 그러하다면 "내가 떠난 곳이 변경이 아니라 세계의 중심이라고 저 바다는 일깨워준다"라는 진술은 아주 강력한 정치적 울림을 울릴 수도 있는 것이 아니겠는가. 그 정치적 울림에의 공명이 현기영이 제기하는 '변경과 중심의 변증법' 속으로 필자를 깊숙이 잠겨들게 한다. 현기영의 중심이 갖는 양가성에도 불구하고 그 공명은 강력하다. □

---

成民燁 문학평론가, 서울대 중문과 교수. 경향신문 신춘문예 평론부문에 당선되어 등단. 저서로 『지성과 실천』 『문학의 빈곤』 『현대 중국의 리얼리즘 이론』 등이 있음.

李
盛
夫

이　성　부

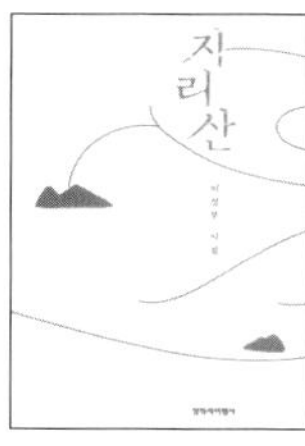

# 이 성 부

1942년 전남 광주에서 태어나

경희대 국문과를 졸업했다.

1962년『현대문학』추천완료,

1966년 동아일보 신춘문예에「우리들의 양식」이

당선되어 작품활동을 시작하였다.

시집『이성부 시집』(1969)『우리들의 양식』(1974)

『백제행』(1977)『전야』(1981)

『빈산 뒤에 두고』(1989)『야간 산행』(1996)

『지리산』(2001) 등을 간행했다.

한국일보 기자와『뿌리깊은나무』

『샘이깊은물』주간을 역임했다.

현대문학상(1969), 한국문학작가상(1977),

대산문학상(2001)을 수상했다.

우리들의 양식, 민음사 1974
백제행, 창작과비평사 1977
전야, 창작과비평사 1981
지리산, 창작과비평사 2001

# '역사적 상상력'의 시적 구현

이성부론

유성호

## 1. 들어서며

이성부(李盛夫) 시인은 1942년 광주에서 태어나 약관의 나이인 1962년에 김현승(金顯承) 시인의 추천을 받아 시단에 나왔다. 당대의 권위있는 문예지였던 『현대문학』을 통해 자신의 첫 이름을 내놓은 그는, 이제 등단 40년이라는 흔치 않은 시력(詩歷)의 두께를 지닌 거인으로 우리 앞에 서 있다. 최근 간행된 『지리산』까지 모두 일곱 권의 시집을 내놓은 그의 웅숭깊은 시세계를 통해 우리가 경험하게 되는 가장 우선적인 형질은, 그의 시가 동시대의 '현실'이나 '역사'와 깊은 연관성을 지닌 채 씌어지고 있다는 점일 것이다. 그만큼 그의 목소리는 개인의 실존이나 내성(內省)보다는 역사적 상상력에 바탕을 둔 공동체적 경험에 집중되고 있고, 미시적인 연성(軟性)의 감각보다는 선 굵은 남성적 의지를 추구하는 세계이다.

물론 '역사적 상상력'이나 '남성성'의 음역이 이성부만이 지니는 고유한 배타적 브랜드는 아닐 것이다. 식민지시대와 분단시대를 살아온 시인들이라면, 개인의 편차를 충분히 고려하더라도, 일정하게 그러한 시적 편향을 견지하고 있는 것이 사실이니까 말이다. 우리가 기억하기로, 식민지 시대의 이육사(李陸史)나 심훈(沈熏), 카프 계열의 시인들, 해방 후 김수영(金洙暎)이나 신동엽(申東曄), 김지하(金芝河), 고은(高恩), 조태일(趙泰一), 황명걸(黃明杰), 양성우(梁性祐), 정희성(鄭喜成) 등의 음색을 조금만 떠올려보아도, 그 같은 시적 특성은 어느 한 시인만의 개체적 특수성이라기보다는 오히려 우리 시의 전체 음역에 걸쳐 발견되는 보편적 현상에 가까운 것이다.

그러나 이성부의 시에 나타나는 '역사적 상상력'과 '남성성'의 음역은, 매우 일관되면서도 나이가 들수록 점증(漸增)한다는 점에 그 이채로움이 있다. 대부분의 시인들이 후기로 갈수록 탈(脫)역사적 보편성과 관조적 자연친화 혹은 잠언적 부드러움 같은 것으로 경사(傾斜)되는 우리 시단의 현상을 고려한다면, 이 시인의 일관되고 간단없는 현실 탐색과 역사 복원의 의지는 매우 소중한 것이 아닐 수 없다.

그렇다고 이성부의 시가 일체의 굴곡도 없이 평면적 구성을 보이고 있는 것은 물론 아니다. 비교적 전기의 시가 가난하고 소외된 이웃들에 대한 공동체적 애정과 우리 역사의 신산함에 대한 부정의 파토스를 보여주는 시편들로 구성되어 있다면, 후기 시편들에는 '산(山)'이라는 집중화된 상징을 빌려, '시' 자체에 대한 성찰과 함께 자신의 존재론적 한계를 극복하면서 시 안에 '역사'를 되부르는 과정이 아름답게 펼쳐진다. 이 길지 않은 글은, 이 시인의 그와 같은 일관된 '역사적 상상력'의 시적 구현에 대한 탐사의 결과로 씌어진다.

## 2. 현실 부정의 파토스와 민중적 전망

이성부가 등장하는 1960년대 초반은, 실존주의와 모더니즘의 경향이 혼재하면서 시단의 주류를 이루고 있었다. 그런데 이와는 대척점에서 동시대의 현실을 적극적으로 시 안에 반영하고 현실 타개의 의지를 노래한 시인들이 다수 있었는데, 김수영이나 신동엽은 물론이고 신동문(辛東門), 박봉우(朴鳳宇), 조태일, 황명걸 등의 1960년대 작업이 그 목록에 들 만한 사례들이다. 이들의 시는 당대 현실의 다양한 역학 관계를 구체적으로 관찰하여 시적 형상으로 온축해내는 '역사적 상상력'을 매개로 하는 '민중적 서정시'로 자신들의 시적 권역을 형성하였다. 그것은 시의 대상을 당대의 '민중'으로 설정했다는 외적 측면뿐만 아니라, 시적 주체들의 세계관이 민중지향성으로 나타난 측면을 아울러 함의하는 것이다.

우리 현대사에서 '민중(民衆)'은 근대화의 실질적 주역이면서도 그 과정에서 가장 직접적인 피해를 입은 인적 실체이다. 이와 같은 민중의 이중적 성격은, 군사 정권이 추구한 물신 숭배에 가까운 근대화 기획에 의해 구체화되는데, 이러한 민중의 위상에 대한 자각과 '민중적 서정시'의 시적 성취 과정은 고스란히 겹치게 된다. 따라서 그 흐름은 '역사적 상상력'과 시적 언어가 만나는 지점에서 형성되어 삶의 구체성과 보편성을 하나로 관통하는 통합 과정으로 나타나게 된다.

그런 의미에서 1960~70년대는 시적 주체들이 경험적 구체성과 민중적 자기 긍정에 토대를 둔 리얼리즘의 시적 가능성을 극대화한 시기로 기록될 만하다. 그들은 '민중성'에 대한 시적 천착을 바탕으로 하여 자신들의 신원적 조건인 소시민적 상황을 극복하고, 민중 지향적인 의식과 삶을 열정적으로 보여주게 된다. 이러한 그들의 노력은 시적 대상의 확대라는 외적 변화 외에도 시인과 독자간의 의사소통 구조의 근본적 변화를 가져왔고, 그렇게 씌어진 '민중적 서정시'는 삶의 구체성에 뿌리를 둔

‘시적 상황’ 자체를 중시하는 독법(讀法)을 독자들에게 요구하게 되었다. 그것은 시인들이 삶의 구체적 세부를 묘사하면서도 민중적 전망에 토대를 두고 시를 창작했기 때문이다. 따라서 이 시기 시의 리얼리즘적 기율은 현실 부정의 파토스와 민중적 전망에 그 준거를 두었다고 할 수 있다.

결국 개발 독재의 일방적 추진과 민중의 각성이라는 이중의 시대를 살아가면서 시인들은 민중의 고난과 생동하는 삶을 노래하기 시작하였고, 이와 같은 민중성의 시적 구현이 우리 시의 리얼리즘적 성취에 크게 기여했다고 할 수 있다. “벼는 서로 어우러져/기대고 산다./햇살 따가워질수록/깊이 익어 스스로를 아끼고/이웃들에게 저를 맡긴다”(「벼」)고 노래함으로써 동시대를 살아가는 이웃들을 향한 뜨거운 연대의식과 지속적인 연민을 보여준 이성부 역시 이러한 ‘민중적 서정시’의 원형적 가능성을 보여준 대표적인 시인이 아닐 수 없다. 그는 『李盛夫 詩集』(1969) 『우리들의 糧食』(1974) 『百濟行』(1977) 『前夜』(1981) 등을 잇따라 발표하면서, 1960년대 후반에서 1970년대까지 이르는 시기에 왕성하게 활약한 민중적 시인이다. 그러한 시적 지향이 잘 드러난 작품이 다음 시편이다.


아침 노을의 아들이여 전라도여

그대 이마 위에 패인 흉터, 파묻힌 어둠

커다란 잠의, 끝남이 나를 부르고

죽이고, 다시 태어나게 한다


짐승도 藝術도

아직은 만나지 않은 아침이여 전라도여

그대 심장의 더운 불, 손에 든 도끼의 고요

하늘 보면 어지러워라 어지러워라

꿈속에서만 몇번이고 시작하던

내 어린 날, 죽고 또 태어남이
그런데 지금은 꿈이 아니어라.


사랑이어라.
光州 가까운 데서는
푸른 삽으로 저녁 안개와 그림자를 퍼내고
시간마저 무더기로 퍼내 버리면
거기 남는 끓는 피, 한 줌의 가난


아아 사생아여 아침이여
창검이 보이지 않는 날은
도무지 나는 마음이 안 놓인다
드러누운 山河에는
마음이 안 놓인다
―「전라도 2」 전문(『우리들의 양식』)


　이성부에 대한 그간의 평가는 "강한 근육의 움직임"(염무웅)으로 대표되는 "남성성"(오세영)의 시인으로 모아진다. 여기서 '남성성'이라는 것은 애련이나 한(恨)의 표출로 나타나는 연가풍의 여성성과 대척점에 놓이는 정서적 지향으로서, 한 시대를 규정하고 있는 부단한 억압과 구조적 불의에 대한 분노와 저항을 기표화하는 것으로 특징지어진다. 이같은 그의 시의식은 '민중성'의 구현으로 구체화되고 나아가 시적 주체의 삶의 내용을 강조하는 의식으로 전이된다. 따라서 그의 시의식은, 고답과 초속(超俗)을 거부하는 삶의 진실성이 그대로 각인되는 것이 진정한 시라는 생각으로 이어지게 된다. 다시 말하면 "진정한 시는 절대로 '감춤'을 용서하지 않으며 진정한 시인은 절대로 '유희'를 용납하지 않는 법이다. 어떠한 유파의 어떠한 주장, 그리고 어떠한 구체적인 작품에 이르러서도 작품은 곧 작가의 삶의 방식이라는 필연적인 모습"(이성부「삶의 어려움과 시의 어려움」,『창작과비평』1969년 여름호)을 담는 것이라고 보는 시각이 그것이다. 이같은 지론(持論)이 예의 '남성성'과 결합하여 그의 시에 결연한 지사적 열정을 낳고 있는 것인데, 위 작품은 그러한 열정과 저항성 그리고 현실을 규정하는 역사의 흐름에 대한 명민한 통찰을 아울러 담고 있다.

이 시의 제목이기도 한 '전라도'라는 물리적 공간은 그가 나고 자란 고향이자 남도의 서정이 넘실대는 향토성의 촉매라고 할 수 있다. 그런데 시인에게 전라도는 "아침 노을의 아들"이나 "아직은 끝나지 않은 아침" 혹은 "사생아"로 인식된다. 이와 같은 성격 부여는 이른바 '처녀지'로서의 성격을 부각시키기 위해서라고 보인다. 그러나 비록 미답의 처녀지가 순결성을 그 근본 속성으로 하고 있다고 하더라도 그것은 곧바로 외적 침탈의 가능성 앞에 무방비 상태로 놓이는 운명을 더불어 갖게 된다. 그 침탈의 결과는 "사생아"일 수밖에 없고 따라서 시인은 그 사생아가 갖는 "심장의 더운 불"과 "손에 든 도끼의 고요"를 내심 불안해하게 된다. 그 "사생아"의 삶은, 죽고 태어남이라는 극단적인 길항적 행위 속에서만 자기 규정성을 획득하게 되므로, 고립과 단절보다는 연대와 투쟁을 통해서 존재 의의를 가질 것임을 예감케 해준다. 이와같이 자신은 부정하고 싶지만 어김없이 현실로 떠오르는 '침탈―저항'의 역사의 축도(縮圖)가 시인에게는 그 옛적 '백제(百濟)'이자 현대사의 '전라도'인 것이다.

따라서 "그대 이마 위에 패인 흉터, 파묻힌 어둠/커다란 잠의, 끝남" 같은 침탈의 흔적들이 "나를 부르고/죽이고, 다시 태어나게 한다"는 발언은 얼마나 그가 자기 규정력을 역사에서 빌려오는가를 극명하게 드러내주는 대목이다. 그것은 "光州 가까운 데서는/푸른 삽으로 저녁 안개와 그림자를 퍼내고/시간마저 무더기로 퍼내 버리면/거기 남는 끓는 피, 한 줌의 가난"에 대한 적극적 연민과도 이어진다. 그러니 시인에게 '전라도’는 “노인은 삽으로/榮山江을 퍼올린다 바닥이 보일 때까지/머지않아 그대 눈물의 뿌리가 보일 때까지/노인은 다만/성난 사랑을 혼자서 퍼올린다/이제는 무엇을 위해서가 아니라/삶을 어떻게 용서하기 위해서가 아니라/노인은 끝끝내/영산강을 퍼올린다 가슴에다/불을 짊어지고 있는데/아직도 논바닥은 붉게 타는데/바보같이 바보같이 노인은 바보같이”(「전라도 7」)처럼 부정하고 싶지만 결국 보듬고 가야만 하는 한국 현대사의 ‘전라도(全裸圖)’인 셈이다.

‘전라도’는 이렇듯 그의 시에서 광주, 무등산, 백제 등의 동심원적 유사 계열의 어휘들을 거느리면서 동일한 역사적 경험의 장을 형성하는데, “아직도 내 속에 머물고 있는/(…)/잠, 무서운 잠만 살아있는 곳, 오 光州여”(「光州」)라든가 “그리고 마침내 가르쳤지./산이 무엇을 말하고/산에 오르면/어떻게 사람도 크게 서는지를/이 산은 가르쳤지”(「無等山」), “기다림은 별이 되어/밤하늘을 쏜살같이 달아나고,/남아 버린 사람들이/지금도 또 남아 가까스로 기다리네”(「백제 3」) 등의 형상 곧 ‘무서운 잠/가르침과 배움/기다림’의 이미지로 반복, 확산되며 나타난다.

이러한 일관되고 치열한 시인의 ‘역사적 상상력’은 전라도 지역이 겪은 남다른 경험에서 그 직접적 원인을 찾을 수 있겠지만, 시인이 보편적인 우리 역사를 ‘전라도’라는 경험 공간에 투사시킨 결과이기도 하다. 이성부는 이렇듯 개인의 공간을 벗어나 공동체의 지반을 형성하는 ‘우리’의 시학으로 시를 출발하였고, 사회적 억압과 부조리에 대한 강렬한 부정의 파토스, 그리고 모든 사물의 관계를 민중적 전망으로 바라본 시인이었다.

## 3. 경험적 구체와 공동체적 사랑

시인의 내면 심층에 존재하는 섬세한 감각이나 정서적 반응은 이성부에게 시의 우선 순위가 아니다. 또한 심미적 형식에 대한 의지나 개인화된 욕망의 발현 같은 것도 그리 큰 관심사가 아니다. 그에게는 시인이 확고하게 일관된 시선을 견지하고 있는가 또는 시인이 바라보는 '현실'이 어떤 성격을 띠고 있는가 하는 것이 중요할 뿐이다. 그만큼 그는 민중의 역할을 주변화하거나 무시해버리는 낭만적 엘리뜨 의식을 부정하면서, 경험적 구체와 민중적 연대의식을 통한 공동체적 사랑으로 힘차게 열려 있는 시인이다.

> 모두 서둘고, 침략처럼 활발한 저녁
> 鐵筋工, 십여명 아낙네, 스스로의 解放으로 사라진 뒤,
> 빈 공사장에 녹슨 西風이 불어올 때
> 나도 일어서서 가야 한다면
> 계절은 몰래 와서 잠자고, 미움의 짙은 때가 쌓이고
> 돌아볼 아무런 歷史마저 사라진다.
> 목에 흰 수건을 두른 저 거리의 일꾼들
> 담배를 피워 물고 뿔뿔이 헤어지는
> 저 떨리는 民主의 一部, 市民의 一部.
> 우리들은 모두 저렇게 어디론가 떨어져 간다.
>
> —「우리들의 양식」 부분(『우리들의 양식』)

시적 주체가 세계와의 동일성을 가장 첨예하게 희망할 때는 세계가 대립·갈등으로 체험되는 상황이다. 이러한 상황이 역설적이게도 시적 주체에게는 자신의 시적 지향과 효과적으로 결합할 수 있는 천혜의 토양을

마련해준다. 현실의 다양한 질곡과 모순 가운데 엄연히 존재하는 통일적 질서를 발견하고 그것을 창작의 주된 모티프로 삼을 때 주체의 자기 동일성 문제는 자아의 재발견이라는 과제와 직면하게 된다. 이럴 경우 세계관으로서의 민중적 전망은 민중적 경험의 구체 속으로 깊이 잠입하게 된다.

위 작품은 급속한 산업화가 초래한 인간소외의 현장을 사실적인 시적 묘사로 형상화한 이성부의 대표작으로서, 이와같은 자기 동일성 문제를 경험적 구체 속에서 바라보고 그것을 공동체적 사랑의 관점에서 의미화하려 한 작품이다. 우리는 이 시에서 바람 부는 "빈 공사장"에서 "뿔뿔이 헤어지는" "민주의 일부, 시민의 일부"로서의 민중들의 고단한 삶을 어렵지 않게 읽어낼 수 있다. 일종의 관찰자적 시선으로 포착되기 시작한 이 상황은 '나'에서 '우리들'로 점진적인 확산을 꾀하며 대상과 주체의 간극을 좁혀나간다. 따라서 이 시를 두고 우리는 "그 특유의 서민감정"(김현승)을 거론할 수도 있을 것인데, 그 점에서 우리는 이성부의 시를 개인과 사회의 상호구속성 곧 '나'와 '우리들'이 서로 통로를 열어놓은 채 상호 침투하는 형상으로 읽을 수 있다. 다시 말하면 "현실 경험에 대하여 살아 있는 관계를 맺고자 하는 행위"(김종철)로 이성부의 시를 읽을 수 있다는 것이다. 그래서 그것은 "미움의 짙은 때가 쌓이고/돌아볼 아무런 역사마저 사라진" 후 다시 "우리들의 양식(糧食)"인 '사랑'으로 전화될 에너지를 내장하게 되는 것이다. 그 에너지는 그의 시를 이른바 '집단적 저류(底流)'(아도르노)로 나아가게 하는 원동력이 된다.


　　이 울음 소리
　　마을을 덮고 세상을 흔드는
　　이 울음 소리,
　　九泉에 닿았다가 돌아와서

死者들을 일깨우고,
단단히 굳어지면
이 나라의 아픈 돌부리가 된다.

엄지로 코풀며
내뱉는 한숨도
겨레의 작은 가슴들에
깊은 悔恨으로 박히고,
으드득 갈아붙이는 새벽 이빨도
잠자는 사람들의
헛된 꿈을 깨문다.

억울한 者,
억울하지 않은 者
모두 한꺼번에 껴안았던 죽음인 것을.

아아 우리들의 이 커다란 슬픔이
슬픔으로 짓이겨져서
더운 사랑을 만들 날은 언제인가.
더운 사랑들이
빛나는 狂喜의 춤을 출 날은 언제인가.

—「上洞부락의 제삿날」 전문(『백제행』)

이 작품에서 시인은, '상동마을'이라는 구체적인 배경에서 이루어지는
상징적 제의(祭儀)를 통해, '나'에서 확장된 '우리들'의 삶 곧 민중으로 표
상되는 한 사회의 저류(底流)를 훔쳐보고, 그들을 깨울 "더운 사탕"을 꿈

꿈다. 이와 같은 유토피아 지향은 이 시를 패배적 비애에 묶어두지 않고, 다소 낭만적인 "狂喜의 춤"으로 연결시키며 새로운 민중적 전망을 열고 있다. 따라서 이성부의 시를 "사회적 현실을 시인 자신의 세계로 주체화하고 내면화하려고 할 때, 한층 높은 성취도를 보여주거니와 이렇게 되는 이유는 주체화와 내면화 속에 그의 시와 언어에 대한 자세가 독특하게 반영되고 있기 때문일 것"(이경호)이라고 읽는 것은 시적 주체의 세계관을 중시하는 그의 시세계를 잘 반영한 독법이 되고도 남음이 있다.

그의 시에 나타나는 "불에 몸을 맡겨/지금 시커멓게 누워 있는 청년은/죽음을 보듬고도/결코 죽음으로/쫓겨 간 것은 아니다"(「전태일君」)라고 하는 시인의 다소 낭만적인 인간 이해나, "벌판에는 오직 한 사람이 산다./밤에도 불켜지 않는다./물도 없이/한조각 마른 떡도 없이/까칠한 수염 날리며/밤새도록 검은 늑대의 울음을 운다"(「벌판」)처럼 '세례 요한'을 환기시키는 일종의 지사 의식은, 민중적 연대를 통해 그 탈속성이 최소화되고 있다. 이는 모두 "어렵고 버림받은 사람들의 승리가, 반드시 고통 속에서 쟁취된다는 사실을 나는 믿는다. 그러기에 나는 나와 내 이웃들의 고통의 현장에서 한발자국도 비켜설 수 없다. 이 고통의 편린들, 이 뼈아픈 삶의 정체를 밝혀보는 일이야말로 나에게는 가장 중요한 시적 목표가 된다. 내가 나에게 충실하고, 남에게 진실할 수 있는 길이 이것말고 또다른 무엇이 있겠는가"(「後記」『백제행』)라는 그의 생각이 시 안에 적극적으로 반영된 결과이다.

이처럼 이성부의 시가 초기에 집중적으로 보여준 시학은, 전후의 척박한 시사적 지형에서 주류를 형성한 박래성(舶來性) 짙은 모더니즘과는 다른 현실 탐색의 시정신과 비판적 주체의 정립에 그 의미가 있다. 그것을 통해 그는 개발 독재와 민중 각성이라는 이중적 흐름이 잠복해 있던 1960~70년대에 역사로부터 자신을 일탈시키고자 하는 허무주의적 포즈를 과감하게 버리고 치열한 주체의 의지를 언어적으로 구현한 것이다.

결국 이성부의 민중지향적 시편들은 패배적 복고주의나 비극적 상투형의 부단한 복제를 극복한 곳에서 자신들의 시적 권역을 형성하였다. 구체적 사물을 시적 대상으로 삼아 그것에 대한 창조적 발견을 통해 주체의 의식과 결합시키고 민중적 현실을 탐사, 반영하되 그것을 공동체적 사랑으로 극복하려는 일관된 관점에서 그의 시는 산출된 것이다.


## 4. '시'에 관한 성찰과 새로운 자각

이성부가 지속적인 현실 탐구와 민중적 전망을 열어갈 때, 그는 '시'를 그와 같은 열정의 파토스를 담는 그릇이자 그것의 언어적 결정체라고 생각했다. 그만큼 '시'에 대한 그의 신뢰와 애정은 각별하고도 굳은 것이었다. 그는 시집 『백제행』에서 시의 직능과 존재론을 다음과 같이 피력한 바 있다.

> 그대가 깊은 밤 渾身의 힘으로써 간추린
> 이 한마디 말씀을,
> 멈춘 시간의, 캄캄함 속을 빠지고 빠지다가
> 진흙투성이가 되어 가까스로 다시 하늘 만나 숨쉬는
> 이 한마디 말씀을,
> 그 혼자만 두릎쳤던 기맥힌 기쁨을,
> 내 또한 깊은 밤에 이렇게 엿듣고 있나니.
>
> 이렇게 이렇게 가슴 뛰나니,
> 그대 기쁨 세상에 들키고 말았나니.

—「좋은 詩」 전문

"그대가 깊은 밤 渾身의 힘으로써 간추린/이 한마디 말씀"이자 "멈춘 시간의, 캄캄한 속을 빠지고 빠지다가/진흙투성이가 되어 가까스로 다시 하늘 만나 숨쉬는/이 한마디 말씀"인 '시'는 시인에게 "혼자만 무릎쳤던 기맥힌 기쁨"을 선사한 더없는 기쁨의 수원(水源)이요, 그 궁극의 결정(結晶)이다. 그러니 그것을 "깊은 밤에 이렇게 엿듣고 있"는 시인이 "이렇게 이렇게 가슴 뛰나니,/그대 기쁨 세상에 들키고 말았나니" 하는 것도 결코 무리나 과장이 아니다. 그만큼 시는 그에게 발견의 기쁨이요 들킴의 설렘이다. 그러니 "혼자만 아는 외로움도/혼자서 부딪치는 그리움도/모두 다 같은 외로움,/같은 그리움인 것을"(「집」)이나 "먼 데서 가까이서/더 큰 海溢을 거느리고 사랑을 거느리고/아아 기다리던 사람들의/돌아오는 소리 들려오네"(「백제행」)의 '그리움'과 '기다림'의 형상적 반영이 바로 이성부에게 '시'인 것은 자연스럽다.

그러나 이렇게 존재의 소중한 근원이었던 '시'가 1980년 '광주'를 거치면서 치명적인 굴절을 겪게 된다. 그것이 다름아닌 시에 관한 절망의 구체화이다. 심연의 깊이를 알 수 없는 날카로운 이같은 단절과 유폐의 감각은, 한 시대의 폭력의 절정을 체험한 시적 주체의 자기 모멸이나 자기 학대와 결합되면서 나타나게 된다. 광주항쟁을 거친 후 씌어진 다음 작품에서 그 선연한 단층이 간취된다.

갈보가 돼버린 시를 어디 가서 찾으랴.
이미 아편쟁이가 된 언어를
어디 무슨 마이신, 무슨 살풀이, 무슨 중성자탄으로
다시 살리고 또 죽일 수가 있으랴.
이미 약속을 저버리기로 한 언어
이미 저를 시궁창 쓰레기통에 처박아 둔 지 오래인 언어

이미 저를 몸째로 팔아버린 언어

어디 가서 다시 찾을 수가 있으랴.

무슨 아프리카, 무슨 예수 그리스도의 이름으로도

어찌 그것을 다시 찾을 수가 있으랴.

—「詩에 대하여」 부분(『전야』)

"갈보가 돼버린 시/아편쟁이가 된 언어/이미 약속을 저버리기로 한 언어/이미 저를 시궁창 쓰레기통에 처박아 둔 지 오래인 언어/이미 저를 몸째로 팔아버린 언어"는 한결같이 '매춘'이나 '폐인'의 이미지를 풍기면서, 효용성과 존재 의미를 모두 잃은 '시'의 등가적 이미지로 제시된 세목들이다. 이러한 상태를 어떤 것으로도 해결할 수 없음에 시인은 절망한다. 또한 어떠한 종교적 제의(祭儀)를 통해서도 치유할 수 없다고 절망한다.

따라서 그에게 광주 이후, '시'(poesie)는 어디에도 없고 찾을 수도 없다. "시작(詩作—인용자)의 쓸모없음, 모든 언어에 대한 깊은 불신 등 최근에 갖게 된 나의 절망이 해소될 기미는 이 시집 출판을 통해서도 전혀 찾아볼 수 없다"(「後記」『전야』)는 고백 역시 이같은 절망의 연장선에서 나오는 것이다.

이와같은 절망의 깊은 심연에서 시인에게 강인한 생명력을 새로이 부여한 실체가 바로 '산'이다. 이제 '산'이 '시'를 시인에게 찾아주는 과정이 그의 후기시를 아름답게 수놓는데, 그만큼 '산'은 이 시인에게 상징적인 전환점이다. 그것은 "우리가 원시성을 그리워하거나/그 내음에 나를 온통 담그고 싶어지는/까닭을 오늘에사 알겠다"는 산에 대한 경이와 시에 대한 자각으로 이어진다. "비로소 완전한 자유가 나를 가로막는다/이 자유는 너무 무서워서 조심스럽고/이 자유는 또한 너무 풋풋해서/내 가슴 크게 벅차오른다"(「바위타기 2」)는 생각이 그것이다.

156

그 깨달음은 이를테면 "예전에는 내 길 가로막는 것들을/모두 敵으로 여겼으나/산에 오르면서부터는 가로막는 것들이/나와 한몸으로 어우르는 것을 알았다"(「화강암 3」)라는 자각이나 "서럽도록 푸른 자유"(「우리 앞이 모두 길이다」)에 대한 깨달음으로 나아간다. "산에 빠져서 외롭게 된/그대를 보면/마치 그물에 갇힌 한 마리 고기 같애/스스로 몸을 던져 자유를 움켜쥐고/스스로 몸을 던져 자유의 그물에 갇힌"(「좋은 일이야」) 것으로 보는 시각이 그를 대변한다. 그 세계는 최근 펴낸 일곱번째 시집 『지리산』(2001)으로 심화되어 이어진다.


## 5. '산'에서 행하는 '역사'의 복원


최근 우리 시단이 연성(軟性) 편향과 내면 침잠에 현저하게 치우쳐 있는 상황을 감안할 때, 또 많은 시인들이 세속 도시의 까페나 마천루 속에서 훼손된 일상적 삶을 반성적으로 성찰하고 있다든지, 생태적 자연을 대안적 범주로 끌어들이면서 우주적 생명의 원리를 바탕으로 하는 세계 구상에 골몰하고 있는 즈음, 어딘가 낡아 보이는 '역사'를 다시 시의 화두로 들고 나온 이 시인의 『지리산』은 매우 이채롭다. 『지리산』은 지나간 우리의 '역사'를 시집의 행간마다 깊이 복원시키고 있는, 그래서 역설적으로 새로운 세계이다. 서시 한 편과 '내가 걷는 백두대간'이라는 부제가 붙은 연작시 81편으로 이루어진 이 시집은, 시인이 백두대간의 남쪽 극점인 '지리산'을 여러 차례 오르내리면서 보고 느끼고 생각한 결과를 직접적으로 담고 있다. 물론 이 시인이 '산'을 주된 소재로 노래한 것은, 『빈산 뒤에 두고』(1989)나 『야간 산행』(1996) 이후 지속적인 것이었다. 이러한 과정에서 시인은 이 시집에 이르러 '산' 자체가 아니라 '산' 속에 묻혀 있는 오래된 '역사'들을 끌어올리면서 하나의 완결된 서사적 세계를 선보이고 있는 것이다.

물론 그가 이 시집에서 집중적으로 노래하고 있는 '지리산'은 아름다운 풍광을 간직하고 있는 관광자원으로서의 산이 아니다. 또한 그것은 최근 대안적 이념으로 급부상하고 있는 생태적 사유의 수원으로서의 자연도 아니다. 그것은 1990년대 이후 매우 드물게 나타난, 이 나라 근대사의 가장 커다란 비극인 냉전시대의 이름없는 피해자들의 자취와 삶의 은유로 나타나고 있다. 따라서 그 안에는 산이 품고 있는 역사적 경험이 깊이 가라앉아 있다.

그러나 그가 지리산에서 주목하고 있는 '역사'는 신생하는 기운이나 저항의 기백으로 가득한 것이 아니다. 오히려 그것은 "빈 손바닥에 앉은 슬픔 같은 것들/바람소리 솔바람소리 같은 것들/사라져버리는 것들"(「서시―산경표 공부」)로 가득하다. 이성부의 치열하고 민중지향적인 역사의식이 궁극적으로 '허무'의 깊은 바닥과 만나고 있는 부분이 바로 이 지점이다.

> 이 길에 옛 일들 서려 있는 것을 보고
> 이 길에 옛 사람들 발자국 남아 있는 것을 본다
> 내가 가는 이 발자국도 그 위에 포개지는 것을 본다
> ―「그 산에 역사가 있었다―내가 걷는 백두대간 1」 부분(『지리산』)

이 작품에서 시인이 말하고 있는 '옛 일'이나 '옛 사람'의 함의는, 물을 것도 없이, 반세기 전에 있었던 민족상잔의 과정에서 산에 들어간 '빨치산'들에 얽힌 것들이다. 물론 시인은 이 시집 도처에서 남명 조식이나 점필재 김종직, 매천 황현 같은 선비들이나 서산대사, 도선국사, 동학접주 김개남 같은 역사적 인물들, 고정희, 정규화 같은 시인들의 이야기를 두루 포괄하고 있다. 그러나 시집의 근간은 이현상으로부터 정순덕, 하준

수, 양수아, 이름없는 소녀전사에 이르기까지 '지리산'과 생의 연관을 직접적으로 갖고 있는 여러 빨치산들에 대한 서사를 담고 있다. 이와같이 시인은 사라져간 비극적 인물들을 아프게 되부르면서 그들의 자취를 반추하고 또한 그들의 상처를 위무하고 있는 것이다. "내가 가는 이 발자국도 그 위에 포개"면서 말이다. 그래서 '그 산'에는 '역사'가 있는 것이고, 시인은 그 '역사'를 되부르면서 고독한 산행을 시작하고 있는 것이다.

이어지는 시편들에서 시인은 "사람도 큰 산에 숨으면/그 산을 닮아 더욱 커져가는 것"(「다시 남명선생」)이라면서, "언제나 정신 새로 만들기에 알맞은/지리산 깊은 골짜기에서/나를 본다 사람마다 자기의 길을 찾아가고/그러기에 사람마다 스스로 외로움을 데불고 가는/사연이 아주 잘 보인다"(「한신골에서 나를 보다」)고 말한다. 말하자면 '지리산'이라는 크나큰 품에서 새로운 자기 성찰에 눈뜨고 있는 과정을 노래하고 있는 것이다. 그래서 그는 "외로움도 넉넉하여 시(詩)가 되"(「소금길 소금밥」)고 있다고 말하는 것이다.

그가 지리산 산행이라는 고행을 지속적으로 하는 것도 "이름없는 영혼들 지금 떠돌아/내 발길에 날개 달아준 때문"(「축지」)이고 "길을 따라 걷게 하는 그이들"(「산길에서」) 때문이라고 할 때, '산'과 '역사'의 하나됨은 더욱 깊어진다. 그래서 "숨어살던 비결쟁이도 열네살 소년도/거기 쓰러져서 역사(歷史)가 되었다"(「대성골이 너무 고요하다」)고 노래할 때, 그가 바라본 것은 결국 '역사'가 되어버린 비극적 인물들의 초상인 것이다.

이처럼 서시에서부터 마지막 시에까지, 시인은 오르막과 내리막을 반복하면서 인생의 굴곡을 그대로 암시하고 있으며, 이 시집을 한 편의 완결된 서사적 구조로 만들고 있는 것이다.


반야봉 북쪽 골짜기 내려다보니
탐스런 꽃봉오리 같은 새벽 안개 넓게 피어올라

우리들 살아 있음의 이 기쁨

먼저 간 그들과 함께라는 것을 알겠구나!

—「반야봉 꽃안개—내가 걷는 백두대간 65」 부분(『지리산』)

그런데 중요한 것은, 이처럼 늘 "그들과 함께" 동행하는 시인이 느끼고 있는 것은 그들과 더불어 새로운 역사를 열어가는 '신생'의 역동성이 아니라 그들과 함께 '소멸'될 수밖에 없는 필연성과 아름다움이다. 그가 "비로소 나를 본다/바람처럼 사라져가는 것들을 본다"(「소녀전사의 악양 청학이골」)고 할 때, 그리고 "사람은 누구나 다 사라지지만/앞서거니 뒤서거니 하나씩 떨어지지만/무엇을 그리워하여 쓰러지는 일 아름답구나!"(「벽소령 내음」)거나 "모든 사라져가는 것들이/저를 역사에 맡겨 숨죽이듯이/우리도 모두 저렇게 사라져갑니다"(「반야봉에 해가 저물어」)라고 할 때, 그 '사라짐'의 위대함이야말로 이 시집의 가장 구체적인 주제이다. 시인이 보기에, 결국 "지리산은 자기 품에 안긴 사람들을/거두어들여 자기의 몸으로 만들었"(「젊은 그들」)던 것이다.

궁극적으로 이 시집은 곳곳에 나타나는 '알다/보다/깨닫다'라는 동사의 빈번한 반복이 입증하듯, '삶'의 과정에 대한 은유로서의 '산행' 과정과 '역사'에 대한 은유로서의 '산'에 대한 시인의 깨달음의 과정을 담고 있다. 이처럼 "현실 도피와 자기 학대를 겸한 산행"(「시인의 말」)이, '역사'의 반영이자 자기에 대한 속 깊은 성찰로 발전하면서, 시인은 산의 대상을 넓히고 고도를 높이는 과정에서 얻은 국량(局量)을 우리에게 넉넉히 보여주고 있는 것이다.

## 6. 마무리

이제 이성부 시인은 자연력으로 보면 이순(耳順)을 코앞에 두고 있다. 1960~70년대에 강렬한 사회참여의 리얼리즘 시풍을 주도했던 그는, 시인이야말로 "안주와 안일을 떠나, 늘 새롭고도 어려운 길을 찾아 팽팽한 긴장으로 세계를 붙들어야 한다는 것이 나의 믿음"(「시인의 말」『지리산』)이라고 말하고 있다. 그야말로 자신의 시력(詩歷) 40년을 응축하는 표현이 아닐 수 없다.

앞으로도 백두대간의 북쪽을 향해 또다른 산행 계획을 갖고 있는 이 시인의 결의는 그래서 백두대간의 저 푸르른 길의 초입인 "내 마음속 깊은 고향"(「지리산」『지리산』)에서 빛나고 있다. 고독과 야성을 그대로 품고 있는 '산'에서 사라져가는 '역사'를 바라보고 채록하면서, 자신도 사라져 갈 것임을 노래하고 있는 시인의 품은 그래서 여간 넓은 게 아니다. 이성부 시인의 간단없는 '시'와 '역사'의 상관성에 대한 탐색, '역사적 상상력'의 일관된 시적 구현은 그래서 우리 시대의 매우 귀중한 범례가 될 것이다. □

---

柳成浩 문학평론가. 한국교원대학교 국어교육과 교수. 저서로『한국 현대시의 형상과 논리』『상징의 숲을 가로질러』 등이 있음.

趙
泰
一

조　　태　　일

# 조 태 일

1941년 전남 곡성에서 태어나

경희대 국문과를 졸업하고

동대학원에서 박사학위를 받았다.

1964년 경향신문 신춘문예에

시 「아침선박」이 당선되어 등단했고,

1969년부터 1970년까지 『시인』지를 주재했으며,

민족문학작가회의 부이사장,

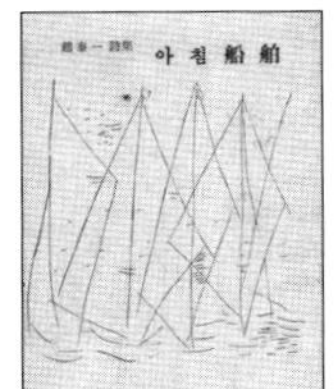

광주대 문예창작과 교수 등을 역임했다.

시집 『아침선박』(1965) 『식칼론』(1970)

『국토』(1975) 『자유가 시인더러』(1987)

『산속에서 꽃속에서』(1991)

『풀꽃은 꺾이지 않는다』(1995)

『혼자 타오르고 있었네』(1999) 등과

시론집 『고여 있는 시와 움직이는 시』

『시창작을 위한 시론』 등을 간행하였다.

편운문학상(1991), 만해문학상(1995) 등을

수상했다. 1999년 타계했다.

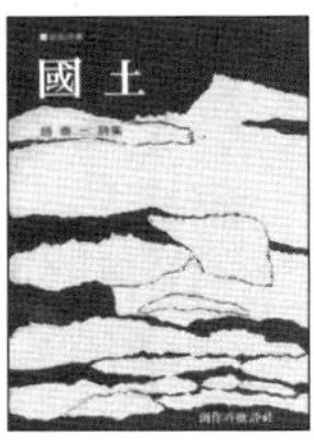

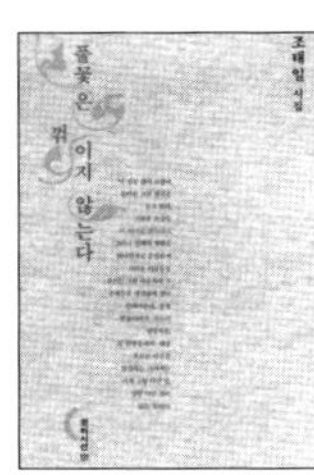

아침선박, 선명문화사 1965
식칼론, 시인사 1970
국토, 창작과비평사 1975
풀꽃은 꺾이지 않는다, 창작과비평사 1995

# 생명의지와 행위의 은유

조태일론

구모룡

## 1. 상황 속의 시인

조태일(趙泰一)의 작품들은[1] 대부분 이해되기 이전에 먼저 경험된다.
초기시(주로 첫 시집 『아침 선박』에 해당하는)와 후기시(6시집 이후) 일부를 제
외한 그의 시는 많은 경우 현실 상황에 직면한 시적 주체의 구체적 태도
를 반영하고 있다. 그의 시에서 경험적 자아와 상황의 표지를 연관시키
는 일은 어렵지 않다. 그 또한 첫 시집과 마지막 두 시집을 제외한 모든
시집에 작품의 발표연도를 기재함으로써 상황의 문맥 안에서 자신의 작
품을 읽어주기를 바라는 의도를 나타내고 있다. 그래서인지 그는 「앞으
로는 필요없을 시」(1985)라는 메타시를 제시하기도 한다. 이와 연관하여
이 시를 읽으면 그가 어떤 상황의 소멸로써 자신의 시작 패턴이 종료될

---

[1] 조태일이 남긴 시집은 모두 8권이다. 『아침 船舶』(1965, 1시집) 『식칼論』(1970, 2시집) 『國土』
(1975, 3시집) 『가거도』(1983, 4시집) 『자유가 시인더러』(1987, 5시집) 『산속에서 꽃속에서』
(1991, 6시집) 『풀꽃은 꺾이지 않는다』(1995, 7시집) 『혼자 타오르고 있었네』(1999, 8시집). 이 가
운데 첫 시집과 7,8 시집을 제외하고 여타의 시집에 실린 작품의 끝엔 발표연도가 기재되어 있다.
앞으로 작품의 본문인용은 (1시집, 32면)과 같이 표기한다.

것을 암시하고 있음을 알 수 있다. 그것은 이 시의 한 연인 "오오,/순아/돌아/쩡쩡 울리던/겨울의 피울음 대신, 마침내/꽃향기 가득한/우리들 강산이 되려는구나."(5시집, 120면)라는 표현에서 보이듯 유토피아 지향에 다름 아니다. 그의 시는 꽃향기 가득한 세계를 갈망하는 '겨울의 피울음'인 셈이다. 봄이 오지 않는 한 그의 시는 '피울음'을 벗어날 수 없다. 그러나 그가 처한 상황은 개선의 가능성을 보이지 않는다. 오히려 이러한 '피울음'조차 무(無)로 만들어버린다. "시를 써서 무엇하랴!/탁 소리 앞에/다 무너지는 삶인데……"(6시집, 12면). 이는 또 다른 메타시인 「시를 써서 무엇하랴」(1987)의 한 구절이다. 상황의 극단에서 시쓰기의 의미는 상실된다. 그만큼 그는 상황의 현실주의에 충실했다. 그의 시가 이해되기 이전에 경험되는 까닭이 여기에 있다.

　인격형성기 이후 조태일의 생애와 시작(詩作)의 역사는 외적 상황과의 부단한 싸움이었다고 요약된다. 그는 스스로 자기에게 시대의 악과 맞서 의롭게 투쟁할 임무를 부과한다. 그리고 그는 이러한 임무를 마땅히 감수하는 것을 시인됨의 징표로 간주한다. 시인으로서 조태일의 이러한 위치 감각은 그를 일군의 참여시인 가운데 한 사람이 되게 한다. 참여시인으로서 조태일의 일관성은 지나치다. 그는 한결같이 상황과의 거리를 만드는 미학을 배격하면서, 상황과의 응전효과를 높이는 단순화의 전략을 구사한다. 따라서 시적 주체의 태도와 목소리에 집착하는 것(3시집, 60면에서 목소리의 해방을 강조하고 있다)이 당연하다. 그에게 복잡한 시적 장치들은 세계에 대한 우회와 타협으로 비친다. 경우에 따라 응당 필요한 미적 거리조차 창작원리로 채택되지 못한다. 그처럼 철저하게 미학의 보수주의를 배격하고자 한 이도 없을 듯하다. 이러한 점에서 그의 시작 역정은 미학적 성취보다 시대와의 불화를 먼저 설명하게 한다. 하지만 이러한 외적 일관성을 가능하게 하는 내적 원리를 찾는 일이 중요하다. 말할 것도 없이 한 시인의 시작 전체를 통일된 원리로 추상하는 것은 무리

166

다. 지속과 변화는 경중의 문제일 뿐 모든 사람의 역사에서 함께 고려되어야 할 사항들이다. 그럼에도 유난히 어느 한쪽으로 경사진 양상을 보이는 이들이 없지 않다. 조태일의 경우가 그렇다. 그에게 지속의 원리는 의식 지향, 세계 인식, 태도와 목소리 등에서 변이(變移)없이 관철된다. 변화를 새로움과 연관시켜 이를 미적 규범으로 받아들이는 입장에서 그의 시학원리는 동어반복으로 비판될 소지도 없지 않다. 하지만 그는 미학보다 삶을 중시한 시인이라는 점에서 새로움이라는 한 가지 미학적 척도로 그를 비판할 수 없을 것이다.

조태일을 지속의 관점에서 보는 것은 시작의 전체성에서 가능하다. 이는 의지나 신념의 문제이며 결코 삶의 정체(停滯)를 의미하지 않는다. 그는 움직임을 중요한 시학적 준거로 삼았는 바, 심지어 "움직이는 곳에 진리가 있다"(3시집, 65면)는 명제를 제시하기도 한다. 따라서 그가 보인 지속의 원리는 변화를 강압하는 고착이 아니라 끊임없이 운동하는 활동 가운데 내재한 일관성이다. 그가 표나게 강조하고 있는 움직임의 미학(4시집, 43면; 4시집, 57면; 5시집, 87면)은 그래서 더욱 의미심장한 국면을 지닌다.[2]


## 2. 감각의 활력


시쓰기의 일차적인 동력은 감각이고 그 다음은 그에 상응하는 언어를 만나는 일이다. 말이 쉽지 이러한 과정은 매우 어렵고 힘들다. 거슬러 감각과 의미는 한 덩어리였을 것이라 짐작된다. 주술이 그러하듯 의미로부

---

2) 이러한 '움직임의 시학'에 대하여 그는 다음처럼 말한다: "시인은 결코 이제까지 완성된 바 없으며, 시 또한 한번도 완성된 바 없다. 다만 시인이나 시는 완성이 아니라 늘 미완성의 상태로 우리에게 어떠한 질문을 던져주며 성숙하고 있을 뿐이다. 어떤 고여 있는 장소를 찾는 것이 아니라 항상 움직이며 있는 것이, 그 움직임 자체로 있는 것이 시며 시인인 것이다"(조태일 『고여있는 詩와 움직이는 詩』, 전예원 1980, 125면).

터 소외되지 않은 감각의 세계는 원초적인 동일성을 지닌다. 하지만 언어가 바른 지각의 장애가 되어버린 세계에서 이러한 동일성을 추구한다는 것은 어려운 일이다. 그래서 현대시인은 주술과 의미(혹은 개념)의 역장에서 시를 쓴다. 조태일의 시쓰기도 섬세의 감각에서 출발한다.

뉘 것일까.
떼 벗겨진 무덤가에 구름 그림자 붙들고
바람따라 흐느끼는 머리칼 한올.


뉘 것일까.
성난 鋪道를 배고 아우성에 귀 기울이는,
時間따라 흐느끼는 고무신 한짝.


뉘 것일까.
病난 봄房의 한나절, 벽 사이,
누워있는 고요를 굴리는 사나이. (1시집, 83면)


인용시는 각 연이 서로 병치되면서 의미가 겹쳐지는 형식을 지니고 있다. '떼 벗겨진 무덤가―머리칼 한올': '성난 鋪道―고무신 한짝': '病난 봄房―고요를 굴리는 사나이'. 이들 세 쌍이 지닐 법한 의미 연관을 가정하는 것은 힘들다. 다만 이미지들이 만드는 분위기를 통해 '대낮'의 유기된 무료를 읽을 수 있다. 그런데 사물을 포착하는 감각의 섬세에 비춰 시적 지향은 폐쇄적이다. 이러한 점에서 이 시는 주관적인 모더니즘의 감각과 그 어법에 다를 바 없다. 확실히 단초의 감각에서 조태일이 전후 모더니즘의 인력에 이끌렸음이 틀림없다.[3] 초기시에 자주 등장하는 폐색적인 '방'의 이미지를 염탐할 때 그가 주관의 한계를 처음부터 극복하고 시작한 것이 아님을 알 수 있다. 그렇지만 그가 인용시처럼 자기와 거리를 만들거나, 출구를 찾고자 할 때(1시집, 63면; 1시집, 73면) 이는 주체의 문제로 확대된다. 즉 자기만의 방에서 탈주하여 세계와의 열린 장으로 나가게 되는 것이다. 이럴 때 ‘방’은 의지를 키우고 ‘결의’(1시집, 37면)하는 주체정립의 자리가 된다. 이러한 점에서 조태일의 가장 처음의 시적 감각은 퇴폐로 기울지 않는다. 오히려 그것은 세계와 마주한 청년의 순결한 감수성이자 세계와의 바른 교섭을 꿈꾸는 자의식을 뜻한다. 그래서 “숲에 기대어 열심히 펄럭이는 下體의/아름다운 實感의, 아 能動의 장소에서/意志안에 솟아난 過誤의 끝을 지나서;/世界人의 늠름한 이마를 건드리는/우울한 內衣의 內亂들”(1시집, 24면)과 같은 구절에서 다소 거슬리는 난해 취향이 있다 하더라도 긍정적인 에너지가 느껴지는 것이다. 이 대목에서 섬세의 감각이 의지적 감각으로 전환될 소지가 있음을 알게 된다.

조태일의 시세계에서 의지적 자아는 이미 초기의 대표작 「아침 船舶」부터 일관된다. 이는 이 시의 결구에서 “우리 젊은, 우울한 船長에겐 무엇을 바칠까?/우리의 母國語를;/우리의 손으로 만들어진 나침반을;/우리의 눈에 맞는 색깔의, 저 地平을 향해/펄럭일/旗를 바쳐야 한다.”(1시집, 30면)라고 한 데서 알 수 있다. 말할 것도 없이 이러한 구절에 의지의 구체성이 결여되어 있는 것은 사실이다. 그러나 이러한 단초의 의지는 현실세계와 만나면서 한층 구체화되고 분명해진다. 어떤 점에서 그의 시작을 의지의 우여곡절로 이해해도 될 소지는 충분하다. 그는 주체의 진실된 의지를 바탕으로 세계를 뚫고 나가고자 한다. 육체를 가진 인간이기에 의지의 피로는 피할 수 없는 바, 이에 대한 자기반성(2시집, 87면)이나 심한 경우 자조와 자괴(4시집, 55~56면; 5시집, 71면; 6시집, 46면)도 없지

---

3) 염무웅은 이를 두고 1960년대 ‘난해시’의 상투적 수사법의 영향이라 지적한다(염무웅 「자유정신으로 이슬로 벼려진 칼빛 언어─조태일의 시를 읽다」, 『창작과비평』 1999년 겨울호 212면).

않다. 하지만 전반적인 시작 과정에서 그는 지속적으로 의지력을 소진하지 않는다. "깃발을 높이 들고/별 하나 깜박여주지 않는 밤하늘 이고/시인은 터벅터벅 밤길을 간다."(6시집, 80면) 이러한 의지로써 그는 주관을 극복하고 세계를 받아들인다. 그가 지닌 섬세의 감각은 진실의 감각, 의로운 감각으로 변전된다.

> 만나지 않는 내 가슴과 너희들의
>
> 벼랑을 건너 뛰는 이 無敵의 칼빛은
>
> 나와 너희들의 가슴과 정신을
>
> 단 한 번에 꿰뚫어 한 줄로 꿰서 쓰러뜨렸다가
>
> 다시 일으키고, 쓰러뜨리고, 다시 일으키고
>
> 메마른 땅 위에 누운 나와 너희들의 國家 위에서
>
> 아직 오지 않은 미래를 끌어다 놓고
>
> 더욱 퍼런 빛을 사방에 쏟으면서
>
> 천둥보다 번개보다 더 신나게 운다
>
> 독재보다도 더 매웁게 운다. (2시집, 18면)

이와같이 시인의 감각은 자기 안의 연단(鍊鍛)을 거쳐 세계를 향하여 발산하는 '칼빛'으로 변한다. 그런데 이러한 변전이 단선적이지 않음은 이 시가 전언하고 있듯이 의지와 비애가 공존하는 데서 찾아진다. '우는 칼날'이라는 이미지의 함의는 여럿이다. 그것은 한의 극복이기도 하고 행위의 고통이 수반하는 비장(悲壯)의 슬픔이기도 하다. 그 어느 것이든 행위주체의 '몸'을 벗어나 있지 않다. 따라서 관념적인 구호와 무관하다. 조태일은 시작의 초기부터 세계와 온몸으로 맞선다. 그리고 이러한 반립(反立)의 계기에 '4월 혁명'과 김수영(金洙暎)이 일정한 영향을 미치고 있음을 알 수 있다. 먼저 4월은 처녀의 순결성(2시집, 47면)으로 비유된다.

이러한 순결성은 의지적 자아와 결합되면서 이후 조태일의 시적 초상으로 변화하지 않는다. 그는 쿠데타에 의한 4월의 좌절을 이렇게 표현하고 있다. "무덤이 있다면, 당신들의 나의 處女膜이 다시 만들어지는/무덤이 있다면/나의 處女膜을 마지막, 無事通過하라/저 안타까운 五月의 帝王을 굽어보라./나의 處女膜은 크게 울고 있어라."(1시집, 47면) 이처럼 비록 좌절하였으나 그는 숫처녀의 입장에서 4월을 사랑한 것이다. 이러한 사랑은 시작의 전체성에서 변함이 없다. 4월이 지닌 순결성 이미지는 거듭 반복되면서 그를 추동한다. "사월이여 들끓어다오/무덤이여 들끓어다오/다시 나아가다 무덤이 되고/다시 돌아오다 무덤이 되고/끝내 돌아와 고요한 무덤으로/누울지라도 누울지라도."(4시집, 33면) 이리하여 그는 "죽을 때까지 안아도 싫증 안 날 사월"(4시집, 34면)을 간직하게 된다. 여기서 우리는 그가 4월을 온몸으로 받아들이는 사랑의 대상(6시집, 95면)으로 인식하고 있음을 주목한다. 달리 온몸의 시학이라 할 수 있는 이러한 지향은 어떤 의미에서 김수영의 '온몸 시론'을 보다 적극화한 것으로 읽힌다. 제2시집을 위시하여 여기저기서 만나게 되는 어법에서 우리는 김수영과의 영향관계를 짐작할 수 있다.[4] 가령 "펄펄 살아서 살은/내가 밤마다 훔치는 한국어를 노래한다./뱀의 혀보다도 더 빨리 노래하며/내 온몸에 살아 있다."(2시집, 25면)와 같은 구절을 김수영 스타일의 일부를 패러디한 것으로 간주하는 것이 무리는 아닐 것이다. 이러한 영향관계는 "'기침을 하자. 젊은 詩人이여 기침을 하자 눈더러 보라고……'/내 몸은 앉으면서 일어나면서 꺼이 꺼이 울고 깃발이 되고"(2시집, 62면)와 "시인 金洙暎은/풀은 바람보다 먼저 일어나고/바람보다 먼저 눕는다고 노래했는데"(4시집, 21면)에 이르러 보다 명시적이 된다. 그리고 「김수영—국토 73」에서 그는 확연하게 "오늘도 우리와 함께 노래부르는 스승,/아니 선

---

4) 그러나 이에 대한 보다 섬세한 고찰은 엄밀한 시문체론으로 가능할 것이다. 지면관계상 이에 대한 자세한 분석은 다음으로 미룬다.

배 친구 되어 세월과 함께 흐르는 김수영"(6시집, 93면)이라 명명한다. 이처럼 조태일은 『식칼론』(1970) 이래 김수영의 온몸 시론을 더욱 적극적으로 발전시켰다. 그의 시는 마음과 한치도 분리되지 않는 몸의 시인 것이다.


## 3. 의지와 행위의 은유


조태일이 보인 의지와 행위의 온몸 시학은 반(反)의 상상력과 역설 그리고 은유의 수사학에 기대어 표출된다. 우선 반(反)의 상상력은 일찍이 「아침선박」에서 보인 거부(1시집, 29면)의 의지에서 그 시발을 볼 수 있는 바 이는 억압적 상황(3시집, 85면)에 대한 의지적 주체의 응전과정에서 필수적이다. 즉 "이 땅위엔 反逆만 파릇파릇"(2시집, 27면) 자라고 있다는 것이다. 그런데 반(反)의 상상력은 거부, 부정, 저항을 일차적으로 의미하지만 나아가서 근본으로의 되돌아감도 의미한다. 이는 낭만주의의 오랜 삼박자처럼 존재—상실—회복의 의식형태와 무관하지 않다. 즉 전장(戰場)의 슬픈 기억(1시집, 32면)이나 '무너져 내리는 조국'의 경험(1시집, 52면)으로부터 슬픈 부정의 의식이 형성됨과 함께 원초적 세계에 대한 그리움이 내재하게 되는 것이다. 이러한 점에서 조태일의 반(反)의 상상력은 매우 상황적이다. 상황의 반전은 그로 하여금 본래의 터전으로 되돌아가게 한다. 하지만 시작의 전체에서 이러한 과정이 보이는 것은 후반부이다. 많은 기간 동안 그는 세계상실의 원초적 경험과 4월의 좌절된 희망을 근거로 무덤 같은 상황(6시집, 100면)을 깨우치기 위한 노력을 멈추지 않는다. 그야말로 "펜 대신 성난 거친 숨결"(4시집, 47면)이 더욱 절실했던 것이다.

반(反)의 상상력과 역설은 상호 연관된다. 우선 이것은 모순된 의미가 공존하는 어법으로 나타난다. 가령 "가슴 펴고 내가 달리는 남도평야;/

발바닥에 붙는 노동, 풍성한 울음소리;/고을마다 넘쳐나네."(2시집, 65면)
와 같은 구절에서 '풍성한 울음'과 같은 표현을 예로 들 수 있다. 이를 단
순한 모순어법으로 볼 수 없는 것은 이에 내재한 시인의 의식지향에 기
인한다. 그는 울음, 눈물, 슬픔 등을 감상이나 주정적(主情的) 서정 혹은
비애주의와 결부시키지 않는다.[5] 오히려 이들을 희망의 원리로 받아들인
다. 가령 '눈물'을 표현한 다음과 같은 구절을 보자.

(1) 참말로 별일이다.
　　내 꿈속의 어떤 村落에서는
　　헐벗은 눈물과 눈물들이
　　소리없이 만나고 쉴새없이 부딪쳐서
　　정처 없는 눈물들을 소생시킨다.

　　(…)

　　오오, 이 황홀한 범람을
　　하염없이 바라만 보아도
　　내 몸도 거칠게 출렁이는 눈물이 된다. (3시집, 10~11면)

(2) 덩달아 내 영혼과 육신도 운다.
　　내가 타는 버스도 택시도
　　어디론가 정처없이 달려가며 운다.

---

5) 이동순은 '눈물' 모티프를 중심으로 조태일의 시세계를 논한 바 있다. 그는 조태일의 시가 사회
　의식과 유년시절의 추억으로 교직되며 두 세계 모두 눈물 이미지로 연결·통합된다고 하였다. 적
　절한 지적이라고 생각한다. 다만 조태일의 시세계를 사회의식을 다른 작품과 고향의식을 다룬 작
　품으로 양분하여 논의한 것에 단순화의 우려가 없지 않다(이동순「눈물, 그 황홀한 범람의 시학
　—조태일론」,『창작과비평』1996년 봄호).

울면서 울면서 해결하자꾸나.
울음은 울음을 낳고 끝끝내는
웃음으로 터지리니. (5시집, 61면)


　먼저 (1)에서 눈물은 '황홀한 범람'으로 반전하고 있다. 이러한 반전은 (2)에서 더욱 명료해진다. 울음들이 마침내 웃음으로 귀결되리라는 믿음을 보이고 있다. 그렇다면 앞서 말한 '풍성한 울음'도 슬픔을 넘어서 희망으로 가는 낙관주의를 내포하고 있음에 틀림이 없다. 그러나 이러한 역설의 어법이 조태일 시의 구조원리가 되는 것은 아니다. 이는 그가 역설을 구조적 차원에서 사유하는 복잡성(complexity)을 기피하고 있기 때문이다. 의지의 활력에 기초한 그의 시쓰기는 복잡성을 수용할 미학적 여유를 갖지 않는다. 그래서 그의 시적 취향은 은유에 더욱 의존한다.
　우선 그의 시작이 의지와 행위를 은유하고 있음을 주목할 수 있다. 은유로써 의지와 행위가 지향하는 의미의 동일성을 견지할 수 있기 때문이다. 간혹 이러한 동일성이 수사학의 후퇴를 불러와 알레고리로 전화되는—「모래·별·바람—國土 39」(3시집, 83면)처럼 자연을 삶의 알레고리로 활용하는—경우도 없지 않으나 대부분의 경우, 은유는 그의 시에서 융합과 확장을 이끌어내는 원리가 된다. 여기서 융합은 앞서 인용한 (1)에서처럼 '몸'을 '출렁이는 눈물'과 연결시키는 방식으로 의미의 증폭을 이끌어내는 경우이다. 대체로 이러한 의미 증폭은 의지나 생명력의 확대로 표출된다. 가령 "우리 함께 가자./들꽃의 몸으로/바람의 몸으로"(7시집, 11면)와 같은 표현도 이의 적절한 예가 된다. 확장은 은유의 원리인 전이(轉移)를 의지나 행위 혹은 온몸 시학을 표현하는 데 효과적인 방법으로 활용한 데서 나타난다.


　내 몸을 떠난 끝다리일망정

쉬지 않고 늘 파닥거리는 뜻은
미움을 사랑으로 뒤바꾸기 위해서라서
그 행동의 끝을 끝끝내 만나기 위해서라서


길고 캄캄한 굴뚝 속의 한밤중을


맨주먹으로만 활보를 해도
어느덧 全身은 그냥 가득한
발광하는 빛이 되더라.


발광하는 빛이 되더라.
恨많은 휴지들이 끼리끼리 모여서
자기 살결에 오손도손 불을 지피는
이 치열한 靜寂 속을 활보하면
어느덧 전신은 천지간에 가득한
들끓는 가마솥이 되더라.


들끓는 가마솥이 되더라.
내가 날리는 목소리가 네 몸에 닿으면
네 몸은 곳곳을 부딪치는 함성이 되고


내가 뱉는 숨결이 네 몸에 닿으면
네 몸은 그냥 갈기갈기 찢기는 폭풍이 되고


내가 뿌리는 눈물이 네 몸에 닿으면
네 몸은 그냥 내리꽂는 폭포가 되고

> 내가 기른 머리털이 네 몸에 닿으면
> 네 몸은 원없이 나부끼는 깃발이 되더라
>
> 깃발이 되더라.
> 깃발을 올라타고 가물거리는 사랑은
> 사랑을 올라타고 또 떠나는 행동은. (3시집, 32~33면)

이 시는 시적 주체의 의지와 행위를 설명하기에 매우 적절하다. 여기서 의지와 행위의 궁극은 합일의 사랑에 있고 그 과정은 은유적 전이에 의해 진전된다. 이 시에서 몸은 (1)발광하는 빛 (2)들끓는 가마솥 (3)곳곳을 부딪치는 함성 (4)갈기갈기 찢기는 폭풍 (5)내리꽂는 폭포 (6)원없이 나부끼는 깃발 등으로 바뀐다. 변신 모티프(동아시아에서 변신 모티프는 생명원리에 기반하고 있다. 생명의 자유자재함이 변신을 가능하게 하는 것이다)를 연상하게 하는 은유의 수사학은 주체의 의지와 행위를 표현하는 방법으로 적합하게 차용되었다. 그런데 전이에 의한 확장은 개별 의미에 한정되는 것이 아니다. 그것은 생명의 연속성에서 형성되는 전체로 이어진다.


## 4. 고향 — 왜곡된 근대로부터의 우회


조태일의 시에서 초기시의 모더니즘적 경사를 극복하는 기제로 작용한 계기로 여기서 더할 수 있는 것은 그의 고향의식이다. 이는 원초적인 경험에 해당하기에 시작 초기엔 무의식적 수준에서 작동한다. 무엇보다 세계상실의 충격적 경험(여순사건과 한국전쟁 등)이 초기시의 경험유형이 되었기 때문이다. 고향에 대한 기억은 "營養이 脫營한 年代"(1시집, 16

면)에 의해 억압되었다. 하지만 억압된 기억은 무의식으로 잠복하다 의식으로 부상한다. 스스로 고향이 시적 원천임을 확인하는 데 이르러 이러한 사실은 다시 확인된다. 그는 6시집 『산속에서 꽃속에서』(1991) 「후기」에서 이렇게 말한다. "나의 시는 유년시절의 고향에서 출발하여 전국토의 사물들과 어울리다가 마침내 고향으로 돌아오리라는 신념에서 씌어진 시들이다."(6시집, 144면) 고향은 그에게 시적 원천일 뿐만 아니라 생명의 거처이다. 후기시에서 이러한 고향에 대한 이끌림은 더욱 커진다. "풀씨가 날아다니다 멈추는 곳/그곳은 나의 고향,/그곳에 묻히리."(7시집, 8면) 이러한 구절처럼 그의 시와 생애는 원초적 공간으로 회귀한다. 그리고 "어렸을 적,/발바닥을 포개며 뛰놀던/원달리 동리산 태안사에/봄이 딛는 발자국 소리/여기까지 들려오네."(7시집, 13면)와 같은 표현에서 시인은 시원(始原)의 소리를 듣게 된다. 이러한 고향의 '부름'은 시인에게 중요한 시적 계기를 제공한다. 왜곡된 근대와의 치열한 싸움에서 놓여나 새로운 우회로를 만들게 되는 것이다. 그런데 이러한 우회의 조짐은 이미 시작의 처음에서 발견된다. 가령 "서울의 街路樹는/敗地에 울멍이는 나의 戀歌."(1시집, 74면)라는 구절이 시사하듯 그가 서울—도시—근대를 '패지'로 인식하고 있음을 알 수 있다. 물론 이를 모더니즘의 소외의식으로 받아들여도 무방하나 이로써 식물 혹은 생명에 대한 시적 자아의 편향을 설명하진 못한다. 다시 말해서 "고향을 찾아서/홀로 일어서는 秩序;/風景들은 季節에 기대어/부산히 都市를 내왕하면서/벙어리가 되는 삐에로가 되는,/여기는 어디일까"(1시집, 16면)와 같은 구절에서 근대의 도시에 대비되는 고향 혹은 자연에 대한 지향성이 노정되고 있는 것이다. 이 점에서 조태일의 의식 기저가 낭만주의로 설명되는 것이 요긴하다.[6]

　실제로 조태일의 시에서 자연 유비(類比)의 상상력은 대단히 큰 비중

------

6) 김우창 「趙泰一의 현실적 낭만주의—참여시의 한 양상」, 『조태일 문학선 戀歌』, 나남 1985.

을 이룬다. 자연을 인간사에 대한 척도로 인식하거나 자연과 인간(혹은 문명)을 이분법적인 대립관계로 받아들인다. 가령 "사람의 뜻은 하늘까지 사무치지 않고 / 하늘의 뜻이 땅끝까지 사무치겠다."(5시집, 44면)와 같은 구절에서 천문(天文)을 인문(人文) 위에 두는 위계의식과 만날 수 있다. 이러한 위계의식에서 이분법적 대립이 뚜렷해지고 이것이 시적 단순화를 초래하기도 하는 바, 이는 잘못된 현실에 대한 시인의 강렬한 저항의식의 피할 수 없는 귀결이다. 그래서 "天理"(3시집, 76면)에 대한 기대는 상황의 악화에 따라 비등한다.

내 키가 아무리 길어도 하늘 밑에 놓이고 내 키가 아무리 짧아도 땅 위에 놓인다. 罪가 다닥다닥 붙어 솔방울 같은 내 머리통 위로는 빼빼 마른 파란 하늘이 쓸데없이 나를 압박하며 출렁이고 무슨 恨이 그리 많아 맨땅이라도 긁는 갈퀴 같은 내 발바닥 밑으로는 역시 물기없는 황토흙이 목마른 숨결을 헉헉 몰아 발바닥을 충동질하며 꿈틀거린다. 그래 나는 이런 언덕 위에 깃발없이 야윈 깃대 옆에 꼿꼿이 서서 헐벗은 풍경들의 몸주위를 맴돌다가 흔들 깃발이 없어 스스로 슬퍼서 팔랑거리는 바람 앞에서 누더기의 깃발이라도 된다. 바람아, 어서 나를 흔들어라. 내 머리털이 몇 개인지 모르나 바람아, 내 살갗의 숨구멍이 몇 개인지 모르나 바람아, 내 핏줄의 길이가 얼마인지 모르나 바람아, 내 목구멍속에 갇힌 목청이 얼마인지 모르나 바람아, 어서 나를 흔들어라. 저 하늘과 이 땅 사이에서 우리들은 어쩔 수 없는 인연으로 여기 서 있다. 아쉬운대로나마 흔들어라. 나도 슬슬 내 몸을 스스로 흔들마. (3시집, 56면)

이처럼 자연 유비의 상상력은 조태일의 온몸 시학을 구성하는 중요 원리가 된다. 하늘과 땅 사이에 서 있는 나의 '몸'은 '바람'에 나부끼는 '깃발'처럼 움직인다. 자연의 자발성, 역동성을 닮아 온몸으로 생동할 수 있는 것이다. 이러한 점에서 조태일의 시학에서 자연과 몸의 은유는 중요한 성취라 할 수 있다. 이러한 은유원리에서 그의 시대와의 일관된 불화가 당연하다. 억압과 착취가 만연하고 고통으로 신음하는 사람들의 세상은 자연의 이념과 무관한 방향으로 흘러간다. 특히 '광주'는 세계의 악을 가장 첨예하게 증언한다.

조태일에게 '광주'는 한편으로 고향의 의미를 증폭하면서 다른 한편으로 세계에 대한 환멸과 증오를 더한다. 그는 "光州는 내 고향이며 타향이다"(5시집, 124면)라고 말한다. 그만큼 그에 대한 죄의식과 부채의식이 크다는 것이다. 또한 그것이 그만의 고향을 의미하는 장소가 아니라는 것이다. '광주'는 한 시대와 세계에 대한 제유적(提喩的) 표상이다. 그래서 그는 말한다. "온통 사랑인 원망인 광주여./무수히 새로 거듭 태어나는 광주여./대한민국이여./광주를 사랑하지 못하는/대한민국을 사랑하지 못하는 자들은/떠나라. 지상을 떠나라./떠나라 어서 어서/떠나라 어서 어서."(5시집, 125면) 이처럼 조태일에게 '광주'는 인간의 사람됨과 자연됨을 완전하게 괴멸시킨 세계의 극단적 폭력을 의미한다. 이러한 세계의 폭력은 그에게 두 번에 걸쳐 있다. 그 처음은 유년기에 맞은 여순사건과 한국전쟁이고 그 다음은 광주다. 전자가 유년의 시간을 빼앗고 동시에 증언의 의지를 키우게 했다면(2시집, 91~93면) 후자는 한과 함께 더 큰 사랑을 알게(6시집, 123면) 한다. 모두 고향의 일이기에 더욱 절실했던 것이다. 그런데 여기서 강조해야 할 사항은 조태일의 고향의식이 내포하고 있는 이중성이다. 그는 고향에 의해 상실과 환멸을 경험하면서 고향을 통하여 희망과 환상을 찾는다. 이러한 이중성이 시적 진실을 강화한다. 그가 제시하는 희망의 구체성을 담보하기 때문이다. 그리고 이러한 희망의 원리는 근본적으로 기원으로서 고향이 지닌 유기적 공간성과 자연성에 연원한다. 조태일만의 개성적인 낙관주의는 곧 자연주의이다. 이러한 자연주의를 그는 다음처럼 표현한다. "거침없이 흐르고 아무데나 스미는 물;/상하 좌우 가릴 곳 없이 생겨나서/아무데나 가서 부딪치며 흔드는 바람;/어둠속에서는 꼼짝달싹도 못하다가도/날만 새면 되살아 무적인 빛;/결코 되돌아보지 않고 앞만 보면 내닫는 시간;//이런 것들과 함께 어우러져 친하다가/나는 노래가 되었다.”(7시집, 90면)

싸움의 노래이거나 사랑의 노래이거나 조태일은 그 배후에 자연과 생명의 원리를 전제한다. 그의 시세계를 새삼 되돌아보게 하는 것도 그의 시학의 배후를 규명하는 일과 무관하지 않다. 그의 궁극적인 관심은 사랑이다. 상실을 넘고 증오를 극복하고 어둠을 이겨 마침내 도달할 평안이 사랑에 있음을 그는 강조한다. “무등산;/무등산;/그대는 어제도 오늘도 내일도/이 세상의 사랑이고/이 세상의 어머니임을.”(6시집, 103면) 그에게 사랑은 이처럼 자연―모성에 기원한다. 그는 왜곡된 근대와 싸우면서 아름다운 시적 우회로를 만들었다. 끝내 근대 속에 포위되지 않고 더없이 넓은 시적 지평으로 귀환할 수 있었던 것은 그의 이와같은 고향의식에 기인한다. 고향에 대한 은유적 집중을 통해 참혹한 근대의 터널을 벗어날 수 있었던 것이다.


## 5. 생명에 대한 경배

인간사와 대비되는 자연이라는 시학적 명제는 조태일의 후기시에서 자연과 생명에 대한, 더 많은 탐구를 가져온다. 후기시에서 자연에 대한 경배는 더욱 두드러진다. 인간의 탐욕에 대비되는 자연의 사랑을 노래하게 되는 바(7시집, 33면), 그는 인간욕망의 문제를 중요하게 생각하고 이를 해부하고자 한 것이다. 이러한 관심의 이동은 의지의 피로에 기인하는 것이기보다 시적 근원에 다다르고자 하는 관심의 소산이라 할 수 있다. 실제로 후기시에서도 그의 입장은 달라진 것이 없다. 이는 “황홀하다 춤을 추자/신바람나는 일은 너희들 것이고/싸워야 하는 일은 나의 일이다"(7시집, 72면)는 전언에서도 확인된다. 하지만 상황의 구속에서 어느정도 놓여나 시적 자유가 확장되는 새로운 공간에서 본질적인 탐구가 이루어지는 것은 당연하다. 아울러 생명에 대한 낙관이 시작의 초기부터 일관되었으므로 생명에 대한 탐구의 집중을 시적 전회로 간주할 필요는 없다. 조태일에게 생명과 몸 그리고 이에 연원한 실감과 의지와 욕망에 대한 관심(1시집, 25면)은 오래다. 특히 몸을 통하여 생명을 은유하고자 한데서 그가 이미 일정한 시적 성취를 유발한 바 있음을 기억하자.

그리워 그리워 봄언덕에 올라서
아지랑이랑 아지랑이랑 놀고 온 날 밤엔
임의 임의 순결인가 임의 임의 눈빛인가.

아지랑이들 아지랑이들 방까지 따라와
어른대며 감기며 혹은 보채며
벌거벗은 몸살로 잠 못 이루게 노니네. (4시집, 36면)

이처럼 자연과 몸은 생명의 관계에서 연속성과 동일성을 갖는다. 조태일은 몸을 자연의 활력이 움직이는 장소로 생각하는 관점은 지녔다. 자주 등장하는 알몸의 이미지(5시집, 19면; 7시집, 76면; 8시집, 87면 등)도 자연성을 나타내는 객관적 상관물에 해당한다. 몸의 생명력에 대한 신념은 시작의 초기부터 "정의처럼 확실한 내 육신"(2시집, 58면)이라는 표현을 얻고 있는데, 생명의 자유가 정의라는 해석을 가능하게 한다. 그래서 그는 생명의 환희를 혁명적 상황에 견준다. "손에 손에 자식들을 이끌어/한형제로 앞서가며 뒤서가며/마음을 활짝 열어/깨어나는 생명들의 소리를 들자.//파고다공원에 내리는 봄볕도/수유리 4·19 기념탑에 내리는 봄볕

도/한데 어우러져/춤을 추나니;/춤을 추나니."(4시집, 98~99면) 그는 자
유—해방—희열—황홀(7시집, 10면)들을 같은 문맥에서 인식한다. 다시 말
해서 생명의 희열을 몸의 전신적(全身的) 기쁨(이 점에서 조태일의 시적
지평은 모성 혹은 여성성에 닿아 있다)으로 연결짓고 나아가 공동체적
해방으로 확산한다. 저항하는 몸은 미적이다. 미적인 것은 구체적인 실감
에서 유발되기 때문이다.

생명에 대한 시적 구현에 있어 조태일이 선호하는 이미지는 바람과 꽃
이다. 전자가 역동적인 움직임과 교감을 나타내기에 적합하다면, 후자는
생명의 환희를 집약한다.

> 바람들은 천상 세살바기 어린아이다
> 내 바짓가랑이에, 소맷자락에, 머리카락에
> 매달려서 보채며 잡아끌며
> 한시도 가만 있질 못한다.
>
> 허리 굽혀 보아라
> 내 작은 눈길에도 가볍게 떨고 마는
> 작고 작은 들꽃들에게도
> 바람들은 매달려서 보채며 잡아끌며
> 한시도 가만 있질 못한다.
>
> 둘러보아라
> 돌멩이들도 거대한 숲도 산도
> 이 바람과 들꽃들의 향연 앞에서는
> 속수무책으로 당하고 있는 것을. (8시집, 54면)

이처럼 시인은 바람과 꽃의 '향연'에 주목한다. 그런데 여기서 시적 자아와 대상은 시선의 주체와 객체의 관계로 분리되지 않는다. "내 작은 눈길에도 가볍게 떨고 마는/작고 작은 들꽃들"이라는 구절에서 알 수 있듯이 주체는 시선의 특권적 위치에 있지 않고 대상과 교감한다. 이러한 교감은 "마을에서 멀리 떨어진 산속/개복숭아꽃 저 혼자 타오르고 있었네.//(…)//오래도록 내 숨결/내 스스로 가빴네/내 스스로 황홀했네."라는 표현을 얻는다. 생명의 전일성의 관점에서 인간과 자연은 교감하고 조응하는 관계에 있다. 이러한 관계는, 이성과 언어로 사물을 규정하지 않고, 있는 그대로 그것을 느끼고 받아들이는 데서 형성된다. 가령 김춘수를 패러디한 듯한 「꽃」(7시집, 66면)에서 시인은 이렇게 말한다. "너는!/오로지 피어 있으면 그뿐/나는 너의 이름을 짓지 않으련다./너는!/오로지 지면 그뿐/나는 너의 이름을 부르지 않으련다." 이러한 데서 시적 주체는 자기만의 언어로 사물의 질서를 만드는 것이 아니라 자신을 사물에 그대로 '내어맡김'으로써 시적인 아름다움을 생성한다.

큰키나무 목련에 기대어
가만가만 귀기울여본다.
나무들 몸속에서 생의 우물
퍼올리는 두레박 소리 들린다 싶더니

푸른 잎사귀보다 먼저
6·25 때 주먹밥 같은
흰 꽃송이,
흰 꽃송이들
피워낸다.

이 주먹밥 몇 덩어리 챙겨들고

머나먼 길 떠나는 길손이고 싶다. (8시집, 30면)


이처럼 사물에 내어맡긴 시적 자아의 감각은 대상을 향해 열려 있다. 그리고 열림에 의해 이루어진 교감의 언어들이 아름답다. '큰키나무 목련'의 생애는 시적 자아의 생애와 겹쳐지고 그것의 생명은 '나'의 생명으로 교류된다. 또한 시적 자아는 '주먹밥—흰 꽃송이'의 은유가 말하듯 기억을 거름으로 전화하는 신생(新生)의 길을 찾게된다. 이쯤에 이르면 주체 중심의 은유의 문법은 중심의 인력을 해체하고 그 경계들이 느슨해지는 형국으로 변화한다.

이러한 변화를 더 심화시키지 못하고 시인은 스스로 자연이 되어 흙으로 돌아갔다. 하지만 그가 보인 시적 족적은 뚜렷하다. 이 글은 이러한 족적을 조심스럽게 뒤따르고자 한 것에 지나지 않는다. □

具謨龍 문학평론가. 한국해양대 동아시아학과 교수. 1982년 조선일보 신춘문예 문학평론 당선. 시 전문계간지 『신생』 주간. 저서로 『앓는 세대의 문학』 『문학과 근대성의 경험』 『제유의 시학』 등이 있음.

金芝河

김 지 하

## 김 지 하

1941년 전남 목포에서 태어나

서울대 미학과를 졸업했다.

1969년 『시인』지에 「서울길」 외 4편의 시를

발표하면서 작품활동을 시작했다.

1970년 담시 「오적(五賊)」을 발표해

반공법 위반으로 구속되고,

1974년 민청학련 사건으로 사형을 언도받았으나

무기징역으로 감형되어 1980년 석방되었다.

첫시집 『황토』(1970)를 비롯,

『타는 목마름으로』(1982) 『애린』 1 2 (1936)

『이 가문 날의 비구름』(1988)

『별밭을 우러르며』(1989) 『중심의 괴로움』(1994) 등과

대설 『남』 1 2 3(1982~85)

담시집 『오적』(1985)이 있다.

1975년 아시아 · 아프리카 작가회의 로터스 특별상,

1981년 국제시인회의 '위대한 시인상'을 수상했다.

황토, 한얼문고 1970
타는 목마름으로, 창작과비평사 1982
애린, 실천문학사 1986
중심의 괴로움, 솔 1994

# 부정의 정신과 생명의 발견

김지하론

홍용희

## 1. 4·19혁명과 김지하 문학의 위치

주지하듯, 4·19혁명은 학생층을 중심으로 전개된 민족자주와 민주사회의 건설을 위한 일대 변혁운동이었다. 1960년 4·19혁명이 지니는 가장 큰 의의는 무엇보다 '아래로부터의 변혁운동'을 통해 지배정권을 퇴각시키고 권력구조를 개편한 무한 가능성의 체험에 있을 것이다. 4·19혁명은 해방 이후 정국의 소용돌이와 남북분단 그리고 한국전쟁을 거치면서 민중들 내부에 만연된 패배주의·냉소주의를 극복하고 민중들 자신의 잠재적 에너지를 자각하는 결정적인 계기로 작용한다. 그러나 4·19혁명의 이와같은 무한 가능성은 이듬해 5·16군사쿠데타를 겪으면서 무한 좌절로 전환된다.

그러나 4·19혁명의 반외세와 자유민주주의의 이념적 목표가 현실화되지 못했다고 해서 4·19를 실패한 혁명이라고 규정하는 것은 온당치 않다. 4·19혁명의 이념적 지향성은 1970년대 유신체제의 압제와 1980년대 엄혹한 군사정권에 대항하는 범민족민중적 저항운동으로 내재적 발전을 이루어나간다. 다시 말해, 4·19혁명의 근대적 지향성은 5·16세력과 1980년대 군사정권으로 이어지는 반동적 근대주의에 대한 저항운동의 토대로서 존재했던 것이다. 따라서 4·19혁명은 그 한계에도 불구하고 우리 사회의 모든 분야에서 근대적 자유의 이념과 민주사회를 추구하는 시발적인 계기로서 중요한 의미를 지닌다.

4·19혁명이 가져온 근대적 자각과 성숙한 사회의식의 급속한 발전은 문학사의 경우에도 동일하게 적용된다. 4·19혁명은 우리 문학사에서 이른바 4·19세대 문학 그리고 4·19 이후의 문학이라는 규정어를 낳는다. 이것은 4·19혁명이 4·19세대 문학의 실체를 이해하는 데 머무르지 않고 4·19 이후의 문학의 정체성을 살피는 핵심적인 요소로 작용하는 것임을 방증한다. 그렇다면 4·19혁명 이후 나타난 문학사적 맥락과 특징적 양상은 무엇인가? 1960년대 본격적인 활동을 시작한 문인들이 주체가 된 4·19세대의 문학사적 인식은 대체로 과거와는 차별되는 새로운 출발의 의미를 강조하면서 시작된다. 이를테면 "4·19는 민족과 역사와 민중을 찾아내는 착지점이었"으며 "문학은 4·19의 착지점을 발견함으로써 이제부터 그 문학이 개간하여야 할 대지를 가지게 되었다"[1]는 인식이 바탕을 이룬다. 4·19세대 문인들은 "문학이 개간하여야 할 대지" 위에 문학의 미학성 탐구에 집중하거나(『산문시대』『68문학』 계열), 문학의 현실적 역사적 맥락을 중시하고 민족문학론의 수립을 추구하는(『창작과비평』 계열) 길을 중심항으로 전개해나간다. 이들은 제각기 개인의식과 감수성, 한글세대의 언어의식, 자유와 평등, 사회의식과 역사의식 등으로 수렴되는 인식론을 토대로 앞 세대와의 차별적 준거를 마련하며 새로운 세대론을 창출해나간다. 그러나 이러한 새로운 출발을 강조하는 세대론의 구축은 앞 세대 또는 우리의 전통적인 민족민중문화사에 대한 재발견과 연속성의 규

---

1) 박태순 「4·19의 민중과 문학」, 『4월혁명론』, 한길사 1983, 292면.

명에는 매우 인색하고 소홀한 경향을 띠게 된다. 특히 『문학과지성』 계열은 그 전신인 『산문시대』 『68문학』의 창간사에서부터 "우리는 태초와 같은 어둠속에 서 있다"는 선언 아래 토속적이고 전통적인 문화에 대해 "샤머니즘의 미로" "관념적 유희" 등의 부정적 어사로 일거에 치지도외(置之度外)하는 면모를 보인다. 따라서 이들이 세대론의 성채를 높이 쌓고 전통 문예미학의 가치를 검토하기 이전에 서구의 합리적 지성을 향해 치달아간 것은 자연스러운 행보로 보인다. 한편 『창작과비평』 계열의 경우에도 창간사에서는 전통문학의 단절을 적시하고 있으나[2] 3년여 후 「시민문학론」(1969)에 오면 이를 자설철회하고 한국 전통 속에서의 시민의식의 내재적 가능성을 모색하는 면모를 보인다. 또한 이들은 여기에서 더 나아가 점차 4·19혁명을 동학농민혁명에서 3·1운동으로 이어지는 민중변혁운동사의 연속성 속에서 파악하면서 1970년대 민족문학론의 좌표를 정립해나간다.

1960년대 말부터 본격적인 문학활동을 전개한 김지하(金芝河)의 문학적 위치는 이와같이 4·19혁명을 내재적 발전론의 시각에 입각하여 민중변혁운동의 역사와 세계관의 연속성 속에서 인식하고 이를 구체적인 문예미학으로 형상화한 점에서 찾아볼 수 있다. 특히 그의 이러한 전통적인 민족민중적 세계관은 우리나라에서 '아래로부터의' 반봉건 민주화운동의 효시를 이루었던 동학농민혁명의 사상과 지향성을 꼭지점으로 하는 특성을 보인다. 동학혁명을 핵심으로 하는 그의 민중적 세계관은 초기 시편에서는 불온한 군사정권의 개발독재에 대한 직접적인 저항의지의 동력으로, 후기 시편에서는 불온한 죽임의 세력까지 순치시켜 포괄해내는 살림의 문화의 사상적 토양으로 작용한다. 다시 말해, 초기 시편에서는 억압적인 지배층에 대한 상대적 개념의 민중상이 부각되었다면 후기 시편에서는 구체적인 생활체험을 통해 우주 생명의 본성을 체득하고

---

2) 백낙청 「새로운 창작과 비평의 자세」, 『창작과비평』 1966년 창간호.

실천하는 주체적 개념의 민중상이 부각되고 있다.

이렇게 보면, 김지하는 4·19혁명의 본령을 1894년 동학농민혁명의 반봉건 민주화운동의 역사적 명맥을 통해 확장하고 재구축했던 것이다. 또한 그는 4·19혁명을 동학농민혁명과의 연속성 속에서 인식함으로써 주체적인 반봉건 근대성에 대한 논의의 가능성을 열어놓을 수 있었으며, 아울러 4·19세대론의 울타리를 뛰어넘어 우리 전통문화 속의 민본주의적 유산과 민중문예미학의 광맥을 자신의 문학과 사상의 젖줄로 삼을 수 있는 터전을 확보할 수 있었다. 전통적인 민족민중예술의 자산을 재창조하여 형상화한 민중극, 담시(譚詩), 대설(大說) 등과 심원한 동양의 전통적 세계관에 바탕한 생명사상의 제기는 그 구체적인 산물이다. 이 글에서는 이러한 문제의식을 토대로 김지하의 문학적 삶에 나타난 동학혁명을 꼭지점으로 하는 민족민중적 세계관의 지향성과 현재적 의미를 중심 논제로 하여 살펴보고자 한다.


## 2. 민중변혁운동의 전통성과 부정의 정신

김지하 시인의 본격적인 문단활동은 1969년부터 시작되었으나 4·19혁명과 그의 문학적 삶의 친연성은 매우 깊다. 그는 4·19혁명의 성과에 신앙적인 믿음을 가지고 있었으며[3] 이를 바탕으로 1961년 남북학생회담의 남쪽대표 3인 중 한사람으로 내정되어 활동하는 등 학생운동에 적극 가담하였다. 그러나 5·16 군부세력의 등장에 의해 민족통일과 자유민주주의의 무한 가능성은 불과 1년여 만에 무한 좌절로 전환된다.

주지하듯 5·16 군부세력은 도구적 합리성에 입각하여 생산성을 극대

---

3) 박태순 「1970년대의 지배·대항 담론과 조직적 문학운동」, 『작가』 6호 1997년.

화하려는 '기술로서의 근대'에 치중함으로써, 모든 권위와 억압으로부터 자유롭고자 하는 '해방으로서의 근대'를 배제한다. 그리하여 그들은 급속한 경제발전이라는 명분 속에서 자유민주주의와 개인의 인권을 쉽게 묵살해나간다. 이에 김지하는 4·19혁명의 이념적 지향성의 계승을 통한 5·16 군부세력에 대한 투쟁과 저항운동을 본격적으로 전개해나간다. 여기에서 새삼 주목할 점은 그가 4·19혁명의 이념적 지향성을 민중변혁운동의 면면한 역사 속에서 인식하는 면모이다. 그의 초기시를 대표하는 「황톳길」은 이러한 특징을 선명하게 드러낸다. 그는 자신이 민중저항운동의 중심부로 나아가는 길을 "애비"가 걸어갔던 "황톳길에 선연한/핏자욱 핏자욱"을 따르는 과정으로 노래하고 있다.

> 작은 꼬막마저 아사하는
> 길고 잔인한 여름
> 하늘도 없는 폭정의 뜨거운 여름이었다
> 끝끝내
> 조국의 모든 세월은 황톳길은
> 우리들의 희망은
>
> 낡은 짝배들 햇볕에 바스라진
> 뻘길을 지나면 다시 모밀밭
> 희디흰 고랑 너머
> 청천 드높은 하늘에 갈리던
> 아아 그날의 만세는 십년을 지나
> 철삿줄 파고드는 살결에 숨결 속에
> 너의 목소리를 느끼며 흐느끼며
> 나는 간다 애비야

네가 죽은 곳

부줏머리 갯가에 숭어가 뛸 때

가마니 속에서 네가 죽은 곳.

—「황톳길」 부분(『황토』 1970)

　이 시는 시인의 시적 소명이 '아버지 찾기—아버지와 하나 되기'에서 출발하고 있음을 집약적으로 보여준다. 시적 화자는 "길고 잔인한" "폭정의 뜨거운 여름" 속에 있다. 그곳은 "작은 꼬막"이 아사하고, "낡은 짝배들"이 바스라지고, "모밀밭"이 메말라 "희디흰 고랑"을 드러내는 죽임의 땅이다. 이러한 절박한 상황에서 그는 "애비"가 죽은 곳으로 향해 있는 "황톳길"을 떨쳐나선다. "너의 목소리를 느끼며 흐느끼며／나는 간다 애비야／네가 죽은 곳". 시적 화자에게 "애비"는 삶의 좌표이며 지향점이다. 이 시의 중심부를 가로지르는 "나는 간다"의 반복은 "애비"를 향한 화자의 직선적 행보의 속도감을 배가시킨다. 그렇다면, 여기에서 "애비"의 실체는 무엇인가? 그것은 "척박한 식민지에 태어나／총칼 아래 쓰러져간 나의 애비야"에서 암시되듯 압제와 외세를 향해 싸웠던 이 땅의 민족적 민중항쟁의 주체이다. 따라서 그가 황톳길을 떨쳐나선 행보는 "애비"가 저항하던 척박한 역사현실과 "지금은 검고 해만 타는 곳／하늘도 없는 폭정의 뜨거운 여름"으로 표상되는 오늘날의 시대상이 근원 동일성을 지닌다는 인식과 아울러 민족민중혁명운동의 현재적 계승의 의미를 지닌다. 그럼, 이때 민족민중혁명운동의 가장 핵심적인 위치에 놓이는 것은 무엇일까? 그것은 동학농민혁명의 사상과 지향성이다.

　① 아아 낫 가는 사람

　　숨죽여 흐느끼며 낫 가는 사람

　　대처로 떠나갔다 숨어 돌아와 마지막

한 벌 흰옷으로 갈아입고 난 사람

땅에 떨어진
피적신 땅에 떨어진
낫 끝에 그득히 달빛 고일 때
아득한 하늘에 천둥 은은하게 흐를 때
땅에 떨어진
빈집이여 빈집이여
땅에 떨어진

—「빈집」부분(『타는 목마름으로』 1982)

② 내가 가끔
　꿈에 보는 집이 하나 있는데

　(…)

　댓돌에 피 고이고 부엌엔
　식칼 떨어진

　그 집에
　내가 사는 꿈이 하나 있는데

　뒤꼍에 우엉은
　키넘게 자라고 거기
　거적에 싸인 시체가 하나
　아득한 곳에서 천둥소리 울려오는

　　잿빛 꿈속의 내 집

　　옛 고부군에 있었다는

　　고즈넉한

　　그 집

─「逆旅」 부분(『중심의 괴로움』 1994)

　위의 두 편 시의 시적 정황과 풍경은 매우 유사하다. 그러나 이들 시의 발표 연대는 상당한 거리가 있다. ①시는 시집 『타는 목마름으로』(1982)에 수록된 초기 시편에 속하지만, ②시는 후기에 간행된 『중심의 괴로움』(1994)에 수록된 시편이다. 위의 두 편의 시는 오랜 기간 변치 않은 시인의 내밀한 의식의 흐름의 일단을 보여준다.[4]

　①시에서의 "기인 비명이 꿈처럼 들려오던" 빈집은 ②시에서 "내가 가끔/꿈에 보는 집"으로 다시 떠오르면서 그 실체가 뚜렷하게 구체화된다. ①시의 "낫, 빈집, 천둥"의 이미지는 ②시에서 "식칼, 빈 초가집, 천둥소리"로 재등장한다. 꿈속에 떠오른 이미지군들이 그의 초기 시세계에서 전율처럼 그려졌던 「빈집」을 구성하는 어사의 계열체계와 근원 동일성을 지니고 있음을 확인할 수 있다. 여기에서 더 나아가 ②시에서는 ①시에서의 "빈 집"이 "옛 고부군에 있었다는/고즈넉한/그 집"으로 명시되고 있다. 시인은 초기 시편에서 묘사했던 "빈집"이 고부군에서부터 동학농민혁명을 한가운데에서 이끌었던 전봉준의 거처임을 꿈속에서 확인하고 있는 것이다. 동학농민혁명은 김지하 시인의 시세계 저변을 일관되게 흐르는 시적 원형상징[5]임을 분명하게 확인할 수 있는 대목이다.

---

4) 남진우 「생명의 불 영원의 빛」, 『신성한 숲』, 민음사 1995, 125면 참조.

5) 이러한 사정은 그가 1974년 5월에 쓴 산문 「양심선언」을 통해 직접 진술한 다음의 내용을 통해서도 좀더 분명하게 확인된다.

　　"대학시절 특히 결핵으로 오랫동안 요양할 때부터 나는 죽음에 대한 공포와 우리 사회에 만연한 정신적 비인간화가 물질적 빈곤과 더불어 동시에 극복되는 길에 대한 갈증을 느끼고 있었다.

이렇게 볼 때, 위의 시에서 "천둥소리"는 김지하의 시 의식을 추동하는 원동력으로서 동학농민혁명의 명시적인 표상으로 해석된다. 다시 말해서 앞의 두 편의 시에 공통적으로 등장하는 의식의 저편에서 들려오는 "천둥소리"는 곧 김지하의 시적 삶의 길을 인도하는 초월적 현존으로서 동학농민혁명의 사상과 지향성을 가리킨다.

그렇다면 김지하가 5·16 군부세력의 반동적 근대주의에 대한 항거와 4·19혁명의 계승을 동학농민혁명에서부터 시작되는 민중변혁운동사에서 파악하는 역사적 배경은 무엇일까? 주지하듯 동학농민혁명은 19세기 후반, 농민이 주체가 되어 제국주의 열강의 침략적 외압 속에서 대외적 독립을 보위하고, 양반관료들의 극심한 수탈이 자행되는 전근대적인 통치구조를 혁파하여 포접제(抱接制)를 통한 근대적 의미의 민주적이고 자율적인 삶의 공동체 건설을 도모했던 민중혁명운동으로 정리된다. 그러나 전통적인 민본주의와 인권사상을 토대로 형성된 동학농민혁명의 지향성은 제대로 빛을 발하지 못한 채 외세의존적인 갑오개혁을 거쳐 국권상실을 겪으면서 왜곡되고 단절된다. 일제의 식민지적 근대화정책에 의해 억압된 우리의 '아래로부터의' 주체적인 근대화운동의 명맥은 해방 이후에도 제대로 계승되지 못한다. 대외종속과 민족분단에 의존하여 장기집권을 획책한 이승만정권에 의해 민족적 민주주의와 개인의 자유는 또다시 유예된다. 따라서 이승만의 3·15 부정선거를 계기로 촉발된 1960년 4·19혁명은 동학농민혁명의 현재적 계승과 재생이라는 역사적 의의를 지닌다. 김지하가 4·19혁명을 동학농민혁명과의 연속성에서 파악하는 배경은 이러한 반봉건 근대화운동의 내재적 발전론에 입각한 것이다.

그렇다면 김지하의 시적 삶의 준거와 토대가 된 동학농민혁명이 그의

---

그때 '사람이 곧 하늘이다'〔人乃天〕라는 동학의 속삭임이 내게 들려왔다. 그리고 그것은 곧 '제폭구민(除暴救民)'의 깃발을 높이 들고 생존의 권리를 쟁취하기 위한 투쟁의 대열에 나서는 저 참혹한 농민전쟁의 처절한 기아행진의 영상과 결합되어 천지를 뒤흔드는 우렁찬 함성으로 울려왔다."(김지하 「양심선언」, 『남녘땅 뱃노래』, 두레 1985, 53면)

문학에 끼친 가장 특징적인 영향은 무엇일까? 그것은 동학농민혁명이 이른바 '농민적 노선'의 반봉건 근대화운동이었다는 특수성과 직접 연관된다. 동학농민혁명이 '아래로부터 일어난' 반봉건 근대화운동이라는 점은 1786년 프랑스혁명과 상응한다. 그러나 혁명의 주체가 프랑스의 경우는 상업 부르주아인 데 반해 동학농민혁명은 농민이었다. 혁명세력에서 농민과 상업 부르주아는 봉건적 생산관계의 붕괴를 추구한다는 점에서 일치하지만, 그 이후의 계급적 지향성에서는 뚜렷한 편차를 드러낸다. 상업 부르주아는 독점의 자유까지 포괄하는 경제활동의 자유를 그 이상으로 하지만 농민은 독점과 단결의 자유를 부정하고 곡물의 공정가격제와 토지재분배, 농촌공동체의 회복[6] 등 농업상의 평등주의를 그 이상으로 한다. 이러한 특성은 프랑스 혁명기에도 선명하게 드러난다. 혁명기에 이른바 '농민적 노선'은 반봉건적이지만 비자본주의적이고 농촌공동체에 입각한 평등주의적 이상사회의 건설을 목표로 했던 것이다. 1894년 반침략과 반봉건을 전제로 하고 소농민 자립과 농민적 토지소유의 발전을 지향했던 동학농민혁명은 '농민적 노선'에 의한 근대화운동[7]의 한 전형이었다.

따라서 동학농민혁명을 문학세계의 토대로 삼고 있는 김지하의 문학이 산업자본주의의 제반 모순구조와 계급적 인식보다 붕괴되어가는 전통적인 농촌공동체의 현실에 천착하는 것은 자연스러운 행보로 이해된다. 실제로 그의 초기 시세계는 불모화되어가는 농촌 삶의 현장에 대한 비탄·울분·상실이 주조음을 이룬다.


①소문은 돌아 어느 날인가

　　바다가 팔리는 날은

---

6) 에릭 R. 울프 저, 박현수 역『농민』, 청년사 1978, 192면 참조.
7) 고석규「1894년 농민전쟁과 '반봉건 근대화'」,『동학농민혁명과 사회변동』, 한울 1993.

태어날까 한번 더

떠나갈까 에헤이

노 저어갈까 저어 물이랑 떠나

고운 아기네 시름 괸 눈빛 찾아

동으로 서로 서로 낯설은 대처의

어디냐 바람 부는 거리의 어디로

—「바다아기네」 부분(『황토』)

② 간다

울지 마라 간다

흰 고개 검은 고개 목마른 고개 넘어

팍팍한 서울길

몸 팔러 간다


언제야 돌아오리란

언제야 웃음으로 화안히

꽃피어 돌아오리란

댕기 풀 안쓰러운 약속도 없이

간다

울지 마라 간다

모질고 모진 세상에 살아도

분꽃이 잊힐까 밀 냄새가 잊힐까

사뭇사뭇 못 잊을 것을

꿈꾸다 눈물 젖어 돌아올 것을

밤이면 별빛 따라 돌아올 것을

—「서울길」 부분(『타는 목마름으로』)

김지하론  197

1960년대 개발독재의 경제전략은 '경제발전 = 공업화'의 등식에 지나치게 치중됨으로써 선진국형인 농공업 상호의존론이 외면되고 '농업경시론'으로 편향되는 양상을 낳는다. 점차 농업이 공업자본의 축적을 위한 수탈의 대상이 되면서 한국 전래의 공동체 문화의 터전인 농촌은 자본의 가치증식의 탐욕에 의해 지역적인 공개념에서 특정 개인의 독점적 소유물의 객체로 전락된다. 이에 따라 점차 한국 전래의 삶의 터전인 농어촌과 지역공동체 문화는 급속하게 해체된다.

위의 시 ①은 "바다"를 중심으로 삶의 공동체를 이루었던 갯마을 사람들이 바다가 팔리면서 삶의 터전을 잃고 정처없이 대처로 떠도는 비극적 삶을 "바다아기"로 지칭하여 묘사하고 있다. 이 시의 "바다아기"의 이미지는 ②시에 오면 구체적인 서사와 어우러지면서 사실적인 현장감이 배가된다. 시 ②는 고향을 등지고 무작정 서울로 떠나는 이농민들의 삶을 "팍팍한 서울길" 몸팔러 가는 아직 앳된 여성의 절박한 상황에 대한 묘사를 통해 그리고 있다. 이 시는 특히 "간다"라는 어사의 반복을 통해 주제의식을 더욱 선명하게 드러낸다. 1연에서는 "흰 고개 검은 고개 목마른 고개"란 표현을 통해 메마른 고향 마을의 불모성과 고단한 인생행로를 예견하는 서울길의 비극성을 동시에 드러낸다. 2연에서는 서울길의 비극적인 풍경이 더욱 애잔하게 펼쳐진다. "모질고 모진 세상에 살아도" 고향은 결코 잊혀질 수 없겠지만, 그러나 다시 돌아오리란 기약을 정할 수 없기에 서울길은 하염없는 이별의 정한으로 처연하다. "꿈꾸다 눈물 젖어 돌아올 것을/밤이면 별빛 따라 돌아올 것을"이란 표현에는 그리운 고향에 쉽게 돌아오지 못할 미래의 삶에 대한 불안한 예견이 배어나온다. 이별과 아쉬움의 정서가 3음보의 전통적인 민요조 율격과 어우러지면서 시적 전반의 비관적인 여운과 절조를 심화시키고 있다.

주지하듯, 5·16세력의 불법적인 군사쿠데타를 정당화하고 장기집권을 위한 정치적 논리에 입각하여 추진된 근대화정책은 산술적인 경제성장만을 추구하는 '기술로서의 근대'에만 치중하고 불합리한 억압과 권위로부터 자유를 도모하는 '해방으로서의 근대'는 외면한다. 그리하여 자본주의의 인간소외 현상과 상품화 논리는 급증하는 데 반해, 개인의 인권과 자율을 강조하는 자유민주주의의 이념은 배제되는 기형적인 현상이 더욱 극심해진다. 따라서 위의 시편에서 묘사되는 것처럼 인간존엄성의 상실, 물신주의의 팽창, 전통적인 유기적 공동체 문화의 파괴 등의 현상이 급격하게 초래된다. 이러한 상실과 불모의 현실 앞에서 시인은 바다와 들판이 비장한 반란과 노여움의 기운으로 타오르는 것을 목도한다.

> 매우 작다 압제여
> 조용한 노여움의 바다
> 어느 날 갑자기 넘쳐버릴 바다
> 넘치면 휩쓸어버릴 자비가 없는 바다
> 쉬지 않고 소리 없이 밑으로 흘러
>
> —「바다」 부분(『황토』)


> 쇠사슬채 쇠사슬채 몸부림치다 이윽고
> 멈춰버린 수수밭
> 멈춰버린 멈춰버린 아아 멈춰버린
> 시퍼런 하늘 아래 우뚝우뚝 타버린
> 장승이 우네
> 뜨거운 남쪽은 반란의 나라
>
> —「남쪽」 부분(『황토』)


　앞의 시편에서 "바다"와 "황토"는 더이상 평화로운 전원의 이미지로 존재하지 않는다. 바다는 "어느 날 갑자기 넘쳐" "휩쓸어버릴" 준비를 하고, 남쪽의 들판은 뜨거운 반란의 신열로 뒤채이고 있다. 바로 이 바다와 들판의 일렁이는 탄역의 기운이 전면으로 표출되는 자리에서 다음과 같은 시편이 태어난다. 이곳은 김지하의 문학세계에서 기층 민중의 삶 속에서 형성된 전통적인 민예양식이 깨어나는 자리이기도 하다.

온갖 벽에 온갖 쇠사슬 위에
온갖 비겁한 자의 망설임을 넘어
외친다 막으면 막을수록
커지는 소리 칼 내두르면
더 나는 소리 아우성 소리
낫 가는 소리 대 깎는 소리
싯돌에 싯돌에 싯돌에
식칼 가는 소리 이 가는 소리

흰 눈 뒤집고 윗통 걷어부치고
찢어진 옷소매 피투성이 가슴팍
허기진 배때기도 온다
거머리 붙은 다리통 터져 나간 손바닥도
전라도에서 강원도에서
봉천동 도봉동 송정동 광주 단지
시커먼 황지 굴 속에서 삽으로 오고
영등포 방직 공장에서 수없는 작은 주먹으로 오고
골목 골목 골목에서 맨발로 오고

—「1971년 4월 한국」 부분(『김지하시전집』1, 솔 1993)

"참혹한 옛 싸움에 몸바친 아버지"(「비녀산」『황토』)의 "낫 가는"(「빈집」) 소리의 서늘한 울림이 여기에서 다시 "낫 가는 소리/대 깎는 소리/식칼 가는 소리/이가는 소리"의 현재형으로 다채롭게 변주되고 있다. 전국 각 지에서 솟구쳐오르는 기층 민중들의 저항의 목소리가 역사의 전면으로 분출되고 있다.

한편, 이 시는 "노여움의 바다" "멈춰버린 수수밭" 그리고 그곳에서 살아온 사람들의 분노와 반란의 언어를 표출하는 문체로 판소리 양식을 끌어오고 있다. 판소리는 18세기 봉건체제가 균열되고 서민의식이 전면에 등장하는 전환기에 나타난 대표적인 민중문학의 양식이다. 역사의 전변기에 민중의 체험적 삶을 살아 있는 언어로 표출하여 억눌린 한과 신명을 풀어낸 판소리 양식이 1970년대 역동적인 민중저항의 언어를 해방시키는 문예미학으로 등장한다. 김지하의 창작 판소리 「담시」 「대설」 등은 이러한 전통적인 민족민중 문예양식의 현대적 재창조의 발전적 산물이다.

김지하는 문학적 삶의 준거와 토대를 민중변혁운동의 역사와 민중적 삶의 세계관에 두고 있었기 때문에 그의 문예미학 역시 전통적인 민족민중예술의 풍요로운 자산에 용이하게 뿌리내릴 수 있었다. 그가 시론 「풍자냐 자살이냐」에서 김수영(金洙暎) 시의 풍자에는 "시인의 비애는 바닥에 깔려 있으되, 민중적 비애가 없다"는 지적과 함께 "서정민요, 노동요 등 광범한 단시들과 서사민요, 판소리의 풍자와 해학은 문학으로서의 탈춤 대사 등과 더불어 현대시의 보물창고이다"라고 강조한 대목은 민중변혁운동의 전통성과 세계관에 뿌리를 둔 그의 문예미학 인식론의 심원한 층위를 분명하게 드러낸다. 다시 말해 그는 불온한 지배정권에 응전하는 4·19혁명의 지향성을 전통적인 민중저항의 역사와 세계관의 내재적 연속성 속에서 파악함으로써 1970년대 민족문학론의 내용가치와 형식미학을 동시에 성취해낼 수 있었다.

## 3. 민중적 삶의 본성과 우주 생명의 발견

김지하의 문학세계는 기본적으로 일하는 민중의 삶과 정황이 주체가 되는 미의식을 추구해왔다. 그러나 그의 문예창작의 추동력을 이루는 민중성은 1980년대 초반을 마디로 뚜렷한 변화의 층위를 보여준다. 그의 시적 삶에서 민중성의 양상이 전반기에는 억압적인 지배세력에 대항하는 상대적 개념으로 부각되었다면 후반기는 구체적인 생활체험을 통해 생명의 본성을 체득하고 실현하면서 불온한 세력까지 순치시켜 포용해내는 절대적인 주체적 개념으로 부각된다. 특히 1980년대 발표된 담시 「이 가문날의 비구름」과 대설 「남」은 이러한 양상을 선명하게 보여준다. 「오적」「소리내력」 등의 초기 작품과 달리 최제우(崔濟愚)의 일대기와 강증산(姜甑山)의 사상을 배경으로 하는 「이 가문 날의 비구름」과 대설 「남」은 영성한 생명의 담지자로서의 민중적 삶의 본성에 대한 재발견을 통해 수직적인 억압과 차별의 상극의 문화에서 수평적인 화해와 조화의 해원상생(解寃相生)의 문화를 건설하는 이른바 후천개벽이 주제의식의 구심점을 이룬다. 그의 담시와 대설에 해당하는 작품들의 주제의식이 후반으로 갈수록 가파른 갈등과 대결 구도보다 대동적인 관용과 포용의 구도로 전환되는 것은 전통적인 민중예술의 고유한 형상성에 더욱 근접해 간 것으로 해석된다. 민중예술의 본령은 갈등과 투쟁의 원리 자체에 있는 것이 아니라 더불어 하나되는 대동사회의 건설을 목표로 한 화해의 원리[8]에 있기 때문이다.

이와같은 전통적인 민중적 세계관의 변이는 김지하의 서정시의 변화를 추동하는 배력이 되기도 한다. 그의 서정시 세계 역시 1980년대 중반

---

8) 임재해 「민족문화의 계승과 전통의 재창조」, 『한국민속과 전통의 세계』, 지식산업사 1991, 53면.

「애린」 연작을 마디로 종전의 민중저항의 반역과 부정의 대립구도에서 생명의 본원성에 대한 통찰과 그 실현으로서의 생명공동체 문화의 재건을 향한 당위성을 뚜렷하게 견지한다.

이러한 양상은 그의 초기 시세계를 규정하는 「황톳길」에서 보여준 '아비 찾기—아비와 하나되기'가 '애린 찾기'의 여정으로 변화하는 과정을 통해 표상된다.


　　　네 얼굴이
　　　애린
　　　네 목소리가 생각 안 난다
　　　어디 있느냐 지금 어디
　　　기인 그림자 끌며 노을진 낯선 도시
　　　거리거리 찾아 헤맨다
　　　어디 있느냐 지금 어디
　　　캄캄한 지하실 시멘트벽에 피로 그린
　　　네 미소가
　　　애린
　　　네 속삭임 소리가 기억 안 난다
　　　지쳐 엎드린 포장마차 좌판 위에
　　　타오르는 카바이드 불꽃 홀로
　　　가녀리게 애잔하게
　　　가투 나선 젊은이들 노랫소리에 흔들린다
　　　　　　　　　　　　　—「소를 찾아 나서다」 전문(『애린 1』 1986)


시적 화자는 "애린"을 찾는 새로운 길을 나서고 있다. 그러나 "애린"과의 해후는 쉽게 이루어지지 않는다. "애린"은 분명 "미소"와 "속삭임"으로 아득한 기억에서나마 존재했으나 지금은 찾을 수가 없다. "어디 있느냐 지금 어디" "낯선 도시"에도 "캄캄한 지하실 시멘트벽에도" "애린"은 없다. 그래서 화자는 "애린"을 찾아 "거리거리 헤맨다." 그러나 "애린"과의 해후는 계속 유예되고 연기된다.

「황톳길」에서 "나는 간다 애비야/네가 죽은 곳"이라고 할 때의 거침없는 직선의 행보가 여기에서는 "거리거리 헤"매는 곡선의 행보로 그려지고 있다. 시적 정황을 둘러싸고 있는 분위기 역시 「황톳길」의 "폭정의 뜨거운 여름"의 남성적인 열기가 어느덧 가시고 "카바이드 불꽃"의 가녀리고 애잔한 여성적인 정감으로 채워지고 있다. 특히 "지쳐 엎드린" 화자가 "포장마차 좌판 위에/타오르는 카바이드 불꽃"을 망연히 바라보는 모습은 자신에 대한 내적 성찰의 모습으로 파악된다. "가녀리고 애잔한" 카바이드 불꽃의 모습이 오랜 감옥 체험에 쇠잔해진 시인 자신의 자화상처럼 여겨지기 때문이다. 이렇게 보면, 「황톳길」의 '애비 찾기'가 시적 화자의 외부세계를 향한 발현과 확산에 대응한다면, '애린 찾기'는 내면세계를 향한 수렴과 성찰에 대응하는 것으로 보인다.

"애린" 찾기가 자신에 대한 내적 성찰을 지향하고 있는 점은 「애린」 연작이 송나라 곽암 선사가 수심견성(修心見性)의 계제를 밟아가는 과정을 그린 「심우도」와의 병치관계[9]를 통한 전개방식에서도 확인된다. 시인의 도저한 내성의 언어로 구현해나가는 "애린"의 실체는 입전수수(立廛垂手)의 매듭 단계에 이르면 제 모습을 드러낸다.

땅 끝에 서서
더는 갈 곳 없는 땅 끝에 서서

---

9) 「심우도(尋牛圖)」는 열 개의 원으로 된 공간 안에 尋牛 — 見跡 — 見牛 — 得牛 — 牧牛 — 騎牛歸家 — 到家忘牛 — 人牛俱忘 — 反本還源 — 立廛垂手 풍경을 담은 선가의 그림이다. 「애린」 연작의 첫째권은 「심우도」의 '尋牛'와 '見跡'이 대응되고, 둘째권의 「그 소, 애린」 1~50은 대략 다섯 편씩 묶어 「심우도」의 순차적인 修心見性의 계제를 밟아 전개되고 있다.

돌아갈 수 없는 막바지
새 되어서 날거나
고기 되어서 숨거나
바람이거나 구름이거나 귀신이거나간에
변하지 않고는 도리없는 땅 끝에
혼자 서서 부르는
불러
내 속에서 차츰 크게 열리어
저 바다만큼
저 하늘만큼 열리다
이내 작은 한 덩이 검은 돌에 빛나는
한 오리 햇빛
애린
나.

—「50」 전문(『애린 2』 1986)

    화자의 "애린"을 찾는 발걸음이 "더는 갈 곳 없는" 그러나 "돌아갈 수 없는 막바지" "땅 끝"에 이르렀다. "기인 그림자 끌며 노을진 낯선 도시"에서부터 "애린"을 찾아 "거리거리"를(「소를 찾아나서다」) 헤맨 화자가 갈 수 있는 길은 이제 어디에도 없다. 오직 남은 것은 "새, 고기, 바람, 구름, 귀신"으로나 변화하는 것일 뿐이다. "귀신이거나간에"의 "～나간에"라는 어미가 자아내는 심정은 한숨 어린 체념과 포기와 절망이다. 바로 이 단절의 벼랑 끝에서 화자는 역설적으로 "내 속에서 차츰 크게 열리어／저 바다만큼／저 하늘만큼 열리"는 극적인 반전의 순간을 맞이한다. 우주 생명의 무한으로 확대되던 자아는 다시 "이내 작은 한 덩이 검은 돌에 빛나는／한 오리 햇빛"으로 수렴된다. 이 수렴의 극점에서 그는 "애린"을 발견

한다. 우주적인 확산과 수렴, 밖으로 열림과 안으로 닫힘이 교차하고 공
존하는 극단의 찰나에서 겪는 신비적 체험이다. 이 극적인 순간에 "애린"
은 자신의 모습을 드러낸 것이다. 그럼, 그가 찾아 헤매던 "애린"의 실체
는 무엇인가? 그것은 바로 "나" 자신이다. 그는 절망의 벼랑에서 만난
"애린"의 얼굴에서 "나"의 모습을 만난 것이다. 지금까지 "애린"을 찾아
헤매던 지난한 과정은 곧 자신을 찾는 과정이었다. "애린"은 곧 자신의
내면 속에 살고 있는 '본디 성품'이고 근원이었던 것이다.

　"애린"이 곧 자기 자신이라는, 즉 "내 속에/님/이토록 살아 계시"(「그
날」)다는 인식 앞에서 그는 세계에 대한 새로운 가치 척도를 정립해나간
다. 즉 모든 삶의 가치의 본령이 '지금, 여기'의 자신 속에 있다는 인식이
다. 따라서 여기에 이르면, 그의 시세계는 실존적 시간관(vertical time)
이 표나게 드러난다.

　　　그날은
　　　없다

　　　있는 것
　　　살아 있는 것은
　　　지금 여기
　　　여기서 저기로
　　　지금에서 옛날 훗날로
　　　위아래로 사방팔방으로

　　　살아
　　　넘치는 지금 여기
　　　끝없는 그날이 있다

그리움도

그러매

나를 향하라


내 속에

님

이토록 살아 계시어


나날이

이리 주지 않고

삶.

— 「그날」 전문(『중심의 괴로움』)


　그는 생명의 존재성은 과거―현재―미래의 직선적 시간관에 지배되지 않고 오히려 개체 생명 모두가 제각기의 시간을 관장하는 주체라고 인식한다. 모든 개체 생명이 제각기의 고유한 시간 리듬을 창출한다는 것은 모든 개체 생명이 우주의 중심 주체라는 인식을 가리킨다. 따라서 숭배의 대상인 "님"은 현실의 아득한 저편, "그날"에 있는 것이 아니라 "지금 여기" 내 속에 살아 있다. "그리움도 그러매／나를 향"해야 할 것이다.

　민족민중적 세계관에 거점을 두는 김지하의 시세계에서 실존적 시간관은 동학사상을 창시한 해월(海月) 최시형(崔時亨)의 향아설위(向我設位)의 사상에 상응된다. 향아설위란 제사를 지낼 때 밥그릇을 벽을 향해 놓지〔向壁設位〕 말고 나를 향해 두라는 뜻으로서, 공경의 대상인 생명 가치의 본체가 현재의 저편, 아득한 환상 속의 '그날'에 있는 것이 아니라 "지금 여기"에 있다는 인식을 바탕으로 한다. 즉 삶의 가치척도를 미래에

김지하론　207

두고 끊임없이 현재를 도굴해왔던 형이상학적인 역사관을 부정하고 무궁하고 신령한 우주적 존재자로서의 '나'에 대한 인식을 강조한 것이다.

위 시에서 "내 속에/님/이토록 살아 계시어"는 영성한 우주적 존재자로서의 자기 자신에 대한 발견이다. 이때 "님"은 동학의 시천주(侍天主)[10]에서 천(天)에 상응한다. 따라서 "내 속에/님/이토록 살아 계시어"는 '내 속에 한울님을 모시고 있다'는 의미와 동일한 문면에 놓인다. 시천주는 "모든 사람, 중생이, 끊임없이 활동하는 일체의 생명이, 제 안에 한울님, 즉 끊임없이 활동하는 범생명의 활동을 모셨다는 뜻"[11]이다. 내 마음속에 한울을 모셨기에 나는 "나날이/이리 죽지 않"는 "삶"을 영위한다. 이렇게 보면 위 시는 화자의 내유신령(內有神靈)의 본모습을 생명의 시간관에 입각하여 재발견하고 있는 것으로 볼 수 있다.

시인의 자신의 본성에 대한 이와같은 이해는 동시에 외부세계에 대한 재발견으로 확장된다. 그래서 내유신령의 원리는 외유기화(外有氣化)의 원리를 불러오게 된다.

새봄이 와
풀과 말하고
새순과 얘기하며
외로움이란 없다고
그래
흙도 물도 공기도 바람도
모두 다 형제라고
형제보다 더 높은
어른이라고

---

10) 『東經大全』本呪文篇, 侍天主造化定 永世不忘萬事知.
11) 김지하 「인간의 사회적 성화」, 『남녘땅 뱃노래』, 두레 1985, 112면 참조.

그리 생각하게 되었지요

마음 편해졌어요

—「새봄 3」 부분(『중심의 괴로움』)

화자는 모든 삼라만상을 어른(님)이라고 생각한다. 자신이 살아 있는 '님'인 것처럼 외부의 사물 역시 동일하다. "님만 님이 아니라 기룬 것은 다 님"[12]이라는 만해의 시적 상상력을 환기시킨다. "흙도 물도 공기도 바람도/모두 다 형제"이다. 나와 삼라만상은 모두 다 근원 동일성을 지닌 생명공동체이다. 시적 화자는 무생물까지도 영성스러움이 존재하는 생명의 실체로 파악한다. 내 몸속에 신령스러움이 내재하는 것처럼 외부의 사물 역시 이와 다르지 않다. 영성이란 풀·벌레·동식물과 토양과 이 우주에 있는 실재하는 모든 것은 다 나와 유기적인 한 생명의 움직임이라는 사실에 기인한다. 이러한 영성공동체의 사고는 수운 최제우의 시천주(侍天主)를 설명하는 내유신령 외유기화(內有神靈 外有氣化)에서의 외유기화에 해당한다. 내유신령이 본래적 생명이라고 한다면 외유기화는 만물의 저변을 흐르는 본원적 통일성 또는 공공성을 의미한다.[13] 수운이 안으로 신령이 있다고 할 때 그 신령은 고립된 개체가 아니라 모든 존재들의 가장 깊은 내면을 서로 연결하는 공공적 통일성으로 존재한다는 것이다. 따라서 양자는 근원 동일성을 지닌 하나의 통일체이다. 그래서 시인은 "잎새 속에서 뚫어져라 뚫어져라/나를/쳐다 보"(「나 한때」『중심의 괴로움』)기도 하고, "창 밖의 마른나무에/공손히 절 한 번"(「무슨」 같은 책) 하기도 한다. 무궁광대한 생명의 이치를 깨닫게 되면서 시인은 이제 "외로움이란 없다고" 생각하게 된다.

---

12) 한용운 「군말」, 『한용운정본시집』, 시와시학사 1996.
13) 오문환 『사람이 하늘이다』, 솔 1996, 68~79면 참조.

여기에 이르면, 김지하의 시세계가 전통적인 민중종교인 동학사상의 현대적 계승을 통해 생명공동체 문화의 세계관을 뚜렷하게 정립하고 있음을 확인할 수 있다. 그러나 이와같은 생명공동체 의식은 우리 문화사에서 서구의 식민지적 지배논리인 진보신화와 개발이데올로기의 침윤에 의한 동학농민혁명의 정통성의 단절과 함께 퇴색된다. 특히 1960년대 5·16세력에 의해 강제적으로 시행된 '기술로서의 근대'의 가속화는 전통적인 지역공동체와 유기적인 살림의 문화의 해체를 몰고 왔다. 따라서 오늘날 생명가치의 상실과 물질주의의 팽창이라는 서구의 근대 기계주의적 패러다임의 부정적 현상이 우리나라에서도 극명하게 노정되고 있다. 따라서 김지하의 우주 생명의 본성에 대한 재발견과 이를 토대로 한 생명공동체의 세계관은 근대 기계주의적 세계관에 대한 부정과 동시에 비판적인 초극의 논리로서 의미를 지닌다.

이렇게 보면, 동학혁명을 꼭지점으로 하는 김지하의 전통적인 민족민중적 세계관은 억압적인 지배세력에 대한 직접적인 부정과 대결을 거쳐 좀더 본질적이고 근원적인 문명적 차원의 대안을 제시하는 단계로 나아가고 있음을 알 수 있다.


## 4. 주체적인 근대지향성과 초극의 논리

지금까지 김지하의 문학세계에 대해 4·19혁명의 지향성을 동학농민혁명으로부터 시작되는 민족민중변혁운동사의 내재적 연속성 속에서 인식하고, 이를 토대로 불온한 지배세력에 대한 직접적인 저항과 반역에서부터 우주 생명의 본성에 대한 재발견과 생명공동체 문화의 당위성에 대한 인식으로 나아가는 길을 순차적으로 살펴보았다. 이러한 과정은 특권 지배층의 억압에 대한 상대적 개념의 민중상에서 구체적인 생활체험을 통해 체득한 생명의 '본디 성품'과 존재원리를 창조적으로 실현하는 절대적인 주체적 개념의 민중상을 부각시키는 데로 나아간 것이라 하겠다. 그의 문학세계가 후기에 올수록 사상성이 표나게 드러나는 배경도 이러한 문면에서 이해된다.

한편, 김지하의 문학세계의 토대를 이루는 동학농민혁명의 반봉건 근대성은 농민이 주체가 된 이른바 '농민적 노선'의 근대성이란 특수성을 지닌다. 그래서 그의 문학에 등장하는 민중적 정서의 주조음은 산업자본주의 사회의 프롤레타리아 계급 정서와는 변별되는 것으로서 농경공동체에 입각하여 조화로운 이상사회를 지향하는 농민적 정서에 가깝다. 또한 그의 후기 문학에서 표나게 드러나는 동학농민혁명의 사상적 지향성에 바탕한 생명사상은 오늘날 '기술로서의 근대'의 성장과 발전의 극단화가 파생시킨 생명가치 상실에 대한 비판적인 극복의 논리를 제시하고 있다. 이렇게 보면, 그의 전통적인 민족민중적 세계관은 산업자본주의 사회의 보편적 근대성에 대한 긴밀한 대응의 단계를 거치지 않은 채 근대극복의 담론을 제기하는 면모를 보인다. 다시 말해 그는 19세기 서세동점(西勢東漸)의 시기에 "동양의 전통사상을 떨치고 나오면서 서양의 근대 충격에 창조적으로 응전한" 우리의 자생적인 반봉건 근대화의 특수성을 통해 오늘날 서구 중심적인 보편적 근대성의 한계에 대한 초극의 논리를 제시하고 있는 것이다.

따라서 김지하의 문학은 오늘날 우리의 근대성 논의가 직면한 '근대적 응과 근대극복의 이중 과제' 즉 주변부의 위치에서 서구중심주의적 근대성을 제대로 해석하면서 이를 주변부적 가능성과 교호하는 가운데 극복의 계기를 찾는 과제(구모룡 「근대성과 미적초극의 방안」, 『문학사상』 2001년 6월호 61면 참조)에 대한 많은 시사점을 제공한다고 할 수 있다. 앞으로 그의 문학세계에 대한 논의는 여기에 대해 좀더 면밀한 검토가 있어야 할 것이다.

　이상에서 살펴보듯, 김지하의 문학세계는 출발부터 이미 심원한 민족민중적 세계관의 전통에 기반을 둠으로써 당시에 유행하던 소시민적 비애와 자학의 범주를 비판적으로 넘어서서 부정의 언어와 상생(相生)의 노래를 가장 깊고 멀리 밀고나갈 수 있었다. 또한 창작 판소리를 비롯한 전통적인 민중민예의 현대적 재창조와 생명사상의 정립은 오늘날 세계화시대에 대응하는 민족문화의 미학적인 형식론과 내용가치의 차원에서도 소중한 의미를 지닌다. 4·19혁명에 대한 내재적 발전론의 역사관에서부터 발원한 그의 문학은 부정적인 지배세력에 대한 직접적인 응전과 대결에서 부정적인 세력까지 순치시켜 포괄하는 살림의 문화를 정립하는 과정을 보여주었다. 이러한 과정은 생명의 신성성을 지키는 소극적인 단계에서 생명 재건 문화의 모색이라는 좀더 본질적이고 창조적인 차원으로 확대되는 일원론적인 연속성을 지닌다. 그의 이러한 생명의 시학이 앞으로 더욱 면밀하게 구체화되면서 오늘날 인류가 직면한 작게는 개인의 정체성 상실에서 크게는 전지구적 차원의 자연 파괴에 이르는 위기적 상황에 대한 신생의 출구를 제시할 수 있길 바란다. 이것은 4·19혁명의 내재적 발전론에 관한 특수성의 세계사적 보편화와도 연관되는 문제의식을 지닌다. □

洪容喜 문학평론가. 경희사이버대 교수. 저서로 『꽃과 어둠의 산조』 『김지하 문학 연구』 등이 있음.

# 廉武雄

염 무 웅

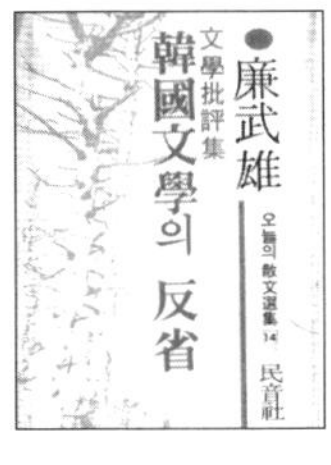

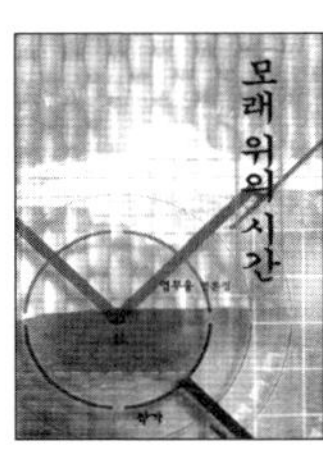

## 염 무 웅

1941년 강원도 속초에서 태어나

서울대 독문과 및 동대학원을 졸업하였다.

1964년 경향신문 신춘문예에 「최인훈론」이

당선되어 평론활동을 시작하였고,

1968년 계간 『창작과비평』 편집에 참여,

이후 주간·발행인 등을 역임하였다.

평론집으로 『한국문학의 반성』(1976)

『민중시대의 문학』(1979)

『혼돈의 시대에 구상하는 문학의 논리』(1995)

『모래 위의 시간』(2001)을 펴냈고,

공저 『일제시대의 항일문학』,

공역서 『문학과 예술의 사회사』 등이 있다.

팔봉비평상(1995), 요산문학상(2000)을

수상하였다.

덕성여대 국문과 교수를 거쳐

현재 영남대 독문과 교수로 재직하고 있다.

한국문학의 반성, 민음사 1976
민중시대의 문학, 창작과비평사 1979
혼돈의 시대에 구상하는 문학의 논리, 창작과비평사 1995
모래 위의 시간, 작가 2001

# 총체성의 탐구와 치열한 객관정신

염무웅의 비평에 대한 단상

임홍배

## 1

지난해 회갑을 맞은 염무웅(廉武雄) 선생은 지금까지 네 권의 평론집을 내놓았다.[1] 비슷한 연배의 평론가 중에는 십수 권의 저서를 가진 분도 더러 있고 또 생전에 전집이 나오는 경우도 있으니 그의 글쓰기는 굳이 말하면 과작이라 하겠다. 그러나 그의 비평은 결코 양적 기준으로 가늠할 수 없는 무게를 지니고 있다. 비평활동을 시작한 청년기부터 삶의 고비마다 험난한 시대를 겪으며 오늘에 이르기까지 그는 시대적 과제와 치열하게 대결하되 어느 한 시기에도 편벽된 시대정신에 사로잡히지 않고 이 땅에 진정으로 사람답게 사는 모습을 우리 모두의 삶으로 이루려는 순수한 열정으로 참된 문학의 외길을 추구해왔다. 신경림 시인의 말처럼 결코 함부로 글을 쓰지 않는 그의 '결벽'이 무색해질 만큼 30대 이후 가장

---

1) 『한국문학의 반성』(민음사 1976) 『민중시대의 문학』(창작과비평사 1979) 『혼돈의 시대에 구상하는 문학의 논리』(창작과비평사 1995) 『모래 위의 시간』(작가 2001). 이 글을 쓴 직후 나온 네번째 평론집은 미발표 원고를 상당수 포함하고 있어서 그 내용을 미처 검토하지 못했으며, 이 글에서 다룰 앞의 세 권은 이하 『반성』 『민중』 『논리』로 약칭하기로 하였다.

왕성한 필력으로 노익장을 실감케 하는 요즘 글에서도 그는 여전히 치열한 긴장을 늦추지 않고 있으며, 그러면서도 세상을 보는 눈이 더욱 밝아지고 깊어지는 연륜의 무게가 고스란히 전해져온다.

아마도 이런 연유에서 필자처럼 지난 7,80년대에 성장기의 진통을 치르며 그 시대가 이룩한 민족문학의 성취에서 문학을 배우고 우리 현실에 눈을 뜬 문학 연구자들에게 염무웅의 비평은 언제나 든든한 길잡이가 되어왔을 것이다. 특히 글쓰기의 긴장을 이완시키는 온갖 함정과 유혹이 도처에 도사리고 있는 지금의 환경에 비춰볼 때 염무웅의 비평은 작품이야말로 그 시대와 대결하는 이론들의 가장 정직한 검증임을 일관되게 확인시켜준다는 점을 미리 강조할 필요가 있다. 구중서(具仲書), 백낙청(白樂晴)에 이어 민족문학을 제창한 초기 비평에서도 그는 훌륭한 문학작품의 참된 성과가 "어떠한 그럴듯한 이론이나 어떠한 굳어진 이데올로기보다도 비할 수 없이 위대한"(『반성』 41면) 것이라는 믿음에 충실했으며, 같은 취지에서 "남에게서 받아들인 개념과 형식 자체는 아직 우리의 것이 아니라는 점을 명백히 해야 한다"(『민중』 37면)는 신념을 견지하였다. 두번째 평론집 이후 16년 만에 나온 세번째 평론집에서도 그의 비평에 기본 바탕이 되는 그러한 미덕은 여실히 확인되거니와 "작품의 창작과정은 삶의 과정 그 자체에 대응된다고 할 만큼 복잡한 변용과 숨가쁜 투쟁, 순간적인 깨달음과 지속적인 사유, 집요한 인내와 폭발적인 상승, 그리고 우발성과 필연성을 동반하는 격렬한 출산의 고통의 총체적 이행"이며 그렇게 탄생한 작품이 "작가 자신의 개입의 여지조차 허용하지 않는 그 자체의 절대적이고 배타적인 생명성"(『논리』 14면)을 지닌다는 지적은 지금의 창작과 비평 모두 깊이 새겨들어야 할 대목일 것이다.

염무웅의 비평은 우리 문학사에서 개화기부터 최근까지를 아우르는 광대한 영역을 포괄하고 있다. 지난 한 세기의 거의 모든 중요한 작가들과 매 시기를 빠짐없이 살피고 있는 그의 비평적 대상을 모두 다룬다는

것은 별도의 문학사적 재구성을 요하는 방대한 과제로 필자의 역량을
한참 벗어나는 일이며, 이 글은 그의 비평세계를 최소한의 윤곽으로 소
개하면서 군데군데 약간의 단상을 덧붙인 것에 지나지 않음을 미리 밝
혀둔다.


2


염무웅 비평의 출발점을 규정하는 역사적 원체험은 4·19혁명이다.
4·19의 체험이 그의 비평과 삶에서 지금까지도 '근원적인 동력'이 되고
있다는[2] 것은 당연히 개인사의 차원에 한정된 문제가 아니라 4·19혁명
이 우리의 현대문학사를 그 전후로 구획하는 역사적 준거가 된다는 엄연
한 문학사적 사실과 결부되어 있다. "우리 문학은 4·19를 자기반성의 기
회로 받아들임으로써 잃었던 현실감각을 다시 찾기 시작했고, 그것은
1970년대의 엄중한 억압체제를 뚫고 나가는 동안 '민족문학'의 이념으로
수렴되었"(『논리』 200면)던 것이다. 4·19의 문학사적 의의에 대한 이러한
평가는 거칠게나마 염무웅의 비평을 크게 두 영역으로 나누어보는 하나
의 기준도 된다. 우선 개화기부터 식민지시대를 거쳐 전란의 참화를 겪
으며 일종의 정신적 공황에 빠져들었던 1950년대까지의 우리 문학은 한
용운 같은 드문 예외를 제외하면 우리 민족이 처한 절체절명의 위기상황
에 대한 문학적 대응이라는 측면에서 볼 때 주로 비판적 극복의 대상으
로 다루어진다. 다른 한편 1960년대의 과도기를 거쳐 이전 시대가 남긴
부정적 유산을 극복함과 동시에 되찾은 '현실감각'으로 민족현실을 천착

---

2) 대담 「1960년대와 한국문학」, 『작가연구』 3호 1997, 203면: "대학 1학년 때 4·19를 맞이했고 그
후 4·19에 의해 양성된 자유로운 대학 분위기에서 학창시절을 보내면서 그때 흡수한 자양분이 지
금까지 40년 가까운 제 삶의 원천이고 기준이고, 그때 심어졌던 마음이 지금도 문학적인 측면에
서만 아니라 살아가는 데 있어서도 근원적인 동력의 역할을 한다고 느낍니다."

한 1960년대 이후의 문학은 그것이 이룩한 새로움을 적극 평가하는 방식으로 다루어진다. 전자의 경우 이광수(李光洙) 김동인(金東仁) 한용운(韓龍雲) 김기림(金起林) 이상(李箱) 윤동주(尹東柱) 채만식(菜萬植) 서정주(徐廷柱) 등 그들이 속한 시대의 시차를 감안하더라도 무척 다양한 성향의 작가들이 비평적 대상이 되는 반면, 후자의 경우에는 김정한(金廷漢) 이호철(李浩哲) 이문구(李文求) 현기영(玄基榮) 황석영(黃晳暎) 고은(高銀) 신경림(申庚林) 김남주(金南柱) 조태일(趙泰一) 등 훗날의 문학사에서도 '민족문학'의 한 시대를 대표하는 흐름으로 기록됨직한 작가들로 비평대상이 압축된다는 사실에서도 그러한 무게중심의 이동을 엿볼 수 있다. 그러나 처음 두 평론집에서 상대적으로 큰 비중을 차지하는 것은 동시대의 작가보다는 오히려 식민지시대를 포함하여 1960년대까지의 우리 문학이다.

이 시기의 문학에 대한 평가에서 염무웅의 일관된 관심은 "민족의 실체는 민중이요 근대화의 내용은 자주화"(『민중』 39면)라는 의미에서 온전하게 '근대적'인 동시에 '민족적'인 문학의 성취 여부이다. 그것은 개항과 더불어 외세의 침략에 노출되고 곧이어 긴 식민지 암흑기를 겪어야 했던 민족사적 불행과 치열하게 대결하지 않고서는 참된 문학적 성과가 나올 수 없었음을 말해주는 것이다. 그런 관점에서 보면 신문학의 서막에 해당되는 1905년 전후의 개화기 소설은 당대 사회의 부조리와 외세의 침략을 보기는 하되 전통적 도덕의 타락에서 사회적 부조리의 원인을 찾는 시대착오를 드러내고 "작가의 주관적 애국심에도 불구하고 올바른 근대의식과 배치되며 참된 민족의식과도 거리가 멀었다"는 평가를 받는다(이하 『민중』 44~48면 참조). 그런가 하면 1910년대 내내 구도덕의 타파와 낡은 가치관의 타도를 외쳤던 이광수는 『무정』(1917)에 대한 김동인의 지적대로 '낡은 사상 위에 억지로 새로운 사상을 도금하려'는 자가당착에서 벗어나지 못했다. 그럼에도 이 소설이 '과도기의 조선의 진실한 형상'임을 간파했던 김동인 자신은 『무정』에서 보이는 그나마의 세태화적 리얼리즘을 이광수 자신의 예술적 충동에 충실하지 못한 대가로 얻어진 것이라 보았으며, 그런 엉뚱한 진단 끝에 결국 식민지 현실을 외면한 '절대적 유미주의'로 빗나가고 말았다.

1920년대의 김소월(金素月) 현진건(玄鎭健) 나도향(羅稻香) 염상섭(廉想涉)은 각자 나름의 방식으로 이전 시대의 한계를 극복하는데 성공하지만, 이 시기뿐 아니라 식민지시대를 통틀어 최고의 민족시인으로 우뚝 솟은 존재가 한용운이라는 것은 주지의 사실이다. 염무웅 역시 「만해 한용운론」(1972)에서 만해의 불교사상과 독립사상을 상세히 소개함과 아울러 일제에 항거한 3·1운동의 진정한 문학적 결실이 곧 만해의 시 『님의 침묵』(1926)임을 적절히 밝혀내고 있다. 요컨대 "부정을 통해 긍정에 이르고 그것을 다시 부정함으로써 보다 큰 긍정에의 길을 준비하는 불교적 변증법"이 '님의 침묵'이라는 "단 하나의 주제를 맴도는 그의 시에 단조로움이 아닌 무한한 역동감"을 불어넣고 있다는 지적은 만해의 시세계를 이해하는 하나의 열쇠가 될 수 있을 것이다. 만해의 시 어느 구절에서도 우리는 편협한 합리주의에서 흔히 목격하는 아(我)와 비아(非我)의 대타적 분립이나, 부정의 부정이 곧 종합이라는 식의 안이하고도 폐쇄적인 변증법, 혹은 '나'를 너무 쉽게 잊고 '님'의 자리에 '메시아'를 모시는 광신적 열광 그 어느 것과도 무관하게 살아있는 역동성을 발견하게 되는 것이다. 만해의 삶과 일체를 이루는 그러한 시적 사유가 앞서 말한 의미에서 진정한 '근대성'과 '민족성'의 최고 절정에 이른 것은 당연히 "자기 시대를 님이 사라진 시대로, 자기 현실을 님이 침묵하는 현실로" 직시한 식민지 현실에 대한 통절한 각성의 결과이다. 님의 '침묵'에 대한 그러한 자각은 동시에 "지금 있음의 허구성을 깨뜨리고 장차 있어야 할 참된 존재로 우리를 부단히 이끌어"가며 그리하여 "님이 돌아올 것을 믿어 의심치 않는 벅찬 희망과 튼튼한 낙관의 노래"(이상 『민중』 156~57면 참조)인

것이다.[3]

그러나 만해 이후로 그처럼 든든한 희망과 낙관의 노래는 찾아볼 수 없다. 일제의 침략전쟁과 함께 강권통치가 더욱 폭력적 양상을 띠면서 적지 않은 문인들이 친일로 넘어갔던 시기를 논외로 할 때 1930년대 문학에 두드러진 특징의 하나로 염무웅은 문예이론의 다양화를 들고 있다. 특히 김기림의 모더니즘론은 1930년대 시단에 결정적인 영향을 끼쳤고 그 부정적 여파가 1950년대를 거쳐 1960년대까지도 지속되고 있다고 보기 때문에 간과할 수 없는 대목이다. 염무웅은 일단 김기림의 모더니즘론이 그 이론의 출처를 떠나서 1930년대 문학의 질적 세련에 기여했고 그러한 이론과 더불어 정지용(鄭芝溶) 이상(李箱) 김광균(金光均)의 작품을 포함하는 의미의 모더니즘이 어떤 역사적 필연성의 소산이며(이하 『민중』 68~70면 참조), 나아가서 현실인식의 새로움이 문학의 기술적 쇄신을 동반하게 마련이라는 뜻의 모더니즘은 모든 진정한 문학의 세계관과 방법에 항상 존재한다는 것까지도 인정한다. 그러나 1930년대 한국의 모더니즘은 새로운 현실인식과 사회적 실천의 과정에서 창작방법을 쇄신했다기보다는 "그러한 인식과 실천이 빈약한 상태에서 서구적 문예이론의 학습을 통해서 단순한 형식적 새로움만을 받아들였다"는 것이 염무웅의 최종적 판단이다. 뿐만 아니라 "서구 독점자본주의 사회의 정신적 고갈과 위기의식으로부터 나온 문예이론을 한국적 문단현실에 투과한 매판적 논리"라는 비판은 그나마의 '형식적 새로움'도 단지 '이식문학'의 한 징표에 불과하다는 뜻으로 이해된다. 이러한 비판은 최근 최원식(崔元植)이 30년대 모더니즘 운동에 대해 "19세기에 머물러 있는 한국문학에 20세기적 성격을 부여하려는 압축성장적 이식과정"이었고 "이 때문에

---

3) 백낙청 역시 같은 취지에서 님을 '침묵하는 존재'로 파악한 데 만해 시의 현대성이 있으며, 그럼에도 한용운 당대의 그 침묵이 "어디까지나 님의 침묵임을 알고 자신의 사랑과 희망에는 고갈을 안 느낀 것이 종교적 민족적 전통에 뿌리박은 시인으로서의 그의 행복이었다"고 말한 바 있다(백낙청 『민족문학과 세계문학 I』, 창작과비평사 1978, 53면).

김기림은 특히 계급문학운동의 '현대성'을 몰각하였"다고 한 비판을 상기시킨다.[4] 여기서 염무웅과 최원식 모두 1930년대 모더니즘의 이식적 성격을 비판하는 점에서 일치하지만 그 비판의 입각점은 얼마간 차이가 있어 보인다. 우선 염무웅의 경우 식민지 현실에 대한 정직한 고뇌 여부가 비판의 초점이라면 최원식은 '압축성장적 이식과정'이라는 단서에도 불구하고 (한국과 서구를 아우르는) 19세기와 20세기의 문학사적 간격에 과도한 비중을 두고 있다. 20세기 영미 쪽의 모더니즘 이론을 열렬히 소개하고 창작의 지침으로 내세운 김기림 자신의 의도가 실제로 그러했다 하더라도, 서구의 19세기가 20세기와 본질적 연속성을 갖는 제국주의시대였다는 온당한 상식을 강조하지 않으면 식민지 지식인이라는 김기림의 입지는 시야에서 사라지기 쉬울 것이다. 다른 한편 김기림이 이식적 모더니즘의 취약성 '때문에' 계급문학운동의 현대성을 몰각했다는 것은 논리적 비약 이상의 문제점을 안고 있다고 생각된다. 염무웅의 설명대로 1930년대 문학의 저변에 흐르는 암묵적 합의가 "카프적 정치주의에 대한 부정"(『민중』 71면)이라면 그것은 다양한 지향성을 가진 그 부정의 동기들이 무엇이었든 간에 카프식의 계급적 관점이 반(反)식민지 투쟁의 진정한 대안이 될 수 없었다는 엄연한 역사적 사태의 반증일 것이다. 그렇게 보면 계급문학적 관점의 결여를 지적하는 것은 절박한 시의성을 비켜나 있다. 뿐만 아니라 김기림의 지적 태반과는 인연이 닿지 않는 '계급적 관점'을 김기림의 모더니즘 바깥에서 요구한다면[5] 설령 김기림 자신이 그런 관점을 수용한다 해도 진정한 '회통(會通)'에 이르기보다는 억지

---

4) 최원식 『문학의 귀환』, 창작과비평사 2001, 47면.
5) 좀 경우가 다른 사례를 들어보면 마르께스로 대변되는 중남미 문학의 '마술적 사실주의'가 20세기 서구의 본격 모더니즘에 속하는 초현실주의 문예조류나 카프카의 문학에 일정한 영향을 받은 것으로 알려져 있지만, 양식적 친화성과 억눌린 삶의 신음까지 공유하는 이 경우에도 마르께스 소설의 저류에 흐르는 민중의 뜨거운 숨결이 카프카의 소설에 결여되어 있다고 탓하는 것은 여러 모로 적절치 않을 것이다.

‘외접(外接)’에 그칠 공산이 크며, 실제로 해방 직후 김기림의 일시적 변모에 대한 최원식의 설명이 그것을 뒷받침하고 있는 것이다. 이런저런 문제를 고려하면 오히려 김기림의 모더니즘이 ‘이식적 모더니즘’의 이중적 한계 안에서 당대의 식민지 현실에 얼마나 정직하게 맞닥뜨린 이론인가를 따져보는 편이 차라리 더 생산적일 수도 있다. 가령 김기림이 비판한 ‘낭만주의’나 ‘세기말의 말류’(末流)라고 공박한 ‘감상적 낭만주의’도 그런 문제의 하나다. 김기림의 비판이 1920년대 시단에 유행한 감정의 과잉분비를 겨냥한 것이라면 분명 1920년대에서 한 걸음 나아간 문제의식에 공감할 수 있을 것이다. 그렇지만 그러한 진단에서 곧바로 시의 사회적 차원을 배제하고 시어의 내적 논리만을 추구하는 방향으로 치달은 것이 과연 옳은 길이었을까. 그리고 그런 차원의 반(反)낭만주의가 『화사집』 (1938)의 서정주를 몰아부친 “낭만주의적 정열”(『민중』 185면)—“현실에 대한 정적주의를 잠시도 허락하지 않는 생명 자체의 가위눌린 듯한 허위적 거림”—까지도 방향을 달리하여 올곧게 넘어설 잠재력을 내장하고 있었던가. 또한 김기림식 모더니즘의 진상을 파악하려면 그것이 과연 제대로 된 이식인가 하는 물음도 피할 수 없다.[6] 염무웅이 거의 유일하게 이상에 대해서만 “그의 문학을 식민지적 소시민 문학의 타락과 안이성으로부터 지켜”(『민중』 51면)준 정직한 양심을 평가한 것말고는 1930년대 모더니즘의 ‘형식적 새로움’조차 인정하지 않은 이유는 아마도 그런 질문들을 감당하지 못한 1930년대 모더니즘의 취약성과 결부되어 있다고 여겨진다.

---

6) 가령 서구 모더니즘의 원조로 평가받는 보들레르조차도 “예술의 절반은 스쳐 지나가는 것, 사라져가는 것, 우연적인 것이요 다른 절반은 영원불변의 것”이라고 했을 만큼 흔히 모더니즘의 대립항으로 설정되는 고전주의적·낭만주의적 향수는 모더니즘의 중요한 추진력이었으며, 본격 모더니즘에 속하는 20세기 독일의 표현주의 같은 경우에도 여전히 그런 경향이 뚜렷하다. 물론 ‘영원불변의 것’으로 상승하려는 고전주의적 회귀나 낭만주의적 초월을 결코 허용하지 않는 자본주의적 삶의 추악함과 폭력성을 절실히 깨닫는 데서 진정한 모더니즘적 긴장이 시작된다면, 우리 문학의 1930년대 모더니즘이 과연 그런 긴장을 우리의 현실이 요구하는 수준에 합당하게 제대로 소화했는가 하는 문제가 남는 것이다.

3

앞에서 언급한 모더니즘 문제는 차원을 달리하여 1960년대의 김수영(金洙暎)에게로 이월된다. 차원이 다르다는 것은 시대상황의 변화와 더불어 우리 문학의 지각변동이 역사적 필연임을 예고한다. 8·15의 일시적 감격을 뒤로한 채 반(半)식민지 체제가 자리잡았고, 6·25전란을 통해 고착된 냉전체제는 우리 민족에게 안팎으로 주체적 삶의 회복을 여전히 지난한 과제로 부과했으며, 4·19혁명은 그런 질곡에도 불구하고 자유와 민주주의가 이제 결코 되돌릴 수 없는 소중한 가치임을 각인시켜주었던 것이다. 바로 그 과도기의 정점에 서 있는 김수영은 누구나 인정하듯 4·19혁명을 그 좌절의 귀추까지 치열하게 고뇌하고 '시의 몸체'로 살아낸 자유의 시인이다. 그런데 염무웅의 「김수영론」(1976)을 읽으며 스치는 생각은 김수영이 과연 모더니즘을 넘어섰느냐 마느냐 하는 문학사적 위치에 대한 평가 자체보다도 도대체 그가 '자유의 시인'이라는 말이 7,80년대의 경험에 되비추어 어떤 의미를 가질까 하는 것이다.

그런 생각이 들게 하는 하나의 단서는 4·19를 경험한 김수영에게 양극적 긴장의 중심축을 이루는 '혁명과 고독'의 문제에서 찾아볼 수 있다. 역사적 경험에서 '혁명'과 '고독'은 흔히 배타적 상극의 위치에 놓이지만 김수영의 시에서도 '혁명과 고독'의 함수관계를 달리 헤아리기는 쉽지 않다. 예컨대 5·16쿠데타로 혁명이 좌절되고 "노래를 잃고 가벼움마저 잃어도//이제 나는 무엇인지 모르게 기쁘고/나의 가슴은 이유없이 풍성하다"(「그 방을 생각하며」)는 구절에서 우리는 배반당한 혁명에도 불구하고 희망의 싹이 가슴속에서 저절로 움터오는 것을 느낄 수 있으며, 그런 점에서 김수영은 4·19체험의 자양분을 고스란히 흡수했다고 주저없이 말할 수 있다. 그렇지만 "자유를 위해서/비상하여본 일이 있는/사람이면

알지/(…)/혁명은 왜 고독한 것인가를//혁명은 왜 고독해야 하는가
를”(「푸른 하늘을」) 읽으면 그 희망은 ‘고독’의 뒷전으로 밀려나고 만다. 그
리고 후자의 느낌이 1960년대 김수영 시에 더 깊이 침전되어 있는 것도
사실이다. 황동규가 말하듯 자유를 구속하는 사회와의 정직한 싸움이 가
열해질수록 김수영의 고독은 더욱 가중된다는[7] 이 역설은 다양한 해석
의 여지를 남긴다. 단지 혁명의 좌절감이 응고되어 절망의 깊이를 더했
다고 하면 김수영의 역동적 사유와 동떨어진 단선적 해설일 것이다. 또
김수영의 ‘자유’가 ‘자유주의’의 그것인지 민중적 전망까지 포용하는 것
인지 분명치 않다고 말해도 김수영의 시를 1960년대의 경험적 제약 안에
가두는 역사주의적 접근에 그치기 쉽다. 염무웅의 다음 언명은 그런저런
해석과 다른 차원의 시야를 열어준다.

그의 문학에 활력을 주는 것은 ‘자유’라든지 ‘정의’라든지 하는 어떤 이름
붙여진 목표가 그에게 확정되어 있지 않다는 사실이었다. 타협과 정체, 도
취와 집착은 언제나 그의 적이었던 것이다. (『민중』 220면)

그에게 있어서 ‘혁명’이란 삶(물론 정치적 영역까지 포함하는 삶)의 깊이
와 넓이를 남김없이 감싸려는 자기심화와 자기확장으로서의 부단한 자기부
정의 과정을 지칭하며, 그 자신의 말로 하자면 “끊임없는 창조의 향상을 하
면서 순간 속에 진리와 미의 전신(全身)을 위탁하는” 행위를 뜻하는 것이
다. (같은 책 233면)

여기서 김수영의 ‘자유’와 ‘혁명’이 특정한 이념형의 초극을 지향한다
는 것은 분명하며, 우선 그 점에서 김수영은 훗날 1980년대 민중문학의

---

7) 황동규 「정직의 공간」, 『김수영의 문학』, 민음사 1983, 123면 참조.

경직된 일면을 이미 넘어서고 있다. 그런데 의미심장한 것은 '삶의 깊이와 넓이를 남김없이 감싸려는 자기심화와 자기확장'이 '부단한 자기부정의 과정'을 동반한다는 사실이다. 바로 이 자기부정의 지점에서 김수영의 '고독'은 비상한 역동성을 얻으며, 염무웅의 말처럼 김수영이 '모더니즘의 잔재를 분해하는' 효소도 여기서 발생하는 것으로 보인다. 짐작컨대 김수영의 자기부정은 두 개의 축에 의해 움직이고 있는 것 같다. 그 하나는 위에 인용된 김수영 자신의 말처럼 그의 시작 행위가 "끊임없는 창조의 향상을 하면서 순간 속에 진리와 미의 전신을 위탁하는" 창조적 실천을 추구한다는 데서 찾을 수 있다. 여기서 '진리와 미의 전신을 위탁하는' 행위가 '순간'에만 가능하다는 것은 그러한 행위를 제약하는 삶의 질서가 '진리와 미'의 구현에 적대적임을 암시한다. 따라서 김수영의 자기부정은 대도시의 한복판에서 그 자신 그러한 일상적 삶에서 결코 자유로울 수 없었던 구속에 대한 끊임없는 부정을 동반하지 않을 수 없다. '진리와 미의 온몸'이라는 말은 다분히 고전적 울림을 주지만,[8] 김수영이 구현한 진정한 현대성의 일면은 우선 자신이 그 비루한 삶에 갇혀 있음을 알고 그러한 삶을 극복하기 위한 자기부정 없이는 억압적 사회질서의 기능인이 될 수밖에 없다는 자각에 있다. 백낙청이 적절히 설명한 바 있듯이 김수영이 하이데거의 영향을 받았다는 것도 바로 이런 대목과 관련이 있을

---

8) 최원식이 앞의 글에서 김수영에게 '진정한 노스탤지어의 해독이 너무 부족하다'고 한 말은 이런 점에서 수정될 필요가 있다고 생각된다. 물론 그 진정한 향수가 '다른 세상에의 전망'을 뜻한다는 부연설명이 있지만 그렇더라도 그 전망을 7,80년대적 의미에서의 '민중적 전망'으로 좁혀 해석하면 앞서 말한 역사주의의 문제점이 노정되며, 근대적 기획을 넘어설 전망이라는 뜻으로 보면 그것은 결코 김수영의 결핍이 아니다. 다른 한편 '노스탤지어'라는 표현은 청록파를 연상시키는데, 그런 의미에서 김수영의 결핍을 말하는 것은 어디까지나 김수영의 '바깥'에서나 가능한 주문이다. 김수영이 더 살았더라면 어떤 변모를 보여주었을지 알 수 없지만 적어도 1960년대 문맥에서는 그렇다. 예컨대 4·19의 좌절에 대한 고뇌들을 가리켜 "못다 죽은 애달픈 죽음을 뻐꾸기는 저리 울어예는데, 여기 상주(喪主)와 조객(弔客)들은 만장(輓章)의 글귀를 두고 말썽들이요"(유치환 「4月 哀歌」)라고 힐난한 비아냥이 "우리들의 전선은 눈에 보이지 않는다/그것이 우리들의 싸움을 이다지도 어려운 것으로 만든다"(「하…그림자가 없다」)라고 몸부림한 김수영에게 과연 어떻게 시적 자양분이 될 수 있었을까 하는 의문이 드는 것이다.

것이다.[9]

그런데 김수영의 이런 면모에 비해 상대적으로 덜 주목받은 자기부정의 또다른 축은 그의 이른바 '자의식' 문제인데, 이 '자의식'이야말로 김수영에게 모더니즘의 영토 안에서도 올곧은 진정성을 부여하는 면모라 생각된다. 그 자의식의 정체는 다음 구절에서 엿볼 수 있다.

> (시로써 언표되는—인용자) 의식의 그림자는 몸체인 시의 문으로 먼저 나올 수도 없고 나중에 나올 수도 없다. 정확하게 동시(同時)다. 그러니까 그림자가 있기는 하지만, 이 그림자는 그림자를 가진 그 몸체가 볼 수 없는 그림자다. (『민중』 219면에서 재인용)

이 대목에 대해 염무웅은 "대상을 의식하는 나를 의식하고 다시 그러한 자기를 의식하는 의식의 순환은 김수영의 문학적 사유를 이해하는 데 대단히 중요하다"고 하면서도 결국 모더니스트로서의 김수영은 "의식의 악순환 즉 자기 자신과의 내면적 싸움의 소용돌이에서 놓여나지 못"(『민중』 239면)했다는 결론에 이른다. 그렇지만 필자의 생각은 조금 다르다. 이 문맥에서 의식의 '그림자'란 프로이트가 말하는 '무의식'에 상응하는 것이라 볼 수 있다. 프로이트에서 의식의 표층보다 무의식의 심층이 훨씬 광대한 영역이듯 김수영의 '그림자'도 그것을 거느린 '몸체'인 '시'가 볼 수 없는 어떤 것이다. 그런데 그 '그림자'가 '몸체인 시의 문으로 먼저 나올 수도 없고 나중에 나올 수도 없다는 동시성'이란 '의식'에 의탁한 시적 언표가 그 의식을 견제 혹은 반성하는 또다른 의식과의 긴장 속에서만

---

9) 백낙청, 앞의 책 175면 참조. 한가지 부연하면 현대기술문명에 대한 하이데거의 비판이 자유주의의 외양을 띠는 자본주의적 질서나 특히 파시즘으로 나타나는 전체주의에 대한 비판과 결부되어 있다는 것도 유의할 필요가 있다. 그렇게 보면 김수영이 자기부정을 통해 추구하는 자유는 개체를 전체의 도구로 억압하는 전체주의에 대한 부정을 내포함은 물론, 통념과 달리 '자유주의'의 자유에 머물러 있지도 않은 어떤 것이다.

226

비로소 시의 '몸체' 즉 온전한 시가 성립된다는 뜻일 것이다. '혁명과 고독'의 문제로 치환하면, 혁명을 노래하는 시는 혁명을 염원하는 '의식'에 포획되는 순간 그로 인해 놓칠지도 모를 소중한 것들이 있지 않을까 하는 사려의 그림자를 지녀야 온전한 것이며, 마찬가지로 의식적 결단과 용기도 정직한 자기점검과 자기성찰을 동반할 때 든든한 공감대를 형성할 수 있을 것이다. 그러니까 김수영의 '자의식'은 자기 안에 갇혀 있는 그것이 아니라 그 의식을 둘러싼 현실과 자기 자신을 동시에 둘러보는 '자기의식'(Selbstbewußtsein)이다. 이런 연유에서 김수영의 모더니즘은 그야말로 '의식'을 의식하지 않고 '무의식의 자동기술'에 기울었던 서구의 초현실주의와 달리 절제된 현실감각을 획득하며,[10] 그렇기 때문에 초현실주의의 영향권에 갇힌 채 식민지 상황의 중압에 짓눌려 있던 이상의 창백한 모더니즘도 성큼 넘어선 현실성의 깊이를 얻는다.[11] "시는 온몸으로, 바로 온몸을 밀고나가는 것"이라는 말 뒤에는 물론 그러한 온몸의 시가 '자신의 그림자조차 의식하지 않는다'는 단서가 붙어 있지만, 그 '온몸'을 지탱하는 치열한 자기점검의 과정을 생략하고서는 '온몸'의 무게가 실린 절정의 순간이 저절로 찾아오지도 않을 것이다. '현대성과 의식과 겸손이 동의어'임을 깨달은[12] 이 올곧은 자각에 힘입어 도시의 소시민 김수영은 거인적 승려시인 한용운의 거룩한 '기다림'과는 또다른 차원에서 다함이 없을 숨막히는 열망을 노래할 줄 알았던 것이다.

---

10) 가령 초현실주의 선언문에 나오는 다음 구절을 김수영이 말하는 '의식의 그림자'와 비교해볼 수 있을 것이다. "이성에 의한 어떠한 감독도 받지 않고 심미적인, 또는 윤리적인 관심을 완전히 떠나서 행해지는 사고의 구술"(트리스땅 쟈라·앙드레 브르똥 『다다/쉬르레알리슴 선언』, 송재영 옮김, 문학과지성사 1987, 133면).

11) 이상의 '창백함'을 새삼 언급하는 것은 1920·30년대 서구의 초현실주의 계열에서도 아라공 같은 작가는 반파시즘 평화투쟁의 투쟁의 선봉에 섰음을 환기하기 위해서이다.

12) 김수영의 '무의식'이 탁월한 현실감각에 기초한 자기성찰과 결부되어 있다는 것은 예컨대 아무런 부끄러움도 모르고 '무의식'의 종작없는 분출을 '현대시'라 생각하는 가짜 현대시에 대해 "현대성과 의식과 겸손이 동의어가 된다는 것을 모르는 시인들이 현대시를 쓴다고 으스대고 있다"고 꼬집은 데서도 알 수 있다(『김수영 전집 2─산문』, 민음사 1981, 93면 참조).

　염무웅이 김수영의 이 자기의식을 현실주의와 결부짓기보다 의식의
악순환으로 본 것은 김수영의 현실감각을 외면해서가 아니라 ‘시를 의식
하는 시’라는 의미에서의 그의 모더니즘적 특성을 통상적인 모더니즘의
상위범주에 귀속시켰기 때문일 것이다. 현대시가 ‘시를 의식하는 시’로
씌어질 수밖에 없다 하더라도 그러한 작업이 “의식의 분열을 동반하지
않아야” 하고 “독자들에게 동질적 울림으로 재창조되어야 한다”(『민중』
222면)는 입장에서 보면 김수영의 자기의식적인 시는 반전을 거듭하는
단속적 호흡으로 인해 독자를 한시도 편안한 공감과 긍정으로 유도하지
않는 ‘불협화음’의 시임에 분명하다. 그러나 진정한 자유와 평화를 허용
하지 않는 억압적 질서에 대해 그런 불협화음이 촉발하는 최저음의 ‘불온
성’을 간과했을 티 없는 염무웅이 그럼에도 김수영을 모더니즘의 테두리
안에서 보려 했던 것은 무엇보다 1960년대를 지나 그의 동시대인으로 함
께 부대끼며 호흡한 작가들이 김수영과는 다른 물줄기에서 민족문학의
풍성한 자산을 일구었기 때문일 것이다. 그것은 염무웅 비평의 본령이
리얼리즘의 토양에 터를 잡고 있다는 뜻이기도 하다.


4


　염무웅의 비평에 바탕이 되는 리얼리즘의 정신은 요컨대 “사회적 역사
적 현실의 다양성과 복잡성을, 그리고 무엇보다도 문학예술의 영원한 원
천인 인간경험의 다양성과 복잡성”을 작가가 사는 시대의 현실 속에서
올바르게 그려내고 “삶을 그 전면적 총체성 속에서 파악하고자 하는 것”
이라 할 수 있다.[13] 7,80년대의 우리 현실에서 그것은 무엇보다 억눌리고
짓밟힌 삶에 눈을 돌리고 권력의 폭압에 맞서 인간다운 삶을 쟁취하려는

---

13) 『민중』에 수록된 「리얼리즘론」(1974) 참조.

고투의 과정에서 민족문학의 내실이 다져졌음을 의미한다. 그 점에서 이 시기의 민족문학은 우리의 근현대 문학에서 이전의 어느 때와도 비교되지 않을 뜻깊은 변화를 맞이했다고 할 수 있다.

이 시기의 작가들을 다룬 염무웅의 비평은 민족문학의 새 영역을 개척한 개인적 집단적 노력들이 개별 작가의 고유한 개성과 결합하여 어떻게 구체적 작품의 성취로 열매맺었는가를 고르게 조명하고 있다. 여기서 낱낱이 거론할 수 없지만 특히 7,80년대를 조망하는 시점에서 고은 신경림 김남주의 시세계를 분석한 글들은 민족문학의 두터운 지반과 그 정점의 봉우리들을 정확한 원근법으로 보여주고 있다. 고은의 시세계에서 그는 '민족현실의 올바른 인식 위에서만 개인적 현실의 옳은 인식도 가능하다'는 자각에서 출발하여 민족사적 관심으로 확대되어온 시적 발전과정 속에서 마침내 '문학과 삶이 본래 있어야 할 자리'에 대한 깊은 깨달음에 이르는 역정을 읽어내고 있으며,[14] 민중의 고단한 삶을 그 현장에서 노래하는 신경림의 시가 '생생하게 살아 있는 이미지들이 순탄하게 흐르는 우리말 가락에 빈틈없이 맞아떨어져 완벽한 시의 경지에 이르렀다'는 평가와 더불어 근년의 시편에서 '머리와 몸, 겉과 속, 텅 비는 것과 꽉 차는 것 사이의 옳은 분별' 위에 자신을 포함한 이 세계와의 진정한 '화해'에 도달했음을 발견한다.[15] 그런가 하면 김남주는 시인 자신이 고백한 바 있듯이 하이네 브레히트 네루다 등의 서구 저항시인들로부터 시 창작을 익혔음에도 불구하고 '가장 첨예한 의식이 그에 상응하는 가장 예민한 예술적 감응력과 부딪치는 현장'에서 '상투적 구호시들과 완전히 구별되는 진정성'을 구현함으로써 당대의 시인 중에 '시와 행동의 일치를 극한적으로 실천한 거의 유일한 인물'로 온당한 주목을 받는다.[16] 표면적으로 보면

<hr>

14) 『논리』에 수록된 「한라에서 백두까지」(1993) 참조.
15) 구중서·백낙청·염무웅 엮음 『신경림 문학의 세계』(창작과비평사 1996)에 실린 「민족의 삶, 민중의 노래」 참조.
16) 『논리』에 수록된 「투쟁의 나날과 삶」(1995) 참조.

1980년대 무렵 염무웅은 비평적 발언을 자제한 듯하지만, 이러한 비평적 작업들은 그가 과묵의 이면에서 누구보다 치열한 문제의식과 폭넓은 균형감각으로 그 시대를 넉넉히 버티고 감당했음을 고스란히 보여준다.

1980년대 이후의 문학과 현실을 보는 염무웅의 비평에서는 모종의 의미심장한 변화가 감지된다. 그것은 무엇보다 1990년대와 이전 시대를 갈라놓는 역사적 경험의 심대한 단층과 결부되어 있을 것이다. 사회변혁을 추구했으나 하나의 체제로서는 물론 국가적 단위에서도 예외없이 실패로 끝난 지난 시대의 혁명이념에 대한 다음의 비판적 진단이 그 점을 시사한다.

삶에 의미를 부여하는 가치란 살아 있음 자체의 내부에서 생성되는 것이지 외재적으로 또는 선험적으로 주어지는 것은 아니다. 그러므로 개인들의 삶은 그 자신에게는 반복불가능하고 대체불가한 일회적 절대성을 갖는다. 개인의 소멸을 가정하는 어떤 종류의 전체주의적 초월주의적 이념도 근본적으로 기만이고 허위이다. (『논리』 280면)

여기서 중요한 것은 20세기의 극단들로 치닫거나 그 참담한 현실을 관념으로 젖혀버린 이념들의 파산에 직면하여 삶의 가치가 '살아 있음 자체의 내부에서 생성된다'는 교훈을 얻고 있다는 사실이다. 얼른 생각하면 너무 당연하다고 할 수도 있을 이러한 성찰이 특히 지금 시점에서 소중한 것은 무엇보다도 자본의 반인간적 야만성이 갈수록 위세를 더하기 때문일 것이다. 자본의 포식을 위해 바쳐지는 자연의 파괴가 인류의 존립기반까지 위협하는 단계로 접어들었음은 물론이고, 인간의 얼굴을 지운 지 오래인 첨단과학이 21세기에 들어서도 무고한 인명을 살상하는 추악한 전쟁의 병기로 동원되는 배후에도 어김없이 자본의 검은 손길이 뻗쳐 있음을 짐작하기란 어렵지 않다. 그럼에도 지구상의 절대다수의 사람들에겐 자본이 부추기는 욕망과 어떤 형태로든 타협하지 않고는 여전히 나날의 생존 자체가 불안한 것도 사실이다. 이런 이유에서 삶의 근원적인 변화를 추구하는 일은 이제 자본의 야만적 폭력성에 맞서서 '살아 있음'의 의미를 우선 자신의 삶에서 지켜내야 하는 고투의 과정들을 거치지 않을 수 없는 것이다. 이 외로운 투쟁은 그러나 자기 삶의 외부에서 주어지는 그 어떤 이념이나 관념에도 의지할 수 없는 것이기에 그만큼 더 버거운 정신적 긴장과 혼신의 투여를 요구하게 마련이며, 그 싸움을 자신의 몫으로 받아들이는 정직한 양심이 섬세한 감성과 결합된 작가일수록 때로는 극한의 육체적 고통까지 감수하지 않을 수 없다. 그런 점에서 염무웅의 최근 비평에서 죽음의 고통을 치르며 얻어진 일련의 시들이 각별히 주목받는 것은 예사로운 일이 아니다. 죽음의 강을 건너며 삶을 돌아본 김영무(金榮茂)의 시에서 '이 끔찍한 폭력문화에 온몸으로 맞서 언어의 번제(燔祭)를 올린 감동적 기록'을 읽어내고(「풍경 뒤에 숨은 고통의 텍스트」,『창작과비평』2001년 겨울호), 또 7,80년대의 독자들에게는 '식칼의 시인'으로만 친숙했던 조태일 시의 서정적 변모에서 '젊은 날의 시련을 올곧게 이겨낸 시인만이 쓸 수 있는 아름답고 지혜로운 시'를 발견하는 것은(「자유의 정신으로 벼려진 칼빛 언어」,『창작과비평』1999년 겨울호) 모두 이 폭력적 시대의 중압이 나날의 삶에서 얼마나 우리의 영혼과 육신을 옥죄는가를 직시하게 하며 그에 맞서 진정한 '살아 있음'의 가치를 지키는 일의 소중함을 일깨워준다.

최근 어느 대담에서 염무웅은 자신의 비평적 관심의 변화에 대해 '현실비판적 자세로부터 멀어져 일종의 내면성찰적 태도가 길러지는 것 같다'(『내일을 여는 작가』2000년 가을호 21면)는 심경을 밝힌 적이 있지만, 돌이켜보면 이는 결코 급격한 단층적 변화가 아니라 그의 비평이 전개되어온 과정에서 축적된 내적 필연성을 지니고 있다. 그의 비평은 언제나 시대의 아픔과 고통을 우리 모두의 것으로 함께 나누고 서로를 보듬는 고투의 현장에서 그 아픔을 딛고 넘어설 희망을 찾아왔기 때문이다. 이 험난한 시대에 그는 변함없이 우리 모두 함께 가야 할 먼길의 든든한 동반자인 것이다. □

林洪培 문학평론가. 서울대 독문과 교수. 주요 평론으로 「다시, 시상 속으로」 등이 있고 역서로 『루카치 미학』(공역) 『나르치스와 골드문트』 등이 있음.

김

현

# 김 현

1942년 전남 진도에서 태어나

서울대 불문과 및 동대학원을 졸업했다.

1962년 『자유문학』 제5회 신인평론 분야에

「나르시스 시론」이 당선되어

평론활동을 시작했다.

이후 『산문시대』 『사계』 『68문학』

동인으로 활동했으며,

1970년 김병익(金炳翼), 김치수(金治洙) 등과

함께 계간 『문학과지성』을 창간하였다.

1964년 첫 평론집 『존재와 언어』를 발간한 이래

『상상력과 인간』(1973) 『문학과 유토피아』(1980)

『말들의 풍경』(1990) 등 30여권의 저서를 펴냈고

현대문학상(1980), 팔봉비평상(1990)을

수상했다.

서울대 불문과 교수를 역임했으며,

1990년 타계 이후

김현 문학전집(1993, 전16권)이 간행되었다.

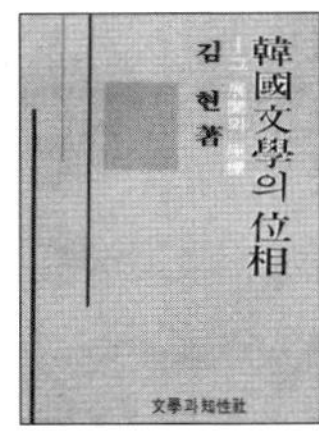

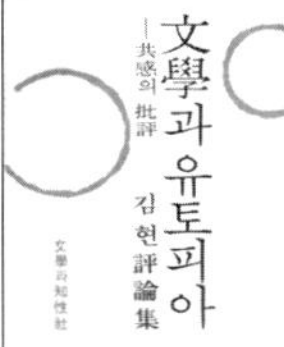

---

한국문학의 위상, 문학과지성사 1977
문학과 유토피아, 문학과지성사 1980
분석과 해석, 문학과지성사 1988
김현 문학전집, 문학과지성사 1993

# 4·19와 김현의 문학 유토피아

황현산

김현은 한국의 전후 소설에 자주 등장하는 허무주의적 인간형을 이런 말로 변호했다. "그 인간형을 역사의식이 결여되어 있다고 비난해서는 안된다. 그들에겐 역사는 있었어도 그 역사를 이해할 만한 능력은 없었기 때문이다. 해방 때 중학생, 육이오 때 대학생이었던 그들은 자신이 만들지 않은 역사의 희생물이라고 자신들을 생각한다."(「문학사회학」『전집1』 351면) 그들은 쫓기는 사람들이었으며 넘어진 자리에서 자신을 팽개친 사람들이었다. 이 정황에서 4·19는 역사에 대한 우리의 상상력을 바꾸었으며, '우리 시대'라고 부르는 시대의 한 지력선을 형성했다. 김현은 이 점에 대해 "50년대 후반의 역사에 쫓긴 인물들이 역사를 쫓는, 역사의 의미를 생각하는 인물들로 바뀐 육십년의 사일구"라고 아주 간명하게 말한다. 4·19 이후에도 삶은 여전히 궁핍하였으며 또다시 극심한 정치적 억압을 둘러쓰게 되는 것이 사실이었지만, 사람들은 역사가 자신과 전혀 관계없이 만들어진다거나 자신이 그 희생자일 뿐이라고는 말할 수 없었다. 이제 삶은 그것이 아무리 초라하고 지리멸렬할지라도 어떤 보편성의 자리이며, 그것을 영위하는 것 자체가 자유와 진리의 역사를 위해 복무

하는 일이 된다. 사람들은 적어도 자신의 크고 작은 경험에 이름을 붙일 수 있었으며, 그것이 역사 속에서 잡게 될 자리를 캐어물을 수 있었다.

그러나 경험을 개념화하여 거기에 어떤 이름을 붙이는 일이 반드시 그 경험에 대한 신뢰로부터 출발하는 것은 아니며, 그 경험을 역사적으로 주체화하는 일로 항상 귀결되는 것도 아니다. 사실 4·19는, 1960년대의 제한된 국면에서만 바라본다면, 좌절된 혁명일 뿐만 아니라 불순해질 틈도 없이 갑작스럽게 차단된 혁명이었다. 그 순결한 열정을 그대로 간직한 채 봉쇄된 이 혁명은 바로 그 때문에 오랫동안 역사적이기보다는 오히려 계시적인 사건으로 여겨질 수도 있었다. 혁명을 좌절시킨 사람들이 거꾸로 그 혁명을 계승했다고 강변하였던 사실은 이 점에서 매우 시사적이다. 그것은 하나의 정신상태를 유도하는 데에 크게 성공한 전략이었다. 이 정신상태에서 4·19는 시대를 초월한 자유와 인권에 대한 순수 긍정의 추상적 관념세계가 이 암담한 삶의 지평선에 잠시 얼굴을 번쩍이다 물러나버린 우발적 사건으로만 여겨진다. 물론 이 정신상태에서도 계시 이후는 그 이전과 같지 않다. 여전히 세상에는 허무가 지배하지만, 이전이 어둠으로만 가득 찬 허무라면 이후는 찬란한 빛이 고여 있는 허무이다. 경험과 역사는 그 빛과 만나지 못하며 그 빛으로 계시를 받은 자의 불행만이 일관성을 갖는다. 이때 현실에 대한 이름 붙이기는 그 직접성을 봉쇄하려는 전략이며, 이 점에서 '과학적'이 아니라 유추적이다. 역사에 쫓김과 역사를 쫓음은 자기각성 여부인데, 그와 함께 역사가 주체와 객체로 자리바꿈하는 이 말 속에는 보편적 세계라고 여겨지는 것과의 관계에서 어쩔 수 없이 불행한 의식이 겪어야 하는 역사의 외재화가 암시되어 있다.

현실을 각성한다고 해서 현실의 불모성이 사라지는 것은 아니다. 김현의 행운은 우선 그 청년기의 입구에서 4·19를 맞으며 역사를 각성한 세대의 선봉에 설 수 있었다는 것이지만, 그보다 더 큰 행운은 그 각성 이전

236

과 이후의 허무를 한꺼번에 성찰할 수 있는 자리에 있었다는 것이다. 그는 4·19에 대해 또 이렇게 썼다. "사일구는 문화사적으로 두 모습을 갖고 있었다. 하나는 사일구의 성공적 측면에서 연유하는, 가능성의 세계와 현실의 세계는 하나일 수 있다는 긍정적 얼굴이었고, 또 하나는 사일구의 부정적 측면에서 연유하는, 이상은 반드시 현실의 보복을 받는다는 부정적 얼굴이었다. 사일구의 그 두 얼굴을 동시에 바라다본 사람에게 사일구는 괴물처럼 보였지만, 그것의 어느 한 면만을 바라다본 사람에게 사일구는 각각 환호와 절망을 뜻하는 것이었다."(「60년대 문학의 배경과 성과」 『전집7』 239면) 그는 물론 두 얼굴을 동시에 보았다. 가령 백낙청(白樂晴) 같은 비평가가 "진행중인 혁명"이라는 말로 그 두 얼굴의 역사적 종합을 시도할 때, 김현의 선택은 매우 문학적이었다. 그는 두 얼굴을 종합하려 하기보다는 한 자리에 겹쳐놓음으로써 불행한 현실과 찬란한 이상이 각기 마음에 심어주는 두 개의 강렬한 인상을 어느 쪽도 잃지 않으려 했다. 그는 이 인상의 강렬함으로 자기 시대의 불모성과 자기 세대의 책무를 강조할 수 있었다. 위의 글을 인용한 평문에서 김현은 1950년대 문학과 1960년대 문학의 다른 점을 숨이 가쁘게 열거하고 있다. 그 달라진 자리마다 그 세대의 사명과 실천이 있다는 점이야 말할 것도 없다. 암흑과 빛을 거의 동시에 경험한 4·19세대에게 역사의 주체가 된다는 것은 자신을 쫓고 있는 역사의 타자가 된다는 것을 의미할 수도 있었다. 도취된 몽상가가 되건 합리적인 계몽주의자가 되건 간에 그는 주어진 현실을 늘 부정해야 한다. 그러나 부정의 자리에 새로운 것이 항상 들어서는 것은 아니어서 그에게는 자신을 각성하게 했던 빛과 함께 심연 속으로 가라앉을 위험이 상존한다. 그는 이 심리적 정황을 깊이 이해했다. 그는 한 글에서 이렇게 썼다. "50년대 문학인들의 감정의 극대화나 새것 콤플렉스는 결국 자신이 책임질 수 없는 역사에 대한 환멸에서 기인한다, 그리고 그 역사에 대한 환멸은 기이하게도 후에 역사에의 헌신을 그 무엇보다도 부르짖게 될 실존주의와 50년대 작가들을 결부시키지만, 그 결합은 고은의 최근의 표현을 빌리면 공허한 메아리로서 잔존한다.”(「테러리즘의 문학」『전집2』257면). 김현은 1950년대 작가들의 것이기만 한 것이 아니라 자신의 것이기도 한 그 심연을 두려운 것으로만 생각하지 않았다. 그가 자주 존재의 심연이라고 부른 자리는 현실의 끝없는 밑바닥으로 침몰하는 자리이기만 한 것이 아니라 현실의 직접적인 억압에서 벗어나서 다른 현실을 꿈꿀 수 있는 신기한 받침대 같은 것이기도 했다. 그것이 타자의 자리였으며, 그가 생각한 문학의 자리였다. 그 안에 본질로서 지니고 있는 부정에 의해 기쁨과 행복을 만들어주는 이 자리의 특별한 성질을 발견함으로써 그는 사소한 것들에 마음을 기울여 ‘깊은 주관성의 글쓰기’를 시도할 수 있었으며, 쓰는 사람의 마음 깊숙이 따라내려가 글을 읽는 ‘맥락의 독서’를 할 수 있었고, 공감의 비평에 성공을 거둘 수 있었다.

실천에 중요한 것은 마음이 처한 자리가 아니라 그 움직임이며 그 자세이다. 김현이 김윤식(金允植)과 함께 저술한 『한국문학사』에서 임화(林和)의 서구문학 이식론을 극복하려 할 때도 그의 태도는 실증적이거나 역사적이라기보다는 오히려 심리적이다. 서구문학의 형식과 이론이 유입되는 과정에 대하여, 전대의 이론가들이 몰이해의 소산이거나 실패라고 규정했던 것을 그는 문화수용의 불가피한 굴절현상으로 이해한다. 이를 명명의 기술이라고만 부를 수는 없다. 실패로부터 굴절을 발견하려 할 때 문제가 되는 것은, 크고 명백한 이론에의 애착을 떠나 그 굴절을 일으키게 했던 현실의 누추한 장애들에 중요성을 부여할 수 있는 관점의 확보이다. 그리고 이 새로운 시선은 주체와 타자의 위상을 바꾼다. 수립해야 할 것으로 보였던 이성적 주체의 장애들이 이 시선을 통해 또 하나의 주체가 되어 일어서기 때문이다. 물론 김현은 서구문학을 공부한 합리주의자였고, 그가 김수영론(金洙暎論)에서 “혼돈의 영역을 언어로써 조금씩조금씩 인간적 질서의 영역 속에 편입시키는 작업이” 곧 세계를 정직하게 이해하고 관찰하려는 "모든 의식의 공동된 목표"(「자유의 꿈」
『전집4』21면)라고 말했던 것처럼, 현실의 혼란한 경험을 주체적 이성의
조명 아래 끌어들이려는 보편론자였던 것이 사실이다. 그러나 어떤 극심
한 혼란에도 그에 대한 설명의 가능성을 믿고 그 인식의 장애물들이 설
명에 저항하는 힘과 그것을 설명하려는 힘 사이에서 새로운 주체가 생
산될 수 있는 동력을 발견하였다는 것이 중요하다. 그 일은 김현의 정신
형성에 무관하지 않은 김수영이 내내 "현실에 대한 사랑"이라거나 "자유
에 대한 이행"이라고 불렀던 것과 동일한 것이다. 또한 저 굴절의 자리
는 이성의 기획에 저항하거나 넘어서서 "의외의 드러남"을 가능하게 하
는 공간이라는 점에서, "문학은 써먹는 것이 아니다"라는 김현 문학론의
밑자락이 된다.

 김현이 1977년에 발간한 『한국문학의 위상』은 "문학은 써먹는 것이 아
니다"라는 말을 그 중심 주제로 삼고 있다. 그는 이 저서로 참여문학론에
정면으로 반대하고, 문학이 현실에 간여할 수 있는 다른 길을 모색하려
했다. 그가 여기서 피력한 문학론은 민중문학론과 함께 1970년대와 1980
년대를 넘어 1990년대까지 한국문학의 한 주류를 형성했다. 지금에 와서
그가 주장했던 무용성의 유용성이라는 문학관의 이론적 근거나 효력을
다시 따진다는 것은 불필요한 일이지만, 김현이 그 주장으로 기대한 것
과 실천하려 한 것이 무엇이었던가를 더듬어볼 필요는 있다.

 김현은 문학에서 무엇보다도 억압으로부터 벗어난 한 삶의 형식을 보
려 했다. 유용한 것은 그것이 유용하다는 이유 때문에 인간을 억압한다.
문학은 유용한 것이 아니기 때문에 인간을 억압하지 않는다. 그렇다고
해서 문학이 억압과 불행의 피안에 있다는 뜻은 아니다. 문학은 오히려
세상의 억압과 불행을 더 잘 느끼게 하는 방법이다. 문학은 삶을 억압하
지 않기에 오히려 억압의 정체를 드러내고 그 부정적인 힘을 인지한다.
인간은 문학을 통해 억압이 없는 것과 유용하지 않은 것을 꿈꿀 수 있는

그 힘으로, "인간이 실제로 살고 있는 삶이 얼마나 억압된 삶인가 하는 것을 극명하게" 인식하고, 불가능한 것을 가능하게 하기 위해 싸운다. 몽상의 소산인 문학은 인간이 실현할 수 없는 꿈과 현실의 거리를 "자신의 의사에 반하여 드러내며"(『한국문학의 위상』『전집1』52면), 세상의 모든 비천함과 추악함을 끌어안고 행복한 세계를 구성한다. 그런데 이 행복은 어디서 연유하는 것일까. 몽상의 행복감은 저 추악한 것들을 만나 어떻게 깨지지 않을 수 있을까. 김현은 다른 평문에서 오규원(吳圭原)의 글에 덧붙여 다음과 같이 말하고 있다.

> 예술작품 속에서 계속 살고 싶다, 스스로 구멍이 되어 구멍을 막고 싶다, 그 무의식적 의지가 예술을 바라게, 욕망하게 하는 것이다. 그렇다면 예술작품 속의 편안함은 다른 모든 편안함을 스스로 막는 편안함이다. 그것은 이 세계를 살 만한 곳으로 만들고 싶다는 느낌의 다른 말이다. (『두꺼운 삶과 얇은 삶』『전집 14』323면)

김현의 이 말에는 그가 젊은 날에 읽었던 실존주의 문학의 잔영이 있다. 현실의 편안함과 현실도피적인 편안함이 모두 현실에 영합하는 편안함이며 소외된 편안함인데 비해, 문학을 비롯한 예술의 편안함은 현실의 편안함을 부정하는 편안함이다. 문학 역시 인간의 불행에 대한 그림일 뿐이라고 해도 그 불행은 또한 불행이면서 동시에 불행에 대한 의식이기에, 다시 말해서 어떤 심미의식에 의해 제압된 불행이기에, 그 그림을 만들었거나 깊이 이해한 사람은 그 불행에 소외되지 않는다. 적어도 예술작품에서 인간은 자기 불행과 능동적 관계를 유지할 수 있다. "이 세계를 살 만한 곳으로 만들고 싶다는" 이 심미적 느낌은 곧 모든 인간에게 행복의 한 형상을 안고 자신의 불행한 운명을 철저하게 인식함으로써 그 앞에서 능동적·본질적 존재가 되라고 권유하는 일과 다른 것이 아니다.

그러나 억압 없는 자리에서 억압 없는 삶의 형식을 다듬어내고 있는 작가가 이 권유를 위해 꿈과 현실의 거리를 드러내는 일은, 위에서 말했듯이, "자신의 의사에 반하여"서만 이루어진다. 작가가 현실의 억압을 드러내고 불가능한 것에 대항하여 끝까지 투쟁한다 해도 그것은 그가 의도한 것이 아니다. 그는 애초에 억압 없는 세계 하나를 보여주고 세상의 불행까지 그 억압 없는 상태 아래 끌어들이려 했을 뿐이다. 문학은 그 무용성의 억압 없음으로 최초의 의도 이상의 것을 만들어낸다. 문학 텍스트가 그 이성적 기획으로, 또는 그 표면에 드러나는 이데올로기로 환원될 수 없다는 이 생각은 물론 김현의 창안이 아니지만 그 핵심을 이해하여 한국에 널리 유포시키고 비평론의 기본 전제로 삼은 사람은 그가 첫번째였다.

『한국문학의 위상』의 「지금 무엇이 문제되고 있는가」에서 김현은 골드만과 아도르노의 대담 가운데 짧은 대화 하나를 인용하고 이에 대한 해설을 통해 작가의 세계관이나 글의 진실내용이 그 형식과 맺을 수 있는 관계를 고찰한다. 이에 따르면 세계관과 진실내용은 "전이성적 관계에서 이해되는 것이지, 이성적 관계에서 이해되는 것이 아니다."(『전집1』 68면) 세계관·진실내용이 "명확하게 표현해야 할 이데올로기나 주의주장"이 아니며, "예술작품에서 사회적인 것은 명백한 태도의 표명이 아니라, 명백한 태도 표명을 예술이 허락하지 않는다는 사실 그 자체"(『전집1』 69면)라는 점에 아도르노와 김현의 의견이 다르지 않다. 그러나 김현이 보기에, 글쓰기에서 세계관 내지 진실내용이 차지하는 위상에 대해서는 골드만과 아도르노의 견해가 다르다. 골드만에게서는 세계관이 어떻게 작가의 글쓰기를 규정하여 작품의 구조를 이루는가가 중요한 반면, 아도르노에게서는 예술가가 작품의 의도를 뛰어넘는 미적 체험에 의해 작품 속에 드러내는 진실내용이 중요하다. 골드만에게서는 세계관이 규정되어 있는 반면, 아도르노에게서는 작가에 의해 세계관이 현시된다. 김현은 이들

다른 견해를 글쓰기가 지닌 두 개의 기능으로 정리하려 한다. 작가의 글쓰기에는 세계 현시적인 태도가, 작가의 텍스트에 대한 글쓰기, 즉 비평적 글쓰기에는 세계 규정적인 태도가 작용하고 있다고 보는 것이다. "작가와 세계와의 관계는 전이성적인 것이기 때문이며, 작가와 비평가의 관계는 근본적으로 이성적인 것이기 때문이다. 글쓰기에 작용하고 있는, 세계 규정적인 힘을 벗어나는 미지의 초월적인 힘이 진실내용이라면, 그 두 힘의 역학관계를 자세히 분석하여 어떤 것이 본질적이고, 어떤 것이 이차적인 것이라고 밝히는 것을 가능하게 하는 것을 세계관이라고 할 수가 있다."(『전집1』 70면) 이 정리에는 그의 비평 사상의 골자가 들어 있다. 그는 생애 내내 한편으로는 작가와 거의 '전이성적으로' 동화하여 자기 세대의 세계관을 함께 현시하려 하였으며, 다른 한편으로는 예술적 체험 내지 예술적 초월이라고 부를 수 있는 것을 거기서 발견해내어 정신사적 문맥 속에 그 자리를 잡아주고 그 의미를 규정하려 하였다. 전이성에의 기대도 이성적 실천도 그에게는 모두 현실을 사랑하는 방법이었다.

김현이, 『문학과 유토피아』를 발간하기 전에, 이른바 '신구 논쟁'과 관련된 논문들을 모아 『현대비평의 혁명』으로 편역한 것은 1979년이며, 『프랑스 비평사』 '현대편'을 발간한 것은 1981년이다. 레이몽 삐까르의 논문 한 편을 롤랑 바르뜨의 논문 네 편과 장 뽈 베베르의 논문 두 편으로 에워싸고 있는 앞의 책은 명백히 신비평의 편에 서 있으며, 뒤의 책은 신비평가들과 그들이 중요하게 여기는 비평가들에 관한 고찰이다. 이 점에서 이 두 책은 우선 김현 자신의 비평적 입장을 드러내고 옹호하는 논쟁서의 성격을 띤다. 신비평의 대두 과정은 객관적으로 소개되지만 그러나 당연히 필연적인 것으로 이해된다. 이 필연성을 인정한다면 『프랑스 비평사』는 그것이 씌어진 본래의 목적인 교재 내지는 개설서로서의 균형을 잃지 않고 있다. 현대비평(물론 2차대전 이후의 비평이다)의 배경이 고찰되고, 싸르트르, 바슐라르, 블랑쇼, 바르뜨, 골드만, 에스까르삐 그리고 제네바 학파의 문학비평을 대상으로 그 방법과 내용이 기술된다. 그러나 이 비평사는 그 개설서적 성격에도 불구하고 김현의 문학관이 가장 강력하게 드러나는 책의 하나이기도 하다.

　유토피아로서의 문학이라고 이름할 수 있을 이 문학관이 이 책에서 비평에 대한 비평에 해당하는 몇개의 '보유'를 쓰게 한다. 이 문학관 속에는 그가 바슐라르를 통해 이해하게 된 인식의 단절, 골드만 비평의 핵심 개념인 세계관 그리고 바르뜨류의 언어의 비실재성이라는 개념이 교묘하게 정합되어 있다. 김현은 골드만의 '감싸기'(englober)를 설명하는 가운데, 골드만의 감싸기 이론과 자신의 감싸기 이론 사이에는 상당한 차이가 있다는 내용의 주를 붙인다. 골드만에게서는 "부분적 인식의 진전이 가능하지만" 그의 경우 "전체로서의 부분의 인식과 전체의 인식 사이에는 진전이 없다." 최초에 어쩔 수 없이 바슐라르적이었던 김현의 감싸기는 비교적 명료하고 일관된 텍스트 아래로 내려가 그 속에 감추어진 것, "그 무의식적 흐름"과 만나는 것을 전제로 하며, 따라서 텍스트의 미시적 분석으로 이어진다. 이 감싸기는 엄밀한 의미에서 텍스트의 논리적 외관을 설명하지도 해명하지도 않는다. 반면 골드만에게 있어서는 부분적 진실과 전체적 진실이 모두 그 나름의 일관성을 가진 것이며, 이때 인식의 진전이란 두 진리에 대한 '비평가의 인식의 진전'을 말한다. 이때 감싸기는 두 인식의 진전이 서로를 보충하는 과정일 뿐이다. 김현의 사후 이 '감싸기'라는 말은 여러 차례 논란의 대상이 되었지만, 적어도 김현이 이 말에 담으려 한 내용은 그렇게 설명된다. 그런데 중요한 것은, 가령 김현이 그 보유의 하나로 「바슐라르와 마르쿠제의 두 문단의 설명」을 쓸 때, 그의 방법 속에, 차라리 비평의식 속에, 이 두 감싸기가 포함되어 있다는 것이다. 그리고 그것을 가능하게 하는 것은 문학 언어체의 비실재성이라는 주장으로 그 해석의 외연을 거의 무한정 넓힐 수 있는 바르뜨의 최대 비평이다. 이렇게 해서 시적 상상력 속에 칩거하려는 범미주의의 행복한

몽상이 욕망을 해방하고 억압 없는 문명을 쟁취하려는 의지를 겸한다. 문학은 유토피아이며 유토피아로 가는 길이다. 문학의 분석은 현실의 장벽을 뚫고 그 두 유토피아를 만나게 하는 길이다. 흔히 김현의 '따뜻한 분석비평'이라고 일러지는 공감비평이 이 두 저서를 통해 그 이론적 기반을 다지게 된다. 김현의 '감싸기'에 대해 논의를 하기 위해서는 먼저 그의 두 감싸기의 관계가 결국 우리의 특수한 경험과 서구적 문학·비평 이론과의 관계이기도 하였다는 점을 염두에 둘 필요가 있다.

『문학과 유토피아』는 '공감의 비평'이라는 부제를 달고 있다. 서문에 나타나는 김현 자신의 설명은 이렇다. "책 제목을 『문학과 유토피아』라고 붙인 것은 문학은 현실을 부정하는 힘을 가진 가능태라는 것을 보여주기 위해서였고, 부제를 '공감의 비평'이라고 단 것은 비평이란 두 개의 의식의 능동적 부딪침—울림이라는 생각을 확연하게 드러내기 위해서였다."(『전집 4』 9면) 문학이 하나의 가능태일 때 비평가는 그 "의식의 능동적 부딪침"으로 그 자신이 하나의 가능태가 되는 것이다. 비평가가 작품을 지도하고 판단하기보다 작품 안에서 자신의 생각을 확인하고 변주하고 확대하는 이 공감의 비평은 김현 개인의 비평사에서뿐만 아니라 우리의 정신사에서도 중요한 한 단계를 나타낸다. 그것은 우리가 문학을 이식하거나 모방하거나 연습하는 것이 아니라, 문학을 '하고 있다'는 사실을 확실하고 구체적으로 말하는 것이기 때문이다. 이 방대한 비평집의 평문들은 두세 편을 제외하고는 모두 유신시대에 씌어졌으며, 책이 출간된 것은 아직 광주의 참극이 일어나기 전이었다. 문학이 지닌 부정의 힘에 대한 김현의 깊은 낙관론은 유신말기에 뜨겁게 달구어지기 시작한 우리 사회의 지적 열정과 무관한 것이 아니었다. 현실로 범람하려는 관념, 책 속에서 책 밖으로 넘쳐흐를 것만 같은 건강한 세계의 영상들과 함께, 우리가 김현의 가장 아름다운 비평문을 만나게 되는 것도 이 책에서이다.

이를테면 김형영(金炯榮)의 시를 설명하는 평문에서 뽑은 다음과 같

은 구절들,

> 거기에는 괴로움도 분노도, 사랑도 절망도 없고, 있는 것은 돌처럼 굳은 나, 스쳐 지나가는 나그네, 출렁이는 바다, 군밤을 들고 서 있는 친구뿐이다. 파괴된 나의 절망, 나그네의 설움, 엉금엉금 기어가는 바다의 피로, 그리고 군밤을 들고 서 있는 친구에 대한 애정은 있는 것들 앞에 혹은 뒤에 있는 것이 아니라, 있는 것들 속에 있다. 그것은 스스로 드러나는 것이지, 다시 말해 그런 것으로 드러나는 것이지, 그럴 수 있는 것으로, 혹은 그래야 하는 것으로 드러나지 않는다. 그것이 김형영이 발견한 긍정의 세계이다. (『전집 4』 160면)

또는, 이청준(李淸俊)의 예술관을 설명하는 다음과 같은 구절들은 불행 속에 행복을 끌어들이고, 미학적 시선 속에 역사적 전망을 끌어들이며, 바라는 세계의 필연을 있는 그 자리의 우연 속에서 미리 살아내는 한 세대의 자신감을, 그 전언과 문체 속에, 역력하게 드러낸다.

> 하나의 세계는 유토피아를 향한 토피아 — 존재질서이다. 토피아에서 유토피아로 넘어가는 과정에 기여하는 것이 예술가의 대사회적 임무인 셈인데, 예술가에게 비극적인 것은 모든 저마다의 토피아는 유토피아에 비추어 거부되어야 한다는 것이다. 유토피아라는 진짜 알맹이 있는 삶을 가능하게 하는 곳은 토피아라는, 유토피아로 가는 과정 속에서만 존재한다. 진실은 결국 진실화 과정 속에 있다. 진실 속에서 인간은 살 수가 없다. 인간은 그것을 실현하려는 의지 속에서 산다. (『전집 4』 253면)

광주의 참사를 겪으면서, 김현의 "유토피아를 향한 토피아" 문학론도 크게 충격을 받고 위기를 겪었다. 1984년에 발간한 『젊은 시인들의 상상세계』에 서문격으로 붙인 글에서, 그는 "모든 사람들에게는, 자기의 모든 욕망을 다 채우려는 욕망이 있다"고 말하면서, 젊은 시인들에게서 발견할 수 있는 이 '욕망의 욕망'에 대한 문학적 표현의 의의를 이렇게 설명한다. "욕망의 욕당을 인정할 때, 있는 세계는, 꿈으로 있는 세계로 유입해 들어가며, 꿈으로 있는 세계는, 있는 세계로 밀려나온다. (…) 욕망의 욕망은, 조금 과감하게 말하자면, 세계를 향해 마음을 열어놓은 사람들의 마음의 구조이다. 나는 세계다와 나는 세계를 바꾸고 싶다는, 결국, 하나이다. 나는 있다, 그러니까 세계는 바뀌어야 한다. 나는 타자다. 그러니까, 세계는 바뀌어야 한다."(『전집 6』 15면) 얼핏 읽으면 『문학과 유토피아』의 서문에서 했던 말과 전혀 다를 바 없는 것처럼 보인다. 김현은 여기서도 욕망을 통해 시인들과 교감하고 있지만, 몽상과 현실의 관계는 역전된다. 문학과 꿈은 세계를 그 대척관계에 놓고 부정하기만 하는 것은 아니다. 꿈은 욕망을 풀어놓음으로써 세계를 받아들이고, 그 전체를 욕망의 꿈으로 만들어 세계 속으로 다시 밀고 나와 세계를 부정한다. 그러나 미학적 행복감은 항상 자신을 반성하는 데에 그 터전을 두지만, 욕망이 자신을 반성하는 일은 드물며, 자신을 욕망의 주체로 여기는 자가 그 때문에 자신을 타자라고 의식하는 일은 더욱 드물다. 비평가가 작가와 동화하는 일만으로 그 욕망의 뿌리와 향방을 아는 일은 쉽지 않다.

　　나는 욕망의 뿌리가 심리적이며 사회적이라는 것을 발견하였으며, 모든 욕망은 역사적이라는 것을 깨닫게 되었다. 물론 나는 사회적인 것이나 심리적인 것을 다 욕망이라고 생각하지는 않는다. 그러나 어떤 형태로든지 그것과 관련되어 있다고는 믿는다. 그 믿음은 프로이트와 맑스를 종합·극복해보려는 내 오랜 시도와 맞붙어 있다. (『전집 10』 18면)

김현이 1987년에 발간한 『르네 지라르 혹은 폭력의 구조』의 서문에서 인용한 한 대목이다. 이 글은 한 외국 문학자, 한 문학비평가를 죽음에 이르게 한 그 정열의 바탕에 무엇이 있었는지를 얼마큼 말해주고 있다는 점 외에도, 그의 문학적 유토피아가 당면한 한 곤경을 보여준다는 점에서도 중요하다. 그 유토피아야말로 김현의 프로이트와 맑스에 관련된 시도의 진정한 내용이기 때문이다.

르네 지라르와의 만남은 김현에게 그의 유토피아 문학론의 한 시련을 나타낸다. 지라르가, 욕망과 그 주체와 그 매개자라고 하는 욕망의 삼각형 구도 안에서, 자기가 자신의 주인이라고 생각하는 낭만적 인물들의 고독과 자기 해방이란 결국 주체와 전범 사이의 경쟁에 붙여진 다른 이름일 뿐이라고 말할 때 김현은 동의하며, 거기서 근대적 이성을 지향하는 우리의 초상을 보기도 한다. 지라르가 정신적·육체적 죽음이라고 하는 최종적 전환에 의해 이 한없는 욕망이 초월될 수 있다고 할 때, 김현의 태도는 유보적이다. 그것이 양식과 휴머니즘을 되살리고, 탈신비화의 길을 가는 도덕 비평이 될 수 있다고 보는 것이다. 서구의 우상 파괴주의자들(바슐라르와 프로이트가 모두 여기 해당한다)이 금기를 없애면 '욕망의 유토피아'가 온다고 말하지만, 그것은 도리어 폭력의 무차별 현상을 가속화하고 희생양을 제안할 뿐이라는 주장에, 김현은 그것이 "의미를 전체성, 통일성, 진리와 동일시하는" 신화적 담론이라는 메쇼니끄의 비판을 끼워넣는다. 이 지라르와의 대화는, 현실적으로 폭력과 욕망의 당위성 앞에 서 있어야 하는 김현에게, 그 욕망과 폭력을 개방해야 할 것인지 초극해야 할 것인지를 묻는 질문이 아직 끝난 것이 아님을 말해준다.

푸꼬 연구인 『시칠리아의 암소』는 김현이 자신의 죽음을 지불하고 얻은 책이다. 앞의 책의 제1부를 그대로 옮긴 「푸꼬의 문학비평」 외에, 푸꼬의 연대기인 「푸꼬의 삶」과 푸꼬 저작의 시대구분, 그와 현대 유럽 사상가들과의 관련, 그의 미술비평, 그와 프로이트와 한국어 번역서 몇권에 대한 고찰 등 여덟 개의 장으로 되어 있다. 이 중에서도 김현이 가장 힘을 들인 장은 「계몽주의·현대성·성숙성」이다. 머리말에서부터 "우리는 계몽주의의 연장선 위에 있다"고 말하는 김현은, 푸꼬가 칸트의 『계몽주의란 무엇인가』를 해설한 끝에 내놓는 제안, 우리의 사유와 말과 행위를 지나간 시대의 역사적 사건들처럼 고고학적으로 분절화하라는 제안을 그가 남긴 전언이라고 생각한다. 푸꼬가 보기에, 인간의 현재와의 관계, 인간의 역사적 존재 양태, 자율적 주체로서의 자아의 구성 등은 계몽주의에 뿌리를 박고 있으며, 그때의 계몽주의는 이론적 요소들이 아니라, 자신의 역사적 시기를 계속 비판하는 철학적 정신의 끊임없는 활성화를 뜻하기 때문이다. 푸꼬는, 비록 예술이라고 부른 자리 안에서이기는 하지만, 현재 속에서 영원한 어떤 것을 다시 찾는 태도의 예로서 보들레르를 들기까지 한다. 김현은 푸꼬의 '전언'을 몇개의 질문으로 바꾼다. 그것은 적어둘 만하다. 그것은 김현이 남긴 전언이기도 하기 때문이다. "이 사회는 어떤 방향으로 가야 하는가, 미학적 현대성은 옹호될 만한 가치가 있는 것인가 아닌가, 기술의 진전, 행정의 합리화는 인정해야 하는가 거부해야 하는가." 우리는 어떻게 살아야 하는가?

김현은 이 질문과 함께 4·19세대의 젊은 기수로 그가 문학을 시작하던 시대의 최초의 의혹과 정열로 다시 돌아가 있었다. 그리고 이 물음은 한국문학에 대한 그의 마지막 비평집이라고 할 수 있는 『보이는 심연과 안 보이는 역사전망』의 몇몇 평문에서 더욱 큰 울림을 얻는다. 바로 이 제목을 가진 평문에서 "보이는 심연"은 최하림(崔夏林)의 시와, "안 보이는 심연"은 임동확(林東確)의 시와 결부된 말이다. 한 시대의 무자비한 폭력 앞에서 마음의 심연은 그 깊이를 잃었다. "꽃은 지고 남아 있는 것은 투명한 심연뿐이다. 왜 속이 보일까? 거기에도 시인의 비밀 중의 하나가 숨어 있다. 다 보이는 심연인데도 우리는 속이 안 보이는 심연이라고 믿는 척할 뿐이다."(『전집 7』 299면) 심연이 깊이를 잃을 때 역사는 그 전망을 보여주지 않는다. 5월 그 현장의 사람이었던 임동확은 자신의 행동이 "역

사의 진보와 관련이 있는지 없는지 고뇌하는 대신, 그럼에도 불구하고,
그들의 뒤를 이어나가기로 결심한다. 그에게 중요한 것은 체험적 동지애
이지, 사변적 논리가 아니다."(『전집 7』 305면) 김현은 최하림의 꽃이 "심연
에서 솟아오르는 고통의 꽃"으로, 임동확의 꽃이 "미래를 향해 활짝 열린
바람의 꽃"으로 가슴 아프게 아름답다는 것을 확인했지만, 그가 내걸은
질문에 대답을 얻은 것은 아니었다. 우리는 어떻게 살아야 하는가? 그가
이 질문으로 다시 돌아가지 않았더라면, 시대가 사회주의 문학론과 똑같
이 자신의 문학관도 배반했다고 믿지 않기는 어려웠을 것이다. 그는 이
질문과 함께 우리에게 현재한다. □

---

黃鉉産 문학평론가, 고려대 불문과 교수. 저서로 『얼굴 없는 희망』 『아뽈리네르 — "알코올"의
시세계』 등과 역서로 『프랑스 19세기 시』(공역) 『프랑스 19세기 문학』(공역) 『라모의
조카』 등이 있음.

# 세상의 길: 4·19세대 문학론의 심층

윤지관

## 1. 4·19세대론과 그 함정

나는 이 글을 쓸 준비가 안되어 있는지도 모른다. 4·19혁명이나 4월 문학에 대해서라면 이곳저곳의 자료들을 근거 삼아 무언가 말할 수 있을 듯도 하지만, 4·19세대를 논의한다는 것은 상당한 부담감을 동반하는 또다른 문제로 다가온다. 이것은 4·19세대가 현재 문학계에서도 가장 윗세대에 속하는만큼 '영향의 불안'을 야기하는 면이 있다는 점과도 무관하지 않을 것이나, 그 이상으로 나 스스로 부딪쳐 있는 난제에 대한 어딘가 특별한 그러나 피하고 싶은 도전이나 모색으로 여겨지기 때문이다. 그만큼 4·19세대에 대한 평가라는 과제는 나 자신에 대한, 혹은 나 자신의 세대에 대한 물음을 피할 수 없게 만든다. 그렇기에 나는 최근에 평단에서 제기된 4·19세대의 문학론에 대한 비판적 평가들에 일면 동감하면서도, 선뜻 그대로 받아들일 수만은 없는 이중적인 감정에 사로잡히기도 했던 것이다. 왜 그랬던 것일까? 그같은 심리상태를 야기한 원인이 무엇인지를 밝혀내는 것, 그 자체가 어쩌면 이 글의 목적 가운데 하나가 될지도 모르겠다.

　4·19세대라는 말은 딱히 문학에만 적용되는 것은 아니지만, 문학부문에서 유독 강조되어온 용어이기는 하다. 그럼에도 막상 문학에서의 4·19세대론을 거론하려고 하면 그 용법에서부터 다소 혼란스러움을 느끼게 된다. 4·19세대는 단순히 그 당대에 젊은 시절을 보낸, 혹은 60년대에 들어서 새롭게 문학활동을 펼치기 시작한 당시의 신진작가들을 통칭하는 것이면서, 실제로는 특정한 한 비평가 집단 혹은 문학동아리를 지칭하는 좁은 의미가 첨부되어 있거나 결과적으로는 그렇게 특화되어 있다. 그것은 이 후자의 동아리가 스스로를 '4·19세대'로 자리매김함에 다른 누구보다도 적극적·지속적이었다는 데 크게 의존하는 것인바, 그것이 평론가 김현을 위시한 문학과지성 그룹이라는 사실은 이제 널리 알려져 있다. "나는 거의 언제나 4·19세대로서 사유하고 분석하고 해석한다. 내 나이는 1960년 이후 한살도 더 먹지 않았다"[1]는 김현의 발언과 그에 대해 되풀이되는 인용이 불러일으킨 어떤 특이한 아우라도 이와 유관할 것이다.

　그러나 이 인상적인 고백이 한편으로 4·19의 의미망을 한정짓거나 심지어는 독점하려는 비평적 욕망과 결합되어 있음을 보지 않을 수 없는 것이 또한, 나의 그리고 나의 세대의 체험이 부여한 인식이기도 하며, 그런 점에서 평단에서는 어느정도 일반화된 김현 식의 4·19의식을 해체하는 일은 후세대가 치러왔고 또 치러야 하는 통과의례 가운데 하나라고 할 수 있다. 흥미롭게도 김현과 더불어 당시 대학 1학년이었던 동세대의 중진평론가(廉武雄)가 몇해 전의 한 대담에서 4·19체험이 "지금도 저에게는 문학적인 측면에서만 아니라 살아가는 데 있어서도 근원적인 동력의 역할을 한다"고 고백할 때, 4월혁명이 열어놓은 그 자유가 원체험으로 자리잡고 있는 한 세대의 삶을 우리는 느낄 수 있다. 그럼에도 그 자유의 하

---

1) 김현 『분석과 해석/보이는 심연과 안 보이는 역사전망: 김현 문학전집 7』, 문학과지성사 1992,
　13면. 앞으로 이 전집에 대한 인용은 본문 중에 권수 및 면수만 표시함.

늘 아래서 함께 출발했던 두 평론가의 길이 어떻게 곧바로 갈라지고 그 갈라짐이 4월의 의미에 대한 해석이나 실천과 맺어져 이후 우리 문학에서 어떤 본질적인 분기를 야기하고 있는가를 생각해볼 때,[2] 세대의식이라는 말뿐 아니라 4·19세대라는 용어 자체가 동질적인 것이 아닌 간극과 모순을 담지한 담론의 터가 되어왔고 또 되고 있음을 알게 된다.

4·19세대와 관련하여 내 청년기에는 지워지지 않는 두 개의 영상이 있다. 소위 유신세대의 문학도로 대학을 다니던 초년 시절, 김현의 초기 평론집 『상상력과 인간』(1973)과 『사회와 윤리』(1974)가 내 손에 늘 들려있던 나날들이 있었다. 4·19세대의 명민한 소장 비평가의 평론집을 그야말로 표지가 너덜거리도록 읽고 있는 한 교복차림 대학생의 모습이 그것이다. 다른 하나는, 언론탄압이 극심하던 그 당시 당국이 촉각을 곤두세우며 막으려 했던 4·19 특집을 성사시키고자 동분서주하던 대학신문 학생기자의 모습이다. 그리고 불운하게도 그 평론집의 저자는 '위험스런' 학생들을 '지도'하려는 목적으로 위촉된 자문위원 가운데 한분으로 편집회의에 동석하고 있었다.

4·19가 모든 독재와 억압에 저항하는 상징어가 되었던 그 시절, 4·19를 직접 겪었고 거기서 발원된 정서와 지성과 정신을 앞세우며 비평계의 총아로 떠오른 한 젊은 평론가의 모습에 열광하던 문학도는 비단 나 하나만이 아니었다. 4·19세대론의 본격적인 비평적 발현은 김현을 비롯한 소위 4김(金治洙, 金柱演, 金炳翼, 김현)의 공저 『현대 한국문학의 이론』(1972)에서 비롯되지만 그 논의의 핵심에는 역시 김현이 있었다. 대학신문 학생기자와 자문위원 교수라는, 당시로는 상반된 입지에 서 있던 상황이 나에게 별다른 모순으로 다가오지 않았던 것은, 워낙 그 당시의 어

---

2) 「1960년대와 한국문학」, 『작가연구』 3호, 새미 1997, 203면. 염무웅과의 이 대담은 염무웅이 4·19 전후에서부터 60년대의 문학계의 동향을 증언하고 자신의 작업에 대한 솔직한 소회를 담은 귀중한 자료이다. 염무웅은 여기서 김현 식의 4·19계승의 의미를 아주 부정하지는 않지만 그보다는 "민족문학운동이 좀더 적자"라고 발언하기도 한다(234면).

쩔 수 없던 사정도 사정이었지만, 그의 평문을 읽는 독자로서 문학을 토대로 형성된 어떤 기본적인 신뢰가 있다고 여겼기 때문일 것이다.

그리고 이후 긂은 세월이 흘렀고, 그는 한국평단에 큰 발자취를 남기고 타계하였다. 나름대로 1970년대와 1980년대를 겪으면서 나 자신의 문학적 입지는 그와 멀리 떨어져 있게 되었지만, 그리고 내가 특히 구조주의에 깊이 침윤되어 있다고 본 김현의 입론 자체에 대해 가지고 있는 비판적인 생각에도 불구하고, 그의 비평에 대한 정면 논의는 삼가온 셈인데, 그것은 나 자신 속에 깊이 뿌리박힌 젊은 시절의 문학적 꿈과 그 기억이 그를 마음속의 첫번째 비평가로 독서하던 체험과 긴밀히 맺어져 있음을 의식했던 탓은 아닐까? 타계 후에 이미 여러가지로 그의 '신화화'를 경계하고 그것을 해체하고자 하는 움직임이 일어나는 마당에, 한 숨은 구(舊) 김현파의 때늦은 감회는 다소 느닷없어 보일지도 모른다. 그러나 4·19세대론을 논의함에서 피할 수 없는 이름이 김현이라면, 내 젊은 시절 꿈의 순결성과 미숙성, 그리고 자기분열에 가까운 낭만적인 세계이해를 되짚어볼 수밖에 없는 처지에서, 세계 속에서의 성장의 비의와 그 서글픔 그리고 그것을 받아들일 수밖에 없는 인간세계의 비극에까지 생각이 미친 것은 단순히 감상의 발로만은 아닐 것이다. 김현이란 이름이 대변하는 문학에서의 4·19세대론의 문제는 우리 사회와 거기에 처한 인간의 개별적·집단적 삶 전체를 날카롭게 환기시키고 해석을 요구하는 한 지표이겠기 때문이다.

무엇보다 지난 시절 나를 그토록 매혹시켰던 화려한 비평의 언어들, "문학은 꿈"이며 "문학이 있다는 것만으로도 사회는 꿈을 꿀 수가 있다"는 그러한 지극히 김현적인 언어들이, 고매하기 짝이 없는 문학에 대한 순정한 옹호로 읽혔던, 그리고 당시에는 소극적인 의미에서의 '저항'으로까지 읽혔던 그 언어들이, 모종의 이데올로기적인 성격을 지닌 격렬한 담론짓기의 일환이었음을 시인하지 않을 수 없다. 의식적이건 아니건 간에 이같은 이념활동이 그야말로 적나라하게 일어나는 현장은 그의 텍스트로 우리 앞에 남아 있고, 이번 글을 쓰기 위해 다시 대하게 되었던 김현의 초기 문헌들에서 그 흔적을 너무나 명백히 확인하게 된 것은 나에게는 새삼 어떤 아픔조차 불러일으키는 착잡한 경험이었다. 김현의 당시 작업은 한마디로 4·19를 살아 생동하는 삶에서 강제로 끌어내어 형식주의 속에 환원시키는 일, 그것으로 나는 이해한다.

삼엄한 긴급조치 아래 군홧발이 대학캠퍼스를 활보하는 것이 일상이 되어 있던 시절에, 문학이라는 밀실이, 꿈을 꿈으로서 보유할 수 있는 그런 공간이 제공되어 있다는 믿음은 한 젊은 영혼에게 주어진 누추하지만은 않은 축복이었다. 그 마음의 자리에 문학의 자율성에 대한 신화가 둥지를 틀고, 그것이 불러일으키는 낭만적인 정신의 광휘에 휩싸이는 것도 이해할 만한 일이었다. 그러나 4월의 푸른 하늘이 모든 영역에서 자유의 이념을 확인하였다 하더라도 문학에서든 다른 부문에서든 그것대로의 '자율'을 말하는 것만으로 혁명이 불러일으킨 문제의 핵심에 도달할 수 없다는 것은 명백하였다. 나에게도 4월이 오히려 문학의 자율성이라는 허상을 혁파해낸 우리 문학의 근원적이고도 기념비적인 체험이었음을 이해하고 실감하게 되는 때가 머지않아 찾아오게 된다. 눈앞에서 벌어지는 폭력들의 근원이 4·19가 일깨워놓았던 민족과 민중 및 분단이라는 좀더 사회적인 문제에 깊이 연루되어 있음을 깨닫게 되면서, 4월의 체험을 토대로 세워졌고 또 이룩해가고 있었던 민족적·민중적 문학운동에 대한 눈뜸이 문학에 대한 꿈의 영역에 충일하고도 절실한 울림을 주기 시작했던 것이다. 문학까지 포함한 미적 자율성의 이데올로기적 성격을 자각하는 데서 나아가 문학 고유의 어떤 영역이 가지는 실천성과 변혁성에 대한 좀더 절박한 물음들이 떠오르면서, 김현의 비평에 바치던 대학 초년의 몰두는 옅어져가고 있었다.

그러나 4·19세대 문학론으로 불릴 정도로 자리를 잡아온 이 비평의 흐름이 4월혁명의 형식주의적 전유임을 지적하고 그 한계를 짚는 것만으로 문제가 해결되는 것은 아니다. 혁명을 형식주의적으로 환원해내는 이같은 작업이 일각에서 성행하는 현상은 혁명과 문학의 관계, 혹은 혁명적 인식과 세속적 삶과의 착잡한 관계에 대한 어떤 고찰을 불가피하게 야기한다. 왜 그런 일은 일어났고, 왜 김현이라는 한 비평가가 그 일을 주도했으며, 왜 이후 후배세대들은 이러한 이념에 깊이 매혹되고 또 그것을 재생산하는 데 관여하고 있는가? 청년기와 혁명을 연관시키는 용례가 상기시키듯, 혁명은 젊은 한때의 추억이고 현실은 혁명이 동반하는 낭만과는 다른 삭막하고 가혹한 것일 수 있다. 한 세대는 새로운 세대에 의해 극복되게 마련이니 이같은 끊임없는 전복과 혁신의 요청이 세대론을 구성하는 요소이지만, 이와 함께 어제의 혁명세대는 오늘의 기성세대로 불가피하게 변신한다. 여기서 생겨나는 어떤 모순과 아이러니가 혁명을 담론화하려는 끊임없는 충동으로 나타나는 것은 아닐까? 비유컨대 혁명을 형식의 틀에 가두는 김현적인 작업은 실제 사회와 삶의 생동력이 쉴새없이 휩쓸려들어가 소멸되는 어떤 블랙홀인지도 모른다. 다소 성급할지 모르지만 여기에 작용하는 두 가지 인력(引力)을 떠올리자면, 그 하나는 인간의 성장과정 속에 깊이 잠재해 있는 사회화의 욕구일 터이고, 다른 하나는 이를 부추기고 혹은 강요하는 사회적 환경의 지속적이고 견고한 존재일 터이다. 즉 새로운 세대와 함께 떠오르는 혁명의 동력은 늘 일종의 '사물의 질서'라고도 할 텍스트 속에 갇히는 끊임없는 환원을 통해서 무화되고 순화되고 적응한다. 이것이 세상의 길(the way of the world)에 대한 승복과 맺어져 있다면, 이같은 메커니즘과 그 힘의 존재를 성찰해보는 것, 그것이 결국 이 소론의 목적일 것이다.

## 2. 4·19의 탈역사화와 세속화 ─ 김현이 김수영을 만났을 때

세대론적인 관점에서 4·19와 김현을 관련지어 조명하는 일은 지금까지 끊임없이 이루어져왔고, 그 가장 최근의 작업은 문학과지성사가 작년 4월 원주에서 열었던 '김현 10주기 기념 문학씸포지엄'이라고 할 수 있다. 이 씸포지엄에서 발표된 글들이 대개 이 점을 염두에 두고 씌어진 것이지만, 특히 정과리의 「김현 비평의 현재성」, 권성우의 「4·19세대 비평의 성과와 한계」, 김동식의 「4·19세대 비평의 유형학」 등은 직접적으로 4·19세대의 대표적인 비평가로서의 김현을 평가하고 있다. 이들 가운데 후자 두 사람은 각각 방향은 다르지만 동세대의 다른 비평가들을 함께 다루고 있는 데 비해서, 정과리는 김현의 현재성이 "4·19세대의 현재성"이라고 단언하고, "그것은 4·19세대가 언어와 사유와 행동의 일치를 통해서 자기의 모순을 스스로 해결할 수 있는 능력을 가질 수 있었다는 데서 온다"는 김현의 주장에 동의한다고 부연함으로써, 김현을 4·19세대의 중심에 놓는 기존의 주장을 다시 확인한다. 기실 이처럼 김현을 중심으로 한 문지비평가들을 4·19와 관련짓는 논의는 문지 자체에서 생성되어 어느정도 일반화된 담론의 가장 전형적인 형태이기도 한 것이다. 소위 4·19세대 문학론이 함축하는 의미를 따져보는 데 정과리의 이 글이 상당한 도움이 되는 것도 이 때문이다. 다음이 김현의 현재성을 뒷받침하고자 하는 대표적인 구절이다.

김현이 "4·19는 성공한 혁명은 아니지만 완전히 실패한 혁명도 아니었다. 그것은, 한글로 사유하고 글을 쓰고 행동하는 세대가 하나의 실천적 세력으로 존재하고 있다는 것을 보여준 사건이었으며, 민주주의가 책에만 씌어져 있는 제도가 아니라 한국민이 싸워 얻어야 하는 제도라는 것을 가르쳐 준 사건이었다"라고 썼을 때, 바깥에서 들어온 제도는, 그것이 아무리 좋은 것일지라도, 스스로 싸워 얻어야 한다는 것에 강조점을 주어 읽을 필요가 있다. 그 이념의 육화가 실천되지 않을 때, 주체의 이데올로기로 요약될 수 있는 서유럽의 이념에 도취된 나머지 주체를 부르짖는 행위가 곧 바깥에서 들어온 이데올로기의 노예가 되는 촌극이 일어날 것이기 때문이다. 때문에 "한글로 사유하고 글을 쓰고 행동"하는 것을 그가 그토록 되풀이해 주장한 것은, 단순히 한국어로 사유하고 글을 쓰고 행동한 순종 한국인은 4·19세대라는 뜻으로서가 아니라, 바로 사유와 언어와 행동의 일치가 그러한 주체화 혹은 육화를 가능케 하는 조건이라는 뜻으로 읽어야 할 것이다.[3]

4·19세대임을 표나게 내세우면서도 김현이 4월혁명 자체에 대해서 해석하거나 발언한 예는 기이하게도 찾기가 그다지 쉽지 않은데, 위의 대목은 그 드문 발언 가운데 하나이다. 나로서는 4·19를 '한글세대'와 관련짓는 김현의 거듭된, 그리고 자신의 중심적인 전제가 되다시피한 주장이 여러 평자들이 이미 지적하듯이 사실과 들어맞는 것도 아니거니와 다소간 뜬금없는 소리라는 편이다.[4] 이것은 혁명을 민중이니 시민이니 하는 역사적 주체의 문제가 아니라 학교에서 일본어가 아닌 한글을 배운 '한글세대'의 등장이라는 문제로 대치시킴으로써 교묘하게 혁명의 사건으로서의 성격을 흐려버리는, 김현의 글에서 그 당시 흔히 쓰이던 서술방식과 무관하지 않다고 볼 수 있다. 누구나 상식으로 받아들일 법한 두번째의 발언, 즉 '민주주의란 국민이 싸워 얻는 것'이라는 투의 평범한 소리 역시 인용자에 의해서 그 싸움의 '주체'가 아닌 한글세대의 '사유와 언어

---

3) 정과리 「김현 비평의 현재성」, 『문학과사회』 2000년 여름호 426면.
4) 이명원 『타는 혀』, 새움 2000, 190~96면이 그중 상세하다. 한편 염무웅은 앞 대담에서 김현 식의 한글세대 운운에 대해서 이렇게 발언한다. "흔히 한글세대의 문체와 감성에 대해 거론하는데, 물론 우리가 한글세대인 것은 사실이지만 이태준의 문장이나 벽초의 문장이 한문세대의 문장인가요? 일본세대의 문장인가요? (…) 오히려 나는 요즘 젊은 작가들의 문장을 보면 이건 우리 문장이 아니라는 생각이 들어요. 무슨 놈의 한글세대를 내세웁니까? 김승옥의 문장은 어떤 면에서는 일본 문장의 냄새가 난다고 느낍니다"(앞의 글 237~38면).

와 행동의 일치'와 연결되고 있는 것이다. 이 한글세대란 것은, 김현 자신
이 속한 1960년대 세대를 이전 세대와 구별하면서 내세운 명칭이지만,
그의 논리대로라면 이 1950년대 세대만 제외하면 비단 4·19세대뿐만이
아니라 그 이전이나 이후의 세대까지 모두 여기에 해당되는 셈이다. 그
러나 한국인이 한글을 사용한다고 해서 특별할 것도 없고 더구나 자동적
으로 '사유와 언어와 행동의 일치'가 보장될 리도 없으니, 이러한 주장 자
체는 근거가 희박한 것이다. 역시 이 대목에서 유의미한 부분은 이런저
런 점검도 없는 채 '주체'를 부르짖는 식의 '촌극'에 대한 정과리 나름의
지적일 것이다.

  논의의 전개에 생략이 많다는 점은 있지만, 정과리의 이같은 김현 해
석은 어떤 점에서는 김현의 속내를 정확하게 읽고 있는 것이며, 동시에
글쓴이 자신의 의식 혹은 의도조차 잘 드러내준다. 실상 초기의 김현에
게 있어 4·19에 대한 반응과 태도는 이처럼 혁명을 작동시킨 역사적 힘
으로서의 시민이나 민중 혹은 공민 등, 우리 사회의 근대성 문제에서 중
요한 범주로 떠오를 수밖에 없는 '주체'의 문제를 억압하려는 끊임없는
충동에 이끌려왔기 때문이다.[5] 이 대목 자체가 바로 그 점을 지적 혹은
폭로하고 있는 셈인데, 여기서 김현을 4·19와 연계시킬 때마다 생겨나는
하나의 역설이 다시금 떠오른다. 즉 4·19세대임을 그토록 강조하는 인물
로서는 참으로 유별나게도 그의 4·19는 늘 그 역사성과 현실성이 희석된
채 자기 나름의 문화적 해석을 위한 기호가 되는 것이다. 주체가 없는 혁
명이란 있을 수 없으며, 그같은 주체에 대한 모색과 주장이 혁명 이후 지

---

5) 가령 김현은 초기평론 「한국소설의 가능성―리얼리즘론 별견」에서 한국에서 리얼리즘이란 '원
  숭이 놀음'에 불과한데 이는 "한국은 리얼리즘, 의식의 당대주의를 밀고나가 하나의 세력을 이룰
  시민계급, 혹은 중간계급을 형성시키지 못한 형편"이기 때문이라는 주장을 펼친다. 이것은 4·19
  가 미완의 혁명일 수밖에 없는 사정에 대한 지적인 면이 없지는 않지만, 일차적으로는 서구적인
  의미의 중간계급이 부재하기에 리얼리즘의 추구란 한낱 우스꽝스러운 흉내내기에 지나지 않는다
  는 것이니, 이는 그가 혁명 이후 떠오른 주체에 대한 우리 사회의 물음에 부정적임과 동시에 오히
  려 그 자신이 서구적인 문학이념형에 얽매여 있음을 잘 보여준다(『전집 2』 90~91면).

속적으로 일어나던 상황이었음을 고려할 때, 주체 및 그에 대한 논의가 부상하던 자연스런 추세에 대한 한 4·19세대 비평가의 일종의 딴지걸기는 얼핏 보아도 의아스럽다. 왜 김현은 혁명의 주체에 대한 논의를 애써 피하는 대신 그 근거와 의미가 확실치 않은 한글세대 이야기로 논의를 돌려가는 것일까?

우선 김현이라는 비평가가 아주 탁월한 비평전략가라는 점이 주목될 수 있는데, 실제로 기념 씸포지엄에서 발표된 권성우의 글은 김현의 비평이 가지고 있는 이같은 '세대론적 인정투쟁'의 일면을 짚어내고 있다. 이같은 지적은 그 나름의 설득력을 가지는 것이지만,[6] 근본적인 한계가 있다. 권성우는 김현과 그 당시 1960년대에 부상한 비평가들을 함께 묶어 50년대에 대한 어느정도는 통일된 세대론적 지평을 펼쳐보는 데 초점을 두고 있어서 한마디로 당대 비평의 종적 관계를 재구성한 셈인데, 이같은 일반화는 동일한 세대 내에서 존재하는 차이의 문제를 흐릴 위험성이 크다. 말하자면 1960년대를 한글세대로 일반화하는 김현 식의 구도를 오히려 벗어나지 못하는 격이며, 그 때문에 4·19의 해석을 두고 '한글세대' 내에서 벌어지는 분열과 간극의 의미를 읽을 수 없게 된다. 즉 이같은 종적 관계 못지않게 당대의 사회 문화적 공간에서 첨예하게 떠오르던 대립과 차이라는 횡적 관계에 대한 관심이 더욱 필요한 것이다. 여기에 생각이 미칠 때, 1950년대와 1960년대의 차이와 함께, 4월혁명을 둘러싼 담론싸움을 통해 1960년대 비평 내에서 결정적인 분기가 형성되던 국면에서 한 뛰어난 비평전략가의 위상과 공과를 전체적으로 따져볼 수 있는

---

6) 이 발표가 야기한 평단 일각의 파문은 꽤 알려진 편인데, 실상 이 글은 비평사에서 흔히 일어나게 마련인 신구세대간 힘겨루기의 일면을 지적한 것인만큼 과민반응을 보일 필요는 없었다고 본다. 알고 보면 김현 자신부터가 당시 선배세대인 50년대 문인들을 다루면서 "어느 나라의 문학사도 그러하듯이, 상기한 문학인들은 자신의 내적 필연성에 의해 자신의 문학적 적(敵)을 상정하고, 그것을 극복하려는 과정에서 성장한다. 그 과정을 통하면서 같은 이념을 가진 문학인들은 뭉쳐 하나의 문학적 조류를 이룬다"고 기술하고 있기도 하듯(『전집 2』 243면) '인정투쟁'의 필요성을 누구보다도 잘 깨닫고 있었던 점을 되새겨보아야 할 것이다.

것이다.

이 횡적이고 공간적인 관계에서 내가 무엇보다도 흥미롭게 본 것은, 4월혁명 이후 시작된 김현의 초기 비평활동 속에서 김수영(金洙暎)이 어떻게 자리매김되느냐는 점이다. 김수영이라면 좁은 의미에서의 4·19세대라고 지칭되기 어려울지 몰라도 어느 누구 못지않게 4월혁명을 중심으로 시세계를 형성해간 인물이며 이는 김현 자신도 수긍하는 바이다.(『전집 4』 13면) 4월 이후를 재구성해내는 기획에 있어 김현과 김수영의 만남의 양상은 그런 점에서 대단히 상징적인 의미를 띤다. 김현의 비평활동은 특히 당대 문인들과의 인간적인 만남과 긴밀히 맺어져 있는 점에서도 특이한데, 그 가운데 김수영과의 만남은 그다지 행복한 것이 못 되었다. 『시인을 찾아서』라는 그의 인상적인 시인론에 김수영이 포함되어 있지만, "두 개의 자아가 마주치고 부딪치는 순간", 즉 그가 말하는 바 시인에 대한 이해가 이루어지는 그 순간은 다른 어떤 시인들과의 만남보다도 김현에게는 불편하였다. "그가 그의 운명과 47년 동안 싸우는 동안 나는 그와 6,7년 동안 싸워왔다. 그의 시와 산문, 그리고 그의 삶은 나의 그것에 대한 생각과는 너무나 다른 것이었다"고 스스로 말하고 있기도 하거니와, 김수영 편에서도 김현의 '형식 위주'의 시평에 불만을 가지고 있었다는 점에서 그러했다. 그럼에도 김현의 경우에는 특히, 이같은 거부반응이 "그의 시와 인간을 이해하기 위한, 혹은 그를 이론적으로 굴복시킬 수 있는 힘을 기르기 위한" 내적 투쟁으로 이어질 정도로 그의 비평적 도정에서 중요한 의미를 가지고 있었던 것이다.

그러나 김현이 이같은 '내적 투쟁'을 얼마나 내실있게 해내었는지는 역시 의문이다. 김수영이야말로 4월혁명이라는 역사적인 사건을 통해 내적 자아의 긴장과 사회적 모순을 함께 끌어안고 시적 모험을 해낸 인물인 한, 김현의 내적 투쟁에서는 마땅히 김수영이 끌어안고 있던 혁명의식과 그 시적 변용들에 대한 고투가 포함되어야 할 법하다. 4·19가 시민혁명이라면, 여기서 시민이 무엇인지에 대한 물음과 더불어 우리 현실의 구체적인 맥락에서 어떻게 그것이 민중이라는 범주와 만나며, 나아가서 혁명의 과정 자체가 어떻게 남북분단이라는 이 땅의 모순현실과 마주칠 수밖에 없는지를 파고들어가는 그런 것이어야 할 것이며, 김수영이 밟았던 길이 바로 그것이었다. 그러나 김현에게서는 민중에 관심을 가지는 태도는 조악한 '민중주의'로, 통일운동 등으로 번져나간 변혁을 위한 격동은 '사회적 혼란'으로 번역되고, 혁명을 실제에서 진행하고자 하는 노력들은 여지없이 설익은 '이념'을 내세우는 거짓 포즈로 냉소된다. 이러한 입지에서 김수영과의 '내적 투쟁'이란 결국 김수영이라는 대립항목을 자신의 논리틀 내에서 '극단화시켜 배제하는' 방식을 통해서 해소시키는 것으로 낙착되고 마는 것이다.[7]

김수영의 '인간'이나 '생각'에 대한 이같은 방식의 투쟁은 물론 김현의 정치적 무관심과 문학적 순수주의에 기인한 것이라면 이해 못할 바는 아닌데, 그러면 김수영의 '문학'에 대한 도전에서는 어떠한가? 내가 읽기로 김수영의 시적 작업에 대한 김현의 평가는 대단히 냉랭하다.[8] 그것 자체를 탓할 일이 물론 아니로되, 4·19세대의 세대의식을 무엇보다 앞세우는 신진비평가로서, 4월에 대한 천착으로 뭉쳐지다시피 한 당대의 시인을 이처럼 도외시하는 것은 특이한 일로, 무언가 정신분석을 필요로 하는 사안으로까지 여겨진다. 이는 김수영이 4월혁명의 지속성과 파시즘 체제에 대한 저항과 실천을 강조하는 창비 계열 비평가들의 깊은 관심과 주

---

7) 이 극단화시켜 배제하는 방식은, 김수영을 자신의 구도 속에 끌어들이는, 이를테면 감싸안는 방식을 겸하게 되는데, 이 과정에서 4월혁명의 실천적 영역에 대한 김수영의 열정은 배후로 물러서고, 그의 '모더니스틱'한 형식실험이 전경화된다. 시의 경우 '형태보존적인' 신동엽을 한편에, '형태파괴적인' 김수영 황동구 정현종을 다른 편에 두는 방식의 대립 설정틀을 보여준 『한국문학의 위상』의 대목 참조(『전집 1』 57면).

8) 그의 첫 시평론집인 『상상력과 인간』은 김춘수 정현종 황동규 등 주요시인은 물론, 김남조를 비롯한 여류시인들, 신인들을 다양하게 다루고 있지만, 김수영은 제외된다. 김수영은 1976년에 와서야, 당시 민음사에서 발간된 김수영 전집에 해설을 쓰면서 비로소 김현의 시인론 목록에 들어간다.

264

목을 받아온 것과 대조된다.

김현은 알다시피 시의 언어와 구조 그리고 이미지 분석을 즐겨 행하는 섬세한 안목의 시비평가로 잘 알려져 있고, 대개의 글에는 대상이 되는 시인들에 대한 애정이 어려 있다. 첫 시평론집 『상상력과 인간』에서 특히 인상적이며 그의 특성이 어느 곳보다 잘 나타나 있는 평론은 「꽃의 이미지 분석」인데, 여기서 그는 '꽃'이라는 이미지가 한국의 시인들에게 '주된 시적 오브제'로 선택되는 데 주목하고, 그것을 분석함으로써 "한국의 시인들이 대상을 대하는 태도, 주의의 태도의 향방"을 밝힐 수 있기를 원한다고 한다. 이를 위해 구자운 이동주 박인환 김광림 김윤성 박양균 김춘수 전봉건 같은 당대시인들 다수가 거론될 뿐 아니라 식민지 시대의 이상(李箱)까지도 동원된다. 그러나 여기에 김수영의 존재는 없다.

대개 인정하다시피 김수영은 꽃의 이미지에 천착한 시인들 가운데서도 아주 탁월한 시적 업적을 남긴 시인이다(「꽃」 연작이나 「꽃잎」 연작 외에도 「구라중화」 등 그의 대표작들을 상기해보자). 그러나 비평 대상이 되는 작품이야 비평가의 전적인 자유선택 사항이니, 이 사실을 들어 따지자는 것이 나의 의도는 물론 아니다. 내가 주목하는 바는, 김현이 여러 시인들의 꽃 이미지 분석을 통해서 도달한 득의의 결론이란 것이 김수영의 세계를 도저히 포괄하지 못하는 차원에 머물러 있다는 것이다.


이렇게 하여 다만 단순히 우리 앞에 있을 따름인, '저기 있음'으로 존재할 뿐이던 한 송이의 꽃은 '있음'으로 현시되는 전체로서의 꽃, 존재의 빛인 비밀로서의 꽃으로 되고, 의미를 사이에 두고 묻고 답하는 존재의 괴로움으로의 꽃이 된다.

이러한 꽃의 이미지 분석을 통해 우리가 도달한 곳에서 우리는 무엇을 찾아낼 수 있을까. 자아가 실존하지 않을 때, 그리고 대상의 벌거벗음을 인식하고 놀라지 않는 한, 대상은 바라봄의 단순한 도구이며 대상과 자아 사이에는 아무러한 단절도 생기지 않는다. 그러나, 여기에서 시는, 진정한 시는, 바따이유가 말하는 내적 경험으로서의 시는 성립하지 않는다고 나는 생각한다. (…) 그러므로, 진정한 시는 존재의 괴로움, 단절에서 오는 아픈 신음소리이다. 그것을 뛰어넘을 수는 없을 것인가. (『전집 3』 79면)

현란함을 자랑하는 김현 특유의 문체가 발휘된 이 대목을 한번 풀어보자면, "시인이 혹은 시의 언어가 대상을 단순한 주관의 대상으로 삼지 않고 그 사물됨의 진상을 드러낼 때 그 시는 진정한 시적 경지에 들어선다"라는 것이 될 법도 하다. 그런데 김현은 대상과 자아 사이에는 근본적인 단절이 존재함을 전제하고 이 단절을 알고 표현함으로써 시의 새로운 경지(아마도 바따이유가 말하는 서구적인 의미에서의 근대적인 시)가 탄생한다고 말하는 듯 보인다. 왜냐하면 이 단절의 괴로움은 "낭만주의 이후 서구 시의 하나의 전통"을 이루고 있다고 바로 부연하기 때문이다.

흠잡을 데 없어 보이는 이같은 김현 투의 이미지 분석과 그 일반화는 시에 대한 일면의 통찰을 전해주지만 한편으로 특정한 유형의 시를 전경화하는 한 방식이라는 점에서 조심스럽게 읽어내야 한다. 판단력과도 유관한 이같은 조심성이 없는 경우에, 어느새 그 스타일의 힘에 휩쓸리기 십상이라는 점에서 김현은 과거의 나와 같은 젊은 문학도를 언제라도 미혹(迷惑)하는 위험한 비평가다. 김현의 이 범주화를 통해 유독 분열과 연루된 현대시의 한 유형만이 진정한 시의 이름을 얻게 된다. 말하자면 분열과 통합의 드라마가 한꺼번에 펼쳐지는 근대성의 모순된, 그러하기에 역동적인 국면들에 대한 인식과, 그러한 모순을 담지하면서 발흥하는 사회학적인 상상력조차 포함하는 시의 영역은 은연중에 실종되고, 존재의 비의에 대한 형이상학적 물음으로 시를 한정지어버리는 작용이 일어난다. 그러나 근대시의 더욱 새로운 경지는, 존재의 분열에 대한 예민한 감각과 아울러 새롭게 이룩되어나가는 공동체로서의 근대적인 세계의 열

림을 감수하는 정신이 결합됨으로써 가능해지고, 그것은 시인으로 하여
금 사적인 인식만이 아닌 어떤 사회적인 차원에로의 열림까지를 요구한
다.[9] 김수영 식으로 말하면, 이러한 통합적이고 실천적인 인식 속에서,
"온몸으로 온몸을 함께 밀고나가는" 유형의 시가 탄생하며 여기에서 근
대성에 대한 시의 가장 곡진하고 진실한 대응이 나오게 된다.

위에 인용된 대목을 끌어내기 위해서 김현은 "꽃들은//피어서//피어
서/지금/사살된 비둘기의 폐허/무지개의 폐허에 피어서/지금" 운운의
전봉건의 시를 제시하지만, 이같은 모호하고 괜스레 멋을 부린 시구(詩
句)를 "언뜻 보기엔 임종의 생명같고/바위를 뭉개고 떨어져내릴/한 잎
의 꽃잎같고/혁명같고/먼저 떨어져내린 큰 바위같고/나중에 떨어진 작
은 꽃잎같고//나중에 떨어져내린 작은 꽃잎같고"(「꽃잎 1」)라는 김수영의
시구와 함께 놓을 때, 언어를 가지고 기교를 부리는 차원에 머무는 시와,
언어 자체의 힘과 결합된 정신이 스스로를 풀어놓음으로써 발현되는 시
의 울림이 어떻게 다른지를 금방 느끼게 되는 것이다.[10] 꽃의 이미지의
이러한 혁신을 통해서 꽃잎은 시인에게 존재의 분열을 깨고 뒤흔드는 인
식의 충격과 함께 다가오며, 추상적인 차원의 분열과 거기서 오는 고통
의 신음 따위를 넘어 꽃잎 그 자체의 사물로서의 위엄은 위엄대로 살리
면서 존재와 역사가 그 이미지 속에서 돌연 결합하여 어떤 의미를 창출
해내는 진정한 난해시의 맛을 느끼게 되는 것이다.

이런 맥락에서 김현이 꽃의 이미지를 분석하며 김수영을 그 대상에서
제외한 것은 우연일 수도 있겠지만 어떤 면에서는 필연이기도 하다. 김

---

9) 이와 관련하여 비슷한 시기에 씌어진 염무웅의 김수영론이 「구라중화」를 예로 하여 꽃의 이미
지에 대한 다음과 같은 통찰을 보여주고 있음은 흥미롭다. "그는 대상을 그리는 순간에도 대상을
그리고 있다는 행위의 의미를 의식하는 일에서 결코 놓여나지 못한다. 그것은 자기가 '이 시대를
진지하게 걸어가는 사람'이 못 된다는 의식이다"(『민중시대의 문학』, 창작과비평사 1979, 219면).
10) 참고로 전봉건은 난해시의 '사기성'과 참여시의 문제와 관련하여 김수영과 논쟁을 주고받은 시
인이기도 하다.

수영의 꽃을 받아들이는 것은 김현에게는 그야말로 위험한 기획인데, 그 것은 꽃과 동시에 김수영이 체현하고 있는 어떤 것까지 받아들이는 일이 되겠기 때문이며, 그것이야말로 김현이 한사코 피하고자 했던 바이기 때 문이다. 즉 김수영이 다름아닌 4·19를 가장 치열하게 구현해낸 인물이자 시인이라는 점, 바로 그것이니 여기서 다시한번 4·19세대임을 유난히 내 세우는 한 비평가가 4월혁명의 역사성과 사회성을 탈색시키는 일에 오 히려 가담하고 있다는 역설에 마주치는 것이다.

군사정권의 출범과 더불어 그리고 반공의식의 팽배와 더불어 혁명은 무산되었지만 그것을 현실 속에서 지속시키고자 하는 모색이 문학 부문 에서도 민족문학의 이름으로 태동하던 시기에, 문학주의를 앞세우며 소 위 순수시를 적극 옹호하고 참여시로 분류될 법한 시들에 대한 공격을 자신의 트레이드마크로 삼는 한 전투적이고 유능한 비평가의 등장은, 그 리고 그와 맺어진 문학써클이 4월의 이름으로 등장하게 되는 문학사의 한 풍경은, 한편으로는 당혹스러우면서 다른 한편으로는 4월이 점차 기 억의 저편으로 물러나고 혁명이 불가능한 꿈이 되어가고 있었던 현실을 아이러니하게도 환기시킨다. 김수영과 김현의 대립은 혁명을 기억하며 그 꿈을 지우지 못하고 그것을 자신의 삶의 지향과 맺으려는 유토피아적 인 충동과, 그러한 현실적 전망을 늘 회의하면서 현실의 세속구조 속에 머묾을 하나의 결단으로 여기는 현실순응적인 태도 사이의, 어떤 점에서 는 우리 근대사의 한 국면에서의 본원적인 대립과도 크게는 맺어져 있는 것이다. 이 대립틀의 형성과정 속에서, 김현이 거의 폭력적이라고 여겨질 만한 논리, 그가 50년대 문인들에게 던진 표현을 그대로 쓴다면 일종의 '논리의 테러리즘'을 행하면서 후자의 이데올로그로 나서게 되었다는 점 이 놀라운데, 그에 대한 성찰이 다음 장의 주제가 될 것이다.

## 3. 4월의 형식주의적 환원과 순수 참여의 변증

대학 시절 이후로는 거의 처음으로 김현의 초기 비평을 다시 읽어본 나로서는 그것이 가지는 적지 않은 미덕에도 불구하고 여기저기서 애매한 대목과 무리한 논리전개가 속출하고 쉽게 납득하기 힘든 자의적인 주장들이 수두룩하다는 데 다소 충격을 느꼈다. 특히 문학적 주장을 직접적으로 펼치는 글들에서 그 점이 더 두드러진다. 그의 초기작업의 가장 핵심적인 성취이자 중심을 이루는 것이 『한국문학의 위상』이라는 것은 자타가 공인하는 사실인데, 이번에 읽어보니 이 저술은 주장이나 논리 모두에서 한마디로 너무나 실망스럽다. 그러나 한편으로는 이같은 투박하고도 불확실한 주장을 통해서 그 자신의 비평적 이념을 관철해나가는 뚝심에 경탄하였다. 하여간 그의 평문들은 많은 사람들이 지적하는 것처럼 거의 '사적'이고 심지어 '고백적인' 문체의 힘을 입고 있기도 하고, 다른 한편으로는 몇가지 뚜렷한 명제의 제시를 통해서 자신의 문학관을 어느정도 명확히 드러내었다는 데 의미가 있을 것이다. 나는 이 저서에서 피력된 김현의 주요 명제들을 검토하면서, 김현의 초기작업이 어떻게 4월혁명과 그를 계기로 한 역사의 동력을 형식주의의 틀로 환원하는 데 주력해왔는가를 설명하고자 한다. 1960년대부터 1970년대 초엽까지의 김현의 초기 비평들은 앞에서 언급한 두 비평집 등으로 엮어졌지만, 1975년부터 2년간 씌어진 이 책은 전집 편자들의 말 그대로 "이전의 김현의 문학적 사유와 이후의 그의 사고들이 모여들고 흘러나는 분기점"으로 이해될 수 있기 때문이다.

문학의 본성과 기능에 대한 원론적인 고찰에서부터 그 현재적인 과제와 역할 그리고 한국문학의 역사적 전개에 대한 해석에 이르기까지 그야말로 자신의 문학관에 대한 종합적인 담론을 장대하게 펼쳐나간 이 저서에서, 김현은 개인적 기억이나 체험과 서양의 문학론에 대한 박학과 한국문학사에 대한 나름대로의 이해를 종횡무진 뒤섞으며 거침없이 문학이라는 대상을 마음먹은 대로 요리해나간다. 여기에서 가장 핵을 이루고 있는 주장은 "문학은 꿈이다"라는 명제와, "문학은 억압하지 않는다는 그것으로 유용하다"는 명제, 이제는 김현이라는 이름을 즉각 불러일으킬 정도의 환기력을 가지게 된 유명한 명제들이자 내가 여기서 초점을 두고자 하는 바로 그것이다. 이 두 명제가 얼핏 보기에도 그 나름의 진실을 가지고 있다는 점은 누구도 부정할 수 없을 것이다. 물론, 누군가 "문학은 현실이다"라고 정의한다거나 "문학은 억압에 저항하는 것으로 유용하다"라고 해도 그것도 그 나름의 진실을 가지고 있겠지만, 김현의 두 명제가 가지는 진실성도 엄연하다. 그러나 "문학이 현실이다"고 했을 때나 "문학이 꿈이다"라고 했을 때나, 중요한 것은 그 맥락이다. 그때의 그 꿈이나 현실이란 기표가 실제로 뜻하는 바, 즉 그 내용의 진실성과 타당성이 반드시 짚어져야 할 것이다.

맥락으로 말하면 우선 글의 맥락도 있겠고 그 글이 씌어진 환경의 맥락도 있겠다. 글의 맥락은 곧 살펴볼 것이지만, 환경의 맥락으로 말하면 이 글이 씌어진 당시가 소위 유신체제라는 파시즘의 지배하에서, 표현의 자유가 극도로 억눌리던 시기임을 기억하는 것으로 족할 것이다.(바로 그 시기를 학생기자로 있었던 나로서는, 연이은 긴급조치에 의해 심지어 동료 학생이 제적당했다는 사실조차 그 법에 저촉된다는 이유로 기사화할 수 없었던, 참으로 한스럽기 짝이 없는 상황 속에 있었음을 생생하게 기억한다.) 이같은 여건 속에서 문학의 기능에 대한 김현의 논의가 어떻게 전개되는지를 읽어보자.

남은 일생 내내 나에게 써먹지 못하는 문학은 해서 무엇하느냐 하는 질문을 던지신 어머니, 이제 나는 당신께 내 나름의 대답을 하지 않으면 안되겠다. 확실히 문학은 이제 권력에의 지름길이 아니며, 그런 의미에서 문학은 써먹는 것이 아니다. 그러나 역설적이게도 문학은 그 써먹지 못한다는 것을 써먹고 있다. 문학을 함으로써 우리는 서유럽의 한 위대한 지성이 탄식했듯 배고픈 사람 하나 구하지 못하며, 물론 출세하지도, 큰돈을 벌지도 못한다. 그러나 그것은 바로 그러한 점 때문에 인간을 억압하지 않는다. 인간에게 유용한 것은 대체로 그것이 유용하다는 것 때문에 인간을 억압한다. 유용한 것이 결핍되었을 때의 그 답답함을 생각하기 바란다. 억압된 욕망은 그것이 강력하게 억압되면 억압될수록 더욱 강하게 부정적으로 작용한다. 그러나 문학은 유용한 것이 아니기 때문에 인간을 억압하지 않는다. 억압하지 않는 문학은 억압하는 모든 것이 인간에게 부정적으로 작용하는 것을 보여준다. 인간은 문학을 통하여 억압하는 것과 억압당하는 것의 정체를 파악하고, 그 부정적 힘을 인지한다. (…) 그처럼 문학은 억압 없는 쾌락을 우리에게 느끼게 해준다. 그러면서 그것은 그것을 읽는 자에게 반성을 강요하여, 인간을 억압하는 것과 싸울 것을 요구한다. (『전집 1』 49~51면)


이 대목이 김현 문학론의 핵심대목임은 자명하다. 이 책 자체가 "아무 짝에도 쓸모없는 문학"에 대한 어머니의 푸념에 응답하는 방식으로 씌어진 것이기 때문이다. 대체적인 의미를 정리해보면 "문학은 세속적인 쓸모는 없지만 그 때문에 억압하지 않고, 억압하지 않으므로 억압에 대해 생각하게 만들고 나아가서 억압과 싸우게 만든다. 그것이 문학의 쓸모이다"라는 것이 될 것이다. 얼핏 보아 문학을 하는 사람치고 별로 반대할 이유를 발견하지 못할, 좋은 말들이다. 김현의 평문이 대개 그렇듯이 따지자고 들면 논리상으로나 정확성에서나 허점투성이인 점에서는 이 대목도 예외는 아니며,[11] 문학이 억압을 주지 않는다면서 결국 반성을 '강

---

11) 이 점에 대해서 상술하지는 않겠는데 이는 이 대목을 포함하여 김현의 『한국문학의 위상』이 드러내는 논리상의 오류와 무리한 전개에 대해서 이동하의 날카로운 지적들 이상을 해내기는 어렵기 때문이다(이동하 「한국비평의 재조명: 김현의 『한국문학의 위상』에 나타난 몇가지 문제점」, 『한국문학과 비판적 지성』, 새문사 1996, 50~82면).

요’하고 싸울 것을 ‘요구’한다는 큰 틀 자체가 자가당착처럼도 들리지만, 그보다 이같은 특이한 방식의 문학의 효용에 대한 주장을 통해서 그가 문학의 사회적 역할에 대한 일반적인 인식을 뒤집어버린다는 것이 더 근본적인 문제일 것이다.

그의 논리에 따르면 문학이 어떤 효용이나 기능이 있으려면 그것은 인간을 억압하지 말아야 하고 그런 억압이 없으려면 문학은 유용한 것이 아니어야만 한다. 여기까지는 그런대로 좋다. 문학이 주는 감동의 순수함(그의 표현법으로는 ‘억압 없는 쾌락’)이란 공리주의적인 고려를 넘어선 영역에 대한 포착과도 맺어져 있다고 해야 할 것인데, 이 점 동의할 수 있는 주장이다. 다만 여기서의 유용성이라는 것이 그의 논거대로 돈이나 권세와 같은 세속적인 것에 한정된다면 이 말을 가지고 구태여 탓할 필요는 없을 것이다. 그러나 세속적인 것을 내세워 수립한 유용성에 대한 부정과 그 역전의 담론은, 실제로는 문학의 사회적 기능을 적극적으로 이해하는, 당대에 큰 흐름을 이루고 있던 참여적이고 저항적인 문학운동에 대한 공격을 해내기 위한 하나의 이론적 대비였음이 곧 드러난다. 즉 문학은 억압하지 않는다는 명제는, 문학을 통해서 무언가를 발언하고 주장하는 것에 대한 노골적인 부정의 과격함을 감추기 위한 도식이라는 것이다. 한마디로 당시의 실천적인 문학 전반에 대한 공격의 욕구가 이 명제를 탄생시킨 맥락임은 명백하다. 이 명제의 수립에 이어서 곧바로 그가 “문학을 위한 문학”과 “인간을 위한 문학”을 이같은 인식에 반대되는 두 대표적인 경향으로 거론하고 있기 때문이다. 이 둘을 공평하게 두 극단적인 경향으로 거론하면서 비판하고 있지만, 비판의 초점이 후자에 가 있다는 것은 조금만 정신차리고 읽으면 바로 파악할 수 있다. 전자는 문학의 자율성을 지키기 위해서 지나치게 애쓴다는 점이 문제되므로, 그가 지금까지 배제되어야 한다고 역설해온 ‘유용성’과는 아무런 관련이 없기 때문이다. 결국 “인간을 위한 문학”이란 것이 인간을 위한다는 ‘문학의 효용성'을 지나치게 중시하며 문제를 일으킨다는 것이 핵심이니, 그것이 지금까지 그가 유용성과 억압을 동일시하는 무리한 수사까지 동원해서 수립한 명제의 화살이 날아가 꽂히는 과녁이 된다. 이어지는 다음과 같은 대목을 한번 보자. 김현 주장의 핵심이기도 하지만, 논리의 폭력성이 저절로 드러나는 곳이기도 하다. 그는 위의 두 경향이 모두 극단적이기 때문에 오히려 '대단한 설득력'을 발휘하고 있다고 비난하고서, 이렇게 발언한다.

그 두 이론은 그러나 순수 참여 논쟁이라는 한국 문학의 해묵은 가짜 문제의 이론적 전거를 이룬다. 어휘 자체의 개념 규정도 뚜렷하게 하지 못한 채 되풀이된 이 논쟁은 한국 문학인들을 상투화된 과장성으로 몰고가, 사고를 유형화시키고, 문학인의 내적 창조성을 당위성으로 찍어누르게 된다. 그 결과, 문학에 대한 독자들의 인식과 작품을 쓰는 문인들의 사고 자체가 경직화되어 버린다. 한 파에서 달빛을 노래하면 다른 파에서는 굶주림을 노래하고, 한 파에서 내면을 말하면 다른 파에서는 사회를 주장한다. 미리 결정된 주제와 주장이 있으니 세계와 인간을 이해하려는 어려운 노력은 필요시될 리가 없다. (『전집 1』 51면)

순수 참여 논쟁이 1950년대 말부터 1960년대에 걸쳐 되풀이되면서 해방 이후 한국문학의 지형을 형성하고 또 그 방향성에 대한 모색에 일조한 것은 주지의 사실인데, 이를 송두리째 부정하고 나오는 이 대목의 과격성은 명약관화하다. 이 논쟁은 특히 분단이 고착되는 과정에서 친미 정권의 수립과 반공이념의 지배가 확립되던 가운데, 남한의 문학으로 하여금 그 사회적인 책무를 환기하게끔 했으며, 그같은 오랜 논쟁의 토대 위에 리얼리즘과 민중적인 민족문학에 대한 논의가 전개될 수 있었던 것이다. 여하간 이러한 논쟁을 일고의 가치도 없는 '가짜 논쟁'으로 몰아붙이는 것은 이 당시 김현의 '인정투쟁'이 전 세대뿐만 아니라 동세대의 '참여적인' 문학운동에 대해서 얼마나 노골적으로 이루어졌던가를 잘 말해준다.

순수파와 참여파를 각각 달빛과 내면 대 굶주림과 사회 식으로 나누는 것부터가 이 논쟁을 통해 길러지고 배태된 문학적 인식에 대한 무시이자 매도라고 할 것이다. 이같은 방식의 이분법적 사고는 이미 순수 참여 논쟁의 여러 국면에서도 가령 김수영을 비롯한 일부 참여론자들이 남한 사회의 일방적인 반공이념과 싸워가며 끊임없이 불식하려고 했던 폐해이며, 이 글이 나오기 몇해 전 김현과 마찬가지로 이 논쟁의 한계를 짚어본 동세대의 한 비평가(白樂晴)가 인간의 본마음과도 관련된 '순수한 예술의 마음'을 근거 삼아 참여주의와 순수주의를 각각 비판하면서 "순수한 마음으로 순수하게 문학을 해나가는 것이 민중과 하나가 되어 역사발전에 기여하는 것과 떼어 생각할 수 없다는 점에서는 그러한 논쟁 자체가 불필요한 것"이라고 정리[12]한 데서 보여준 사려와도 거리가 멀다. 순수 참여 논쟁을 민중적인 시각의 '순수성'에 대한 사고와 연결짓는 이런 대목에서 이 논란의 어떤 질적 도약이 기약되고 이것이 다름아닌 "세계와 인간을 이해하려는 어려운 노력"의 일환이라면, 김현 식의 이분법과 뒤늦은 매도야말로 스스로 경계한 바 "상투화된 과장성"이자 "유형화된 사고"의 가장 전형적인 예라고 할 것이다.

여기서 김현이 말하는 "억압하지 않는 것"으로서의 문학에 대한 정의가, 실은 어떤 문학작품에나 해당되는 것이 아니라 특정한 유형의 문학만을 지칭하는 한정적인 것이라는 점은 저절로 드러난다. 우선 대중문학은 사실은 가장 일반독자를 "억압하지 않는 것"임이 분명하고 그것을 읽는다고 무슨 출세를 한다거나 하는 효용이 있는 것도 아니니 형식논리로

---

12) 백낙청 「문학적인 것과 인간적인 것」, 『민족문학과 세계문학』, 창작과비평사 1978, 110면.

따진다면 "억압 없는 쾌락"이라는 정의에 가장 부합하는 유형인데, 그럼에도 그것이 이 유형에는 들어가지는 않을 터이고, 동시에 민중문학이나 리얼리즘이라고 통칭될 수 있는 문학도 오히려 억압이면 억압이지 이같은 억압하지 않는 것으로서의 문학의 범주에 들 리 없다. 그렇다면 무엇이 이 "억압하지 않는 것"으로서의 문학인가? 그가 말하는 바 "형태파괴적인 문학"이 바로 그것인데, 실제로 그는 이러한 유형의 문학을 김정한이나 신동엽의 "형태보존적 문학"과 대비하여 더 높이 평가한다고 발언하고 있다. 생각해보면 형태파괴적인 문학이란 것이 일반독자에게 '억압 없는 쾌락'이란 것을 얼마나 줄지 심히 의심스럽고 오히려 잘 이해 안되는 것을 이해해보려는 나머지 심리적 압박을 받게될 가능성이 크지만, 그냥 넘어가도록 하자. 더 중요한 것은 이 과정에서 그가 자신이 내세우는 문학유형을 옹호하는 방식이다. 현대문학이 "인간이나 삶의 부조리하고 억압적인 면을 날것 그대로 드러냄으로써 억압을 최소한도로 줄여야 한다는 당위성에 오히려 억압당하고 있다"고 지적하면서, "사회의 모순을 과감하게 드러내려는 사람이 그 사회에 의해 인정받기를 바라는 희한한 사태" "그 사회의 억압을 드러냄으로써 그 사회 속에 건전하게 자리잡는다는 그 역설!"을 말하는 것은, 그 나름대로 미묘한 관찰이긴 하다. 그러나 언로가 극도로 막혀 있던 바로 그 시대, "사회의 모순을 과감하게" 혹은 "날것 그대로" 드러내는 일이 얼마나 위험하며 자신의 안위나 세속적 이해의 차원을 넘어서는 순정한 마음이 없고서는 거의 불가능했던 상황을 돌이켜볼 때, 김현의 이런 식의 논증이 가지는 사회적 함의를 이해하기는 그다지 어려운 일이 아니다.[13]

---

13) 김현의 혼란스런 '억압' 개념과 그것을 통해 저항적인 민중문학을 '부당하게' 공격하고 있는 점에 대한 상세한 논의는 이동하의 앞 글 참조(앞의 책 64~79면). 이와 함께 김현이 정당성이 인정되기 힘든 논리를 굳이 내세운 이유가 '문지'의 입지를 내세우기 위한 '고도의 전략적 의도'에 따른 것임을 주장한 글로는 황국명 「『문학과지성』의 도식적 기술체계 비판」, 『문학과지성』 비판』, 지평 1987, 63~64면.

　물론 이는 서구적인 상황에서 형성된, 구체적으로는 아도르노적인 의미의 모더니즘의 이데올로기를 거의 그대로 이곳 상황에 도입한 결과이긴 하고, 실제로 대중사회의 문제점들도 나타나기 시작하던 맥락에서 아주 틀린 관점만은 아니지만, 그럼에도 그같은 이데올로기에 기반하여 실제로 파시즘 상황에 처하여 저항의 목소리를 담을 수밖에 없는 문학의 입지와 기능을 통째 추문으로 돌리는 것은 지배질서로 본다면 분명히 '공적(功績)'이라 할 수 있고 그만큼 "그 사회 속에 건전하게 자리잡는다"는 말을 되돌려주어도 항변할 여지가 없어 보인다. 아무리 문학 내에서의 영토싸움이 중요하다지만, 이렇게 실제적인 억압에 맞서는 문학적인 움직임을 오히려 억압이라고 돌려세워 공격하는 것은 김현 특유의 전략적인 비평방식의 힘이 과도하게 발휘된 대목이 아닐 수 없다. 이것은 시민이나 공민 혹은 민중이라는 범주와 관련된 주체의 문제를 구조의 문제로 치환하는 방식과도 유관한데, 여기서 그의 꿈으로서의 문학관이 모더니즘의 이데올로기와 만나게 되고, 순수와 참여의 이분법을 넘어선다는 주장이 결국 문학의 자율성에 대한 옹호와 그것을 구조주의라는 당시의 최신 서구이론의 틀을 빌려 세련시키는 작업임이 드러나는 것이다.

　"문학은 그것이 있다는 사실 하나만으로도 문학을 이해하지 못하는 사람이 있다는 것을, 다시 말해서 무지를 추문으로 만든다"라거나, "문학은 배고픈 거지를 구하지 못한다. 그러나 문학은 그 배고픈 거지가 있다는 것을 추문으로 만들고, 그래서 인간을 억누르는 억압의 정체를 뚜렷하게 보여준다"는 식의 김현의 득의의 표현법이나 내용이 그 자신이 번역 출판한 리까르두의 한 구절 "문학은 그것이 있다는 것만으로 인간의 굶주림을 추문으로 만드는 것이다"라는 대목을 거의 그대로 따온 것이라는 이동하의 지적[14]도 있지만, 실상 이런 투의 리까르두의 주장은 문학적인

---

14) 이동하, 앞의 책 63면.

엘리뜨주의와 고답적인 모더니즘의 한 대표적인 유형으로서, 가령 "오늘날의 새로운 예술은 그것이 다만 거기 있다는 사실만으로써 평범한 시민으로 하여금 그가 바로 평범한 시민이라는 사실—순수한 미에 눈멀고 귀멀어 예술의 성사(聖事)를 받아들일 능력이 없는 일개 범인이라는 사실을 인식하지 않을 수 없게 만드는 것이다"라는 오르떼가 이 가쎄뜨의 발언[15]을 즉각 연상시킨다. 오르떼가가 '본질적으로 비대중적이고 반대중적인' 현대예술의 엘리뜨주의를 오히려 적극 고취하고 있는, 말하자면 '비인간화된 예술'의 옹호자임을 상기하면, 이것은 그대로 김현의 입장과 연결된다. 왜냐하면 리까르두 또한 앞의 주장에 이어, "문학이 착취당하는 자들에게 접근하기 힘들다는 게 잘된 일인 것 같다. 왜냐하면, 결국 그 접근하기 힘든 거리 자체에 의해서 그들에게 그들이 저개발국가의 국민이며, 이제는 그래서는 안된다는 것을 보여주기 때문이다"고 쓰고 있기 때문이다. 이들의 반민중적이고 비인간적인 모더니즘의 고답성에 대한 신념은 그대로 김현의 그것이기도 하다.

모더니즘 문학이 늘 고답적인 것만은 아니고, 모더니즘에 대한 이해도 오르떼가나 리까르두의 것에 한정되는 것은 아니다. 다만 이같은 주장들은 모더니즘의 어떤 전복성이나 현실변혁에 대한 개입보다는 그 형식적인 자율성과 비대중성을 고취하는 방식으로, 즉 모더니즘을 하나의 이데올로기로 환원한다는 것이며, 김현이 이들의 논법을 그대로 따르고 있다는 것이다. 한마디로 김현의 문학관은 엘리뜨로서의 문학인과 '무지한' 일반 대중들을 철저히 분리하는 방식에 근거하고 있다. 이같은 문학관이 있기에, 시민이나 공민 혹은 민중과 같은, 근본적으로 '무지한' 일반 대중에 터를 두고 있을 수밖에 없는 사회변혁의 '주체'에 대한 관심에 그가 그토록 거부반응을 보인 것도 납득이 간다. 김현 자신은 자신의 입지를 '이

---

15) 백낙청, 앞의 책에서 재인용. 86~87면.

론적 실천'이니, '분석적 해체주의'니 하는 식으로 규정하여, 일종의 역할 분리론을 주장한 일도 있지만, 실상 김현과 그가 말하는 '민중주의자'의 차이는 김현이 분리를 속성으로 함에 비해, 후자가 통합을 지향한다는 것에 그 근본대립이 있다고 나는 이해한다. 문학과 사회의 분리에서부터 엘리뜨 문학인과 일반 대중의 분리까지, 김현은 철저하게 분리의 전략을 통해 자신의 입지와 논리를 구축하는 것이다. 그것이 그가 말하는 문학의 '자율성'의 정체이다.

그러나 이같은 자율성의 이념과 문학의 독자성에 대한 주장이 오르떼가가 그 한 예이듯이 대중에 대한 혐오와 절연이라는 길을 밟게 되는 것은 필연이라고 할 것이다. 이것은 다름아닌 미학의 이름으로 근대 이후 진행되어온 문학의 소외를 스스로 자인하는 폭이며, 역설적이나마 그로써 그 나름의 예술적 자의식을 견지하는 힘이 되는 면은 있다 하더라도 결국 자본주의 문명이 그 속성으로 하는 분리현상을 그대로 반영한다. 즉 문학의 자율성이라는 현상 자체는 현대적인 양상의 일부이지만, 이를 넘어서자는 것이 아니라 오히려 축복하는 유형의 문학이념이란 현 질서에 대한 철저한 종속이요 그 극복의 전망부터를 포기한 결과라는 점은 지적할 필요가 있다. 민중과의 분리와 그를 통한 문학의 입지 세우기는, 고급예술과 대중예술을 이원화하는 분리를 동반하며, 그 분리를 넘어설 문학의 지향을 애초부터 포기한다는 점에서 기성질서에 대한 승복이자 나아가서 그 질서를 이념적으로 뒷받침하는 논리가 될 수 있다. 그리고 유신시대라는, 극도의 파시즘이 행사되던 사회적 맥락에서 문학을 통해 저항을 실천하던 사람들에 대항하여 이같은 분리로서의 문학관을 전투적인 방식으로 한껏 활용해온 김현의 방식은, 의식했든 하지 않았든 그가 문학 영역에서 가장 강력하고 대표적인 지배 이념의 대변자 가운데 한 사람이었다는 것을 말해준다.

## 4. 세상의 길과 문학의 꿈

이 글쓰기가 김현이라는 한 4·19세대 비평가의 당시 작업을 검토하는 방식으로 이루어져 왔지만, 물론 김현이 이 세대의 비평을 대변한다는 전제를 받아들여서가 아니다. 어떻게 보면 김현 이후의 후배 비평가들의 일부가 그를 4·19세대의 한 전형으로 그려내는 방식 그 자체가 4·19의 의미를 선점하고자 하는 김현 자신의 담론투쟁을 확대재생산하고 있음을 말해준다. 김현이 기본적으로 4월의 정신과 충격을 통해서 발원된 민주화투쟁과 그와 결합되어 구축되고 견지되어온 민족문학에 대한 가장 커다란 적으로 스스로를 구축하면서 이룩해낸 문학적 업적을 과소평가할 수는 없을 것이다. 민족문학 자체로만 보더라도 이같은 강력한 반대세력이 존재한다는 것부터가 그 논리를 가다듬을 계기가 되기도 하고 실제로 그러했다. 그러나 4월에서 역사와 현실을 탈색시키고 그것을 텍스트로 형식화하는 과업을 자신의 세대론으로 구성해온 김현을 4·19세대론의 중심으로 가정하는 주장과 관례는, 문학영역의 특이성을 말해주기는 하지만, 반드시 극복되어야 할 것이다.[16]

그럼에도 불구하고, 김현 특유의 4·19세대론은 우리에게 과연 혁명의 의미가 무엇인가를 질문하게 하고 문학과 삶의 문제가 얼마나 쉽게 정리되기 힘든 면을 담고 있는지를 환기시킨다는 점에서 진지한 생각거리를 제공한다. 김현을 비롯한 문지비평가들이 문학과 삶이 동궤임을 늘 주장해왔지만 그것이 문학형식 속에 삶을 통폐합하는 방식으로 이루어져왔음은 누차 지적되어온 바인데, 결국 여기서의 현실과 삶이란 문학형식

---

16) 이와 관련하여 '문지' 3세대로 일컬어지는 한 젊은 비평가가 김현과는 달리 60년대 말의 순수 참여 논쟁을 "4·19세대의 활동이 두드러지게 되는 계기"로 이해하고, 민족문학론을 "4·19세대가 이루어낸 가장 커다란 문학적 성과 가운데 하나"로 정리하는 것은 합당하기도 하고 고무적이기도 하다(김동식 「4·19세대 비평의 유형학—『문학과지성』의 비평을 중심으로」, 『문학과사회』 2000년 여름호 448면 및 451면).

속에 나포된 현실이며 언어의 구조에 유폐된 삶이다. 이것이 문학형식의 순수성과 자율성에 대한 주장과 맞어져 있으니, 이같은 순수성과 자율성에의 요청은 문학을 사회변혁의 실제맥락에서 떼어둠으로써 사회 자체의 구성에 관여하는 문학의 자리를 삭제해버린 셈이며, 그점에서 현재의 사회 구조에 대한 철저한 긍정에 기초해 있는 것이다. 이것은 김현의 문학적 순수주의란 것이 그 이면에서 곧바로 세상의 질서를 받아들인다는 의미에서의 세속주의와 결탁해 있음을 말해준다. 이것은 분리를 지향하는 그의 문학적 발상이 공사(公私)의 분리를 비롯한 분리를 기본으로 하는 자본주의 질서와 굳게 맞어져 있다는 점을 되새기게 한다.

이와같은 점은 4·19와 같이 젊은 날에 마주친 혁명의 경험과 그 이념이란 것이, 세월이 가고 나이를 먹어갈수록 퇴색하고 늘 현상에 승복할 수밖에 없는 인간의 운명을 상기시킨다. 즉 혁명은 일순간의 광휘의 체험이자 젊음의 발현이지만, 그것이 영원히 지속될 수는 없다는 일반화된 상식이 그것이다. 늘 하는 말을 약간 비틀어보면, 젊을 때 혁명을 하지 않으면 바보이지만, 나이 들어서도 혁명하겠다면 그것도 바보인 셈이다. 이처럼 세상 물정을 알아가면서 혁명의 기억과 현실의 압력을 절충할 수밖에 없는 것이 인간 성장의 한 패턴이 되는 양상을 우리는 문학담론의 영역에서 확인하게 되는 것이다. 즉 4·19세대란 혁명세대이기도 하지만, 또한 기성세대이기도 하다는, 혹은 지금에 이르러 지배세력이기도 하다는 그 서글픈 진실을, 끊임없이 혁명을 형식 속에 억압해두려 한 김현의 문학론은 떠올리게 한다. 김현에게는 진작 이 '세상의 길'에 대한 시인이 있었고 그 점에서 명민했다. 김현과 김수영의 젊은 시절의 만남에서, 김수영이 비록 선배이나 오히려 청년의 면모를 가지고 있었다면 김현은 세상 이치를 조숙하게 이해하고 있는 애늙은이와 같은 면모로 부각되는 것은 나의 착각일까?

결국 세상 속에서 혁명의 꿈을 간직하고 지속시키고자 하는 움직임과,

그 꿈의 '허구성'을 진작 간파하면서 끊임없이 세속의 땅으로 그것을 끌어내리려는 움직임 사이의 대립은 4월 이후 문학담론에서, 그리고 세대론을 포함한 담론 일반의 투쟁에서 핵심의 자리를 차지하고 있다. 그러나 세상의 길을 인정할 수밖에 없는 사정 한편으로, 세속주의를 벗어나 그 길 자체를 바꾸어갈 수 있다는 믿음과 전망이 다름아닌 4월이 우리 문학에 준 힘이며, 그것이야말로 몽상만이 아닌 문학의 진정한 꿈이 존재하고 있음을 증거해주는 것이다. 젊음과 혁명의 기억을 그 원천으로 하는 4·19세대론이 아직도 유효할 수 있는 것은 바로 이 때문이다. □

尹志寬 문학평론가, 덕성여대 영문과 교수. 저서로 『민족현실과 문학비평』 『리얼리즘의 옹호』 『놋쇠하늘 아래서』 등이 있음.

# 열광, 그후의 침묵과 단절의 의미

### 4·19세대 여성작가

이선옥

## 1. 들어가는 말

나는 1960년의 열광 그후에 태어났으며, 80년의 봄이 지난 그 이듬해 대학에 들어간 세대이다. 내게 4·19는 어떤 기억으로 남아 있을까. 고등학교 2학년 때던가 담임선생님의 그저 말없는 묵념이 한 장면으로 남아 있을 뿐 그것은 역사교과서를 장식한 정치적 사건에 불과했다. 그리고 대학시절 쎄미나에서 배운 4·19는 자유주의와 무조직성으로 인해 실패한 민주주의 혁명이었다. 이미 기성세대가 된 이 세대들의 보수화는 바로 그러한 이념적 한계를 드러내는 현상으로 비판되곤 했다. 그리고 20년이 지난 지금, 비판의 대상이 되었던 그들만큼의 나이를 더하고 나는 다시 4·19로 돌아와 있다.

이러한 개인적인 이야기로 이 글을 시작하는 이유는 이 경험이 개인적인 기억이면서 또한 집단적인 기억의 역사를 보여준다는 생각 때문이다. 4·19가 청년지식인 중심의 정치적 사건이었는가, 민중적인 열광을 바탕으로 한 민주주의 혁명이었는가를 규정하는 일은 사실 불가능할지도 모른다. 한때 그것은 내게 그저 그런 정치적 사건이었고, 한때는 순수함만으로 사라져간 혁명이었기 때문이다. 그것이 우리에게 어떤 형태로 재생되어 새로운 의미를 얻게 될 것인지는 남은 자들의 몫이며, 4·19세대의 문학을 다시 보는 일 또한 그 의미를 생산하는 한 과정이 될 것이다. 칸트는 프랑스 혁명의 성패를 따지는 일은 무의미하다고 말한다. 혁명의 과정에 열광했던 사람들과 그 열광을 가능하게 했던 도덕적 경향성을 발견하고 이것이 이후에 작동해가는 과정을 분석하는 일이 중요하다는 것이다.[1] 물론 4·19라는 역사적 사건은 분명 자기의 고유한 성격과 이념을 지닌 사실로서 존재하고 그러한 특성은 이후의 의미생산에 일정한 해석 가능성을 열어놓는다고 생각한다. 그러나 그것이 우리에게 의미가 되고 어떤 삶의 지향성을 만들어낼 것인가는 개개인의 기억과 그 재현 방식을 통해서 이루어진다. 특히 소설은 재현 과정을 통해 개인과 집단의 기억이 만나는 장소이며, 그러한 기억들이 충돌하고 혹은 통합되는 공간이라 할 수 있다. 따라서 이를 분석하는 일은 4·19라는 사건이 어떠한 의미로 재생산되어가는가를 이해하는 한 방법이 될 것이다.

이 글에서는 4·19를 경험한 1940년 초반 출생 여성 소설가들의 작품을 분석하려고 한다. 경험의 직접성을 공통의 특징으로 하는 이 작가들이 자신의 기억을 재현하고 변주해나간 1960년대의 작품들은 그 의미생산의 출발점에 위치해 있어서 주목된다. 먼저 남성 소설가들을 살펴보면, 김승옥(金承鈺, 1941년생), 김원일(金源一, 1942년생), 박태순(朴泰洵, 1942년생), 방영웅(方榮雄, 1942년생), 송영(宋榮, 1940년생), 이동하(李東河, 1942년생), 이문구(李文求, 1941년생), 조세희(趙世熙, 1942년생), 현기영(玄基榮, 1941년생) 등등 60년대 이후 우리 소설을 이끌어온 걸출한 작가들을 만나게 된다. 이 작가들의 이름만으로도 우리가 떠올릴 수 있는 문학

---

1) 푸꼬는 이러한 칸트의 주장을 기반으로 근대의 계몽 담론이 형성되어가는 과정을 분석한 바 있다(Michel Foucault, *Politics, Philosophy, Culture*, Routledge 1988, 93면).

적 특성이 있다면 그것은 억압적 현실과 폭력성에 대한 저항의 서사[2]라는 점이다. "4월혁명에 대해서는 아직도 나는 빚을 지고 있다"(『낯선 거리』, 나남신서 1989, 17면)는 박태순의 고백처럼 이러한 문학적 경향성은 4·19의 경험과 깊은 관련을 맺고 있다. 구체적인 성격에 대해서는 작품 분석에서 논의되어야 하겠지만 그 경험이 작가들의 문학적 화두가 되었음은 분명하다.


## 2. 여성과 4·19 경험


그러나 이처럼 남성 작가들의 뚜렷한 성격화와는 달리 이 세대 여성 작가를 떠올리기는 쉽지 않다. 흔히 여성주의 비평에서 1960년대를 암흑기 혹은 퇴행기라고 말하는 것도 그 때문이다. 당시 대학 1년생으로 추측되는 1941년생의 여성 작가가 눈에 띄지 않는다는 사실도 매우 흥미롭다. 1940년생의 안영(安泳)과 이세기(李世基), 그리고 1942년생인 박시정(朴始貞), 김이연(金異然), 김지연(金芝娟) 등이 있지만 안영과 이세기는 작가로서의 생명력을 유지하지 못했고, 김이연과 김지연은 대중소설 작가로 더 잘 알려져 있다. 그나마 박시정의 작품활동이 두드러지지만, 그녀 역시 30년의 외국생활에서 작품활동을 해나간 특이한 위치에 자리하고 있으며, 주로 1970년대의 아메리칸 드림을 다룬 작가로 60년대 작가라 하기는 어렵다. 오히려 60년대 문학에서 자리매김할 수 있는 여성작가라면 박경리, 송원희, 한말숙 등을 꼽을 수 있는데, 이들은 모두 1920년대

---

2) 저항의 서사가 가능해졌다는 것은 자기를 구성하고 있는 세계를 해석할 수 있는 주체가 구성되었다는 것을 의미한다. 하정일은 이러한 주체성의 복원이 가능해진 내적 요인으로 '합리주의의 회복'을 들고 있으며, 전후 작가들처럼 삶의 비극을 인간의 존재론적 운명으로 환원시키지 않고 현실의 세목에서 비극의 연원을 찾는 노력이 진행되었다고 분석한다(하정일 「주체성의 복원과 성찰의 서사」, 민족문학사연구소현대분과 『1960년대 문학 연구』, 깊은샘 1998, 19면).

중후반에서 1930년대 초반에 출생하여 주로 1950년대 중후반에 등단한 작가들이다. 1931년에 출생한 박완서(朴婉緖)까지 염두에 둔다면, 해방 이후 여성문학사를 이끈 작가들이 주로 이 시기에 출생한 세대임을 알 수 있다. 이 작가들은 태평양전쟁과 6·25를 성인기에 경험한 세대이고 그 전쟁이 낳은 작가들이다. 이들은 전쟁과 여성으로서의 경험을 풀어나가는 화두로 문학적 생명력을 얻었으며, 그 성취 또한 만만치 않다.

그렇다면 여성들에게 4·19는 아무런 기억도 만들어내지 못한 것일까. 혹은 그 성격 자체의 남성중심성이 그 기억을 무화시켜버린 것일까. 내게도 여성의 삶과 4·19, 혹은 여성주의적 시각과 4·19를 연결지을 수 있는 기억은 전혀 떠오르지 않는다. 한무숙(韓戊淑)의 「대열 속에서」가 내가 떠올릴 수 있는 유일한 작품일 뿐, 대학원을 마칠 때까지 무려 25년을 여학교를 다녔음에도 불구하고 신기할 정도로 아무 기억이 없다. 1990년대의 여성작가들이 1980년대의 운동 경험과 그후의 이야기를 끊임없이 그려냈던 사실과 비교해보면, 그러한 침묵, 혹은 단절 자체가 하나의 분석대상이 되어야 하지 않을까 싶다. 그렇다고 여성들이 4·19의 경험 자체에서 배제되었던 것은 분명 아닐 것이다. 1960년 제2공화국 수립 기념으로 간행된 『한국민주사월혁명청사』(사월혁명청사편찬위원회)에는 당시 여성들의 참여를 상상해볼 수 있는 사진자료들이 들어 있다. 물론 수백 장의 사진 속에 여성들이 등장하는 사진은 40여장에 불과하지만 당시 여학생과 남학생의 비율3)을 염두에 둔다면 결코 적지 않은 수가 참여했음을 짐작할 수 있다. '주부들도 탱크에 올라타고 이정권 물러가라고 외치고 있다'는 제목의 사진은 검은 무리들 속에서 손을 번쩍 쳐든 여인네의 하얀 소복이 인상적이었으며, '19일 정오경 시청 앞을 굳게 뭉쳐서 맹진-돌진'이라는 제목의 사진은 앞을 향해 뛰어나가는 여학생들의 의지와 희

---

3) 1960년 당시 대학의 등록학생 수는 남 80,770, 여 17,045로 남학생이 여학생의 약 4배가 넘는 것으로 나타나고 있다(이화수 「4월혁명의 정치행태학적 분석」, 『사상계』 1966년 3월호 195면).

망을 담고 있었다. 시위대를 이끄는 여고생과 피흘리는 여대생, 자식의
주검 앞에서 오열하는 어머니들과, 땀을 씻으며 음식을 나누어주는 아주
머니들, 이 사진들은 4·19가 분명 여성들에게도 자유와 민주의 기호로
받아들여지고 있음을 말해주고 있다. 그렇다면 수많은 여성들의 열광과
의지를 보고 듣고 경험했던 그 여학생들은 다 어디로 갔는가. 자유의 진
전이든 환멸이든 어떤 방식으로든 말해야 하는 그 경험에 대해 왜 그들
은 침묵하고 있는 것일까. 이 글은 이러한 궁금증에서 출발하고 있으며,
작품 분석이라기보다 하나의 문학 현상을 해석하는 글이 될 것이다.

　본론에서는 1940년 초반에 출생한 여성 소설가들의 작품과 2,30년대
에 출생한 여성작가들의 작품으로 나누어 분석하고, 이들의 문학적 경향
성 차이와 문학사적 운명을 비교하는 방식으로 논의를 전개하고자 한다.
얼핏 세대로 나눈 편의적인 구분이라는 생각이 들지도 모른다. 하지만
앞서 언급한 것처럼 이 작가들은 4·19의 경험을 기반으로 서로 다른 문
학적 경향성을 보여주고 있으며, 박경리, 한말숙 등 그 이전세대들은 오
히려 1960년대 이후 뚜렷한 문학사적 위치를 지니게 된다. 이러한 사실
은 주목할 만한 현상이라 생각되며, 이들을 비교하는 과정에서 무엇이
침묵되고, 무엇이 옹호되는가 그리고 그것은 4·19의 의미생산과 어떠한
관련성을 맺고 있는가를 발견할 수 있으리라 생각한다.


## 3. 서구 모방에 투사된 자유의 기호 — 안영, 이세기, 박시정

　1960년대 여성 소설가들의 성향을 논의하기 위해서는 우선 작가들의
면면을 살펴볼 필요가 있다.[4] 출생년도와 등단작을 간략히 소개하면 다

---

4) 1950년대 중후반부터 60년대에 등장한 여성 소설가들을 목록화하였다. 김이연은 1942년생이지
　만 70년대에 등단(「유리벽의 찻집」, 『월간문학』 1970년 8월호)한 작가여서 이 글에서는 다루지

음과 같다.

　　구혜영(具蕙瑛, 1931년생): 「안개는 걷히고」(『사상계』 1955년 7월)

　　김영희(金寧姬, 1936년생): 「수평의 서단(西端)」(『현대문학』 1961년 11월)

　　김의정(金義貞, 1930년생): 『인간에의 길』(경향신문 장편소설현상모집에 당
　　　선, 1961년 3월)

　　김지연(金芝娟, 1942년생): 「천태산 울녀」(매일신문 신춘문예 당선, 1967년
　　　4월)

　　김진옥(金眞玉, 1927년생): 「우주의 심곡」(『월간문학』 1969년 9월)

　　박경리(朴京利, 1927년생): 「계산」(『현대문학』 1955년 8월)

　　박기원(朴基媛, 1929년생): 「귀향」(『여원』 1955년 10월)

　　박순녀(朴順女, 1928년생): 「케이스 워커」(조선일보 신춘문예 당선, 1960년)

　　박시정(朴始貞, 1942년생): 「초대」(『현대문학』 1969년 3월)

　　손장순(孫章純, 1935년생): 「입상」(『현대문학』 1958년 1월)

　　송숙영(宋肅瑛, 1935년생): 「원근법」(『현대문학』 1959년 3월)

　　송원희(宋媛熙, 1930년생): 「화사」(『문학예술』 1956년)

　　송정숙(宋貞淑, 1936년생): 「사생아」(『현대문학』 1963년 3월)

　　안영(安泳, 1940년생): 「월요 오후에」(『현대문학』 1965년 3월)

　　이규희(李揆姬, 1937년생): 『속솔이뜸의 냉이』(동아일보 장편현상문예 당
　　　선, 1963)

　　이석봉(李石奉, 1928년생): 『빛이 쌓이는 해구』(동아일보 장편모집에 당선,
　　　1963)

　　이세기(李世基, 1940년생): 「화자」(『현대문학』 1967년 10월)

　　이정호(李貞浩, 1930년생): 「인과」(『현대문학』 1961년 2월)

　　전병순(田炳淳, 1929년생): 「뉘누리」(『여원』 1961년 1월)

---

않았으며, 서영은(「교」, 『사상계』 1968년 10월호), 오정희(「완구점 여인」, 중앙일보 1968년)는
1968년에 등단했지만 70년대 작가로 분류하는 편이 적합할 것이라 생각한다.

정연희(鄭然喜, 1936년생): 「파류상」(동아일보 신춘문예 당선, 1957년 1월)

최미나(崔美娜, 1932년생): 「등반」(『여원』 1957년)

한말숙(韓末淑, 1931년생): 「별빛 속의 계절」(『현대문학』 1956년 12월)

허근욱(許槿旭, 1930년생): 「내가 설 땅은 어디냐」(『여원』 1959년 9월)

1950년대 후반에서 60년대에 등단한 이 작가들의 이름을 죽 훑어보았을 때 먼저 떠오르는 생각은 앞서 언급했던, 박경리, 송원희, 한말숙을 제외하고는 대부분 낯설다는 점이다. 구혜영, 정연희 등이 그나마 대중적으로도 친숙하고, 지속적인 활동을 보여주는 작가이지만 대중소설 작가라는 이유로 그들 역시 문학사에서 낯선 이름이 되었다. 이 시대의 작가들이 생소할 수밖에 없는 가장 큰 이유는 지속적으로 문학활동을 하지 못했기 때문이다. 문학활동의 생명력을 갖지 못한 이유가 문학비평의 남성 중심성 때문인지 이 작가들의 미숙성 때문인지, 혹은 이 세대 여성 작가들의 이념적 한계 때문인지는 가려보아야 할 문제이겠으나, 이 작가들이 2·30년대의 강경애(姜敬愛), 박화성(朴花城), 김말봉(金末峰), 이선희(李善熙), 지하련(池河連), 최정희(崔貞熙) 등의 작가가 지녔던 생명력 정도도 지니지 못했음은 인정해야만 할 것 같다. 또한 1920년대 후반에서 30년대 초반 출생의 작가가 중심을 이룬다는 사실도 눈에 띈다. 이후 1970년대의 여성문학은 오정희(吳貞姬), 강석경(姜石景), 김지원(金知原), 김채원(金采原) 등 1940년대 말에서 50년대 이후에 출생한 작가들이 새로운 세대로 떠오르게 된다. 앞뒤로 따져보아도 4·19의 직접 체험 세대인 여성 작가들의 침묵 혹은 단절은 분명한 사실로 보인다.

그럼에도 불구하고 박시정, 이세기, 안영 등의 60년대 작품을 보면, 흥미로운 사실이 발견된다. 이들은 모두 결혼제도와 사랑, 쎅슈얼리티의 문제에서 출발하고 있으며, 지금의 우리 시각으로 보면, 지나칠 정도로 서구적 자유주의를 지향하고 있다는 점이다. 작품에서의 영어 사용도 빈번

하여 '뷰티풀, 강아지 루시', 로맨스, 히르(hier) 등의 외국어에 서양풍의
까페, 클래식 음악의 제목들이 작품의 분위기를 이루고 있다.

진은 앞뒤도 없는 독백들을 낙엽처럼 떨구며 음악실 '카네기'의 문을 밀
었다. 베토벤의 '로맨스'가 화악 깔린 반투명의 실내. 저쪽 창가에서 훈이 훔
칠 손을 들어보였다. (…) 일요일만이라도 나와서 함께 음악을 들어, 우리.
친구여 여기 와서 안식을 찾아라, 보리수 노랫구절 기억하지? 그 히르(hier)
는 바로 음악일 거야. 난 믿고 싶어 보리수 아래엔 멜로디가 흘렀을 거라고.
(안영 「희생자들」,『현대문학』 1966년 12월호 128면)

썬 쏘시지와 치즈와 한 토막의 생선구이로써 식사를 마치고 다시 내 방으
로 건너와선 책을 읽는다든가 멍하니 생각에 잠긴다든가 했다. 대신 달라진
것이 있다면 나는 이제 제왕처럼 레코드의 볼륨을 맘껏 올릴 수가 있었고
꽝꽝 울리는 심포니의 장관에 도취될 수 있다는 것이다. 그것은 깊이 빠지
면 빠질수록 더욱 깊숙한 심연으로 나를 이끄는 魔의 늪이었다. 아무도 나
를 제어할 사람은 없었다. (이세기 「환자」,『현대문학』 1967년 10월호 175면)

물론 이러한 분위기의 재현은 시대적 변화를 담아내는 자연스러운 현
상이라 볼 수도 있다. 그러나 쏟아져 들어오는 서구식 물질문명 속에서
상업주의의 욕망과 환멸을 읽어냈던 김승옥의 「서울 1964년 겨울」(한국
일보 1962년)과 비교해보면, 이들의 작품에 드러나는 분위기는 그것과의
거리두기보다는 오히려 동경과 모방에 가까워 보인다.

전봇대에 붙은 약광고판 속에서는 이쁜 여자가 '춥지만 할 수 있느냐'는
듯한 쓸쓸한 미소를 띠고 우리를 내려다보고 있었고, 어떤 빌딩의 옥상에서
는 소주광고의 네온싸인이 열심히 명멸하고 있었고, 소주광고 곁에서는 약

광고의 네온싸인이 하마터면 잊어버릴 뻔했다는 듯이 황급히 꺼졌다간 다시 켜져서 오랫동안 빛나고 있었고, 이젠 완전히 얼어붙은 길 위에는 거지가 돌덩이처럼 여기저기 웅크리고 빠르게 지나가고 있었다. 종이 한 장이 바람에 획 날리어 거리의 저쪽에서 이쪽으로 날아오고 있었다. 그 종잇조각은 내 발 밑에 떨어졌다. 나는 그 종잇조각을 집어 들었는데 그것은 '美姬 써비스, 特別廉價'라는 것을 강조한 어느 비어 홀의 광고지였다. (『사상계』 1965년 6월호: 『한국소설문학대계45』, 동아출판사 1995, 225면)

광고판의 예쁜 여자에게서 "'춥지만 할 수 있느냐'는 듯한 쓸쓸한 미소"를 읽어내는 것은 1960년대를 바라보는 김승옥의 시선이라 볼 수 있다. 자본주의적 근대화의 거대한 힘 앞에서 무기력하게 무너져가는 1960년대의 상황을 벌거벗은 미희의 슬픔으로 그려내는 것이다. 또한 방영웅의 『분례기』(『창작과비평』 1967년 여름~겨울호)에 등장하는 똥례와 석서방댁, 봉순이, 노랑녀 그리도 동네 과부들과 기생들이 빚어내는 토속적인 세계와 비교해볼 때 그 차이는 더욱 확연해진다. 남성 작가들의 작품과는 달리 위의 여성 작가들의 경우 서구화되어가는 환경에 대한 거리두기가 거의 드러나지 않는다. 이러한 외국어 사용과 서구적 분위기의 묘사는 단지 형식적인 특성만이 아니라 작품의 주제와도 연관되어 있다.

성과 사랑의 금기를 주로 다룬 안영의 작품은 불륜(「월요 오후에」, 『현대문학』 1965년 3월호; 「해후」, 『현대문학』 1966년 7월호; 「길 잃은 사람들」, 『현대문학』 1967년 8월호), 근친상간과 어린이 성욕(「희생자들」, 『현대문학』 1966년 12월호), 사회적 금기(스님과의 사랑을 다룬 「가을, 그리고 산사」, 『현대문학』 1968년 1월호) 등을 다루고 있으며, 이세기의 「타도(他都)」(『현대문학』 1968년 5월호)와 「환자」(『현대문학』 1967년 10월호)는 자기 인생만 존재하는 어머니와 딸의 갈등이 그려져 있다. 이 작품에 등장하는 여성 인물들은 성, 사랑, 쎅슈얼리티를 중심으로 기존의 관습과 충돌하는 경계선에 서 있다. 당고모와 조카의 사랑에 어린이의 성욕까지 다루고 있는「희생자들」이나 남편이 죽은 지 일 년도 못 되어 재혼하고 남편의 재산으로 쌀롱을 차린 어머니를 그린「타도」는 윤리의 극단적인 경계에 서 있다. 얼핏 소재적인 측면에서만 본다면, 전후의 윤리적 파탄 상태를 다룬 작품들과 크게 다르지 않아 보인다. 그러나 개인의 주관적 감정이나 여성 자아를 중시하는 작가의 시각이 보수적 관념과 대치하고 있다는 점에서 전후의 작품들과는 달리 여성성이 재규율화되는 시대상과 맞물려 있다고 볼 수 있다.

안영은 그녀의 작품 제목처럼 이들을 관습의 '희생자들'로 다룬다. 관습적 혹은 윤리적 금기를 뛰어넘을 수 없기 때문에 그들은 희생자들이 되지만 "안주처를 헤매며 찢기워 헷갈려간 그녀의 영혼"은 "불빛에 반사되는 눈의 결정"처럼 "눈부신 광선을 중심으로 불씨 튀기듯 흩날리"(「희생자들」 136면)는 황홀한 정경으로 비유되고 있다. 주관적 감정을 중시하는 이러한 낭만주의적 시각은 "피안의 것은 늘 아름다운 것. 아름다운 것은 늘 영원한 것"(「가을, 그리고 산사」 89면)이라고 말하는 대목에서 더욱 분명해진다. 안영이 희생자들의 주관적 감정을 중시하는 낭만적 해석을 하고 있다면, 이세기는 어머니와 딸 간의 갈등을 채택함으로써 누가 희생자인가를 따져보는 사실주의적 시각에 입각해 있다. 그러고는 "어느쪽이 나쁘다고 타박하려 드는 것은 아니다. 그렇다고 어느쪽이 옳다는 결론을 내리고 싶지도 않다"(「타도」 191면)는 판단 유보의 태도를 드러낸다. 그녀의 작품은 늘 민족의 비유로 대상화되어온 어머니를 한 개인으로 불러냈다는 점에서 전통적인 모성의 서사에서 벗어나고 있지만[5] 더이상의 서

---

5) 근대의 수많은 시나 소설에서 모성은 민족의 비유로 사용되어왔다. 민족의 절대성을 형성하는 문학적 재현의 방식으로 여성의 출산과 양육의 자질이 동일시되었다고 볼 수 있다. 바로 그러한 재현의 방식이 어머니 서사와 정치적 담론의 밀접성을 마련한 토대라 볼 수 있다. 특히 식민지 상황은 식민지의 민족주의와 식민제국의 또 다른 민족주의가 극단적으로 대립하는 정치적 상황이었고, 어머니의 서사는 바로 이러한 식민지민와 식민주의자의 민족주의가 투쟁하는 장이 되었다고 볼 수 있다. 이태준의 『성모』, 채만식의 『탁류』, 이기영의 『어머니』 등 1930년대 중후반에 집중적으로 창작된 모성의 서사와 1940년대의 제국주의 모성론을 다룬 이기영의 『처녀지』, 채만식의

사적 진전은 보이지 않는다.

여성 개인의 감정이나 여성 자아를 중시하는 이들의 작품—1970년에 등단한 김이연의 경우도 성, 사랑, 쎅슈얼리티에 대한 관습과 여성 자아의 대결이라는 구도에서 크게 다르지 않다—에서 4·19와의 연관성을 읽어내기는 어렵다. 한국전쟁과 4·19혁명, 자본주의적 근대화를 60년대를 구성하는 세 꼭지점이라고 할 때(하정일, 앞의 논문 30면) 이들의 작품 경향은 거대한 사회의 흐름과는 무관해 보인다. 게다가 빈곤화의 문제(빈곤의 여성화 문제는 급속화 자본주의화 속에서 주요한 문제로 등장하게 된다)나 소시민 주부로 재편성되는 여성의 사적 영역에서의 경험에도 거의 관심을 보이지 않는다.[6] 사회적 격변기를 거친 4·19세대 남성 작가들이 전쟁과 분단 문제, 소시민으로 전락해가는 자신들의 삶의 문제, 도시빈민의 급증과 근대화의 문제를 서사화하는 것과 달리 이들은 왜 사회현실에 대해 침묵으로 일관하고 있는 것일까. 박시정의 작품은 이 시대 여성 지식인들의 열망이 무엇이었는가를 읽어내는 데 중요한 고리를 제공한다.

등단작 「초대」(『현대문학』 1969년 3월호)부터 지식인 여성들의 아메리칸 드림을 다루고 있는 그녀의 작품은 자기 세대 여성들이 꿈꾸었던 서구적 자유주의와 민족에 대한 고민을 솔직히 다루고 있다는 점에서 문제적이다. 등단 초기 작품인 「초대」(1969)와 「그들의 시대」(1969) 「기차표」(1971) 외에도 미국 생활을 배경으로 한 70년대 작품 「한국인형」(1971) 「타향살이」(1974) 「노을」(1975) 「등산」(1975) 「손가락 사이로 무지개를」(원제 「밤운

---

『여인전기』 등은 집단적 자아를 창출하기 위해 모성이라는 이름으로 여성 개인의 주체를 배제하고 대상화하는 방식에서 논리적 유사성을 보인다. 1960년대는 전쟁이라는 전면적 파괴 후에 다시 개인과 집단의 윤리가 재형성되는 그 시발점에 있으며, 따라서 '민족'이라는 이름으로 구성되는 집단 윤리의 내용이 해방 전의 그것과 어떻게 달라지는가를 추적하는 일은 매우 중요하다고 생각한다.

6) 이러한 여성 경험의 변화는 박완서, 오정희를 중심으로 하는 1970년대 이후의 여성 작가에게서 비로소 서사화되기 시작한다(졸고 「여성의 자의식 성장과 문학제도와의 갈등—70년대 페미니즘 소설」, 『숙대어문논집』 제6집 1996 참조).

전」 1977) 『고국에서 온 남자』(1978) 등이 그러한 작품들이다. 그중에서도 「초대」(『현대문학』 1969년 3월호)와 「그들의 시대」(『현대문학』 1969년 6월호)는 "가난하고 찌들은 한국적 고뇌 내지 감정"(「초대」 191면)으로부터 탈출하고 싶은 여성들의 욕망이 서구에 대한 막연한 동경으로 투사되고 있음을 잘 보여주는 작품이다. 여대생 김신혜를 주인공으로 하는 「초대」는 그녀가 사귀었던 미국인이 바람둥이였음이 밝혀지면서 그녀의 환상이 무참히 깨지는 짧은 소품이다. 외국인과의 교제에서 그녀는 "마치 그녀 자신이 한국적 사고방식과 생활에서 벗어나 구라파 여행도 마음대로 할 수 있는 자유인이 된 기분"(194면)을 느끼지만 결국 그녀는 자신이 끔찍이 증오해오던 "이땅의 감정"이 자신이었음을 깨닫게 된다. "모든 것은 환영일 뿐"이라는 자각에 이르게 되는 것이다. 박영준은 추천사에서 "이 작품의 여주인공은 개성에 눈을 떴다는 역사성 위에서 어느때의 여성들보다 인간적일지 모르나 또 십자가를 걸머진 가장 불행한 여성일지도 모른다"(박영준 「소설추천후기」, 『현대문학』 1969년 3월호 203면)고 말한다. 개성에 눈을 뜬 여성들이 이 땅의 가난과 보수성에 염증을 느끼며, 미지의 공간을 찾아보지만 그들의 꿈과 이상을 실현시켜줄 현실적 공간은 그 어느 곳에도 없기 때문이다.

서구화된 외양과 개방적인 남녀관계를 모방하는 여성 인물의 자유에 대한 욕망과, 이들의 서양풍을 비난하는 현실적인 요구 사이의 팽팽한 대립을 보여주는 작품은 「그들의 시대」이다.


공책을 가슴에 안은 여대생이 진을 밀치고 먼저 뻐스에 올랐다. 뻐스에 오를 때 그녀의 스커트 자락 아래로 내복이 드러나 보였다. 스커트는 너무나 짧았다. 서양의 어떤 것이 이 풍토에 어울린단 말인지, 그는 쓸쓸하게 냉소했다. 여자들은 왜 저렇게 민감하게 그들 몸의 생김과 풍치에 맞지 않는 치장들을 닮아가는 것일까. 그녀는 내복이 드러나는 것쯤 오히려 자연스런

것으로 생각하는 모양 같았다. (228면)

이 예문은 남자 주인공 '진'의 시각으로 주인공 선우의 옷차림을 묘사하는 대목이다. 서양의 어떤 것이 이 풍토에 어울린단 말인가라는 진의 냉소는 여성들의 서구화를 바라보는 지배적인 시각을 반영하고 있다. 자신의 몸에 걸맞지 않는 옷을 걸치고, 내복이 한 귀퉁이쯤 비죽 나온 선우의 이미지는 서구를 모방하려는 여성들의 사고에 대한 강한 냉소를 담고 있다. 그럼에도 불구하고 이 작품은 "관념은 싫다. 자라껍질처럼 투박하고 각질긴 관념은 지긋지긋하다. 관념에서 해방된, 자유로 존재하는 인간이 그녀에게는 필요했다"(233면)는 여주인공의 치열한 자의식으로 끝을 맺고 있다. '관념은 싫다' '자유로 존재하는 인간'이 되고 싶다는 여주인공의 고백에서 기존의 여성성을 구성해온 관념과의 결별을 선언하는 작가의 맨얼굴을 엿보게 된다. 당시 여성들의 서구 모방에 대해 이효재는 "전통적 여성생활에서 탈피하려는 우리 부녀자들에게 미국의 여성생활에 관한 피상적 관찰과 지식이 새 생활의 이상적 비전과 새로운 여성형의 이미지를 형성하게 되었다"(「여성의 사회진출」, 『사상계』 1965년 10월호 215면)고 말하고 있다. 기존의 여성성을 거부하고 이를 재구성하고자 하는 욕망이 서구 모방으로 투사되었다는 것이다. 「그들의 시대」는 그 제목처럼 바로 이러한 시대상을 반영하고 있으며, 서구 모방에 자신들의 욕망을 투사하는 여성들과 이를 민족의 현실에서 비판하는 낯익은 이분법—2,30년대 신여성들의 '양풍'에 대한 논란—이 다시 등장하는 시대임을 보여준다. 자유로운 개인으로 여성성을 재정립하고자 하는 여성 지식인의 열망이 박시정의 작품에서 분명해지는 셈인데, 앞서의 두 작가에게서 나타난 서구적 분위기 모방이나 여성의 감정과 자아의 중시 역시 이러한 여성 지식인의 내적 열망을 반영하고 있음을 짐작할 수 있다. 4·19세대의 여성 작가들에게서 하나의 경향성이 발견된다는 것은 그것이 4·19의 경험과 무관하지 않으리라 생각된다. 4·19의 초기 이념이 '자유' '민주'이며, 자유로운 개인의 의사에 기반하는 절차적 민주주의의 회복[7]이라고 할 때, 그들이 재현해나간 4·19의 의미는 바로 이러한 자유의 기호임을 알 수 있다. 그러나 풀리지 않는 문제는 여전히 남는다. 왜 '자유로운 개인으로서의 여성'이라는 이념에 고착된 채 서구지향성으로 치달아간 것일까. 한국적 특수성을 재인식하고 민족과 공동체성을 고민해나간 4·19 이후의 이념적 전개과정과 철저히 유리된 이유는 무엇인가. 자신들의 경험을 바탕으로 전쟁과 폭력에 대한 재인식을 서사화한 박경리, 한말숙, 송원희 등의 작품과 비교해보면, 해석의 실마리가 조금은 잡힐 듯하다.

## 4. 전쟁에 대한 재인식과 집단적 여성 — 박경리, 한말숙, 송원희

앞서의 작가들이 자유로운 개인의 탄생을 열망했다면, 박경리, 송원희, 한말숙 등의 작가가 보여준 4·19의 의미는 전쟁의 재인식이라 할 만하다.[8] 체험의 직접성에 압도되어 있던 1950년대를 지나 1960년대 작품들은 시간적 거리감을 가지게 되었으며, 또한 4·19는 전쟁과 분단의 문제를 새롭게 성찰하는 계기를 마련한다. 특히 박경리의 『시장과 전장』(현암

---

7) 고성국 「4월혁명의 이념」, 사월혁명연구소 엮음 『한국사회변혁운동과 4월혁명』, 한길사 1990, 163면.

8) 『하얀 도정』(『현대문학』 1960년 4월~1961년 6월호) 「방관자」(『현대문학』 1961년 12월호) 「행복」(『현대문학』 1962년 8월호) 「결혼 전야」(『여상』 1962년 12월호) 등 한말숙의 1960년대 작품은 소재의 측면에는 성, 사랑, 쎅슈얼리티를 다루는 1940년대생 작가와 유사하다. 그러나 윤리적 폐허 속에서 자기 존재를 확인하는 과정이라는 점에서 전쟁 경험과의 연관성 속에서 해석하는 것이 더 적합할 것이라 생각한다(전쟁 경험과의 관련성에 대해서는 김주연 「사회변동과 여성 성의식의 변화 — 전후 한국여류소설을 중심으로」, 『숙명여대 아세아여성연구』 제24집 1985 참조). 『하얀도정』의 주인공 이인옥의 경우 성의식이나 그녀의 남녀교제는 상당히 파격적이지만 작가가 지향하는 바는 보수적 이념의 재규정이 아니며, 사랑은 폐허 속에서 자기 존재를 확인할 수 있는 순수함에 대한 비유로 사용된다.

사 1964), 한말숙의 「상처」(『현대문학』 1966년 9월호), 송원희의 「분단」(『현대문학』 1967년 9월호) 「분열시대」(『문학』 1966년 11월호) 「혈흔」(『현대문학』 1986년 12월호) 등은 그러한 인식의 변화를 잘 보여주는 작품들이다. 송원희의 「혈흔」은 전쟁을 직접 다룬 작품은 아니지만, 전쟁이 과거가 아닌 현재로 존재하는 탄피촌 사람들과의 연관성 속에서 4·19세대의 삶의 방향성을 찾으려 한다는 점에서 유사한 경향의 작품으로 볼 수 있다. 이 작품들은 무참하게 무너지는 일상의 경험으로 전쟁을 그려냄으로써 지배 이념의 폭력성 문제를 제기하는 강점이 있다.

지배 이념의 폭력성에 대한 제기는 4·19의 유혈사태나 그 이후에 민중들 속에서 번져나간 양민피학살자유족회 활동 등과 무관하지 않다고 생각된다. 이승만의 하야 직후인 1960년 5월 11일 거창양민학살사건의 유족들이 당시 신원면장이었던 박영보를 살해하는 사건이 일어나는데, 이 사건을 계기로 전쟁 동안 벌어진 양민학살에 대한 진상규명운동이 전개된다. 소문으로만 무성하던 한국정부에 의한 양민학살이 사실로 확인된 것이다. 그러나 양민학살의 진상을 규명하려 했던 이들조차 5·16 군사정권에 의해 다시 좌익으로 처단되는 일련의 사태는 4·19의 유혈 진압과 더불어 권력의 통치수단으로 사용되어온 폭력과 반공 이념의 허구성을 보여주는 것이었다.[9] 이러한 경험은 1960년대 문학에서 이념 전쟁의 무의미함으로 나타나고 있으며, 특히 여성 작가들은 사적 영역에서의 자기 경험과 결부시켜, 전쟁의 폭력성과 무의미함을 예각화하는 성과를 보여준다.

박경리의 『시장과 전장』은 이미 많은 연구자들이 지적한 것처럼 생활과 이념의 대비를 통해 전쟁의 광포함, 이념의 허위성을 비판한 작품이

---

9) 한상구 「피학살자 유가족 문제」, 사월혁명연구소 엮음 『한국사회변혁운동과 4월혁명 2』, 한길사 1990, 173~75면. 『한국혁명재판사』 제4집(한국혁명재판사편찬위원회, 동아출판사 공무부 1962) 에는 6·25동란 시 사망한 좌익분자를 애국자로 가장시키고 우리 국군과 경찰이 선량한 국민을 무차별 학살한 것처럼 허위선전했다는 죄목으로 기록되어 있다(193면).

다. "축제같이 찬란한 빛이 출렁이고 시끄러운 소리가 기쁜 음악이 되어 가슴을 설레게 하는 곳"(『한국소설문학대계』, 동아출판사 1995, 118면)이고 또한 인민군들이 "누이와 동생, 아들과 딸들에게 선물할 장난감을 고르는"(같은 책 216면) 곳이라는 시장에 대한 묘사는 전쟁의 폐허 속에서도 삶을 유지하고 또 그 삶을 소생시키는 일상의 힘을 잘 드러내준다.[10]

그와는 달리 한말숙의 「상처」나 송원희의 「분단」「분열시대」는 1960년대 현재의 시점에서 전쟁의 상처로 무너지는 일상을 그린 전후담이다. "언제나 모든 사람들로부터 가장 귀중한 걸 빼앗"고 그리고 "그들의 생애를 배신"(「분단」, 『화사』, 현대문학사 1971, 20면)하는 전쟁의 상처는 치유되기는커녕 점점 더 그 환부가 커져서 일상의 삶을 헤집고 뒤틀리게 만든다. 포로 수용소에서 밀고자와 피해자가 된 친구 김기석과 엄진오, 그리고 두 남자 사이에서 방황하는 이정서의 삼각관계를 다룬 「상처」, 전쟁 때 실종된 아들을 찾기 위해 통일을 바라는 어머니와, 북에 아내와 아이를 둔 월남민과 결혼한 딸의 갈등을 다룬 「분단」 등은 삶의 곳곳에 뿌리내리고 있는 전쟁의 실체를 잘 보여주고 있다. 그러나 문제는 이들이 발견한 일상에서 여성 개인은 소멸하고 만다는 점이다.

『시장과 전장』은 결혼생활에 회의를 느낀 남지영이 사회생활을 하기 위해 남편과 두 아이, 어머니를 두고 떠나는 대목에서 시작한다. 적당히 속물적이고 안일한 남편에 대한 환멸, 주부의 자리조차 어머니에게 빼앗겼다는 박탈감, 일상의 무력감 등에서 벗어나 정체성 찾기의 여행을 시작한 것이다. 그러나 갑자기 들이닥친 전쟁은 그녀를 "끈질기고, 징그럽고, 지혜롭고, 민감하고 무서운"(398면) '억척어멈'으로 만들게 된다. 어이없게 좌익 혐의로 끌려간 남편을 구하기 위해 벌이는 그녀의 노력은 상상하기 어려울 정도이다. 전쟁의 광포함 앞에서 "우울하고 암담하다고

---

10) 구재진 『1960년대 장편소설 연구: 주체 구성 양상을 중심으로』(서울대 박사논문 1999) 133면.

생각한 그 시절이 지금은 다 좋은 시절"(456면)로 추억되고 전쟁 전에 느꼈던 그녀의 고민이나 남편과의 갈등은 무화된다. 개인의 욕망이 부정되기는 송원희의 「분단」도 마찬가지이다. 북에 가족을 둔 남자와 결혼한 내가 통일을 두려워하는 심정은 어찌보면 당연하다. 이처럼 이념이 아닌 생활 속에 분단체계가 자리잡기 시작했음을 포착했다는 점에서 이 작품은 주목할 만하다. 그러나 그녀는 이러한 갈등 요소를 "나의 위선과 에고와 태만"(『화사』 22면)으로 반성하고는, 곧장 아들을 잃은 상처로 분노하는 어머니와의 동일화로 나아간다.

가족을 지키는 억척어멈이 되는 『시장과 전장』의 남지영, 통일을 염원하는 어머니와 동일화되는 「분단」의 나 외에도 사랑에만 안주하는 무력한 존재로 자신을 인식하는 「상처」의 이정서, 결혼에 안주하려 했던 나를 버리고 4·19의 이념을 계승하겠다고 결심하는 「혈흔」의 수정 모두 공동체에의 헌신을 지향하는 특징을 보인다. 성과 사랑, 결혼이나 쎅슈얼리티의 문제는 사치스러운 개인적 고민이라는 게 이 작품들의 공통된 시각이다. 앞서의 작품들과 반대의 경향이라 할 수 있다. 단적으로 말한다면, 이 시기의 작품들은 개인적 자아, 공동체에의 헌신이라는 이분법으로 여성성을 구성하고, 전자는 성·사랑·결혼·쎅슈얼리티에서의 개인의 자유를, 후자는 민족의 현실을 껴안는 집단에의 헌신을 지향하고 있음을 알 수 있다. 여성이 공동체 속에서 자신의 정체성을 찾아나가는 과정은 개별 작품의 성취도에 따라 충분히 평가될 만한 일이다. 그러나 문제는 문학사 속에서 전자의 경향은 억압되고 후자의 작가들만이 문학적 생명력을 얻게 된다는 점이다. 사실 이러한 경향은 1960년대만의 특성은 아니라고 생각된다. 식민지시대 신여성들의 작품이나, 1980년대 작품들에도 반복되는 현상이다. 그렇다면 이러한 이분법이 반복되고 전자의 경향이 억압되는 의미는 무엇인지 짚어볼 필요가 있을 것 같다.

## 5. 개인적 자아로서의 여성 억압과 민족주의의 의미

1960년대 여성 작가들의 이러한 이분법은 4·19 실패 이후 급속하게 전개되는 민족주의 담론과 연결지어 분석할 때 그 의미가 좀더 분명해지리라 생각한다. 4·19 이후의 정치적 혼란과 경제적 상황의 악화 등은 한국현실의 특수성에 대한 인식의 계기를 마련하였고, 이후 민족통일운동으로 전개된다. "민족자주역량의 결핍은 국제적으로 민족과 국토의 양단을, 국내적으로는 극악한 이승만과 그 악류의 반동독재를 가져"왔으며, 이를 극복할 "유일한 활로"가 민족통일(「서울대학교 민족통일연맹결성대회 발기문」(1960. 11), 사월혁명연구소 엮음 『한국사회변혁운동과 4월혁명 2』, 한길사 1990, 308면)이라는 인식의 심화가 이루어지는 것이다. 이러한 운동의 전개과정에서 외세에 대한 재인식과 개인 주체를 넘어서는 민족공동체성에 대한 인식이 급속하게 전면화되었다는 점은 4·19의 주요한 의미라 볼 수 있다. 3·1운동을 통해 민족 개념이 구체화되고 보편화되었던 것처럼, 4·19는 자본주의 세계에 강제적으로 편입된 민족의 현실을 벗어나기 위해 민족주의를 저항 이념으로 새롭게 부각시킨 것이다.

그러나 민족 개념의 재구성은 현실에 대한 구체성을 확보하는 동시에 열등성의 논리를 내재할 위험성이 있다. 민족의 설움을 다시 겪지 않기 위해서는 국가의 힘을 키워야 하고 열등하고 부족한 민족이 아닌 강한 민족으로 거듭나야 한다는 논리를 부정하기 쉽지 않기 때문이다. 이러한 논리가 설득력을 얻게 될 때 민중적 삶의 질이나 자율적 개인의 존재 이유는 부차적 고려 대상이 되고, 그리하여 민족을 매개로 권력이 민중을 동원하는 전유의 과정이 이루어지게 된다.[11] 4·19 이후의 잡지 기사를 더 들어보아도, '민족'이라는 이름으로 '개인적 자유'를 재규율화하는 문제가

---

11) 임지현 「민족담론의 스펙트럼」, 『안과밖』 제8호 2000년 상반기 83면.

당시의 뜨거운 화두였음을 미루어 짐작할 수 있다. 자유란 "인격이나 개별적 인간으로서의 자유가 아니라 국가민족의 현실과 결부된 자유여야" 하며, "그것은 마치 민주주의의 목표는 민주주의에 있다고 하는 동의어 반복과 다를 것이 없"(조가경 「혁명주체의 정신적 혼미」, 『사상계』 1961년 4월호 75면)다는 논의나 서구의 자유민주주의는 후진국에 이식되자 사디주의와 결부되어 반민족적·반사회적인 매국적 이기주의를 형성(권윤혁 「민족민주주의」, 『사상계』 1962년 5월호 89면)하게 되었다는 논의들이 그러한 예라 하겠다. 민족공동체와 개인적 자유의 관련성에 대한 관심은 당연한 과정이었을지도 모른다. 하지만 앞서 언급한 것처럼 민족이 모든 것을 초월하는 절대적 이념이 될 때 국가권력의 매개가 될 위험성에서 자유롭지 못하리라 생각한다.

1960년대 여성 작가들의 문학사적 운명은 민족이라는 이름으로 국가권력이 개인을 동원하는 과정과 무관하지 않다고 생각한다. 국가주의적 권력과 여성성의 관계에 대한 멍 위에의 분석은 이러한 현상에 대한 유용한 해석을 제공한다. 그녀는 중국 사회주의자들의 작품에 나타난 여성 이미지를 분석하면서 국가의 정치적 담론은 여성을 통해서 욕망·사랑·결혼·이혼·가족관계 등등의 사적 영역, 즉 개인적 컨텍스트로 재해석된다고 말한다. 그리하여 문학작품 속에서 여성은 국가적인 정치담론의 특별한 대리인으로 재현된다[12]는 것이다. 특히 정치적 격변기에 국가와 민족을 위해 개인적 삶을 희생하고, 강인한 민족의 어머니로 거듭나는 여성 주인공 소설들이 많이 창작되는 현상을 떠올려보면 쉽게 이해할 수 있는 일이다.

이러한 현상은 우리 문학의 전통과도 크게 다르지 않은 것 같다. 성·사랑·결혼·쎅슈얼리티의 문제는 집단을 위해서 부정되는 과정——박경리

---

12) Meng Yue, "Female Images and National Myth," Tani E. Barlow (ed.), *Gender Politics in Modern China*, Duke University Press 1993, 118면.

·송원희·한말숙의 작품—을 보이며, 또 그에 대립하는 여성 작가들의 작품—이세기, 안영, 박시정의 작품—은 자의식만을 노출한 채 서사의 구체성을 잃고 있다. 이 시기 남성 작가들의 작품에 나타난 여성 인물을 비교해보면, 여성에 대한 재현의 방식은 더욱 분명해진다. 여성 인물들은 속물화되어가는 세상에서 순정의 상징—박태순의 「정든 땅 언덕 위」의 여주인공 나종애나 「하얀 하늘」의 채정자, 「모기떼」의 강금옥 등—으로 그려지거나, 무너져가는 생명력—방영웅의 『분례기』의 똥례 등—의 비유로 등장하는 경향을 보인다. 가족이나 민족을 위해 헌신하는 여성 이미지나 순수한 정신 혹은 생명력의 상징으로 그려지는[13] 여성 이미지는 모성적 자질인 헌신성이나 출산력과 결부되어 쉽게 자연화된다. 그리고 그러한 공동체적 헌신성과 생명력이 민족의 정신력이고 우월한 자질이라고 신비화될 때, 쎅슈얼리티를 둘러싸고 자아에 대한 욕망을 드러내는 여성은 이기적인 여성으로 부정되기 쉽다. 그러한 과정이 개인적 삶이 부정되고 집단적 권력이 강화되는 현상과 맞물려 있다고 할 때, 1940년대 초반 출생의 여성 작가들이 이 땅의 현실에 뿌리내리지 못하고, 침묵 속으로 빠져든 현상도 단순히 이 작가들의 미숙성만으로 보기는 어려울 것이다. 당시 문학을 지망하는 여성들이 급속히 늘어나고 있었(「좌담: 여류작가의 애환」, 『현대문학』 1966년 7월호 41면)음에도 불구하고, "사회적인 것에 대한 무관심이 여류작가의 결정적인 약점"(강인숙 「한국현대여류작가론」, 『현대문학』 1968년 1월호 358면)이라는 평단의 흐름과 이들의 개인적 욕망이

---

13) 자본주의적 민족주의는 반식민지론에 의해 정당화되었고, 이러한 반식민지론은 역설적이게도 정신적 우월성과 남성성의 보존, 그리고 여성의 순결함을 강조하게 된다. 왜냐하면 서구의 물질적 힘에 대한 은폐된 욕망이 열등화의 논리에 휘말리게 하고, 그러한 열등한 이미지를 벗기 위해 권위주의적인 남성성을 강화하고 민족 전통을 신비화(정신적 우월성)하기 때문이다. 이때 여성의 몸은 '단일하고 순수한 민족 정체성의 상징'으로 규율화되는데, 남성 주체가 자신을 회복하기 위해 지켜야 할 무엇이 된다. 그리하여 여성은 민족의 어머니 혹은 창녀라는 이분화된 이미지로 지배된다(최정무 "Nationalism and Construction of Gender in Korea," Elaine H. Kim and Chungmoo Choi (eds.), *Dangerous Women*, Routledge 1998, 10~14면).

화해로운 문학적 성과를 내기는 어려웠으리라 짐작된다. 쎅슈얼리티 논의를 통해 개인적 자유를 추구했던 1920년대 신여성 작가들이 문학적 토대를 마련할 수 없었던 현상과 겹쳐 읽어보면, 4·19세대 여성 작가들의 침묵과 단절 역시 집단적 자아만이 강화되어가는 하나의 징후라 볼 수 있다.

글을 마무리하면서 처음 이 글을 시작하기 위해 보았던 4·19 현장의 사진과 여성의 얼굴을 다시 떠올리게 된다. 그 사진들 속에는 자유이면서 또한 우리였던 열광의 순간이 숨쉬고 있었다. 이러한 경험이 집단에 헌신하는 여성과 개인의 욕망만이 존재하는 여성으로 이분화되어간 과정을 읽어내고, 이를 해체하는 일은 4·19의 의미를 새롭게 열어가는 생산적인 논의가 될 것이라 믿는다. □

李仙玉 문학평론가. 논문 및 평론으로『이기영 소설의 여성의식 연구』「박완서 소설의 다시쓰기—딸의 서사에서 여성들간의 소통으로」 등이 있고, 공저로『월북작가에 대한 재인식』『페미니즘 문학비평』『한국현대소설연구』 등이 있음.

엮은이

**최원식** 崔元植
문학평론가, 인하대 국문과 교수, 계간『창작과비평』편집주간.
저서로『민족문학의 논리』『한국근대소설사론』『생산적 대화를 위하여』
『한국근대문학을 찾아서』『문학의 귀환』등이 있음.

**임규찬** 林奎燦
문학평론가, 성공회대 교양학부 교수, 계간『창작과비평』편집위원.
저서로『왔던 길, 가는 길 사이에서』『한국근대소설의 이념과 체계』
『작품과 시간』『문학사와 비평적 쟁점』등이 있음.

# 4월혁명과 한국문학

초판 1쇄 발행/2002년 4월 10일
초판 4쇄 발행/2021년 4월 14일

엮은이/최원식 임규찬
펴낸이/강일우
편집/유용민 염종선 문경미 신미희
펴낸곳/(주)창비
등록/1986년 8월 5일 제85호
주소/10881 경기도 파주시 회동길 184
전화/031-955-3333
팩시밀리/영업 031-955-3399 · 편집 031-955-3400
홈페이지/www.changbi.com
전자우편/lit@changbi.com